STEPHANIE MARZIAN

Fräulein Gewürzzauber

Zimtküsse und Honigduft

Weitere Titel der Autorin:
Fräulein Gewürzzauber und das Wunder der Liebe

Über die Autorin:
Stephanie Marzian, Jahrgang 1978, studierte Kommunikationsdesign in Dortmund. Nach dem Studium arbeitete sie als Designerin bei einem großen Fotobuchhersteller. Inzwischen widmet sie sich ganz dem Illustrieren und Schreiben. Sie lebt mit ihrer Familie in der Nähe von Xanten am Niederrhein. Mit der Veröffentlichung der Weihnachtsroman-Reihe um das FRÄULEIN GEWÜRZZAUBER ging ein lang gehegter Wunsch für sie in Erfüllung.

STEPHANIE MARZIAN

FRÄULEIN GEWÜRZZAUBER

ZIMTKÜSSE UND HONIGDUFT

ROMAN IN 24 KAPITELN

Lübbe

Dieser Titel ist auch als Hörbuch und E-Book erschienen.

Die Bastei Lübbe AG verfolgt eine nachhaltige Buchproduktion. Wir verwenden Papiere aus nachhaltiger Forstwirtschaft und verzichten darauf, Bücher einzeln in Folie zu verpacken. Wir stellen unsere Bücher in Deutschland und Europa (EU) her und arbeiten mit den Druckereien kontinuierlich an einer positiven Ökobilanz.

FSC www.fsc.org MIX Papier | Fördert gute Waldnutzung FSC® C014496

Originalausgabe

Dieses Werk wurde vermittelt durch
die Literarische Agentur Michael Gaeb.

Lektorat: Dr. Stefanie Heinen
Umschlaggestaltung und -motiv: Stephanie Marzian
Satz: Dörlemann Satz, Lemförde
Gesetzt aus der Dante MT
Druck und Verarbeitung: GGP Media GmbH, Pößneck

Printed in Germany
ISBN 978-3-7857-2865-9

1 3 5 4 2

Sie finden uns im Internet unter luebbe.de
Bitte beachten Sie auch: lesejury.de

Für Christian,
meinen Zimtstern-Adventsmann.

PROLOG

Ich habe eine Zimtstern-Romanze.

Jedes Mal, wenn Lena Sonnenschein diese Worte dachte, sah sie vor ihrem inneren Auge die weiße Gründerzeitfassade ihres altehrwürdigen Stadthauses. Die Häupter der pausbackigen Putten über den Fenstern trugen dicke Schneemützen, und das weiße Messingschild über dem Eingang des *Fräulein Gewürzzauber* wiegte sich knarzend im Wind. Sie fühlte den Moment, in dem Max sie im Schein der nostalgischen Straßenlaterne und inmitten tanzender Schneeflocken das erste Mal geküsst hatte. Und sie spürte die Wärme, die sich von seinen sanften Lippen in ihrem Körper ausbreitete. Zuckersüß, berauschend und betörend zugleich.

Vor einem Jahr hatte sie in Max Himmelreich die Liebe ihres Lebens gefunden – und neue Freunde, neue Aufgaben und in der Süße ihrer eigenen Zuckerbäckerei den Sinn des Lebens. Wer der Hektik des Alltags entfliehen wollte, ging ins Rosenviertel, wo sich inmitten alter Stadthäuser ihr Zufluchtsort befand: das *Fräulein Gewürzzauber*. Schon seit Generationen – um genau zu sein, seit 1884 – malte die Zuckerbäckerei den Menschen hier in der Rosenstraße 24 ein Lächeln ins Gesicht. Durch ihr feines Gewürznäschen schaffte Lena es immer wieder aufs Neue, auch exotische oder scheinbar zunächst inkompatible Aromen in einer Praline, einem Keks oder einer Torte zu vereinen und damit himmlische Geschmackserlebnisse und wundervolle Genüsse zu kreieren. Doch nicht nur die Leckereien ließen ihre Kunden ins Schwärmen geraten, wenn sie ihren Freunden vom *Fräulein Gewürzzauber* erzählten. Lena selbst trug das Ihre dazu bei, denn ihre Offenheit und ihr aufrichtig gemeintes Mitgefühl, wann immer jemand über die Widrigkeiten des Lebens klagte, spendeten ihren Besuchern Mut und Trost.

So war Lenas Leben ein wahr gewordener Traum mit rosaroter Baiserhaube und zuckersüßen Amarenakirschen als Topping. Klar, manchmal wurde ihr der Trubel auch ein wenig zu viel – beispielsweise, wenn das Backmagazin *Puderzauber* wieder einmal einen Bericht über ihre Zuckerbäckerei veröffentlichte und sie mit dem Erledigen der Vorbestellungen oder dem Fertigen und Backen der Naschereien für den Laden nicht mehr nachkam. Dann sehnte sich Lena nach den kleinen Dingen, die das Leben lebenswert machen: nach dem glitzernden Schein einer Lichterkette im Schnee, dem samtweichen Gefühl eines Lächelns, himmlischem Kaffeegeruch am Morgen oder den Worten dazwischen, die einen glücklich machten.

Wenn allzu viel Wirbel diese kleinen, wirklich wichtigen Dinge im Leben zudecken und uns die Sicht versperren und womöglich noch etwas Unvorhergesehenes geschieht, ist es gut, Menschen an seiner Seite zu wissen, die einem den Weg aus dem Schneesturm in winterliches Sonnenwetter weisen. Wie gut, dass Lena diese Menschen an ihrer Seite hatte.

1. DEZEMBER

»Ich bin dann mal weg! Außerordentliche Redaktionssitzung! Hab einen schönen Tag, mein Gewürznäschen«, wirbelten Max' Worte durch den Raum.

Lena spürte einen flüchtigen, aber liebevollen Kuss auf ihren Lippen und den Duft von Zimt und Honig an der Nasenspitze. Dann war ihr Zimtstern-Adventsmann mit seinem verheißungsvollen Duft zur Wohnungstür hinaus. Zu der Tür, durch die sie nun beide für immer gehen würden. Im dämmrigen Schein des anbrechenden Morgens tanzten die ersten dicken Schneeflocken durch die Luft und ließen sich auf den Stupsnasen der pausbackigen Engelsgesichter an der Fassade und auf dem verschnörkelten Messingschild über der Ladentür nieder, das knarzend mit jeder Windböe hin und her schaukelte.

In Lenas Wohnung in der ersten Etage lockten dampfender Kakao, Kerzenschein, Tannenduft, Kekse und weiche Kissen. Noch war es himmlisch ruhig. Gleich aber würde es unten, in Lenas kleinem Lädchen, dem *Fräulein Gewürzzauber*, wegen der vielen süßen Leckereien von freudestrahlenden Gesichtern nur so wuseln. Lena hatte viele Stammkunden, die regelmäßig kamen, um in ihren Kreationen zu stöbern, mit ihr ein Pläuschchen zu halten oder es sich mit Freunden bei einem heißen Punsch zu Himbeer-Mandel-Torte an einem der drei Tischchen am Fenster gemütlich zu machen. Dort konnte man beim Genuss der süßen Köstlichkeiten dem Alltagsstress für einen Moment entfliehen.

Jetzt, zur Adventszeit, war besonders viel los – vor allem, seit das Backmagazin *Puderzucker* dem Café im letzten Jahr eine mehrseitige Fotodokumentation gewidmet hatte. Seitdem war das *Fräulein Gewürzzauber* so beliebt, dass Lena sich an besonders hektischen Tagen sogar eine Aushilfe leisten konnte, die sie im Verkauf unterstützte. Katharina Sommerland studierte Archäologie und Kunstwissenschaft im zehnten Semester und ließ es auch sonst gern langsam angehen. »Man sollte nichts im Leben überstürzen«, sagte sie immer. Lena wusste nicht recht, was sie davon halten sollte. Da Kathi aber immer sehr ausgeglichen und glücklich wirkte, hinterfragte Lena es auch nicht. Sie freute sich einfach darüber, den Wirbelwind mit dem dicken roten Zopf bei sich im Laden zu haben. Kathi lachte viel und herzlich, und durch ihre offene Art gewann sie schnell das Vertrauen der Kunden. Lena konnte sich die Arbeit im *Fräulein Gewürzzauber* ohne Kathi gar nicht mehr vorstellen.

Lena setzte sich mit ihrem dampfenden Kakao an den Küchentisch und sah Max durch das Fenster lächelnd nach. Ihre Zimtstern-Romanze aus dem letzten Advent hatte sich im Laufe des Jahres zur Liebesgeschichte mit viel Zuckerguss und Glitzerstreuseln entwickelt, und vor ein paar Wochen hatten sie und Max einen neuen Schritt gewagt. Max hatte seine Wohnung gekündigt und war zu Lena gezogen. Noch standen zwar einige Umzugskisten im Flur und im Schlafzimmer, aber damit Max' Hab und Gut in den Schränken Platz fand, musste Lena erst mal ausmisten. Das war ohnehin dringend nötig, und Lena war sicher, dass es ihr guttun würde, endlich alten Ballast loszuwerden. Zwei Jahre waren seit dem Tod ihrer Großmutter Greta vergangen, und noch immer gab es viele ungeöffnete Schranktüren, hinter denen sich wer weiß was verbarg. Dinge, von denen sie sich nicht trennen konnte oder wollte, würden auf dem Dachboden einen vorübergehenden Altersruhesitz finden.

Lena sah auf die Laterne vor ihrem Fenster. Vielleicht könnte sie dort oben auch ihre Nervosität einmotten. Die hinterließ ab und an ein Kribbeln in ihrem Bauch, das sie nicht einordnen konnte. An Max' Einzug konnte es jedenfalls nicht liegen. Sie hatte den Tag, an dem ihr Zimtstern-Adventsmann endlich bei ihr einzog, schließlich seit Monaten herbeigesehnt, und ihr Zusammenleben war wie Nugat, das langsam auf der Zunge zerschmolz und einen so himmlischen Geschmack im Mund hinterließ, dass man immer noch mehr davon haben wollte.

Vielleicht war sie einfach nervös, weil sie noch nie mit einem Mann zusammengewohnt hatte? Bei einem Kuchen, den sie zum ersten Mal buk und für den sie kein Rezept hatte, war sie ja auch nervös, ob es klappen würde. Max' Wohnung gab es nicht mehr. Es gab kein Zurück mehr. Aber zurück wollte sie ja gar nicht.

Ach, es war doch zum Eischneeschlagen! Ungewollt hart stellte Lena ihre leere Tasse auf den Tisch. Sie ärgerte sich über das unnötige Drama, das ihr Kopf veranstaltete. Sobald sie das *Fräulein Gewürzzauber* heute

Nachmittag schloss, würde dieses Thema in einer Schublade ihres Geistes verschwinden. Sie würde auf den Dachboden steigen, um sich dort einen Überblick über den noch freien Stauraum zu verschaffen. Sie hatte ihr Ausmist-Platzschaff-Vorhaben schon viel zu lange vor sich hergeschoben, nicht zuletzt, weil sie wusste, wie viel Arbeit sie erwartete. Ihre Großmutter war in ihrem Café ein Organisationstalent gewesen, hatte aber nichts wegwerfen können. Es hatte schon Tage gedauert, den weißen Einbauschrank in der Backstube mit seinen großen und kleinen Türen und Schubladen zu entrümpeln und die Utensilien herauszupicken, die sie wirklich bei ihrer Arbeit brauchte und nutzen wollte.

Ein verärgertes Keckern und *Tschiep-tschiep* riss Lena aus ihren Gedanken. Ruprecht, ihr zahmes Eichhörnchen, war auf den Esstisch gesprungen und hockte nun meckernd neben der dampfenden Teetasse.

»Puschelchen! Entschuldige, ich hol dir deine Nüsse!«, rief sie betreten. »Du hast ja recht, ich hab dich vergessen. Das ist unentschuldbar!« Schnell füllte sie eine kleine Holzschale mit einem Potpourri leckerster Nüsse.

Schon etwas versöhnlicher fiepend machte sich Ruprecht darüber her. Lena sah belustigt zu, wie sein rostrotes Fell im Nacken vor Aufregung zitterte. Das Eichhörnchen umrundete tänzelnd die Schale und griff nach der auserwählten Nuss, wobei es die linke Vorderpfote wie immer nur zögerlich hervorschnellen ließ. Ein Terrier hatte sie vor einigen Jahren bei einem unschönen Zusammenstoß im nahe gelegenen Park verletzt. Ruprecht war dabei nur knapp mit dem Leben davongekommen, und Lena hatte ihn damals gesund gepflegt.

Seitdem machte das Eichhörnchen keinerlei Anstalten, wieder in die Wildnis zurückzukehren. Es hatte bei Lena auch alles, was es brauchte: Ein Kobel aus Schilfgras hing neben dem Küchenfenster von der Decke, Futter und Wasser waren in Hülle und Fülle vorhanden, dazu nette Gesellschaft, die ihn ab und zu auch kraulte, wenn er es wollte, und es gab Katzenklappen in Wohnungs- und Haustür. Durch die konnte Ruprecht kommen und gehen, wann er wollte.

Da sie nun schon einmal stand, entschied sich Lena, den morgendlichen Gang zum Briefkasten vorzuziehen. Als sie gerade hinausgehen wollte, streifte ihr Blick das Holzkistchen, das auf der antiken Holzkommode neben dem Bogendurchgang zum Wohnzimmer stand. Wie immer versetzte es ihr einen kleinen Piks ins Herz. Denn darin befanden sich die vierundzwanzig Postkarten ihrer Großmutter Greta, die sie letztes Jahr als Adventskalender erhalten hatte.

Mit einem tiefen Seufzer stieg Lena die Treppe hinunter. Dieses Jahr würde sie ohne die täglichen Glücksbotschaften auskommen müssen.

Als sie einen Moment später in ihrer Hosentasche nach dem Briefkastenschlüssel suchte, huschten ihr die Erinnerungen wie liebgewonnene Freunde durch den Sinn. Genau wie heute hatte sie letztes Jahr am ersten Dezember hier gestanden. Damals hatte sie einen dicken eisblauen Umschlag aus dem Briefkasten gefischt, in dem sich – wie sich später herausgestellt hatte – die erste Postkarte von Oma Gretas Adventskalender befunden hatte. Sie spürte einen fiesen Trauerkloß im Hals und schluckte. Die Kärtchen waren genau das, was sie gebraucht hatte. Sie hatten ihr Oma Greta mit jedem Wort, das sie für sie geschrieben hatte, noch einmal zurückgebracht und ihr den Abschied damit etwas leichter gemacht.

Genau wie damals hatten auch heute früh dicke Flocken die Straßen in eine Zuckerwattewelt verwandelt. Doch es hatte aufgehört zu schneien, und jetzt hing eine trübgraue Wolkensuppe über dem *Fräulein Gewürzzauber.* Schaudernd machte Lena sich daran, endlich die Klappe zu öffnen. Der Inhalt des Briefkastens war so enttäuschend und trostlos wie das Wetter. *Die Morgenzeitung. Zwei Werbeflyer. Eine Rechnung.* Aber was hatte sie erwartet? Einen neuen Adventskalender? Kurz musste Lena über sich selbst lachen, dann schüttelte sie gedankenverloren den Kopf. *Schnell wieder ins Warme!* Bevor sie das *Fräulein Gewürzzauber* öffnete, wollten noch ein Berg Spekulatius mit Schuss und Zimtsterne gebacken werden. Außerdem freuten sich die Zuckerstangen darauf, endlich ins Tütchen zu hüpfen.

☆

Kurz nachdem Lena die Ladentür aufgeschlossen hatte, strömten die Kunden auch schon bei fröhlichem Glöckchengeklingel ins *Fräulein Gewürzzauber.*

»Guten Morgen!«, begrüßte sie jeden einzelnen und schenkte ihnen ein strahlendes Zuckerbäckerinnenlächeln. Auch Tjure Großherz klopfte sich den Schnee von den Jagdstiefeln. Er trug sein langes Haar im Nacken gebunden und sah mit seiner hünenhaften Statur aus wie eine Mischung aus Germane und alter Eiche. Er grinste breit unter seinem grau melierten Bart und winkte mit einer ausgebeulten Papiertüte.

»Ist es das, was ich denke?« Freudestrahlend öffnete Lena die Tüte.

Tjure nickte. »Frisch gepflückt.«

Der Förster im Ruhestand bewohnte das Haus neben Lena und half seit einigen Monaten samstags im Laden aus, was Lena freute. Das Schönste aber war: Er brachte ihr die schönsten Schätze des Waldes mit, die sie dann für ihre Backkreationen verwenden konnte. Aromatische Beeren und Waldhonig ließen Lenas Herz höherschlagen und die Augen ihrer Kunden glänzen, wenn sie Walderdbeer-Nugat probierten oder mit dem Honig ihren Tee süßten.

Heute verströmten zarte hellgrüne Tannenspitzen ihren harzig-herben Duft.

»Danke! Daraus mache ich wieder leckere Waldtroll-Kekse!« Lena huschte schnell durch die Tür hinter dem Verkaufstresen, die in die Backstube führte. Hier war das Herz des *Fräulein Gewürzzauber*. Die hohe Decke wölbte sich schützend über den großen Arbeitstisch, der sich in der Mitte des Raums befand. An der rechten Wand stand ein alter Buffetschrank, der das gute Geschirr für die kuchenhungrigen Gäste beherbergte. Die Wand ihm gegenüber war eine Collage aus weißen Schranktüren und Schubladen in unterschiedlichen Formen und Größen. Die beiden Industrielampen, die aufflammten, als Lena den Drehschalter betätigte, tauchten die Backstube in angenehm helles, warmes Licht.

Lena stellte ihren Tannenspitzen-Schatz auf den Arbeitstisch und kehrte sogleich in den Verkaufsraum zurück. Jetzt musste sie sich erst einmal um ihre Gäste kümmern.

Ihr Blick fiel auf die Tische am Fenster. Alle waren bereits besetzt, und an einem von ihnen saßen zwei junge Frauen und berieten lautstark, welche geheimen Zutaten wohl in den himmlischen Schokoküchlein versteckt waren, die vor ihnen auf den Tellern lagen. Kathi, die wie gewöhnlich erst kurz nach zehn eingetrudelt war, hatte sichtlich Freude daran, ihre Kundinnen erst einmal raten zu lassen, bevor sie ihnen mit des Rätsels Lösung – Tonkabohnen – ein erstauntes *Oh!* und *Ah!* entlockte. Lächelnd wandte sie sich ab und ging mit einer neuen Bestellung in die Backküche. »Ein Zimtstern für deine Gedanken!«

»Wie?« Lena schaute erschrocken von dem Kuchenteller auf, auf dem sie gerade das dritte Stück Torte platzieren wollte.

Kathi verengte die Augen: »Los, raus damit! Du bist heute so schweigsam.«

Lena lachte auf und bugsierte kopfschüttelnd die Gebäckstücke zurück auf die Kuchenplatte. Drei auf einen Teller, was hatte sie sich dabei nur gedacht? Kathi hatte sie eiskalt erwischt. In Gedanken war sie schon zwei Etagen über dem Lädchen gewesen. »Nach Ladenschluss erwarten mich ein Dachboden voller Geheimnisse und mit Sicherheit jede Menge Spinnweben«, erklärte sie.

»Na, dann wünsche ich dir weniger Spinnweben und umso mehr Geheimnisse. Ich ziehe meine Couch vor!« Lachend wandte sich Kathi einer Kundin zu, die ratlos vor der Pralinentheke nach dem richtigen Naschwerk Ausschau hielt.

Beim nächsten Glöckchenklingeln sah Lena ein bekanntes Gesicht. Ein sonderlich wirkender junger Mann mit Achtzigerjahre-Moonboots, Cargohose und einer Outdoorjacke, die aussah, als hätte ein Schaf mehrere Schichten Wolle übereinandergezogen, betrat den Laden. Er zog sich die Strickmütze vom Kopf, und heraus quollen so viele dunkelbraune Locken, dass Lena sich fragte, wie er es geschafft hatte, sie darunter zu verstauen. Mit einem schrägen Grinsen stapfte er auf Lena zu.

»Hallo, Matthi!«, begrüßte sie ihn herzlich und drückte Kathi mit einem Blick auf die von ihm hinterlassene Pfützenspur wie beiläufig den Aufnehmer in die Hand. Kathi machte sich ohne Umschweife ans Werk.

»Deine Visitenkarten sind fertig«, kommentierte Matthi das in braunes Packpapier eingewickelte, schon etwas in Mitleidenschaft gezogene Päckchen, das er aus einer Innentasche seiner Jacke zog. Er war Grafiker und gestaltete seit einem Jahr alles, was auf Papier gedruckt das *Fräulein Gewürzzauber* bewarb. »Hier.«

Wortkarg und einsilbig. So kannte und mochte Lena ihn.

»So, Überschwemmung beseitigt!« Schwungvoll stellte Kathi den Aufnehmer zurück an seinen Platz hinter der Theke. »Erstaunlich, dass du die Stiefel noch hochbekommen hast. Da müssen Tonnen Schnee von deiner Landung in der Rosenstraße dran geklebt haben!«, ulkte sie, kicherte ihr Kathi-Kichern und zwinkerte Matthi zu.

Dessen linker Mundwinkel zuckte. Das wollte doch wohl nicht etwa ein Lächeln werden? Erstaunt sah Lena ihn an. Seine Wangen glühten förmlich. Doch ob dies an der Kälte lag oder an Wirbelwind-Kathi und ob Matthis Ohren unter der Jackson-Five-Frisur genauso rot waren, würde wohl sein Geheimnis bleiben.

Sie hatte derweil die Visitenkarten aus ihrer Hülle befreit und war erleichtert, dass sie unversehrt waren. Die Karten waren so hübsch, wie Lena es sich erhofft hatte. Die vergleichsweise dicke zartrosa Pappe war wie ein Wölkchen ausgestanzt und sah aus wie eine winzige Tortenspitze. Zarte Linien verbanden sich in der oberen Hälfte zu dem Schriftzug *Fräulein Gewürzzauber*. Darunter waren in klaren, geraden Buchstaben Lenas Name, Adresse und sonstige Kontaktdaten angegeben.

»Darf ich Ihnen meine Karte überreichen? Sonnenschein, Lena Sonnenschein.« Gespielt geschäftig hielt Lena ihrer Mitarbeiterin die Minitortenspitze unter die Nase. »Sie haben eine Feier? Möchten lernen, wie man Pralinen macht? Oder haben Sie Heißhunger auf Mandellikörtorte mit Zimtpuder? Dann sind Sie bei mir im *Fräulein Gewürzzauber* goldrichtig! Sie können mit Ihrem Freund gern an einem Workshop teilnehmen!« An Matthi gewandt sagte sie: »Wenn Sie selbst keinen Gefallen am Backen finden, möchten Sie vielleicht meinen Weihnachtspunsch nach einem Geheimrezept meiner Ururgroßmutter probieren?«

»Öhm …« Matthi war sichtlich überfordert.

Kathi aber setzte noch einen drauf, indem sie sich bei ihm einhakte und ihn zuckersüß anklimperte: »Schatz, du kannst ruhig zugeben, dass du auch gern mal Rüschenschürze trägst.« Zu Lena sagte sie mit gespieltem Ernst: »Er ist von uns beiden aber auch der talentiertere Zuckerbäcker!«

Lena kicherte hinter vorgehaltener Hand. Als sie sah, dass sich mittlerweile auch Matthis Nase himbeerrosa färbte, erlöste sie ihn: »Ich danke dir sehr. Die Visitenkarten sind wirklich hübsch. Du hast dich wieder einmal selbst übertroffen!«

»Das verdanke ich nur meiner Glücksschürze. Trage sie immer bei der Arbeit«, konterte Matthi trocken.

Lena und Kathi konnten sich vor Lachen nicht mehr halten. Einige Kunden schauten irritiert auf. Im selben Moment kündigten die Türglöckchen zwei ältere Damen an.

»Es war schön, dich kennenzulernen, Matthi! Vielleicht kommst du mal wieder vorbei? Dann gebe ich dir ein Stück Glühweintorte aus!« Kathi zwinkerte Matthi zu, und schon wirbelte ihr Zopf an ihm vorbei zu den beiden Neuankömmlingen.

Matthi schaute ihr mit offenem Mund hinterher. Selbst wenn er noch etwas hätte sagen wollen, was Lena stark bezweifelte, hätte er keine Chance gehabt.

☆

Lena zog es innerlich zum Dachboden. Daher gab sie Kathi ausnahmsweise schon früher frei, weil sie hoffte, das *Fräulein Gewürzzauber* um halb zwei schließen zu können. Doch kaum war die Ladentür hinter ihrer Mitarbeiterin ins Schloss gefallen, kündigten die Glöckchen einen neuen Besuch an, und Maria von Singen, die Pfarrerin der Gemeinde, kam bibbernd herein.

Lena eilte herbei. »Hallo, Frau von Singen!«, begrüßte sie die Seelsorgerin. »Herrje, Sie sind ja ganz durchgefroren! Kann ich Ihnen einen heißen Tee oder Punsch anbieten?«

»Einen Punsch. Aber bitte alkoholfrei!« Frau von Singen nickte dankbar, als Lena ihr den Mantel abnahm, und setzte sich an das mittlere Tischchen am Fenster. Als Lena wenig später eine dampfende Tasse vor ihr abstellte und mit einer eigenen neben ihr Platz nahm, schloss sie mit einem wohligen Seufzer die zitternden Finger darum.

»Vielen Dank, Frau Sonnenschein.« Sie nippte kurz und wirkte auf einmal deutlich entspannter. Dann sah sie ihr in die Augen. »Ich habe zwei Anliegen: Zum einen kann die morgige Bibelrunde nicht ohne Ihre Adventspralinen stattfinden!« Sie machte eine kurze Pause, um ihr vom Wind zerzaustes grau meliertes Haar zurechtzulegen. »Zum anderen habe ich mich gefragt, ob Sie schon ans Heiraten gedacht haben?«

Lena, die gerade einen Schluck aus ihrer Tasse nahm, hatte Mühe, den Punsch nicht auszuprusten. Nein, darüber hatte sie noch nicht nachgedacht. Wozu auch? Max war gerade erst zu ihr gezogen, und warum sollte sie fünf Schritte auf einmal tun und dabei vielleicht etwas überstürzen? »Frau von Singen, wir sind doch gerade erst ein Jahr zusammen. Es wird sich schon noch ergeben, aber wir lassen uns noch Zeit«, erklärte sie vorsichtig. »So etwas will ja auch gut geplant sein! Aber wenn es so weit ist, werden Sie es bestimmt erfahren!«

Die Pfarrerin nickte. Lena konnte ihr allerdings an der Nasenspitze ansehen, dass das nicht die Antwort war, die sie gern gehört hätte. Dann aber schmunzelte sie. »Als ich so alt war wie Sie, wurde geheiratet, und erst dann zog man in einen gemeinsamen Haushalt. Eine undenkbare Schande, wenn ein Paar in wilder Ehe zusammenwohnte!« Sie riss die Augen weit auf und schüttelte den Kopf.

»Gut, dass diese Zeiten vorbei sind«, antwortete Lena mit gespieltem Ernst. Unglaublich, dass die Pfarrerin meinte, intervenieren zu müssen! Noch als Frau von Singen längst gegangen war und sie die Eingangstür abschloss, kicherte sie innerlich über den Ausdruck *wilde Ehe*.

Im Hinauseilen löschte sie das Licht im Verkaufsraum und blickte sich noch einmal zum Schaufenster um, in dem eine mit Puderzucker bestäubte Marzipanstadt von warmweißen Lichtern erhellt wurde. *Wie romantisch*, dachte sie mit einem Seufzer. Dann ließ sie die schwere Holztür zum Flur ins Schloss fallen – und stand im Dunkeln.

Lena stöhnte. So ein Mist! Offenbar hatte die Glühbirne irgendwann heute Morgen den Geist aufgegeben. Max hatte schon ein paarmal gesagt, dass sie sich dringend um die veraltete Beleuchtung kümmern mussten, sinnvoll wären Lampen auf jeder Etage. Aber in Lenas Augen erhellte die alte Glaslaterne, die seit ewigen Zeiten mittig von der hohen Decke baumelte, den Treppenaufgang gerade richtig – und das schon seit gut hundert Jahren. Außerdem war sie hübsch. Alt und verstaubt, ja, aber hübsch.

Mit vorgestreckten Armen tastete sich Lena in die erste Etage, wo sie den Drehschalter für die Treppenbeleuchtung zum Dachboden betätigen konnte. Sie atmete noch einmal kräftig ein und aus, dann wagte sie den Aufstieg.

Mit jeder knarzenden Stufe, die sie zum Dachboden emporstieg, wurde ihre Anspannung größer. Gleichzeitig flatterten Schmetterlinge in ihrem Bauch herum. Welche unverhofften, lange verloren geglaubten oder geheimnisvollen Dinge würden dort oben auf sie warten?

Lena schüttelte den Kopf. Wahrscheinlich würde sie nur verstaubte Rüschenkleider, alte Bücher und Klimbim finden, der vielleicht noch zum Schrottwichteln geeignet war. Am liebsten wäre sie umgekehrt. Aber halt! Sie hatte eine Aufgabe, eine Mission, auf die sie sich konzentrieren musste: Platz schaffen für Max' Sachen.

Die Holztür war nicht verschlossen, und die geschwungene Messingklinke ließ sich leicht hinunterdrücken. Lena trat ins Dämmerlicht und fühlte sich sofort, als habe sie eine vergessene Welt entdeckt. Durch das winzige Dachfenster drang nur wenig Licht, und vor der trüben Scheibe des runden Fensters an der Fassadenseite schwebten immer größer werdende weiße Flocken vom Himmel.

Ruprecht war, von Lena unbemerkt, mit auf den Dachboden gehuscht. Er tollte zwischen den Kisten herum und sprang auf einen Stapel Bücher. Dann verschwand er in einer alten, fleckigen Hutschachtel, deren Deckel halb geöffnet war.

Hier oben schien die Zeit stehen geblieben zu sein. Lenas Blick fiel auf ein Monstrum von Koffer, das sich hinter den fast zur Decke gestapelten Kisten verbarg. Es war offensichtlich einer jener antiken Reiseschränke aus Holz, mit dunkelgrünem Leder bezogen.

Neugierig trat Lena näher. Der Koffer reichte ihr bis fast zu den Schultern und stand hochkant, sodass man ihn tatsächlich wie ein Möbelstück öffnen und nutzen konnte. Kunstvoll verschnörkeltes Metall zierte und schützte die Ecken zugleich. An den beiden breiten Seiten war mittig ein Ledergriff angebracht. Zwei schmale hölzerne Ringe umfassten den Schrankkoffer.

So einen Überseekoffer hatten damals auf der Titanic *die Passagiere der ersten Klasse*, schoss es Lena durch den Kopf. Sie strich über die unzähligen Schrammen und Kratzer auf seiner Oberfläche, bis ihr Blick auf die beiden Metallverschlüsse links und rechts eines Ledergurts fiel.

Neugierig löste Lena die breite Gürtelschnalle. Öffnen ließ sich der Koffer jedoch nicht. Ein Schloss, versteckt unter dem breiten Gurt, verhinderte das. Enttäuscht hockte sie sich vor den Koffer. Wo mochte der Schlüssel stecken, und wem gehörte das gute Stück überhaupt? War darin etwa etwas, was geheim war und nicht gefunden werden sollte? Warum hatte Oma Greta nie von ihm erzählt? Hatte sie von dem Koffer überhaupt gewusst? Lena konnte sich nicht erinnern, dass sie ihn als Kind einmal gesehen hatte.

Nachdenklich strich sie sich über die Stirn. Einer guten Detektivin hätte jetzt eine Haarnadel geholfen. Sie selbst aber wüsste nicht einmal, was sie damit anfangen sollte.

Ein Keckern riss sie aus ihren Überlegungen. »Ruprecht? Bist du das? Wo steckst du?«

Wieder erklang ein *Tschiep-tschiep*, in ihrer Nähe, allerdings wie durch einen Wattebausch gedämpft. Lenas Blick fiel auf die große gestreifte Hutschachtel, deren Deckel gerade runterrutschte und mit einem dumpfen Geräusch auf dem staubigen Boden aufkam. »Ruprecht?«

Tatsächlich! Aus der Schachtel schauten ihr große, verzweifelt wirkende Knopfaugen entgegen. Das Eichhörnchen hockte inmitten eines lila Federnestes auf einem Filzhut.

Mit einem Lächeln schob Lena beide Hände in die Schachtel, um Ruprecht hochzuheben, und zuckte im selben Moment zusammen. Irgendetwas hatte sie gestochen. Während das Eichhörnchen ihren Arm hinaufhüpfte und sich zitternd auf ihrer Schulter niederließ, betastete Lena vorsichtig das Federnest. Nacheinander zog sie den Übeltäter und seinen Komplizen heraus: zwei Hutnadeln. Beide waren lang und dünn, ihre Enden schmerzhaft spitz. Das andere Ende zierte jeweils eine kleine Gemme mit einem filigran aus einem ovalen Quarzstein herausgearbeiteten Frauenporträt.

Wie hübsch!, dachte Lena und hatte im selben Moment eine Idee. Wenn die nicht perfekt waren, um … Schnell machte sie sich mit den Nadeln am Schloss des Koffers zu schaffen. Nach wenigen Versuchen hatte sie tatsächlich Erfolg! Der Mechanismus im Inneren des Schlosses klickte, und die beiden Metallverschlüsse schnellten mit einen *Klack-klack* aus ihrer Verankerung.

Lena grinste in sich hinein. Wie lehrreich Krimis doch heute waren! Vorsichtig öffnete sie den Reiseschrank einen Spalt. Die Luft darin war etwas moderig, aber es sprangen ihr keine unerwünschten Besucher entgegen. Also traute sie sich, die beiden Hälften weiter auseinanderzuschieben. Zunächst sah sie nichts als grauen Tweedstoff, der sich als Sakko eines Sonntagsanzugs entpuppte. Als sie genauer hinschaute, entdeckte sie auch noch einige passende Hosen, Herrenhemden und weiße und grau gestreifte Stofflappen, die an einer Seite Schlitze und an der gegenüberliegenden eine lange Reihe dunkler Knöpfe hatten. Alles wirkte, als sei es einem Charlie-Chaplin-Film entsprungen.

Unter der säuberlich aufgehängten Kleidung verbarg sich eine breite Schublade. In der rechten Hälfte türmten sich weitere sechs hölzerne Schubladen mit dunklen Ledergriffen, die Lena nacheinander aufzog. Die oberen drei gaben Socken, Fliegen, einen Rasierhobel aus den Zwanzigerjahren und Unterhosen und Unterhemden in Feinripp preis. *Herrjemine!*

Der Inhalt der anderen Schubladen ließ Lenas Herz jedoch galoppieren. In zwei der Fächer fand sie getrocknete Sträußchen heimischer Gewürze, sorgsam auf Zeitungspapier gebettet. Als sie einige der kleinen gräulichen Blättchen zwischen ihren Fingern zerrieb, strömte ein feiner Duft von Thymian, Salbei und Rosmarin in ihre Nase. Noch ganz benommen, schob sie die Laden wieder zu und zog an dem Ledergriff der untersten. Was war das denn? Ein in lila Leinen gebundenes dickes Buch, mit einem schmalen Lederband mehrmals umwickelt.

Ehrfürchtig nahm Lena es heraus und betrachtete es. Ohne das Bändchen wäre das Buch wahrscheinlich geplatzt, denn es war offensichtlich vollgestopft mit allerlei Erinnerungen. Sie löste das Band und öffnete behutsam den Buchdeckel. Gleich auf der ersten Seite sah sie eine geschwungene Schrift. Sie ähnelte der ihrer Oma Greta, weswegen Lenas Herz einen Hüpfer machte. Erst als sie genauer hinsah, erkannte sie, dass die Worte in Sütterlin geschrieben waren. Zum Glück kannte sie die Zeichen von alten Familienrezepten, die ihre Ururoma Elvi einst niedergeschrieben hatte. Oma Greta hatte sie seit vielen Jahren in einem dicken Lederbuch, das sie liebevoll ihre *Zuckergusschroniken* nannte, aufbewahrt. Damit auch Lena die Rezepte lesen konnte, hatte Oma Greta ihr die altdeutsche Schrift beigebracht.

Backtagebuch von Elvira Sonnenschein, entzifferte Lena nun.

Dort, wo Schokolade gegessen wird,
Da lass Dich nieder.
Bösen Menschen ist sie einfach zuwider.

Lena musste grinsen. Daher also hatte Oma Greta den Hang zum Dichten!

Vorsichtig blätterte sie durch die Seiten – und stutzte. Die letzten vielleicht zwanzig Seiten waren zusammengeklebt; in ihrer Mitte klaffte ein etwa eigroßes Loch, und in diesem Oval ruhte ein Medaillon. Das Ende einer Silberkette hing über den Rand, und Lena konnte nicht widerstehen, daran zu ziehen. Wenig später schwebte der Anhänger in der Luft. Lena legte das Buch vorsichtig auf die Holzdielen neben sich und bettete das Medaillon in ihre Handfläche. Andächtig strich sie über das Relief aus weißem Schmuckstein, das in den Silberdeckel eingelassen war. Wie hübsch es war! Es zeigte ein Bouquet Rosenblüten mit zarten, beinahe transparenten Blättern.

Behutsam öffnete Lena den Deckel und blickte sogleich in einige Gesichter, die ihr von zwei vergilbten Schwarz-Weiß-Fotografien entgegenlächelten. Auf der linken Seite war eine Familie mit Vater, Mutter und einem kleinen Mädchen von etwa sechs Jahren mit dunklen, ordentlich geflochtenen Zöpfen zu sehen. Sie strahlten eine so vertraute Herzenswärme aus, dass es Lena vorkam, als kenne sie sie ihr Leben lang. Alle drei trugen altertümliche, aber sehr edle Kleidung.

Lena wandte ihren Blick auf das Pärchen auf dem anderen Foto. Vor Schreck wäre ihr beinahe das Medaillon aus der Hand geglitten. Die junge Frau, die sich glücklich an einen jungen Mann schmiegte, ähnelte ihr so sehr, dass Lena in einen Spiegel zu blicken meinte. Nur die aufgedrehten Locken, das Herbsthütchen mit seidenen Rosenknospen und -blättern und die Bluse mit Spitzenkragen wiesen darauf hin, dass es sich um jemand anderen handelte.

Lena verengte ihre Augen zu Schlitzen, bemüht, jede feine Linie im Gesicht ihrer Doppelgängerin zu erkennen. Dann kam ihr die Erkenntnis: Die Frau auf dem Bild musste Elvi sein. Sie hatte schon davon gehört, dass angeblich jeder Mensch gleich sieben Doppelgänger auf der Welt hatte, und innerhalb der Familie war die Wahrscheinlichkeit sicher noch viel größer, sich bis aufs Haar zu gleichen. Dennoch lief Lena ein Schauer über den Rücken.

Sie schloss das Schmuckstück und drehte es um. Ihr Herz machte einen kleinen Hüpfer, als sie eine Gravur aus verschnörkelten Linien entdeckte.

Deine Liebe ist
ein Zimtstern.
Für immer,
Gilda Shine

Lena wusste nicht, wer diese Gilda Shine war, aber für einen Moment war es ihr, als gälte der Sinnspruch ihr. Sie lächelte. Elvi und ihre Backkunst mussten dieser Gilda sehr viel bedeutet haben. Ein so besonderes und offensichtlich teures Geschenk machte man nicht jedem.

Vor Rührung kamen Lena die Tränen. Erst jetzt merkte sie, wie still es um sie herum war. Selbst Ruprecht gab keinen *Tschiep* von sich, sondern hockte ruhig auf ihrer Schulter und schaute auf ihren kleinen Schatz. Als Lena den Verschluss der Kette öffnete, um sie sich um den Hals zu legen, rückte er ein kleines Stück zur Seite.

Lena wandte den Kopf, um das Eichhörnchen besser zu sehen. »Ob in dem Buch mehr über das Medaillon steht, Puschelchen? Ich bin gespannt, es herauszufinden. Du nicht auch? Komm, wir gehen runter. Da haben wir mehr Licht.«

Voller Glückseligkeit ließ Lena den Schrankkoffer Schrankkoffer und den Dachboden Dachboden sein und kehrte mit dem Büchlein in der Hand und dem Medaillon um den Hals in ihre Wohnung zurück. Ausmisten konnte sie nachher immer noch. Jetzt wollten erst einmal ihre neuen Schätze begutachtet werden.

Mit einem dampfenden Kakao machte Lena es sich auf dem Sofa bequem und begann zu lesen. Die Schrift zu entziffern war mühselig, aber ihr Entdeckergeist war geweckt.

Der erste Eintrag stand neben der Zeichnung einer zarten Kräuterpflanze.

Dieses Büchlein ist ein Geschenk meiner lieben Mutter. Obgleich ich keine große Schreiblust verspüre, habe ich mir dies zum Anlass genommen, meine neuen Backrezepte und geheimen Backversuche festzuhalten. Wenn Mutter das wüsste, sie würde mir Stubenarrest bis Weihnachten 1930 geben! Sie sagt immer: »Warum willst du an den Rezepten etwas ändern? So haben schon deine Großmütter gebacken. Es hat immer allen geschmeckt!«

Ja, liebe Mutter, aber ich bin eine Frau von Welt, die ihre Nase nicht nur in die Bibel steckt!

Wie sagte Großpapa immer so treffend? Träume sind wie Baiserhauben – sie sind fluffig leicht, ihr Knack schmeckt nach Abenteuer, und sie geben dem Leben die Süße! Wenn man hineinbeißt, wird man für seine Neugier belohnt.

Mutter, ich will träumen und diese Träume in die Tat umsetzen. Also vielen Dank für dieses Büchlein, ich werde es weise nutzen!

Lena klappte das Buch mit einem breiten Grinsen zu und nahm einen Schluck Kakao. Auch sie hatte lange davon geträumt, dass Max zu ihr zog, und nun war es endlich so weit! Wie wunderbar, dass sie beim Aufräumen dieses Buch gefunden hatte! Welche Backexperimente Ururoma Elvi wohl gewagt hatte?

Gedankenversunken tastete Lena nach dem Metallanhänger und strich über seinen glatten Rücken und den erhabenen Deckel. Sie würde jeden Tag einige Seiten im Buch lesen und schauen, welche Geheimnisse sich in ihm verbargen. Vielleicht erfuhr sie so ja auch, wer diese Gilda Shine war.

Sie seufzte. Nun war es wirklich an der Zeit, die Ärmel hochzukrempeln und Platz für die Siebensachen ihres Zimtstern-Adventsmanns zu schaffen.

2. DEZEMBER

Lena wachte an diesem zweiten Dezember sehr früh auf. Draußen war es noch dunkel. Doch ein seltsamer Schein glimmte am Vorhang vorbei ins Zimmer, der sie neugierig machte. Kurz entschlossen streckte sie ihre Füße unter der warmen Bettdecke hervor und tapste zum Fenster. Max schlief noch friedlich. Ruprecht hatte erst verschlafen sein Näschen von ihrem Kissen hochgereckt, sprang aber einen Moment später flink hinter Lena her.

Sie schob den dicken Stoff zur Seite. Über Nacht hatte es so heftig geschneit, dass eine dicke weiße Decke Straße, Vorgärten und Gehwege wie mit Zuckerguss überzog. Die Autos und Laternen hatten Mützen wie Sahnehauben aufgezogen. Ein Glücksflummi hüpfte so heftig in ihrem Inneren, dass sie zurück ins Bett sprang und auf der Bettdecke und dem darunter grummelnden Max herumhüpfte.

»Was habe ich bloß getan? Hilfe! Meine Freundin ist verrückt geworden!«

»Es hat noch mehr geschneit! Ganz, ganz viel! Komm, wir bauen einen Schneemann!«, bat sie aufgeregt, während das Eichhörnchen tschiepte, als wollte es ihr beipflichten.

»Können wir den nicht bauen, wenn es hell ist?«, kam es gedämpft unter der Decke hervor.

»Nein, können wir nicht! Erstens ist es das Wunderschönste auf der Welt, wenn es draußen noch so still ist und der Schnee unter den Füßen knarzt. Zweitens ist es das Allerwunderschönste auf der Welt, den frisch gefallenen Schnee als Erster zu betreten. Und drittens können wir das Schöne mit dem Nützlichen verbinden, indem wir erst auf dem Gehweg vor dem *Fräulein Gewürzzauber* einen Schneemann bauen und dann die Schneereste mit dem Besen wegkehren. Ich muss als Ladenbesitzerin schließlich darauf achten, dass niemand ausrutscht und sich womöglich ein Bein bricht! Das willst du doch auch nicht, oder? ODER? Schläfst du schon wieder?«

Max schlug die Bettdecke beiseite, zog Lena zu sich und deckte sie beide schnell wieder zu. »Wie könnte ich?« Er lachte und küsste Lena sanft auf den Mund. Sein Dreitagebart kratzte ein wenig, aber sein Zimt-Honig-Duft wiegte sie wie in weichen Wattewolken. Als seine Lippen fordernder wurden und seine Hände unter ihr Top fanden, ließ Lena es geschehen und gab sich diesen wundervollen Gefühlen hin. Das war sogar noch besser als Schneemannbauen!

✩

Eingewickelt in mehrere Lagen Stoff, trat Lena zur Haustür hinaus und die beiden Stufen auf den Gehsteig hinunter. Sie hatte sich beeilt, um noch vor Max rauszukommen – was nicht schwierig gewesen war, da er ohnehin lieber in seinem warmen Bett geblieben wäre.

Lena sog die frische Schneeluft in vollen Zügen ein und hüpfte dann auf die Straße hinaus. Ruprecht hoppelte mit fröhlichem *Tschiep-tschiep* um sie herum und machte große Augen, als sie sich auf den Rücken fallen ließ und mit Armen und Beinen wedelte. Max stand kopfschüttelnd und bis auf die Augen vermummt auf den Stufen. »Du sagtest etwas von einem Schneemann.«

»Ja, ich sagte, lass uns einen Schneemann bauen, nicht uns wie ein Eskimo verkleiden!« Lachend stand Lena auf. Sie drehte sich um, befand ihren Schneeengel mit einem Kopfnicken für gelungen, klopfte sich den Schnee vom Mantel und nahm ihren Freund an die Hand.

Letztendlich bauten sie sogar zwei Schneemänner: einen mit einem stattlichen Bauch und einer Igelfrisur aus kleinen Stöcken und einen, der an den Stufen zum *Fräulein Gewürzzauber* stand und mit den Armen zu bedeuten schien »Hier geht es rein!«.

Nachdem sie auch den Rest des Gehwegs unfallsicher gemacht hatten, kuschelten sich Lena und Max mit rot gefrorenen Nasen und Fingern unter eine warme Decke auf die Couch. Zwei dampfende Tassen Kakao mit Sahnehaube und Minimarshmallow-Topping standen neben ihnen auf dem Tisch, und Lena hatte die erste der dickbauchigen roten Kerzen auf dem Adventskranz entzündet. Versonnen beobachtete sie das lustig tanzende Flämmchen, während sie Max' warme Umarmung genoss.

✩

»Es ist so schön, euch mal wieder zu sehen!« Charlotte umarmte Lena herzlich, und auch Max wurde gedrückt, als sie am Nachmittag ihre Freunde auf der Alpaka-Farm besuchten. »Daniel ist wie immer bei den Tieren.«

»Oh, kann ich ihn dort abholen?« Lena stapfte den Schnee von ihren Stiefeln. »Ich habe mich schon so auf Fräulein Frieda gefreut!«

Charlotte nickte und ging mit Max ins Haus, während Lena im Vorraum zu den Alpaka-Ställen abbog. Schon als sie die Holztür öffnete, hörte sie das zufriedene Schnaufen der Tiere. Was sie sah, zauberte ihr ein breites Grinsen ins Gesicht: Daniel versuchte gerade, Buddys krauses Fell mit einem breitzinkigen Kamm zu bändigen. Das Alpaka, das ihn mit seinem langen Hals um einen Kopf überragte, ließ das zwar geduldig über sich ergehen, allerdings stupsten Rose und Odette ihn immer wieder von hinten an, als müssten sie ihren Kumpel aus Daniels Fängen befreien.

Prustend trat Lena näher. »Buddy, brauchst du Hilfe?«

Daniel wandte den Kopf. »Ah, Lena, hallo! Ihr Mädels tut euch doch immer zusammen …« Er seufzte. »Okay, ihr habt gewonnen!«

Während Daniel die Tiere noch mit Heu versorgte, kraulte Lena Fräulein Friedas dunkelbraunes Fell. Weich und warm fühlte es sich an. Als sie Charlotte, Daniel und ihre kleine Farm im letzten Advent kennengelernt hatte, war Fräulein Frieda noch ganz klein und wackelig auf den Beinen gewesen. Mittlerweile war die Alpaka-Dame fast ausgewachsen und mit Lena auf Augenhöhe. Sie hatte eine wunderschöne wie mit Kajal gezogene schwarze Umrandung um die Augen und schmiegte ihren Kopf an Lenas Brust. Ein wunderschönes Gefühl, in dem Lena noch ewig hätte verweilen können.

»Wo ich dich schon mal allein hier habe, kann ich dich etwas fragen?«

»Wie?« Lena sah Daniel neugierig an. Der trat nervös von einem Fuß auf den anderen, als hätte er etwas angestellt und warte auf ein Donnerwetter. »Natürlich! Frag ruhig!«

Offenbar musste er sich erst einen Ruck geben, dann aber schossen die Worte aus ihm heraus: »Ich will Charlotte einen Antrag machen, und es soll ganz besonders sein – na ja, nichts mit einem Banner hinter einem Flugzeug oder so ... Ich dachte eher, du könntest vielleicht ... also, wenn du irgendwas Leckeres zaubern könntest und den Verlobungsring dann mit einbackst oder so?«

Einen Moment war Lena überfordert, dann hatte sie verstanden. Stürmisch zog sie Daniel an sich. »Das ist ja wunderbar! Weiß Charlotte es schon? Natürlich weiß sie es noch nicht! Ich Dummerchen ... Ich freue mich so!« Sie trat einen Schritt zurück, packte ihn dann noch einmal an den Schultern und sah ihn ernst an: »Mach Charlotte bloß glücklich!«

»Das ... Also, das ist mein Plan!«, stotterte Daniel überrumpelt.

»Gut!« Lena grinste. Ihr kam eine Idee. »Kommt doch zu meinem Backworkshop! Am fünfzehnten, wieder um drei Uhr. Dieses Jahr backen wir einen Nusskranz. Natürlich gibt es Punsch, und ich könnte mir vorstellen, dass es für Charlotte noch ein besonderes Gebäck mit Spezialfüllung gibt!«

Daniel lachte erleichtert. »Das klingt nach einer guten Idee! Aber jetzt lass uns rübergehen, sonst wundern sich die anderen noch, wo wir bleiben.«

☆

Es war spät geworden, denn sie hatten sich wie immer viel zu erzählen gehabt und viel gelacht. Aber eins wollte Lena nun endlich tun: Max von ihrem Dachbodenfund erzählen. Sie wollte ihm das Foto zeigen und mit ihm zusammen einen neuen Eintrag in Ururoma Elvis Tagebuch lesen. Sie schnappte sich das Leinenbüchlein, das sie am Morgen neben das Holzkistchen mit Oma Gretas Adventskalenderpostkärtchen gelegt hatte, und ging damit ins Wohnzimmer.

»Was hast du da?« Max ließ sich neben Lena auf die Couch gleiten und legte seinen Kopf auf ihre Schulter. »Und was ist das für eine Kette? Die hattest du vorhin auch schon um, oder?«

»Gut erkannt, Sherlock!« Lena stupste Max auf die Nasenspitze. »Das … sind meine Schätze!«

»Okay, schon gut, ich will dir ja nichts wegnehmen!«, verteidigte Max sich.

Lena lachte. »Es ist ein Backtagebuch, geschrieben von meiner Urgroßmutter Elvira Sonnenschein. Ich habe es beim Ausmisten auf dem Dachboden entdeckt. Genauso wie das hier.« Lena zeigte auf das Medaillon.

Max machte große Augen. »Sehr hübsch. Das ist bestimmt hundert Jahre alt. Lass mich mal sehen!« Er setzte sich auf und versuchte, einen Blick auf das Buch zu erhaschen.

Lena verstaute es schnell unter einem Kissen. »Erst sollst du einen Blick hierauf werfen und sagen, was du davon hältst.«

»Jetzt machst du mich aber neugierig!«

Vorsichtig öffnete Lena den Verschluss des Medaillons und klappte es auf. »Schau!«

Max' Augenbrauen schnellten in die Höhe, und er riss seine von dunklen Wimpern umrahmten Smaragdaugen weit auf. »Das ist unfassbar!« Er hielt das Medaillon neben Lenas Kopf und fragte ungläubig: »Wer ist das? Und wer sind die anderen Leute?«

»Das muss meine Ururgroßmutter sein, Elvi. Das heißt, ich nehme an, dass sie es ist. Oma Greta hat mir nie Fotos gezeigt, von ihr nicht und nicht von der Familie oder dem jungen Mann neben ihr. Aber ...«, Lena zog das Leinenbüchlein unter dem Kissen hervor und wickelte das Lederband ab, »vielleicht finden wir ja hier drin Antworten.«

»Darf ich?«, bat Max.

Zögernd gab Lena es ihm. »Bitte sei vorsichtig – es stecken viele Dinge zwischen den Seiten. Blätter, getrocknete Pflanzen ...«

»Das kann man ja gar nicht lesen!«, klagte Max, sobald er das Buch geöffnet hatte.

»Und ob!« Lächelnd nahm Lena es ihm aus der Hand. »Es ist in Sütterlin geschrieben, einer altdeutschen Schreibweise. Oma Greta hat es mir beigebracht, damit ich Ururoma Elvis Rezepte lesen konnte.«

»Was du alles kannst!« Max gab ihr einen Kuss auf die Schläfe und kuschelte sich wieder an sie. »Lies mir vor!«

Lena nickte und blätterte vorsichtig die dünnen Seiten bis zum zweiten Eintrag um. Sie musste sich einen Moment auf die Buchstaben konzentrieren, die nicht nur anders aussahen als moderne Schrift, sondern durch Ururoma Elvis verschnörkelte Schreibweise auch schwer zu entziffern waren.

»Der Eintrag datiert auf den 2. Dezember 1909«, erklärte sie und las dann vor:

Nur noch wenige Tage bis zu meinem Geburtstag, und ich kann nicht sagen, dass ich mich darüber sehr freue. Generell sollten Geburtstage doch etwas Schönes sein. Achtzehn Jahre sind schon ein großer Schritt auf dem Weg zum Erwachsensein, auch wenn ich auf meine Volljährigkeit noch weitere drei Jahre warten muss. Doch was hätte ich davon? Die Welt wird von Männern regiert, wie meine Mutter zu sagen pflegt.

Seit 1884 gibt es das Fräulein Gewürzzauber *bereits. Die Tür zur Zuckerwelt öffnete damals eine Frau, meine Großmutter Rose Kirschhut. Doch auf dem Papier trocknete nach langen Diskussionen der Name ihres Gatten: Weinmut. Das heimliche Regiment führten dennoch immer die Ahninnen der Sonnenschein-Linie, und auch mir würde das Zepter eines Tages wie in einem Geheimbund weitergereicht. Doch dazu müsste ich, statt neue Rezepte zu kreieren, zunächst einen Mann finden, der damit einverstanden wäre, und einige Jahre lang Heim und Herd und die Kinder hüten. Was mich zu meinem baldigen Geburtstag zurückführt, an dem meine Verlobung bekannt gegeben werden soll. Tatsächlich haben meine Eltern ein Arrangement mit der Familie eines*

Geschäftsfreundes geschlossen. Deren Sohn Hans-Peter ist ihrer Ansicht nach eine »gute Partie«. Das heißt für sie, er ist aus gutem Hause, gebildet und ein hochangesehener Anwalt mit außerordentlichem Einkommen, was mir ein überaus angenehmes Leben versprechen würde, sollte das Fräulein Gewürzzauber *einmal nicht so gut laufen.*

Für mich hört es sich eher an wie: Er ist doppelt so alt wie ich, wird mich maßregeln, sobald ich »in meinem jugendlichen Leichtsinn« den kleinsten Fehler begehe, und mir Vorschriften machen, wie ich die Zuckerbäckerei zu führen habe. Und was interessiert mich das viele Geld, wenn ich mit diesem Herrn nicht glücklich werde?

Ich würde zu gern den Rat einer erfahrenen Freundin hören. Vielleicht würde er so lauten:

Die Süße steckt in der Füllung.
Ein Genuss ist ihre Enthüllung.
Am besten, sie ist mit Schuss!
Dein Schokokuss

So, genug gereimt. Ich sollte mich nun den Walnusspralinen widmen, und vielleicht probiere ich heimlich noch ein neues Rezept aus. Am besten lege ich es mit ins Buch, bevor Mutter es findet und mich wieder ermahnt, von solch unschicklichen Rezepten die Finger zu lassen. Ich höre schon ihre Worte: »Elvi, setz auf die Tradition, die uns zum Erfolg gebracht hat!«

Aber was ist, wenn diese Tradition, an der man so lange festgehalten hat, langsam einstaubt? Wenn sich die Welt weiterdreht und nur im Fräulein Gewürzzauber *die Zeit stillsteht? Wäre das nicht furchtbar? Ich habe von einer Frauenbewegung gehört, die sich für die berufliche und soziale Gleichberechtigung der Frau einsetzt. Sollte es mir irgend möglich sein, werde ich mich zu einem ihrer Treffen stehlen, denn ich brenne darauf, zu hören, wie sie diesen Wandel vorantreiben wollen. Vielleicht ist die Welt jetzt noch nicht bereit für eine große Veränderung. Aber ich möchte den Zeitpunkt nicht verpassen, an dem sie es ist.*

»Ganz schön harter Tobak!«, entfuhr es Max.

Lena nickte. »Sie hat in einer Zeit gelebt, in der die Frauenbewegung ihre Ziele noch nicht durchsetzen konnte. Aber sie haben nicht aufgegeben, wie wir heute wissen.« Sie betrachtete den zusammengefalteten Zettel, der hinter dem Eintrag ins Buch geklebt war. *Mandarinen-Karamell-Kugeln*, entzifferte sie.

»Darauf habe ich so gehofft!« Strahlend löste Lena das Papier von der Seite und entfaltete es. Das Rezept darauf ließ ihr Zuckerbäckerinnenherz schneller schlagen. Sie würde es morgen früh direkt ausprobieren.

Max rekelte sich genüsslich. »Also, ich habe meinen Schokokuss mit Schuss schon gefunden!«

»Wie?«

»Na, dich!« Max stupste ihr auf die Nase.

»Ich geb dir gleich einen *Schuss!*«

»Lieber einen *Kuss!*«, verlangte Max und holte ihn sich gleich selbst. »Liest du mir noch was vor?«

»Nein, jetzt nicht. Jeden Tag nur einen Eintrag! Dann haben wir länger etwas davon.« Beseelt wickelte Lena das Lederbändchen um das Buch und legte es zurück ins Regal. Bei dem Gedanken daran, morgen mehr von Elvi zu erfahren, hatte sie schon jetzt ein Kribbeln im Bauch.

Lieber Max,

3. DEZEMBER

Damit dieser Tag nicht zum Muffellaunetag werden konnte, wozu Montage gern neigen, schaltete Lena direkt nach dem Aufstehen die Lichterketten in der Tannengirlande über dem Türbogen zum Wohnzimmer ein. Normalerweise hätte sie als Nächstes das Radio angemacht, das auf ihren Lieblingsweihnachtssender eingestellt war, doch Max schlief noch tief und fest, und es zog Lena in die Backstube. *Mandarinen-Karamell-Kugeln.* Die musste sie einfach ausprobieren!

Vorsichtig nahm sie den gefalteten Zettel aus dem Tagebuch ihrer Ururgroßmutter. Das Papier war an einigen Stellen rissig und so dünn, dass man fast durchsehen konnte. Sie musste den Zettel unbedingt einschweißen und in die hübsche Lederkladde zu den besonderen Familienrezepten heften, die Oma Greta immer die *Sonnenschein-Chroniken* genannt hatte. Um es für die Zukunft allgemeiner zu halten und weil ihr ihr Bauch sagte, dass es einfach besser passte, hatte Lena sie in die *Zuckerguss-Chroniken* umbenannt.

Sie huschte die Holztreppe im Flur hinunter, schlüpfte durch die schwere Tür ins *Fräulein Gewürzzauber* und drehte kurze Zeit später den Lichtschalter in der Backküche um. Sogleich flammten die alten Industrielampen unter der Decke auf und erhellten den Raum mit ihrem warmweißen Licht. Schnell das Radio angeschaltet, und schon konnte es bei den Klängen von *Driving Home for Christmas* losgehen. Ein wenig fühlte sie sich gerade selbst, als sei sie auf geheimer Mission. Als wäre *sie* die *unartige* Tochter, die heimlich *unschickliche* Rezepte ausprobierte.

An den Rand des Rezepts hatte Elvi einige kreisrunde Metallförmchen mit Klappdeckel gezeichnet. Lena wusste genau, welche das waren und wo sie sie finden würde: in einer der Schubladen des Wandschranks. Ein wohliger Schauer lief ihr über den Rücken, als ihr in den Sinn kam, dass schon Elvi die Förmchen für dieses Rezept benutzt haben musste. Und bei der Vorstellung, dass ihre Ururoma vor hundert Jahren genau hier, im selben Raum und an demselben Tisch, ihre Pralinen kreiert hatte, kribbelte es in ihrem Bauch. Elvis Pralinen waren damals in Deutschland etwas ganz Neues gewesen und deswegen bei den gut betuchten Familien sehr beliebt, wie Oma Greta immer voll Stolz erzählt hatte.

Lena war ganz bezaubert von Elvis Kreation: einer Ganache aus Rahm, weißer Kuvertüre, Mandarinenpüree und Zimt, einem Kern aus zart schmelzendem Karamell, alles eingebettet in einen Hohlkörper aus weißer Schokolade. Außen würde sie diese noch mit Creme umpinseln und in Puderzucker wälzen, sodass die Praline wie eine Schneekugel aussah.

Als sie eine Stunde später ihr neuestes Werk begutachtete, wurde Lena erneut warm ums Herz. Was war es nur für ein Glück, dieses Tagebuch gefunden zu haben! Die Pralinen waren einfach perfekt. Als Belohnung kochte sie sich erst mal einen großen Becher Tee mit viel Ingwer, Kurkuma und Zimt – und versüßte ihn mit Tjure Großherz' Waldhonig.

»Schau, Kathi, was ich Schönes gemacht habe! Na, was sagst du?«, fragte Lena wenig später ihre Mitarbeiterin. Stolz hielt sie ihr eine Pyramide kleiner weißer Schneebälle unter einer schimmernden Glaskuppel entgegen.

»Wie wunderschön! Darf ich probieren?« Kathi war sofort Feuer und Flamme.

Lena nickte grinsend und freute sich, als Kathi bei jedem Bissen seufzte. »Einfach göttlich! Ein Winterweihnachtstraum!«

»So werden wir sie nennen! Danke, Kathi!«

»Bitte … Dafür darf die Namensgeberin doch sicher …« Kathi klimperte mit den langen Wimpern und zog einen so breiten Schmollmund, dass Lena nicht anders konnte, als zu lachen: »Sicher, aber lass noch welche für unsere Kunden übrig!«

»Schau mal, die ist aber schon weit gereist!« Erstaunt reichte Lena Max eine sichtlich in Mitleidenschaft gezogene Postkarte. Sie zeigte einen bunten Buddha-Tempel auf der Vorderseite, die Rückseite zierten bunte, fremd wirkende Briefmarken. »Den Text kann ich leider nicht lesen.«

Max hob die Augenbrauen hinter seiner Hornbrille. »Die ist von meiner Tante, Rosina Himmelreich.«

»Oh, wie nett! Ist sie die Schwester von deinem Opa Nikolaus? Ist sie im Urlaub?«

Max nickte beiläufig, was Lena als Zustimmung zu beiden Fragen deutete. Es war allerdings ungewöhnlich, dass er so zurückhaltend reagierte. »Hast du etwas?«

Ein irritierter Blick.

»Max?«

»Hm?« Jetzt endlich sah er Lena an. Seine Augen, die in glücklichen Momenten pistaziengrün leuchteten, waren panisch geweitet und wirkten leer. »Sie kommt vorbei«, murmelte er mehr zu sich selbst.

»Deine Tante? Das ist ja schön! Dann lerne ich sie bald kennen. Nikolaus hat sie schon mal erwähnt, und –«

»Du verstehst das nicht!«, unterbrach Max ihren Redefluss. Er sprang auf. »SIE. KOMMT. VORBEI!« Unruhig lief er vor dem Fenster hin und her. Dabei stieß er unbeabsichtigt Ruprechts Kobel an, weshalb das Eichhörnchen lautstark keckerte. Max nahm davon jedoch keine Notiz, sondern inspizierte den Text der Postkarte noch einmal ganz genau. »Sie schreibt, sie kommt in vier Wochen.«

Lena umrundete den Tisch, nahm das Eichhörnchen auf den Arm und kraulte es beruhigend zwischen den Pinselohren. »Das dürfte um Weihnachten herum sein. Aber dann ist doch noch Zeit … Was hast du denn?«

»Eben nicht!«, entfuhr es Max harsch. Zerknirscht sah er sie an. »Tut mir leid, es ist nur … Nach dem Poststempel wurde die Karte vor vier Wochen irgendwo im Hinterland von Bangladesch abgeschickt. Das heißt …«

»… dass deine Tante jeden Tag hier eintreffen kann!« Lena freute sich aufrichtig. Sie kannte bereits Max'

Eltern, Marga und Bertram Himmelreich, sowie seine Großeltern, Theresa und Nikolaus Himmelreich, die einst mit ihren eigenen Großeltern, Greta und Henry, befreundet gewesen waren. Aus Lenas eigener naher Verwandtschaft lebte niemand mehr; dafür umgaben sie viele liebe Menschen, die sie als ihre Wahlfamilie bezeichnen konnte.

Lena runzelte die Stirn. Warum nur war es für Max eine solche Katastrophe, dass seine Tante Rosina zu Besuch kam? War es eine In-die-Backen-kneif-Tante ersten Grades? War sie pingelig, hochnäsig oder rechthaberisch – oder alles auf einmal? Oder steckte hinter Max' Reaktion etwas ganz anderes? Sie wartete einen Moment, bis er sich wieder etwas gefangen hatte. Dann fragte sie: »Möchtest du noch Kakao?«, setzte Ruprecht auf der Fensterbank ab, schob Max zum Tisch und schenkte ihm kurzerhand ein. »Komm, setz dich, und erzähl mir, was los ist.«

Max seufzte, gab sich aber geschlagen. Als er saß, nahm er seine Brille ab. Das tat er nur, wenn es etwas Ernstes zu bereden gab. Und das war erst zweimal vorgekommen: als er Lena von seinen spießbürgerlichen Eltern erzählt hatte – und als er Lena erklären wollte, dass Zusammenziehen die weltbeste Idee für sie beide wäre. »Sie ist so … anders.«

»Wie meinst du das?«

»Wo sie auftaucht, herrscht Chaos. Mein Vater bezeichnet sie gern als seine ›Esoteriktante‹, und damit hat er nicht unrecht. Sie ist fernab aller Realität. Immer gegen alles. Die Königin der Verschwörungstheoretiker … Und das waren noch die netteren Umschreibungen.« Er lehnte sich auf seinem Stuhl zurück und verschränkte die Arme vor der Brust. »Ich fand sie als Kind immer etwas gruselig, aber gerade deshalb auch unglaublich interessant, weil sie so ganz anders war, als meine Eltern es mir vorlebten.« Jetzt lachte er. »Mit ihr habe ich echte Abenteuer erlebt ... An das letzte kann ich mich noch sehr gut erinnern: In einem Winter ist Tante Rosina heimlich mit mir zum Eislaufen zum Stadtsee gefahren – natürlich ohne die Zustimmung meiner Eltern.«

»Durfte man das damals noch?«

Max grinste. »Meine Großtante durfte alles. Zumindest hat sie das behauptet, und sie hat auch immer getan, was sie wollte.«

»Erinnert mich irgendwie ein bisschen an Pippi Langstrumpf.«

Max nickte. »Das Ende vom Lied war, dass sie ins Eis eingebrochen ist.«

Lena legte erschrocken die Hände vor den Mund, doch Max winkte ab. »Keine Sorge, sie stand nur bis zu den Oberschenkeln im Wasser. Die Polizei kam zufällig vorbei und hat uns mit Blaulicht nach Hause gefahren. Von da an haben meine Eltern streng darauf geachtet, dass Rosina nicht mehr in meine Nähe kam. Danach war sie eigentlich eh nur noch auf Reisen und kam nur alle paar Jahre auf Stippvisite. Immer mit einem anderen Mann und immer, um ihren Bruder um Geld zu bitten oder meiner Familie ihre Weltanschauung aufzudrücken. Seit fünfzehn Jahren habe ich von ihr weder etwas gesehen noch gehört. Dabei sollte man von seiner Patentante doch etwas mehr erwarten!«

Das also war der fiese Eispickel, der in seinem Herzen

steckte. Max hatte offenbar einmal eine enge Bindung zu seiner Großtante gehabt, doch seine Gefühle waren über die Jahre von den Bemerkungen seiner Eltern beeinflusst und getrübt wie ein altes Fernglas. Außerdem hatte er sich als Kind von ihr alleingelassen gefühlt und wollte diesen Schmerz wohl nicht noch einmal durchleben. Sie überlegte einen Moment, dann sagte sie: »Du bist nicht dein Vater, Max. Und du betonst auch immer, dass du auf keinen Fall so werden willst.«

»Worauf willst du hinaus?« Max drehte die Postkarte unruhig in seinen Händen.

Lena legte beschwichtigend ihre Hände auf seine. »Ich will damit sagen, dass du deine Tante jetzt, wo du erwachsen bist, vielleicht mit anderen Augen siehst. Gib ihr eine Chance, zu erklären, warum sie nicht für dich da war. Wenn dir die Antwort nicht gefällt, kannst du sie immer noch zurück nach Bangladesch schicken.«

Max seufzte. »Abgemacht!« Er zog Lena auf seinen Schoß und küsste sie. Seine Lippen waren so weich, dass Lena gar nicht genug davon bekommen konnte.

☆

Dicke Flocken fielen vom Himmel und tanzten im Schein der Straßenlaternen. Lena betrachtete sie von ihrem Küchenfenster aus, und ein vertrautes Geräusch drang an ihre Ohren. *Knack-knack, knack-knack*. Offenbar knabberte Ruprecht in seinem Kobel Nüsse.

Voller Genuss sog sie den himmlischen Duft von grünem Tee mit Brombeerblättern ein. Max war noch unterwegs, um auf einer Firmenweihnachtsfeier zu fotografieren. Er hatte angekündigt, Lena, wenn er nach Hause kam, von einem großen Auftrag zu erzählen, den ihm die Redaktion des Backmagazins *Puderzauber* übertragen hatte. Lena war gespannt, zu hören, um was es diesmal ging. Davor aber wollte sie die Zeit nutzen, um den nächsten Eintrag in Elvis Tagebuch zu lesen. Schon jetzt fühlte sie sich ihrer Verwandten so nah, als würde sie gleich mit ihr zusammen auf der Couch sitzen und bei Tee und Keksen über neue Backrezepte philosophieren. Ach, das wäre wundervoll!

Als Lena wenig später die Lederschnur abwickelte und die Seite mit dem nächsten Eintrag aufschlug, fielen ihr einige Stücke getrockneter Blättchen entgegen. Traurig betrachtete sie die Stängel, die unter einem Streifen Leukoplast auf der linken Seite klebten. Offensichtlich hatte Elvira ein Kraut zwischen den Seiten getrocknet. Welches es war, erkannte Lena an der detailreichen Zeichnung daneben. Feine Tintenstriche vereinigten sich zu einer langstieligen Pflanze mit großen Blättern, die sich nach unten wölbten, paarweise übereinanderlagen und nach oben hin kleiner wurden: Basilikum.

Plötzlich strich ein weicher Puschelschwanz über ihren Nacken, und im nächsten Moment landete das ganze Eichhörnchen neben ihr auf dem Kissen. Lena kraulte Ruprecht abwesend am Bauch, denn ihre ganze Aufmerksamkeit galt nun dem Text. Von einem Wimpernschlag auf den anderen war sie wieder ganz im Jahr 1909, in der Welt der damals siebzehnjährigen Elvira Sonnenschein, die sich als Rebellin der Backszene sah.

3. 12. 1909

Ich kann mit vollem Stolz verkünden: Die geheime Herstellung der Mandarinen-Karamell-Kugeln brachte eine himmlisch weihnachtliche Geschmackskombination hervor! Der Zimt harmoniert perfekt mit dem Mandarinenmus, und der weiche Karamellkern ist einfach ein Genuss. Schade nur, dass ich diese Leckerei nicht unseren Kunden anbieten kann.

Heute kam eine ganz besondere Lieferung für mich an, die mir Wilhelm überreichte. Seit ein paar Monaten bringt mir der junge Gehilfe von Gewürzhändler Ampfer jede Woche ein neues Gewürz oder Kraut und überrascht mich so mit neuen Düften und Geschmackserlebnissen. Heute hatte er einen Strauß Basilikum für mich. Er reichte ihn mir, als wollte er mir den Hof machen, der Schuft! Aber ich kann ihm nie lange böse sein und gab ihm im Gegenzug eine Mandarinen-Karamell-Kugel zum Probieren. Er behauptete, bei jedem Bissen schmelze Weihnachten in süßer Fülle auf der Zunge dahin.

Mutter durfte Wilhelm natürlich nicht sehen, und das Kraut erst recht nicht. So etwas Exotisches würde bei ihr direkt in den Mülleimer wandern. Natürlich kam sie doch unverhofft aus der Backstube, aber Wilhelm rettete uns, indem er behauptete, sein Arbeitgeber wolle sichergehen, dass die Lieferung Salz zu ihrer Zufriedenheit sei. Das hat Mutter so gewundert, dass sie den Armen hernach im Gespräch mit einer Bekannten als einfältig beschrieb. Ich weiß jedoch, was ich an ihm habe. Mutter mag immer sehr schnell mit ihren Äußerungen sein, ich aber denke: Urteile nicht vorschnell, sondern sei offen für die Würze in der Süße des Lebens!

Wenn man jemanden noch nicht gut kennt, sollte man ihn wirklich nicht zu schnell verurteilen, denn manchmal überraschen uns die Menschen auch.

Lena schüttelte ungläubig den Kopf. Genau das hatte sie Max heute Mittag geraten: Er solle sich erst mal ein eigenes Bild von seiner Großtante machen.

Mit einem zufriedenen Seufzer klappte Lena das Büchlein zu und legte es neben sich auf die Couch. Versonnen betrachtete sie Ruprecht, der sich auf ihrem Schoß zusammengerollt hatte und gleichmäßig und ruhig atmete. »Na, Puschelchen, was meinst du: Bahnt sich da etwa eine Liebesgeschichte an? Ich habe da so ein Gefühl …«

4. DEZEMBER

Als Lena aufwachte, waren ihre Augen noch zu schwer, um sie zu öffnen. Etwas Weiches kitzelte sie erst an der Stirn, dann an Wange und Nase. »Puschelchen! Nicht in mein Gesicht …«, murmelte sie. Erst jetzt bemerkte sie, dass sie auf weichen Kissen und unter einer dicken Decke lag. Hatte sie nicht eben noch auf dem Sofa gesessen? Wie war sie ins Bett gekommen?

Etwas Kratziges berührte ihre Wange. »Guten Morgen, mein Gewürznäschen«, schnurrte Ruprecht. *Ruprecht?* Nein, es war natürlich Max, der sich an sie kuschelte.

»Wie bin ich …?«

»Ich habe dich ganz gentlemanlike ins Bett getragen. Habe dich erst all deiner Sachen entledigt, und dann habe ich mich –«

»Schsch! Nicht vor dem Eichhörnchen!« Endlich schaffte Lena es, die Augen zu öffnen.

»Ich muss heute ganz früh raus. Mein Wecker klingelt gleich. Frühstücken wir noch zusammen?«

»Natürlich!« Lena rappelte sich auf und sprang unter die Dusche. Als sie in die Küche kam, hatte Max bereits die Lichterkette angeschaltet, das Radio dudelte Weihnachtsjazz, und auf dem Küchentisch brannte die dickbauchige rote Kerze auf einem grünen Kranz.

Wie das duftete! Nicht nur das Rührei, das vor Max in der Pfanne briet, verströmte seinen Duft, sondern vor allem ihr Zimtstern-Adventsmann selbst. So nannte Lena ihn wegen seines Geruchs nach Zimt und Honig insgeheim, seit sie sich zum ersten Mal im *Fräulein Gewürzzauber* begegnet waren. Sie gab ihm einen Kuss in den Nacken und deckte den Tisch. »Bevor du mir endlich von deinem Auftrag berichtest, muss ich dir noch schnell eine wunderbare Neuigkeit erzählen! Ich habe nämlich auch einen Auftrag. Schon seit Sonntag!« Ohne seine Reaktion abzuwarten, plapperte sie direkt weiter: »Einen ganz besonderen Spezialauftrag. Und zwar … von Daniel!«

»Und? Was möchte er? Einen Weihnachtsbaum aus Dominosteinen? Ein Alpaka aus Lebkuchenteig?« Max schaufelte Rührei auf beide Teller und schob sich schnell eine große Gabel voll in den Mund.

»Alles gute Ideen! Vielleicht sollte ich darüber nachdenken. Es soll nämlich ein ganz besonderes Gebäck werden, eines, bei dem es speziell auf die Füllung ankommt.«

»Sprüche in Glückskeksen?«

»So ähnlich.«

Max stellte die Teller auf den Tisch, packte Lena bei den Hüften und zog sie an sich. »Du sagst mir jetzt sofort, was dein Auftrag ist, oder du erlebst, wie ein Dreitagebart zum Folterinstrument werden kann!«

»Das wagst du nicht!« Lena grinste schelmisch.

»Du hast es nicht anders gewollt!« Blitzartig umklammerte Max Lena, sodass sie sich nicht mehr wehren konnte, küsste sie sanft auf den Mund und vergrub sein Gesicht in ihrer Halsbeuge. Seine Bartstoppeln kitzelten dabei so sehr, dass Lena vor lauter Lachen bald nur noch japsend hervorbrachte: »Schon gut! Hör auf! Ich sag's!«

Max ließ von ihr ab, behielt sie aber im Arm, als könnte ein erneuter Dreitagebart-Angriff nötig werden. Lena brauchte einen Moment, um sich zu beruhigen und sich wieder hinzusetzen. Dann berichtete sie: »Er will sich mit Charlotte verloben! Den Ring soll ich in eine Leckerei einbacken, die sie beim Backworkshop von ihm bekommt! Ist das nicht romantisch?« Ihre Stimme war vor lauter Aufregung eine Oktave höher gerutscht, und Max verschluckte sich an dem Bissen, den er gerade im Mund hatte.

»Hey, ist alles gut bei dir?« Sie beugte sich zu ihm und klopfte ihm auf den Rücken.

Max nickte. »Ich hätte alles erwartet, nur nicht das!«

»Aber warum denn nicht?« Lena war irritiert. »Die beiden sind deutlich länger ein Paar als wir, haben einen gemeinsamen Beruf, einen ganzen Hof, sind rund um die Uhr zusammen. Was spricht dagegen?«

»Eigentlich nichts.« Max zuckte mit den Schultern und aß weiter. Dann grinste er: »Ich frage mich nur, warum Frauen immer gleich ausflippen, wenn's ums Heiraten geht. Genau wie bei Babys. *Die sind ja sooo süß!*« Er verdrehte die Augen. »Kann man sich nicht gesittet darüber freuen? Liegt das in den Genen?«

»Gesittet?« Lena sah ihn ungläubig an. »In welchem Jahrhundert leben wir denn? Ich möchte bei solchen

Nachrichten ausflippen, tanzen, jubeln und quieken dürfen, so viel ich will.«

»Möchtest du denn heiraten?«

Die Frage traf Lena so unvorbereitet, dass sie nicht ausweichen konnte. Vor Schreck bekam sie für einen Moment keinen Piep raus.

Max amüsierte sich offenbar königlich, denn er giggelte: »Keine Sorge, das war kein Antrag. Ich wollte nur wissen, ob du *irgendwann* einmal heiraten möchtest – in ferner Zukunft? Vielleicht?«

»Okay ...« Endlich bekam Lena wieder Luft. Eine Antwort wusste sie dennoch nicht. Wollte sie sich diese Frage jetzt wirklich schon stellen lassen? Wartete sie insgeheim schon darauf? Oder wollte sie erst in ein paar Jahren vor den Altar treten? Wollte sie das *überhaupt?* Heute lebten Paare schließlich auch gut ohne Trauschein zusammen. War es ein schlechtes Zeichen, dass sie spontan keine Antwort auf all die Fragen wusste? Sie wurde immer nervöser. Verdammt, sie wusste noch nicht einmal genau, ob sie wirklich bereit war, mit Max zusammenzuwohnen!

»Können wir das Thema vielleicht – vertagen?«, fragte sie schließlich zaghaft.

»Wieso?« Max grinste. »Hast du Schiss? Du hast Schiss!«

»Nein, habe ich nicht! Ich habe nur noch nie darüber nachgedacht. So eine Beziehung wie mit dir hatte ich noch nie. Ich bin noch neu in der Liebesbeziehung-dauert-schon-ein-Jahr-Liga.«

»Aha.«

Lena schluckte. Darauf ging sie jetzt besser nicht ein.

Er will mich nur provozieren, beruhigte sie sich. Am besten sprach sie erst einmal mit ihren Freundinnen über alles. Emma hatte zwar derzeit keinen Partner, dafür aber viele On-off-Techtelmechtel hinter sich, und Milla hatte schon einige Jahre mehr Beziehungserfahrung als sie. »Kommen wir endlich zu deinem Auftrag«, wechselte sie schnell das Thema. »Erzähl mir, worum es dabei geht!«

»Frau Spitzbub hat für mich ebenfalls einen Spezialauftrag: Ich soll Mirabell Fuchs von *Bellas Backperlen* für ein paar Tage bei ihren Videodrehs begleiten und eine Fotoreportage über sie machen! *Ein ganz großes Ding!*«

Er machte die hohe Stimme, die exzentrische Mimik und ausladende Gestik der Chefredakteurin so gekonnt nach, dass Lena vor Lachen fast vom Stuhl fiel. »Als würde Eugenie Spitzbub hier sitzen! *Tüddelüüüü!*«, prustete sie. »Aber sag mal: Was ist denn so besonders an dieser Bella? Und was sind die *Backperlen?*«

»Du kennst *Bellas Backperlen* nicht?« Gekonnt imitierte Max Eugenies vielsagenden Augenaufschlag. »Sie ist *das* aufsteigende MyTube-Sternchen am Backblog-Himmel! Außerdem soll sie das Gesicht von Roland Riegels neuer Kampagne werden. Du weißt schon: der Schokoladenfabrikant. Ich werde sie heute Nachmittag kennenlernen und mit ihr erste Ideen für die Reportage durchgehen. Kann also ein bisschen später werden.«

»Soso, du triffst dich also mit der Konkurrenz!« Lena nahm einen großen Schluck aus ihrer Tasse und sah ihn gespielt aufgebracht an. »Hinterher läufst du noch über!«

Max schnaubte grinsend. »Als ob die dir das Wasser

reichen könnte, mein Gewürznäschen! Du hast nicht zufällig eine neue Kreation für mich?«

»Oh, Elvis Pralinen!« Natürlich! Die hatte sie ja ganz vergessen, Max zu zeigen. »Moment!« Flugs huschte Lena die Treppe hinunter in den Laden. Keine zwei Minuten später stand sie mit einem Schälchen voller Schneebälle wieder vor Max.

»Die sind einfach himmlisch!«, schwärmte er schon nach dem ersten Bissen. »Und dieser Karamellkern!« Sein Blick fiel auf die Backofenuhr, und er verzog den Mund. »Jetzt, wo es gerade so schön ist … muss ich los.«

»Dann auf! Mach die Welt ein bisschen besser!« Lena lächelte. »Ich mache es mir heute Abend einfach wieder mit Elvi auf der Couch gemütlich, bis du nach Hause kommst.«

Am Nachmittag klingelten die Glöckchen der Eingangstür besonders fröhlich, denn Matthi betrat zusammen mit seiner Schwester Bille das *Fräulein Gewürzzauber*.

»Hallo, ihr zwei! Ist das schön, euch zu sehen!« Lena umarmte sie herzlich und wies auf eines der drei Tischchen am Fenster, das gerade frei geworden war. Als sie sich gesetzt hatten, stellte sie ihnen sogleich einen Teller mit Spritzgebäck und bunten Macarons hin und orderte bei Kathi drei Becher Glühwein.

Bille war wie immer für Lenas Geschmack ein wenig zu grell geschminkt, und ihr Bruder Matthi … Lena unterdrückte ein Grinsen. Matthis Stil konnte man einfach nicht in Worte fassen. Er sah heute ein wenig aus wie ein

Bergtroll und drückte sich oft auch so aus. Dennoch war er ein herzensguter Kerl, und nach ihrem missglückten Blind Date vor einem Jahr waren sie gute Freunde geworden.

Lena setzte sich zu den Geschwistern. »Was gibt es Neues?«

Kurz sahen Bille und Matthi einander mit Verschwörermiene an. Dann brach es aus Bille heraus: »Ich habe mich von Jonathan getrennt!«

Lena war sprachlos. Die beiden waren nicht mehr zusammen? Als sie Bille und Jonathan, den Pächter des Filmtheaters *Casablanca*, bei dem Lena stille Teilhaberin war, zuletzt gesehen hatte, hatten die beiden eigentlich glücklich gewirkt. »Was ist denn passiert? Warum …?«

»Es hat einfach nicht gepasst«, brachte Bille ein wenig zu gleichgültig hervor. »Wir hatten zu unterschiedliche Vorstellungen von unserer gemeinsamen Zukunft. Ich würde gern heiraten, Jonathan nicht. Ich hätte gern Kinder, Jonathan nicht. Ich meine, wozu ist man denn überhaupt zusammen, wenn man keine Familie gründen will?« Sie wischte sich verstohlen eine Träne aus dem Augenwinkel.

»Oh, das tut mir leid!« Lena legte ihre Hand auf Billes rechte. »Und ihr könnt nicht noch einmal über alles reden? Vielleicht gibt es ja einen Kompromiss, mit dem ihr beide glücklich würdet?«

Bille sah sie ungläubig an. Im nächsten Moment platzten scheinbar alle angestaute Wut und Traurigkeit aus ihr heraus: »Was für einen Kompromiss kann es denn als Alternative zu Heirat und Babys geben? Swingerclub und einen Job als Tagesmutter? Der Herr verbringt seine

Zeit ja lieber in *seinem Kino*. Unsere Beziehung fühlte sich mittlerweile an wie fünf Tage altes Popcorn.«

Lena blieb der Mund offen stehen. So viel Sarkasmus war sie von Bille nicht gewohnt.

»Bille, lass gut sein. Der Kerl isses nich' wert«, nuschelte Matthi.

Zum Glück balancierte in diesem Moment Kathi drei Tassen Glühwein auf einem kleinen Tablett heran, und Billes eben noch vor Wut hochgezogene Augenbrauen senkten sich.

Lena hätte sich am liebsten selbst gegen das Schienbein getreten. Wieso hatte sie Bille vorgeschlagen, einen Kompromiss zu suchen? Wenn zwei Überzeugungen so sehr auseinanderdrifteten wie bei ihr und Jonathan, war es vermutlich zwar schmerzhaft, aber klug, die Beziehung zu beenden. Es musste für Bille doppelt hart sein, dass Jojo keine eigenen Kinder wollte, da sie selbst Kinder über alles liebte und deshalb auch in einer Hilfsorganisation für sozial benachteiligte Kinder arbeitete. Ein dunkler Gedanke huschte Lena durch den Sinn und versuchte, sich in ihrem Kopf einzunisten: War ihre Beziehung mit Max genauso zum Scheitern verurteilt? Heute Morgen hatte Max den ersten kläglichen Versuch gestartet, über das Heiraten zu reden, und sie hatte ihn ausgebremst. Über Kinder hatte sie noch gar nicht nachdenken wollen, obwohl sie bis über beide Ohren verliebt war. War sie für diese Art Beziehung einfach nicht geschaffen?

Kathi setzte ihr Tablett auf dem Tisch ab. »Dreimal Glühwein, bitte schön!«

»Darf ich euch bekannt machen?«, nutzte Lena die

Gelegenheit, das Thema zu wechseln. »Das ist meine neueste Kreation im *Fräulein Gewürzzauber:* Ich habe mir eine Aushilfe gebacken! Kathi, das ist Bille. Ihren Bruder Matthi kennst du ja schon.«

Matthi machte eine ungelenke Bewegung mit der Hand. Offenbar war er unschlüssig, ob er winken oder Kathi die Hand geben sollte. Kathi quittierte es mit einem breiten Grinsen und erlöste ihn, indem sie ihm die Hand reichte. »Dann seid ihr die Freunde vom *Casablanca?* Lena hat mir alles über eure Rettungsaktion erzählt. Jonathan hat ja so ein Glück gehabt. Dieses alte Kino hat aber auch wirklich Charme!«

»Jaaa!« Bille schnaubte verächtlich. »Der ganze Charme kann einem manchmal allerdings auch die Sinne vernebeln.«

Ach, du lieber Eischnee! Das hatte ja wunderbar geklappt. Lena verdrehte innerlich die Augen und wünschte, sie könnte wie eine Praline hinter der dicken Glasscheibe der Auslage verschwinden. Zum Glück schien Kathi Billes Bemerkung nicht gehört zu haben, denn sie plapperte munter weiter: »Ich war ja noch nie ein großer Kinogänger, aber wenn wir schon so ein besonderes Kino in unserer Stadt haben, sollte man das ausnutzen, oder?«

»Wir könnten ja mal …« Verlegen strich sich Matthi durch sein sturmkrauses Haupthaar.

Der Arme!, dachte Lena. *Sollte das eine Einladung zu einem Date werden?* Zum Glück rissen die Glöckchen der Eingangstür sie aus dieser seltsam verfahrenen Situation.

»Lena, bleib du ruhig sitzen, ich kümmere mich um

die neuen Kunden. Tschüss, ihr zwei! Hat mich gefreut!« Schon drehte Kathi sich zum Gehen um. Matthi konnte gerade noch die Hand heben und den Mund zu einem Gruß öffnen.

Es folgte eine unangenehme Stille. Jeder nippte an seinem Glühwein und sah in eine andere Richtung. Schließlich räusperte Matthi sich. »Sag mal, hat Kathi … eventuell … Also ich meine … ist sie …?« Verstohlen sah er an Lena vorbei und verfolgte mit den Augen einen Punkt hinter ihr.

Um ihn zu erlösen, sagte Lena schnell: »Nicht, dass ich wüsste.«

Bille atmete einmal tief ein. Offenbar lag ihr noch etwas auf dem Herzen. »Weswegen wir eigentlich hier sind …« Sie machte eine kleine Pause, um sich zu sammeln. »Die *Rosenkinder* wollen nächsten Sonntag einen Adventskaffee veranstalten. Wir machen das jedes Jahr, und das ist immer wichtig, weil die dort eingenommenen Spenden direkt den Kindern zugutekommen.« Sie nahm noch einen Schluck, bevor sie endlich mit ihrer Bitte herausrückte: »Würdest du dafür etwas spenden? Kekse und Zuckerstangen vielleicht? Etwas, was die Kinder verkaufen können?«

»Du könntest auch die Flugblätter auslegen«, bat Matthi.

»Aber sicher doch!«, stimmte Lena zu. Sie war glücklich, dass sie Bille dadurch zumindest ein kleines Lächeln entlocken konnte.

Als Lena an diesem Abend das *Fräulein Gewürzzauber* schloss und das Licht im Verkaufsraum erlosch, war sie noch immer aufgewühlt von ihrem Gespräch mit Bille. Auch der Nicht-Heiratsantrag von Max lag ihr schwer im Magen. Sie freute sich deshalb umso mehr, sich gleich mit Ruprecht auf die Couch zu kuscheln und mit Elvis Tagebuch in die Vergangenheit zu reisen.

Draußen wirbelten weiße Flocken umher und machten die Welt noch weißer, als sie sowieso schon war, und Lena machte es sich bei Kerzenlicht, Lichterkettenschein und einer heißen Tasse Ingwertee mit Elvis Buch zwischen den weichen Kissen bequem. Das Eichhörnchen hatte sich auf ihrem Bauch zusammengerollt und genoss es, zwischen den Pinselohren gekrault zu werden. Lena blätterte vorsichtig die vergilbten Seiten um. Offensichtlich hatte Elvi ein paar Tage nichts geschrieben, denn der nächste Eintrag datierte bereits auf den 8. Dezember 1909.

Ob wohl schon einmal irgendjemand Zartbitterschokolade mit Chilischoten zusammengebracht hat? Ich bin ganz aufgeregt, wenn ich an die Stunde denke, die ich heute allein in der Backstube verbringen darf, wenn Mutter auf dem Markt ist.

Vielleicht bin ich zu rebellisch, zu draufgängerisch. Aber die äußeren Umstände drängen mich dazu. Mir fehlt einfach die Würze im Leben. Etwas, was es lebendig macht.

Die Zeit zu schreiben war in den letzten Tagen knapp. Warum, wird ersichtlich, wenn ich aufschreibe, was alles passiert ist.

Eins der aufreibendsten Ereignisse war bereits vor vier Tagen. Da flatterte mir ein Flugblatt in die Hände, das für den Abend ein Treffen der Frauenbewegung ankündigte. Natürlich habe ich mich heimlich dort hingeschlichen. Der Treffpunkt war in einem Innenhof und das Gebäude, ein alter Backsteinbau, von dem der Putz bröckelte, nicht sehr einladend. Es war eine alte Schreinerei, die zum Sitzungssaal umfunktioniert worden war. Aus den hohen Mosaikfenstern fiel ein warmer Lichtschein auf den verschneiten Innenhof. Immer wieder huschten Silhouetten an meinem Versteck hinter einem Müllcontainer vorbei und verschwanden hinter der schweren Holztür. Erst als es ruhiger wurde, wagte ich mich näher heran und spähte durch ein Fenster. Der Raum war gut gefüllt, und es gab nicht für alle Sitzplätze. Plötzlich legte sich eine Hand auf meine Schulter. Eine etwa zehn Jahre ältere Frau stand hinter mir und stellte sich mir als Minna Plunder vor. Obwohl ich gestand, dass ich noch nicht volljährig bin, bat sie mich mit hinein. Was ich an diesem Abend hörte, und die Leidenschaft, mit der die Worte gesprochen wurden, berührten mein Herz auf eine nicht gekannte Weise. Diese Frauen stehen für all das ein, was ich mir für meine Zukunft wünsche.

Es macht mich so glücklich, dass Minna mir die Erlaubnis gab, bei ihrem nächsten Treffen wieder dabei zu sein! Wenn ich an den Abstimmungen auch noch nicht teilnehmen darf, so kann ich mich doch vielleicht auf anderem Wege mit meinen Ideen und meiner Tatkraft einbringen.

Seit diesem Abend ist die Welt nicht mehr, was sie ein-

mal war. Ich muss mich hüten, nicht noch aufmüpfiger zu Mutter zu sein als ohnehin.

Für Mutter ist das einzige Gesprächsthema bei Tisch derzeit die bevorstehende Verlobung an meinem achtzehnten Geburtstag. Wie kann man von etwas so besessen sein, dass man die Gefühle anderer vollkommen ignoriert? Natürlich weiß ich, dass es eine Frage der Konventionen ist. Doch sie sind meine Eltern und lieben mich. Sie können meine Wünsche doch nicht so vollkommen übergehen! Als wäre ich ein Stück Vieh, das sie an den Meistbietenden verschachern!

Niemand darf wissen, dass ich Gefühle für Wilhelm hege. Als ich vorgestern zur Post ging, trafen wir uns und gingen in den Stadtpark. Der Schnee knarzte unter unseren Füßen und glitzerte in der Sonne wie tausend Diamanten. Unter den schneebedeckten Ästen einer alten Tanne gestand Wilhelm mir seine Zuneigung mit einem zärtlichen Kuss, der allen Schnee um uns zum Schmelzen brachte. Mein Herz wollte vor Freude zerspringen!

Gesellschaftliche Konventionen, Geschäftspartner hin oder her – ich liebe den alten Mann nicht, den meine Eltern für mich ausgesucht haben, und deswegen werde ich ihn auch nicht heiraten. Wenn ich jemanden heirate, dann Wilhelm. PUNKT. Denn wie sagte meine Oma immer so treffend: Auf jede Praline gehört ein Dekor, aber nur das richtige Dekor rundet den Geschmack ab und macht ihn perfekt.

Lena stöhnte auf. Ging es denn heute überall nur ums Heiraten? War Jonathan vielleicht einfach nicht das richtige Dekor für die Bille-Praline? In diesem Fall war es vielleicht ratsam, ein anderes Topping zu suchen, das geschmacklich besser passte. Sie schluckte. War sie selbst das richtige Dekor für die Max-Praline?

5. DEZEMBER

Für heute Morgen hatte Lena eine Fahrt zum Großmarkt geplant, etwas, was sie an ihrem Beruf besonders liebte. Sie freute sich jedes Mal wie ein Kind darauf, neue geheimnisvolle Zutaten zu entdecken, sich mit ausgefallenen Düften zu umgeben und dadurch neue Ideen für ihre Kreationen zu sammeln. Sie erschnupperte sie buchstäblich, und Oma Greta hatte immer voller Stolz erzählt, dass ihre Lena ein magisches Gespür für die Kombination der richtigen Zutaten habe. »Und ein Gespür für die Gefühlslagen der Menschen«, hatte sie gern ergänzt. Und das stimmte: Kam jemand mit Sorgen ins *Fräulein Gewürzzauber*, ging er meist mit einem Lächeln wieder hinaus.

Trotz der nachtschlafenden Zeit – es war erst vier Uhr morgens – deckte Lena den Frühstückstisch für zwei. Auch Max war putzmunter. Er hatte heute bereits sein erstes Fotoshooting für die Reportage über *Bellas Backperlen* und war zeitgleich mit Lena aufgestanden.

»Ach, dann seid ihr heute auch auf dem Großmarkt?«, fragte sie überrascht. Der Gedanke daran versetzte ihr einen eigenartigen Stich, als würde Max damit einen heiligen Ort entweihen.

»Eugenie Spitzbub fand es eine *fabulöse Idee*, wenn ich ihre *Backperle* vor den Gewürzständen fotografiere. Es komme bestimmt gut bei den Lesern an, wenn sie sehen, dass Bella ihre Zutaten frisch vom Großmarkt hat – sozusagen aus der *großen weiten Welt*«, erklärte Max, sah Lena vielsagend an und nahm einen großen Schluck Kakao.

»Tut sie das denn wirklich?«, hakte Lena nach.

»Pfff!« Max stieß die Luft aus. »Keine Ahnung, wo die Gute einkauft, aber bestimmt nicht dort. Vielleicht lässt sie auch einkaufen, damit ihre Fingernägel nicht abbrechen, wenn sie die Einkaufstaschen trägt.«

»Oh, bist du aber böse!«, feixte Lena, setzte sich auf seinen Schoß und gab ihm einen Kuss. »Aber irgendwie mag ich diese Seite an dir.«

»Hat dir Tjure wieder seinen Bus gegeben?« Er wartete nicht auf ihre Antwort, sondern fuhr sogleich fort: »So langsam könntest du mal darüber nachdenken, dir einen eigenen anzuschaffen, findest du nicht? Es ehrt Tjure ja, dass er dir seinen immer leiht, aber die alte Möhre ist bei diesem Wetter ein Risiko – für dich und für alle anderen.«

Lena nickte. »Das habe ich schon überlegt. Ich habe es Tjure gegenüber auch schon einmal angedeutet. Aber wahrscheinlich wäre er enttäuscht, wenn ich seinen Bus nicht mehr nehmen würde. Es ist fast wie ein kleines Ritual.«

Max seufzte. »Okay, aber ich helfe dir mit den Schneeketten.«

Zwanzig Minuten später war das Fahrzeug startklar, und Lena stieg ein, während Max sich in seinen Geländewagen setzte, um ihr zu folgen. Zusammen fahren konnten sie nicht, da Max nachher noch in die Redaktion musste. Es hatte wieder angefangen zu schneien, und die glatten Straßen machten selbst die nur fünfzehnminütige Fahrt zu einer Herausforderung.

Am Großmarkt verabschiedeten sich die beiden voneinander, und Lena machte sich auf ihre gewohnte Runde. Sie liebte die Markthalle, die ein Überbleibsel aus der Zeit der Industrialisierung war. Ihre hohen Decken und die verschnörkelten Metallsäulen, die sie stützten, verliehen ihr einen unverwechselbaren Charme. Jetzt, zur Vorweihnachtszeit, hing an jeder Säule ein großer grüner Kranz mit dicken roten Kugeln und roten Schleifen, und überall glitzerten die Lichterketten bunt geschmückter Weihnachtsbäume. Im Takt der Weihnachtslieder, die aus den großen Lautsprechern dudelten, schlenderte Lena an den Ständen vorbei und besah sich die Auslagen. Als sie den letzten Schluck ihres Chai-Tees getrunken hatte, konnte ihre Jagd nach den besten Zutaten beginnen. Auf ihrer Liste standen heute neben den Basics wie Mehl und Butter auch Orangen, Bananen, Basilikum, Ahornzucker, Macis und Zimt. Auch ein Bund Chilischoten nahm sie mit. Sie hoffte nämlich, heute Abend in Elvis Tagebuch ein Rezept der geheimen Backsession zu finden, die sie in ihrem letzten Eintrag angekündigt hatte.

Am Obststand blieb Lena vor den Südfrüchten stehen. Orangen, Mandarinen, wohin das Auge blickte. Aber was war das? Eine tennisballgroße orange Frucht mit glatter Schale fiel ihr ins Auge. Eine Kaki. Ihr süßer Duft schrie geradezu nach einem Backexperiment. Wenn Lena an das weiche Fleisch und den vollmundigen Geschmack der Frucht dachte, fragte sie sich, warum sie damit nicht schon längst ein neues Rezept ausprobiert hatte.

»Die kommt ursprünglich aus Asien«, brummte der Obsthändler, der Lenas Interesse bemerkt hatte. »Ihr lateinischer Name *Diospyros* bedeutet so viel wie ›Götterfrucht‹ oder ›Götterspeise‹.«

»Perfekt!«, strahlte Lena. »Dann wird das bestimmt ein göttliches Gebäck!«

Beseelt schob sie ihren Wagen weiter in Richtung der *Gewürzschatzkiste.* Leobald Liebstöckl wusste immer genau, was sie brauchte, und legte die duftenden Pulver und getrockneten Kräuter für sie bereits heraus. Sie hatte sich den Besuch bei ihm ausnahmsweise für das Ende ihres Rundgangs aufgehoben, denn sie wollte unbedingt Bella Backperle live und aus der Nähe begutachten.

Als sie um die Säule vor dem Marktstand bog, hielt Lena vor Schreck die Luft an. Die *Gewürzschatztruhe* sah heute aus wie ein gigantisches Fotostudio. Rechts und links strahlten grelle Scheinwerfer mit reflektierenden Schirmen auf die Gewürzauslage, und auf der kleinen Holzbühne gegenüber, die wie jedes Jahr von Tannen mit Kunstschneehauben umrahmt war, war statt der üblichen Stehtische eine Winterlandschaft mit künstlichen Schneewehen und Holzschlitten aufgebaut. Auf Letzterem rekelte sich eine langhaarige Schönheit mit Kunstpelzjäckchen und einer Tüte Kekse in den Händen, die sie zuckersüß lächelnd der Kamera präsentierte. Wenn das mal nicht Bella Backperle war.

Automatisch sah Lena an sich herab. Unter dem langen grünen Parker, den sie anzog, wenn sie zum Großmarkt fuhr, lugte ein melierter Tweedrock hervor, der ihre Beine bis knapp über die Knie bedeckte. Ihre Füße steckten in dunkelbraunen Lederstiefeln mit festen Sohlen. Ihre himbeerroten Fingerhandschuhe zogen Fäden, aber das durften sie nach acht Wintern auch. Wichtig waren sie Lena trotzdem, weil Oma Greta sie ihr noch gestrickt hatte.

»Guten Morgen, Leobald!«, grüßte sie den befreundeten Händler abwesend und starrte gebannt auf das Schauspiel direkt vor ihren Augen.

Auch bei ihrer eigenen Fotostrecke vor einem Jahr war Max als Fotograf im Einsatz gewesen. Damals hatte er ihre Natürlichkeit und die Herzlichkeit, mit der sie das *Fräulein Gewürzzauber* führte, gekonnt in Szene gesetzt. *Und er hat mein Herz höherschlagen lassen*, erinnerte sich Lena mit einem warmen Gefühl.

Das hier hatte allerdings eher etwas von einem Werbeshooting mit einem Hauch Erotik. Gerade fischte Bella einen Keks aus der Tüte und biss so lasziv davon ab, als wollte sie ihr Publikum vernaschen, und ein junger Kerl in teurer Daunenjacke und mit Streberfrisur hüpfte wie ein Kapuzineräffchen mit einer Kamera auf einem Selfiestick um sie herum.

»Soll ich ehrlich sein? Mir wäre lieber, der Rummel hätte langsam ein Ende. Derentwegen bleiben mir die Kunden aus. Die wollen nämlich nicht im Rampenlicht stehen!« Leobald Liebstöckl verzog genervt das Gesicht.

Lena konnte seinen Unmut nachvollziehen und nickte heftig. Ihr siebter Sinn ließ bei ihr alle Alarmglocken schrillen.

Bella Backperle war groß, hatte eine beeindruckende

Lockenpracht und ohne Zweifel Modellmaße. Das eng anliegende knallrote Strickkleid war so kurz geraten, dass es Lena gewundert hätte, wenn es auch nur in Ansätzen wärmte. Und das Kunstpelzmäntelchen machte es mit Sicherheit auch nicht besser. Nun, das war letztlich Bellas Sache. Ganz anders als die Tatsache, dass Max – ihr Max! – mit himbeerroten Ohren ein Foto nach dem anderen von dieser Zuckerperle schoss!

Lena glaubte, sie wäre im falschen Film. Das durfte doch nicht wahr sein! Er bekam einfach nichts mit, nicht einmal, als Lena wild mit den Armen ruderte, um auf sich aufmerksam zu machen. Sich auf seine Arbeit zu konzentrieren war ja eine Sache, aber hier gab es offenbar noch einen anderen Grund, nichts zu sehen, und der steckte in dicken *Uggs*.

»Oh, Lena, Süße! ʼallo! Das ist abör schön, disch zu sehen!« Jemand knuffte Lena in die Seite.

Irritiert blickte sie sich um. Vor ihr stand Isabelle Dekor, Visagistin des Backmagazins *Puderzauber,* eine quirlige Ulknudel und mittlerweile liebe Freundin.

»Isabelle, hallo!« Sie drückten einander herzlich und sahen einen Moment schweigend zu, wie Bella einen Keksstapel auf ihre Hand zauberte und mit gespitzten Lippen so tat, als wollte sie ihn wegpusten.

»*Mon Dieu*, schau dir diese Wangenknochen an und diese Porzellan'aut!«, schwärmte Isabelle.

»Ein Traum für jede Visagistin, was?«, konterte Lena und konnte sich einen bissigen Unterton nicht verkneifen.

Isabelle grinste. »Die dünnen Beinschen sind eine Katastrophe. Wie Stro'alme!«

»Und die dicken Felltreter sehen aus wie die Hauspuschen von Bigfoot!«

Jetzt lachten beide. Einen Moment später wurde Isabelle wieder ernst. »Isch 'ätte es ihm nischt erlaubt.«

»Was? Wem … nicht erlaubt?«

Isabelle wies nur mit dem Kinn in Richtung der Bühne. »Sie ist ein' Schlang' mit Bommelmütz'!«

Doch bevor Lena auf Isabelles Warnung eingehen konnte, rief Max: »Wir machen eine Pause!«, und drehte sich zum Gewürzstand um.

Lena schenkte ihm ihr Karamell-Lächeln und winkte ihm kokett zu. Leicht irritiert grinste er zurück und kam auf sie zu, dicht gefolgt von Bella, die mit ihren Fellstiefeln durch den Kunstschnee stakste, als hätte sie Pumps an.

Herr Liebstöckl stöhnte. Lena zwinkerte ihm zu. »Ich nehme heute dreimal so viel Zimt wie sonst.« Er lächelte dankbar und machte sich daran, ihre Bestellung abzuwiegen.

Max gab Lena einen Kuss auf die Wange. »Lena, darf ich dir Mirabell Fuchs vorstellen?«

»Äh, ja, hallo.« Lena reichte ihr steif die Hand, was Bella aber nicht zu stören schien, denn sie zog Lena an sich, um ihr zwei Luftküsschen um die Wangen zu zwirbeln. Eins links, eins rechts.

»Das ist ja so schön, dich kennenzulernen!«, plapperte Bella zuckersüß los. »Du hast sicher schon von meinem MyTube-Kanal gehört: *Bellas Backperlen!* Ich möchte nicht übertreiben, aber *Bellas Backperlen* ist der *beliebteste* Backkanal im Netz! Diese Fotostrecke soll mein Sprungbrett in die Printwelt werden. Ich habe schon eine Idee für ein wunderbares Backbuch …«

Genervt von diesem Gesäusel stellte Lena die Ohren auf Durchzug. Wie konnte man nur so von sich überzeugt sein? Oder war sie nur eifersüchtig, dass es ihr im Vergleich zu Bella an Selbstbewusstsein fehlte?

»Ach, aber genug von mir! Max hat ja schon so viel von dir und deinem Laden erzählt!«

»So, hat er das?« Lenas Augenbrauen schnellten in die Höhe.

»Oh ja! Du bist so eine niedliche Zuckerbäckerin!«

»So, bin ich das …« Lena wusste nicht recht, was sie sagen sollte. Aus Bellas Mund klang *niedliche Zuckerbäckerin* nicht wie ein Kompliment, sondern eher wie *dick, schrullig und nicht erwähnenswert.*

»Ach, Süße, natürlich bist du das! Und du kannst angeblich die *himmlischsten* Zimtsterne backen!«

»So, kann ich das …«

»*Aber* …«, Bella vollführte einen vielsagenden Augenaufschlag, und Lena war sich sicher, dass sie dieses *Aber* nicht hören wollte, »… aber ich habe unserem *lieben Maxi* gleich gesagt, dass er einfach noch keinen *meiner* Zimtsterne probiert hat!«

»So …«

»Da hat Maxi vorgeschlagen, wir könnten einen kleinen Backwettbewerb machen. Das wäre doch lustig! Meinen Fans und vielleicht auch deinen Kunden würde es gefallen!«

»So, hat *unser Maxi* das …« Lena blitzte Max wütend an. Was fiel ihm eigentlich ein!

»Theo! Theeeooo!« Unvermittelt winkte Bella mit der manikürten Hand. »Bekomme ich bitte einen Karamell-Cappuccino? Aber denk daran: doppelt Milchschaum!«

Zu Lena gewandt sagte sie: »Das ist Theo, mein Kameramann und Mädchen für alles.« Sie lehnte sich vor: »Er denkt, er hätte bei mir 'ne Chance, wenn er mir jeden Wunsch von den Augen abliest.« Sie kicherte und winkte ab. Im nächsten Moment bedankte sie sich bei dem armen Trottel Theo überschwänglich für den Cappuccino.

Lena schluckte. Wenn sie nicht langsam an die frische Luft kam, würde sie explodieren. Also gab sie ihrem Wagen einen Schubs und ging mit festen Schritten auf den Ausgang zu.

»Wir sehen uns nachher, Lena!«, hörte sie Max noch rufen. Fast zeitgleich tirilierte Bella: »Ich lege mit Frau Spitzbub einen Termin für die Backchallenge fest, ja?«

Lena kochte vor Wut. Wie konnte Max ihr das nur antun? Sie war gespannt, wie er das alles erklären würde. Das Einzige, was ihr bis dahin half, sich wieder zu beruhigen, war die schönste aller Beschäftigungen: Backen! Mit bloßen Händen den Teig kneten, Musik hören und diese *Zuckerperle* und die Welt um sich herum vergessen. Und genau das würde sie jetzt tun. Mit erhobenem Kinn verließ Lena die Markthalle.

Als sie nach Hause kam, war es gerade erst acht Uhr, genug Zeit also, um vor dem Backen noch einen Blick in Elvis Tagebuch zu werfen.

Da von Ruprecht weit und breit nichts zu sehen war, setzte Lena sich allein auf die Couch. Wie von selbst tasteten ihre Finger nach Elvis Medaillon und öffneten es. Die fünf strahlenden Gesichter ließen Lenas Mundwinkel nach oben zucken. Der Anblick ihres Ebenbilds war zwar immer noch seltsam, jedoch fühlte es sich immer vertrauter an. Wie der Blick in einen Spiegel.

Vorsichtig schlug Lena den nächsten Eintrag des Tagebuchs auf, der auf den 10. Dezember 1909 datiert war. Ihr Herz machte einen kleinen Hüpfer, als sie auf der Seite daneben einen zusammengefalteten Zettel entdeckte, den Elvi mit einem hübschen Blättermuster eingerahmt hatte.

Ich habe mein Vorhaben umgesetzt und Schokolade und Chili in einem Keks vereint. Der Geschmack ist unvergesslich exotisch! Am liebsten würde ich das Gebäck direkt in die Auslage neben die Kasse legen, damit jeder darauf aufmerksam wird.

Es sind nunmehr noch sieben Tage, die ich in Freiheit verbringen werde. Dann heißt es für mich: »Es geben die Verlobung bekannt: Elvira Sonnenschein und Hans-Peter Stockmeier!«

Elvira Stockmeier – eher würde ich davonlaufen als diesen Namen anzunehmen! Wilhelm hat gesagt, er wird uns eine Kabine auf einem Dampfer reservieren. Nicht etwa auf irgendeinem Passagierdampfer, sondern auf einem echten Luxusschiff, der La Liberté*! In einer Broschüre wird sie als »eines der schönsten, größten und beliebtesten Schiffe, die den Atlantik überqueren« beschrieben. Sie soll sehr elegant sein, und in nur sechs Tagen fährt sie quer über den Atlantik nach New York. Es gibt neun Passagierdecks, einen Ballsaal und sogar einen Wintergarten. Ist das nicht grandios? Durch die Beziehungen eines Onkels ist es ihm gelungen, beim Schiffskoch vorzusprechen, um nach Arbeit zu fragen, damit wir uns die Überfahrt leisten können. In sechs Tagen soll das Schiff ablegen.*

Bis dahin möchte ich an dem Spruch festhalten: Auch das schwierigste Rezept beginnt mit einer einfachen Liste von Zutaten. Man sollte sich einfach nur trauen!

Und das werde ich.

Lena faltete den Zettel auseinander und musste beim Namen des Gebäcks schmunzeln: *Rebellen. Schokokekse mit Chilinote.* Die würde sie gleich nachbacken. Vielleicht fühlte sie dann dieselbe Energie, die durch Elvis Worte flutete.

Ihre Ururgroßmutter hatte recht: Es war wichtig, Vertrauen zu haben und für das zu kämpfen, was einem wichtig war. Elvi hatte dafür gekämpft, ein Leben als selbstständige Frau führen zu dürfen, mit dem Mann, den sie liebte. Und sie war dafür offenbar auch bereit gewesen, alles Gewohnte hinter sich zu lassen.

Lena legte das Tagebuch zur Seite. Sie musste ehrlich zu Max sein, ihm sagen, dass sie eifersüchtig auf dieses Backsternchen war. Aber konnte sie ihm auch sagen, dass sie sich neben der wunderschönen Bella klein und unbedeutend fühlte? Was würde er dann von ihr denken?

6. DEZEMBER

Gestern war alles noch so schneeflockenleicht. OHNE komische Tanten und OHNE Liebeskummer!, dachte Lena seufzend.

Gestern Morgen war sie nach dem abenteuerverheißenden Eintrag in Elvis Tagebuch voller Energie in ihre Backstube marschiert, um sich abzureagieren. Sie hatte das Radio lauter als nötig gedreht und damit begonnen, die knackigen roten Chilischoten im jazzigen Takt von Ella Fitzgeralds *Jingle Bells* zu halbieren und von den Kernen zu befreien. Nach der vierten Schote war es um ihre Laune deutlich besser bestellt gewesen.

Summend studierte Lena Elvis *Rebellen*-Rezept und zerkleinerte dann die Chilis mit dem Zucker im Mixer. Sie ließ Zartbitterschokolade in einer kleinen Schüssel über einem Wasserbad schmelzen, rührte Butter unter, sodass das braune Gold im Schein der Backstubenlampen verheißungsvoll glänzte, und vermengte alles mit Chili und den restlichen Zutaten. Zuletzt fügte sie dem Teig noch ihre eigene, besondere Geschmackskomponente zu: einen Schuss Orangenlikör. Ihre liebsten Weihnachtsgewürze, Zimt, Kardamom und Tonkabohne, durften natürlich auch nicht fehlen. Sie setzte kleine, ungefähr gleich große Häufchen auf mehrere Backbleche – *Re-*

bellen hielten sich natürlich an keine Norm! – und schob diese in den großen Ofen. Schon nach kurzer Zeit waren die Kekse bereit zur Verkostung. *Ach, wunderbar!*

Während die Rebellen buken, waren die Kakis an der Reihe. Beim Schälen und Kleinschneiden überlegte sie, welche süßen Leckereien sie aus den Früchten zaubern wollte. Kaki-Mandel-Kekse mit Kaki-Zuckerguss oder einen Kaki-Käse-Kuchen mit Walnussstreuseln und Mirabellenlikör? Klang alles wahnsinnig verlockend. Also backte sie kurzerhand beides. Mal sehen, ob die Kunden ihre neuesten Kreationen mögen würden!

Sie verpackte die Kekse portionsweise in Zellophanbeutel. Die Kaki-Mandel-Kekse versah sie mit einem orangen Seidenbändchen, die *Rebellen* mit einem glitzernden Goldband. Der Kuchen musste noch in der Backküche auskühlen.

Mittlerweile war es kurz vor zehn. Lena sah auf und konnte durch die Schaufensterscheibe zwischen den dicht fallenden Flocken einen Umriss erkennen, der durch den Schnee zielstrebig auf das *Fräulein Gewürzzauber* zustapfte. Kurze Zeit später stand Kathi vor der Ladentür und winkte mit behandschuhten Fingern und einem Grinsen auf den roten Wangen, das verboten gehörte.

Lena öffnete ihr. »Deine gute Laune ist heute nicht zu überbieten, was?«

Kathi hörte gar nicht auf sie, sondern rauschte an ihr vorbei und entledigte sich plappernd dreier Lagen Wolle. »Ist es nicht wundervoll weiß draußen? Ich bin den ganzen Weg gelaufen, das Wetter ist einfach himmlisch! Das Weiß ist himmlisch! Und … oh! *Das* duftet himmlisch!«

Mit aufgerissenen Augen spähte sie durch die Tür in die Backstube. »Hast du den etwa heute Morgen gemacht? Was ist das?«

»Ein Kaki-Käse-Kuchen mit Mirabellenlikör«, erklärte Lena stolz. »Das hier sind Chili-Schoko-Kekse – sie heißen *Rebellen* –, und daneben siehst du Kaki-Mandel-Plätzchen. Alles frisch aus der Backstube. So, und jetzt sagst du mir, wie dein heimlicher Verehrer heißt!«

»Wie wer heißt?« Kathi hob unschuldig die Augenbrauen.

»Komm schon, an einer so unglaublich guten Laune kann nur die Liebe schuld sein!«, lachte Lena. »Also: Wie heißt er?«

»Du hast es doch schon gesagt: Er ist ein *heimlicher* Verehrer. Ich kenne seinen Namen nicht!« Kathi versuchte, ihre Nervosität zu überspielen, es gelang ihr aber nicht. Als die Glöckchen der Ladentür läuteten, atmete sie erleichtert auf. »Du lässt sie mich nachher probieren, ja? Ich muss loslegen, Chefin, die Kunden …« Grinsend tänzelte sie zwei älteren Damen entgegen.

Gut, dass sie da ist und sich von nichts erschüttern lässt, dachte Lena. Bei ihr selbst machte sich das Hochgefühl, das sie beim Wirbeln in der Backküche noch verspürt hatte, nämlich bereits auf leisen Sohlen wieder davon. Zurück blieb ein pappiger Geschmack wie von altem Gebäck. Warum ging ihr die Begegnung mit Bella Backperle überhaupt so nach? Sie und Max waren seit einem Jahr ein Paar, und Max war gerade erst mit ihr zusammengezogen. Er hatte sich für *sie* entschieden, und sie sollte ihm vertrauen.

Lena seufzte. Andererseits hatte Isabelle sie vor dem

Backsternchen gewarnt. Sie sei eine *Schlange*, hatte sie gesagt. Nun gut, umso wichtiger war, dass sie so schnell wie möglich mit Max über die Situation redete. Dann wäre die Sache endlich aus der Welt.

Die Mittagspause kam, aber von Max keine Spur. Normalerweise war er um diese Zeit bereits hier. Da klingelte das Telefon. Max.

»Lena, entschuldige! Das Shooting hat länger gedauert als geahnt. Bella hat das Team noch auf einen Kaffee eingeladen, und jetzt sitze ich in der Redaktion und sichte die Fotos. Wir sehen uns heute Abend, in Ordnung?«

»Ja, schon in Ordnung. Die Suppe kannst du dir warm machen. Dann bis nachher!«

»Okay, bis nachher, Gewürznäschen!«

Sie legten auf.

Lena betrachtete die heiße Suppe vor sich und sah zu, wie der Dampf sich kringelte. Er hatte sich zumindest gemeldet. Und er hatte *Gewürznäschen* zu ihr gesagt. Sie liebte diesen Kosenamen, denn er zeigte ihr, wie sehr ihr Zimtstern-Adventsmann sie und ihr Talent schätzte.

Als sie die Ladentür des *Fräulein Gewürzzauber* um halb drei wieder öffnete, warteten bereits einige Kunden.

»Hier, das lag vor der Tür. Dachte, ich hebe es auf, bevor es im Schnee durchweicht.« Mit einem Lächeln reichte eine junge Frau ihr ein flaches rechteckiges Päckchen, das mit einem Tannenzweig und einem kleinen Nikolaus dekoriert war. Auf einem Schildchen aus Kraftpapier stand gut lesbar *Für Kathi*.

Soso, Mr. Unbekannt lässt grüßen, schmunzelte Lena. Kathi hatte ihr immer noch nicht verraten, wie ihr neuer Schwarm hieß. Vielleicht würde das Päckchen mehr Aufschluss geben. Gespannt wie ein Flitzebogen wartete sie darauf, dass das Türglöckchen endlich ihre Mitarbeiterin ankündigte.

Kurze Zeit später schlenderte Kathi auf die Verkaufstheke zu. Vielleicht wusste sie ja wirklich nicht, wer es war. Ein wenig tat es Lena für Matthi leid. Wenn er wirklich selbst ein romantisches Interesse an Kathi hegte, wie sie annahm, musste er sich langsam ins Zeug legen! Sie grinste. »Lass mich raten: Dein Mittagessen war *himmlisch?*«

»Du willst mich auf den Arm nehmen, was? Aber ja, es *war* himmlisch!«, konterte Kathi.

»Schau mal, das lag vorhin hier auf der Fußmatte.« Lena reichte ihr das Päckchen.

Kathis Augenbrauen schnellten nach oben. »Oh, noch eins!«, flüsterte sie und drehte neugierig den Anhänger um.

»Von wem ist es?«

»Ich weiß es nicht. Ich weiß nur, dass es schon das zweite ist.« Mittlerweile glühten Kathis Wangen vor Aufregung, und sie beeilte sich, die Naturschnur abzustreifen. Schnell war auch das Papier abgewickelt.

»Und? Steht da etwas? Ein Name? Was ist es?«, drängelte Lena.

»Eine CD, eine selbstgebrannte. Weihnachtslieder in Rock-Version. Wie cool ist das denn?«

»Vielleicht kennt dich dein geheimer Verehrer doch näher«, überlegte Lena. »Darf ich fragen, was im ersten Päckchen war?«

»Aber sicher! Dieser Schlüsselanhänger.« Kathi zog ihren Schlüsselbund hervor, an dem ein rechteckiger

Gegenstand baumelte. Er war aus Kunstharz gefertigt und vollkommen durchsichtig. Nur in der Mitte war ein filigraner sechszackiger Stern zu erkennen. »Das ist eine Schneeflocke – für alle Ewigkeit konserviert in Harz! Ist das nicht romantisch? Dabei lag ein Zettel, auf dem stand: *Für Kathi – meine tanzende Schneeflocke.*«

Lena zog die Augenbrauen hoch. Das erklärte das unverschämt selige Grinsen in Kathis Gesicht. Etwas so Romantisches war ihr bisher nur in Kinofilmen begegnet.

»Darf ich die CD einlegen?«

Lena zuckte mit den Schultern. Warum nicht? Die rockigen Gitarrenklänge brachten sicher etwas Abwechslung. Als jedoch Guns n' Roses irgendwann ihre Version von *White Christmas* durch den Verkaufsraum schrien, als wäre der Grinch hinter ihnen her, schaltete Lena den CD-Player schnell ab und einen Weihnachtssender ein. Nicht, dass ihr die Kunden laufen gingen!

»Entschuldigen Sie, junge Frau? Wo finde ich die Zimtstangen?« Eine ältere Dame mit weißen Locken und einem Filzhütchen, das Lena stark an ihren Dachbodenfund erinnerte, schaute sie fragend an.

Lena erschrak. »Ach herrje, Frau Linde, sind keine mehr im Regal? Kathi, schau doch bitte in der Backstube. Dort steht noch ein Körbchen voll.« Zur Kundin gewandt, sagte sie: »Haben Sie einen Moment Zeit? Wir verpacken Ihnen schnell welche. Möchten Sie so lange vielleicht etwas trinken? Es geht …« *Auch aufs Haus*, wollte sie sagen, wurde aber von einem Tumult auf der Straße unterbrochen. Pferde wieherten, und im nächsten Moment klingelten die Glöckchen der Ladentür Sturm.

Eine Frau drängte sich mit ihrem prall gefüllten Reiserucksack hinein und stieß dabei mehrfach gegen die Tür. Lena sah sie erstaunt an. Ihre neue Kundin war hochgewachsen und in viele Wollschichten vermummt. Über ihrem aufgeplusterten Daunenmantel trug sie einen knallbunten Poncho mit Inka-Muster, der bis auf den Boden reichte und vom Matsch auf der Straße verdreckt war. Ihr Kopf steckte in einer grob gestrickten Wollmütze mit je einem Troddel mit flauschigem Bommel auf jeder Seite.

Mit einem Rums setzte die Frau ihren riesigen Rucksack auf das Holzparkett. Die Schneekruste löste sich und würde gleich auf dem Boden zu Wasserlachen schmelzen.

»Entschuldigen Sie bitte einen Moment, Frau Linde!«, rief Lena, eilte in die Backküche und kam mit mehreren Handtüchern wieder, die sie um den Ankömmling auf dem Boden verteilte. Sie musste unbedingt verhindern, dass das Parkett Schaden nahm! Kathi war bereits mit dem Wischmopp zur Stelle.

Die Frau am Eingang hatte unterdessen auch den Schnee von ihrer Mütze geklopft und stemmte nun die Hände in die Hüften. »Bin ich hier richtig in Lena Sonnenscheins *Fräulein Gewürzzauber?*«

»Goldrichtig, meine Liebe!«, entgegnete Frau Linde, bevor Lena etwas sagen konnte, schenkte dieser ein mitfühlendes Lächeln und winkte mit ihrem Tütchen Zimtstangen, als sie durch die Tür huschte und im Schneetreiben verschwand.

»Lass dich drücken, Kindchen!« Die neue Kundin umarmte Kathi, die offenbar zur falschen Zeit am falschen Ort war, mit kräftigen Armen.

»Nein, nein, da … liegt eine Verwechslung vor!«, drang es dumpf aus dem Wollberg. »Ich bin hier … nur die Aushilfe.« Mit Mühe machte Kathi sich los und wischte schnell weiter.

»Dann bist du Lena!« Schon stürzte der Wollberg auf Lena zu. »Ich bin Max' Tante! Du kannst mich Harini nennen! Wie schön es ist, dich endlich kennenzulernen. Nikolaus hat mir schon so viel von euch erzählt!«

»Hallo … *Harini?* Ich dachte, *Rosina* …«

»Harini ist mein spiritueller Name, Dummerchen! Sag: Wo kann ich meine Sachen abladen und mich frisch machen?«

»Dort drüben durch die Tür! Ich zeige es dir.« Um zu verhindern, dass ihr Besuch mit seinem Rucksackmonstrum die halbe Dekoration und Ware umstieß oder den Gästen an den Tischchen die Kuchen von den Tellern fegte, ging Lena schnell vor. Im Flur deutete sie nach oben: »Einfach die Treppe hoch. Hier ist der Schlüssel. Mach es dir gemütlich, und bediene dich in der Küche. Ich kann hier gerade nicht weg. Du siehst ja, die vielen Kunden …«

Während Rosina verständnisvoll lächelnd nickte und die Stufen erklomm, wich Lenas Lächeln. Vielleicht hatte Max ja doch nicht übertrieben, was seine Tante betraf.

Als Lena das *Fräulein Gewürzzauber* schloss, hatte der Abend bereits einen schwarzen Mantel über die Straße und die Häuser gelegt. Sie ging die Treppen hoch und vernahm mit einem Mal seltsame Geräusche, die eindeutig aus der Wohnung kamen. Als sie die Tür öffnete, war sie irritiert. Auf indischen Klängen schwebte der

Duft von Bergamotte, Zitrone, Patschuli, Sandelholz, Ambra und Vanille in ihre Nase. Und zwar in einer Konzentration, die sie benommen machte.

»Rosina?«, hauchte sie.

»Lena!« Max sprang zu ihr, gab ihr einen flüchtigen Kuss. Er nahm sie an den Schultern und zischte im Flüsterton: »Ich bin auch eben erst gekommen. Was sollen wir tun? Sie breitet sich überall aus! Sag ihr bitte, das ist deine Wohnung und du verbittest dir das … alles.« Er machte eine ausladende Hand- und Armbewegung.

»Aber es ist doch jetzt unsere Wohnung! Du kannst es ihr genauso sagen! Du bist ihr Neffe!«, entgegnete Lena. Das Zimmer begann sich um sie zu drehen. »Ich brauche dringend frische Luft!«

Sie rannte in die Küche und riss das doppelflügelige Fenster weit auf. Während sie die frische Abendluft einsog, bemerkte sie aus den Augenwinkeln, dass Tante Rosina den Wohnzimmertisch verschoben und es sich auf einem runden Sitzkissen auf ihrer Yogamatte bequem gemacht hatte. Jetzt löste sie sich aus ihrer Meditationshaltung und stand auf. Ohne den Wollberg war sie dünn wie ein Grashüpfer. Sie strahlte Lena und Max an. »Kommt, setzt euch, setzt euch doch zu mir auf die Couch!«

Das taten sie. Hauptsächlich aus Höflichkeit.

»Jetzt, wo ihr beide da seid, möchte ich euch von meinen Reisen erzählen und davon, warum ich in den letzten Jahren vermieden habe, in die Stadt zu kommen. Also, wo fange ich nur an? Ach ja … Mein erstes Ziel waren damals die österreichischen Alpen. Ich wollte schon immer eine Bergwanderung machen, frei von allem Weltlichen oben auf dem Gipfel stehen. Diese geistige Enge hier in der Stadt habe ich einfach nicht mehr ausgehalten. Und die Engstirnigkeit meiner Familie ...« Sie machte eine kurze Pause, tätschelte Max' Hand und plapperte schon weiter. »Du hast sicher viele Fragen, mein Junge. Aber wir haben ja in den nächsten vier Wochen genügend Zeit, um zu reden.« Sie sprang auf und drehte sich noch einmal zu Lena und Max um. »Für euch auch einen Chai-Tee?«

Beide waren so in Schockstarre, dass sie weder nicken noch den Kopf schütteln konnten. Gleichgültig zuckte Rosina mit den Schultern und verschwand unter der glitzernden Tannengirlande im Türbogen.

»Vier Wochen?«, stöhnte Max später die Schlafzimmerdecke an.

»Vier Wochen ...«, stöhnte Lena ebenso.

Erst nachdem Rosina zwei Stunden lang von Berghütten, Lawinen und Rucksacktourismus in Südamerika nach einem zwanzigstündigen Flug um die halbe Welt mit Unwettern und turbulenten Zwischenlandungen erzählt hatte, war es Lena und Max gelungen, sie ins Gästezimmer zu verfrachten. Völlig ausgelaugt waren sie danach selbst ins Bett gefallen.

Max war mehr oder weniger direkt eingeschlafen, Lena hingegen war nicht zur Ruhe gekommen.

Ein Grund, weshalb Lenas Kopf dröhnte und sie sich heute Morgen so gerädert fühlte wie nach einer ausschweifenden Kneipentour, war der Geruch von Rosinas Räucherstäbchen, der immer noch in der Luft hing.

Sie betastete mit einer Hand das leere Kissen neben

sich. Hatte Max gestern Abend erwähnt, dass er heute früher rausmusste? Sie konnte sich nicht erinnern. Ohnehin hatten sie gestern kaum miteinander sprechen können. Plötzlich raschelte etwas unter ihren Fingern.

Verdutzt griff sie danach und schaltete die Nachttischlampe ein. Es war eine kleine längliche Tüte, an der ein Zettel befestigt war. Wenn das mal nicht die leckersten Zimtstangen waren, die sie je gekostet hatte! Ein Lächeln legte sich auf ihre Lippen. Heute war der sechste Dezember, Nikolaustag. Offensichtlich wollte Max es zur Tradition machen, ihr an diesem Tag das Gebäck seiner Großmutter zu schenken. Theresa Himmelreich hatte Lena letztes Jahr das Rezept dazu gegeben. Seitdem waren die Zimtstangen nicht mehr aus dem *Fräulein Gewürzzauber* wegzudenken.

Kurz breitete sich ein warmes Gefühl in Lenas Körper aus. Doch sosehr die Zimtstangen sie versöhnten, so sehr ernüchterte sie der Zettel, der an der Tüte hing. Darauf stand in fahrigen Lettern: *Alles Liebe zum Nikolaus! Warte heute nicht auf mich, kann spät werden! XOXO Max*

Seufzend schlurfte Lena ins Bad, stellte sich unter die Dusche und ließ das warme Wasser über ihren Kopf rauschen. Das half ein wenig. Nun noch ein heißer Kakao, und ihre Lebensgeister kehrten zurück.

Doch in der Küche wurde sie schon erwartet. Mit einer dampfenden Tasse in der Hand strahlte Tante Rosina sie an und sagte: »Wenn du auch einen Chai-Tee mit Milch möchtest … die ist alle. Aber Chai-Tee ohne Milch kann ich dir machen!« Nach einem Schulterzucken fügte sie hinzu: »Guten Morgen, meine Liebe, gut geschlafen? Du siehst gar nicht danach aus. Oder ist das morgens immer so bei dir? Ich mache ja nach dem Aufwachen immer gleich einige Sonnengrüße, um energiereich in den Tag zu starten«, plauderte sie. »Du kannst dich mir gern anvertrauen. Ich habe immer ein offenes Ohr. Sag schon: Geht es dir nicht gut?«

Max' Tante hatte sich Lena gegenüber mit ihrem dampfenden Chai-Tee an den Esstisch gesetzt. Hätte Lena nicht gewusst, dass sie bereits Ende sechzig war, wäre sie nie auf den Gedanken gekommen. Schon durch ihr leuchtend rostrot gefärbtes Haar fiel Rosina auf wie ein Himbeerdonut zwischen Butterkeksen. Sie trug es zu einem wirren Dutt geknotet, aus dem viele verirrte Strähnen herauslugten. Ein Stirnband aus grünem Leinen hielt sie ihr aus dem Gesicht. Auch ihr Kleidungsstil war bunt und ausgefallen, ihr Körperbau nur zu erahnen. Viel flatternder Stoff, über dem ein fransiges Wickeltuch mit kontrastreichen Applikationen und kunstvollen orientalischen Stickereien hing, und eine leuchtend orangefarbene Pluderhose verhinderten dies.

Rosina sah Lena unter ihrem dicken Lidstrich fragend an.

Will sie jetzt von mir hören, dass es mir wirklich gar nicht gut geht? Soll ich ihr sagen, dass es mir ÜBERHAUPT nicht gut geht, seit sie gestern auf einmal hier aufgetaucht ist? Dass ich IHRETWEGEN noch nicht in Ruhe mit Max über dieses katastrophale Shooting am Großmarkt und die Zuckerperle reden konnte. Und jetzt macht er gerade Fotos bei ihrem nächsten Videodreh! Wenn ich nicht gleich jemanden anschreien kann, explodiere ich!, dachte Lena.

Rosina ahnte nicht, was ihre schlichte Frage bei Lena auslöste. Als sie sie nun noch einmal wiederholte, brach es aus Lena heraus: »Gut, wenn du es wissen willst: Es geht mir ÜBERHAUPT NICHT GUT! HIER STINKT ES ÜBERALL NACH RÄUCHERSTÄBCHEN! MEIN FREUND WIRD MIR WOMÖGLICH VON EINER MYTUBE-TRULLA AUSGESPANNT, WEIL ICH DEINETWEGEN NICHT MIT IHM REDEN KONNTE UND ER HEUTE DEN GANZEN TAG MIT IHR VERBRINGT. DANN HAB ICH MICH AUCH NOCH ZU EINER HIRNVERBRANNTEN BACKCHALLENGE BREITSCHLAGEN LASSEN, UND JETZT IST AUCH – NOCH – DIE – MILCH – ALLE!«

»Möchtest du ein bisschen Yoga mit mir machen? Danach geht es dir sicher besser!« Rosina schaute sie an, als habe sie mit alldem nichts zu tun. »Die Chakren reinigen, wieder zu deinem inneren Selbst finden – ich denke, das brauchst du jetzt.«

Mit einem Laut der Verzweiflung drehte Lena sich um und rannte hinunter in den Laden. Sie brauchte Luft, die man atmen konnte – viel Luft!

Sekunden später stand sie in ihrer Backstube. Draußen hätte es längst dämmern müssen. Stattdessen stoben dunkle Unwetterwolken über den Himmel, und der Wind ließ unzählige Schneeflocken vor den hohen Fenstern umherwirbeln. Lenas Herz pochte wild. So eine unbändige Wut hatte sie schon lange nicht mehr in sich gespürt. Wie einem inneren Automatismus folgend kippte sie den Lichtschalter, sodass die Industrielampen hell aufleuchteten, und drehte das CD-Deck auf volle Lautstärke. Aus den Lautsprechern dröhnten vertraute Weihnachtslieder im abgewetzten Sound berühmter Metal-Rock-Legenden. Sie schrien sich für Lena die Wut aus dem Leib, und als der zweite Song verklungen war, atmete Lena tief durch. Ihr innerer Wirbelsturm hatte sich ein wenig beruhigt, und so legte sie ein weihnachtliches Swing-Album auf und machte sich daran, Teig für die Plätzchen zu kneten, die im Laden zur Neige gingen.

Dass sie vorhin so ausgeflippt war, machte ihr ein wenig Angst. So kannte sie sich gar nicht. Vielleicht war es am besten, nachher mit Rosina über ihren Ausbruch zu sprechen. Sie musste immerhin mit Max' Tante zurechtkommen, solange sie hier war. Vier Wochen waren eine lange Zeit – oh Gott, war das lang! –, und Lena wollte sich nicht noch einmal so darüber aufregen. Das war nur Energieverschwendung. Wie auch ihre Empörung wegen der fehlenden Milch, die sie ohne viel Aufwand hätte aus dem Kühlschrank in der Backstube holen können.

Mit einem winzig kleinen Lächeln machte sie sich einen Kakao und genoss ihn, als sei nichts gewesen.

☆

Da Max auch heute nicht die Mittagspause mit ihr verbringen konnte, holte sich Lena kurzerhand mit Elvis Tagebuch Gesellschaft. Sie löffelte schnell ihre Gemüsesuppe und huschte dann mit einem alkoholfreien Punsch auf die Couch. Als kleinen Nachtisch drapierte sie ihr Nikolausgeschenk, die Zimtstangen von Oma Theresa, auf ein kleines Tellerchen. Ruprecht sprang neben sie und legte ein Pfötchen auf den lila Leinenumschlag.

»Ja, Puschelchen, ich bin auch schon gespannt, wie es Elvi ergangen ist. Ob sie schon auf dem Schiff ist? Ob sie noch etwas von der Frauenbewegung gehört hat?« Im glitzernden Schein der Lichterketten wickelte Lena das schmale Lederband vom Buch und schlug den nächsten Eintrag auf.

Die linke Seite zeigte eine handgemalte Abbildung eines Krauts; *Geheimniskraut* stand in verschnörkelten Lettern darunter. Einige getrocknete gezackte Blätter und schmale pinkfarbene Blüten fielen Lena auf den Schoß. Das war doch *Agastache anisata* oder Anis-Ysop! Lena kannte es gut, denn das Kräuterbeet im Hinterhof war eine üppige Quelle ausgefallener und heimischer Düfte und Geschmäcker. Im Sommer summten und brummten Bienen und Hummeln von Blüte zu Blüte. Zwischen Rosmarin, Bockshornklee, Thymian und vielem mehr steckte dort auch der Anis-Ysop seine langen Stängel mit den leuchtenden Blütenkelchen in die Höhe.

Jetzt wollte Lena aber endlich wissen, was es damit auf sich hatte.

12. 12. 1909

Von Wilhelm habe ich immer noch nichts gehört. Dabei sind es nur noch vier Tage bis zu meinem Geburtstag und drei Tage, bis die La Liberté *ablegt! Ich muss zugeben, dass meine Gefühle für Wilhelm von Minute zu Minute stärker werden und ich ihn so vermisse, dass mir mein Herz zerspringen möchte. Wenn er sich doch bloß mit einer kleinen Nachricht melden würde! Habe Vertrauen, sage ich mir immer wieder.*

Als ich ihn das letzte Mal sah, gab er mir eine Tafel Zartbitterschokolade und den Rat: Wenn du Sorgen hast, iss Schokolade. Wenn du noch mehr Sorgen hast, iss einfach noch mehr Schokolade.

Wer mich kennt, weiß, wie schnell die Tafel verputzt war. Von Nervosität geplagt, nutze ich jede Beschäftigung, die sich mir bietet. Die Kräuterpflege in unserem Garten hinter dem Fräulein Gewürzzauber *zum Beispiel. Wenn ich die Hände in der Erde vergrabe, die grünen Blätter zwischen den Fingern spüre und den herbsüßen Duft einatmen kann, vergesse ich für einen Moment meinen Kummer.*

Ich hoffe so auf ein baldiges Zeichen von meinem Wilhelm!

Nachtrag:

Vor Entzücken und Überraschung weiß ich gar nicht, wohin mit mir! Wie dumm ich aus der Wäsche geschaut haben muss, als Minna Plunder kurz vor der Mittagspause vor mir im Laden stand! Sie überreichte mir eine schmale Butterbrottüte mit den geflüsterten Worten: »Mit einem lieben Gruß von einem gemeinsamen Freund. Er denkt jede Minute an dich!«

Sie verabschiedete sich mit dem Versprechen, mit mir in Kontakt zu treten, wenn sie eine Aufgabe für mich haben oder ein neues Treffen bevorsteht. Die Welt ist rosa, und ich laufe auf Wattewolken!

Die Tüte verbarg ein wild wachsendes Kraut, das eine buschige und leuchtend rosa Blütentracht hat. Es ist mir völlig fremd. Die Blütenblätter sehen aus wie kleine Röllchen. Das Kraut verströmt einen kräftigen Duft von Anis und schmeckt auch so. Eine Kombination aus dieser Anis-Pflanze und Minze stelle ich mir sehr spannend vor.

Ich werde sie ausprobieren, wenn Mutter gleich zum Postamt geht. Habe ich Erfolg, werde ich wieder ein Rezept ins Büchlein legen.

Hach, die Welt ist so schön!

Lenas Herz klopfte wild. Elvi befand sich in einem Spiel gegen die Zeit, und Lena hoffte inständig, dass Wilhelm sich bald persönlich meldete und Elvi aus den strengen Händen ihres Elternhauses befreite.

Vorsichtig nahm Lena die Blüten aus dem Buch und roch daran. Es war wirklich unglaublich, selbst nach so langer Zeit konnte sie immer noch einen feinen Anis-Duft wahrnehmen. Sie blätterte die nächste Seite des Buches um und fand tatsächlich ein neues Rezept. Überglücklich drückte sie es an sich. Sie freute sich jetzt schon auf die Rezepte, die hoffentlich noch kommen würden.

Um es vor dem nagenden Zahn der Zeit zu bewahren, laminierte Lena das Rezept und heftete es in die *Zuckergusschroniken* ein, die immer üppiger wurden. Zuletzt tat sie, was Elvi ihr heute wärmstens empfohlen hatte: Schokolade essen.

7. DEZEMBER

Lena schrak hoch. Was war das? Ein Schrei?

»Was … Was ist passiert?« Auch Max war aufgewacht. Schwer atmend setzte er sich auf und angelte nach seiner Brille.

»Das werden wir gleich herausfinden«, grummelte Lena, streifte sich ihren Morgenmantel über und marschierte in die Küche.

Tante Rosina kauerte auf der Küchenarbeitsfläche und fuchtelte hysterisch mit der gerollten Zeitung vor ihrem Körper herum. »Da-da! DA!«

»Was hast du denn Rosina … äh … *Harini?* Jetzt komm erst mal da herunter!« Lena wollte ihr helfen, doch Rosina entzog ihr den Arm und zitterte vor Erregung.

»Da ist was in dem *Ding.*«

Mit dem *Ding* war offensichtlich der Kobel aus geflochtenem Schilfgras gemeint, der rechts neben dem Küchenfenster von der Decke hing. *Was* konnte nur Ruprecht sein, der neugierig ob des ganzen Trubels aus seinem runden Einstiegsloch lugte. Offenbar hatte er sich zurückgetraut, nachdem sie gestern den ganzen Tag gelüftet hatten und sich der Räucherstäbchenduft – zumindest fast – verflüchtigt hatte. Nun wusste Lena zwar, wie sie das Eichhörnchen bei Bedarf fernhalten konnte – eine solche Geruchsfolter würde sie ihm aber nie antun. Sie hatte mit Max' Tante die Übereinkunft getroffen, dass sie ihre Yogaeinheiten auf dem Dachboden machen konnte. Der hatte eine Heizung und genug Licht, vor allem würde der Rauch nach oben steigen und ihnen der Stäbchenduft hier unten erspart bleiben.

Lena lachte amüsiert. »Harini, darf ich dir unseren Mitbewohner vorstellen? Das ist Ruprecht.« Sie ließ das Eichhörnchen ihren Arm hochklettern und reichte ihm eine Haselnuss, die es geräuschvoll knackte.

»NEIN-NEIN-NEIN!«

Max trat neben sie. »Tantchen, ich lebe schon einige Wochen hier. Ruprecht ist wirklich harmlos! Er tut keiner Fliege was zuleide. Lena hat ihn nach einem Unfall gesund gepflegt. Seitdem möchte er hier nicht mehr weg, und …«

»Es ist nicht *gefährlich*? Das ist ein WILDES TIER!«

»Nein, ganz sicher nicht«, bestätigte Lena. »Wenn du ihn nicht mit deinen Räucherstäbchen ärgerst, knabbert er dir nachts auch nicht die Zehen an.« Kurz fühlte Lena so etwas wie Genugtuung, und doch hätte sie besser den Mund gehalten, denn Rosina, die sich gerade auf den Boden hatte gleiten lassen, hievte sich schnell wieder hinauf. Für ihr Alter war sie wirklich noch erstaunlich fit und gelenkig.

»Das war jetzt nicht sehr hilfreich«, raunte Max Lena zu. An Rosina gewandt sagte er: »Eichhörnchen sind zwar Allesfresser, aber Ruprecht bekommt hier so reichlich Nüsse und Früchte zu fressen – alles andere holt er im Park gegenüber. Und du als welterfahrene Frau solltest doch mit einem so kleinen Tier zurechtkommen.« Er sah seine Tante herausfordernd an, und sie ging tatsächlich darauf ein. Sie ließ sich von ihm vom Schrank helfen – den Mund gespitzt und die Augen die ganze Zeit auf Ruprecht gerichtet.

»Ich mache uns jetzt mal Frühstück!«, entschied Lena.

»Gute Idee, ich glaube, wir können jetzt alle eine Stärkung gebrauchen«, pflichtete ihr Max bei.

»Könntest du das da«, Rosina richtete den Zeigefinger auf das Eichhörnchen, »vorher in sein Körbchen tun?« Das war so gar nicht der selbstbewusste Hurrikan, den Lena vor zwei Tagen kennengelernt hatte.

»Na klar.«

Nach dem Frühstück verabschiedete sich Max. Er hatte einige Aufträge, die jedoch nichts mit dem Backmagazin und der Zuckerperle zu tun hatten. Das beruhigte Lena auf seltsame Weise. Sie saß noch eine Weile mit Rosina bei dampfendem Tee und im Schein der dicken roten Adventskranzkerze in der Küche. Durch die Dämmerung sah sie sanfte Flöckchen vom Himmel fallen. Der Sturm von gestern hatte sich gelegt.

»Kann ich dich etwas fragen?«

»Natürlich! Immer raus damit!«

Lena wusste nicht so recht, wie sie es formulieren sollte. Sie wollte gern wissen, warum Rosina diesen Weg eingeschlagen hatte, fern von allen üblichen Konventionen. Hatte sie je darüber nachgedacht, eine eigene Familie zu haben? Doch das war wahrscheinlich zu persönlich dafür, dass sie sich erst so kurz kannten. Am besten fing sie mit einer weniger verfänglichen Frage an: »Warum ›Harini‹? Hat der Name eine Bedeutung?«

Rosina sah Lena lächelnd an. »Seinen spirituellen Namen erhält man von seinem Lehrer«, antwortete sie und stellte ihre Teetasse ab. »Man muss einige Phasen durchlaufen, bis man in einer Zeremonie einen Namen erhält. Es ist wie ein neuer Lebensabschnitt. Der neue Name kann einem in dem Einstieg in eine neue Lebensphase helfen. Du kannst es vielleicht am ehesten mit einer Hochzeit vergleichen.«

Lena verdrehte innerlich die Augen. *Nicht das Thema!* »Bist du mit deinem Yogalehrer verheiratet?«

»Nein, nein, es sollte nur ein Beispiel sein. Ich meinte, dass bei einer Heirat einer meist den Namen des anderen annimmt. Es ist eine symbolhafte Geste und bedeutet, dass man sich für eine Veränderung in seinem Leben entschieden hat.«

»Und du hast dich für eine Veränderung in deinem Leben entschieden?«

Rosina schwieg so lange, dass Lena schon fürchtete, zu weit gegangen zu sein. »Was hat dich auf deinen Yogapfad geführt?«

Jetzt lachte Rosina spitz. »Du solltest nicht fragen *was*, sondern *wer* mich auf diesen Pfad geführt hat.« Sie zwinkerte Lena zu. »Der Erste hieß Hannes, der Zweite Valerian, der Dritte Elijah, und der, bei dem ich es dann ganz vermasselt habe, hieß Bodhi.« Sie nahm einen Schluck Tee, bevor sie weitersprach. »Ich war noch nie beziehungsfähig. Vielleicht, weil jeder um mich herum die perfekte Beziehung hatte. Meine Eltern, mein Bruder Nikolaus und Theresa … Wenn es ernst wurde, hat mich irgendetwas immer fortgezogen.« Rosina seufzte, lachte aber sogleich. »Hannes wollte mich sogar heiraten! Stell dir das mal vor! Aber ich bekam Angst und lief davon. Weit weg. Erst nach Südamerika, dort lernte ich dann Valerian kennen, dann verschwand ich nach Australien und traf Elijah, und danach flüchtete ich nach Indien. In Dhaka lernte ich dann einen Yogi kennen, der mir half, mich wieder zu erden.«

»Bodhi?«

Rosina nickte.

»Wenn er dich wieder geerdet hat, wäre er dann nicht ein Kandidat, mit dem man es für längere Zeit versuchen kann?«

»Nein, meine Liebe, er hat nicht nur mir geholfen, sich zu erden, wenn du verstehst, was ich meine.«

»Oh … Aber gab es in Indien nicht noch andere Männer, mit denen du dich getroffen hast?«

Erst dachte Lena, die Frage wäre zu persönlich gewesen, und wollte sich entschuldigen, aber Rosina winkte lächelnd ab. »Ab und an. Die indischen Männer können sehr leidenschaftlich sein. Aber es war nie *der eine* dabei. Vielleicht habe ich aber auch nie erkannt, dass der eine dabei war. Ich habe ihn sicher schlicht und ergreifend einfach … übersehen. Tja …« Sie stand auf und schenkte sich Tee nach.

Lena beobachtete, wie sich der Dampf aus ihrer Tasse in die Luft kringelte. Offenbar war Max' Tante mehr als einmal in ihrem Leben zutiefst verletzt worden.

Rosinas Worte beschäftigten Lena. Sie war bestürzt, weil Rosina schon so lange die Liebe suchte, traurig, weil sie sie nicht zu finden schien, entmutigt, weil eine so energiegeladene Frau wie Rosina einfach das Handtuch warf, und wütend, weil ihr noch keiner der Herren den Kopf geradegerückt und ihr begreiflich gemacht hatte, dass sie ständig vor ihrer eigenen Angst weglief!

»Is' was, Chefin? Du bist heute so still?« Kathi, ihr Honigkuchen-Grinsebäckchen, balancierte gerade einen Turm hübsch in Kartons verpackter Pralinen zum Verkaufstresen und knuffte Lena im Vorbeigehen in die Seite.

»Es gibt Dinge, über die man etwas länger nachdenken muss«, stellte Lena trocken fest.

»Sehr tiefsinnig«, bestätigte Kathi und verstaute die Kartons im Regal hinter der Theke. »Hattest du heute Morgen einen dieser Tees mit Tagesweisheit auf dem Etikett?«

»Zurzeit brauche ich kein Tee-Etikett. Max' Tante liefert uns genug Weisheiten frei Haus.« Lena lächelte kurz, dann wurde sie wieder ernst: »Woher weißt du, dass dir *der eine* nicht vielleicht doch schon über den Weg gelaufen ist und du es nur nicht bemerkt hast?«

»Oh, das wäre ja furchtbar! Aber ich glaube«, jetzt grinste Kathi bis über beide Ohren, »wenn ich mit *dem einen* zusammenstoße, werde ich es auf jeden Fall merken. Wer weiß, vielleicht steckt ja hinter den geheimnisvollen Päckchen mein Traummann.«

»Sag bloß, du hast schon wieder etwas bekommen?«

»Ja! Eine kleine Papprolle mit Sternen. Sie lag nach der Mittagspause auf der Fußmatte.« Kathi zog eine dünne

Rolle aus ihrer Rocktasche. Sie ließ sich wie ein Knallbonbon zu Silvester auseinanderziehen.

»Und? Was ist drin?«

»Ein Stift mit bunten Minen und ein Zettel. Darauf steht: *Damit du dein Leben immer bunt malen kannst!*« Kathi drückte Nachricht und Stift fest an sich und seufzte gleichzeitig mit Lena. »Das ist ja so romantisch! Wenn ich doch nur wüsste, von wem das ist!«

»Genau diese Ungewissheit macht es doch so reizvoll, oder nicht?« Lena zwinkerte Kathi zu, die einen Schmollmund zog. »Er wird sich sicher bald zu erkennen geben. Und bis dahin freu dich über seine wundervollen Aufmerksamkeiten und das schöne Gefühl, begehrt zu werden.«

Eine Gruppe aus drei jungen Frauen und ein älteres Pärchen betraten das *Fräulein Gewürzzauber* und setzten sich an die noch freien Tische. Alle bestellten den Kaki-Kuchen mit Orangenlikör. Lena lächelte zufrieden. Ihre neue Kreation hatte sich wohl schon herumgesprochen.

»Woher nimmst du eigentlich immer deine Ideen?«, wollte Kathi wissen.

»Och, das ist unterschiedlich. Auf dem Großmarkt inspirieren mich die Formen, Farben und vor allem die Gerüche. Und dann habe ich vor einigen Tagen beim Ausmisten auf dem Dachboden einen wahren Schatz entdeckt!« Lena sah kurz, ob ihre Kunden alle versorgt waren, dann erzählte sie Kathi von ihrer Ururoma Elvi, dem hinterlassenen Tagebuch und den alten Rezepten.

Kathi war ganz aus dem Häuschen. Noch aufgeregter wurde sie, als Lena ihr auch noch die *Zuckergusschroniken* mit den inzwischen einlaminierten handschriftlichen

Zetteln präsentierte. Sie hatte sich auch die Mühe gemacht, ein Deckblatt für die Mappe zu gestalten, auf das sie in verschnörkelten Buchstaben *Zuckergusschroniken – Familienrezepte seit 1884* geschrieben hatte. Kathi seufzte. »Du kannst von Glück sagen, dass deine Oma diese Schrift noch entziffern und dir beibringen konnte. Sonst wärst du jetzt aufgeschmissen – und unsere Kunden müssten langweilige Butterkekse essen.«

»Da hast du recht.« Lachend verstaute Lena das Rezeptbuch in der untersten Schublade des Verkaufstresens, schloss sie mit einem kleinen goldenen Schlüssel ab und ließ diesen in das Kistchen neben der Kasse gleiten.

Während draußen der Tag verblasste, wurde es im *Fräulein Gewürzzauber* immer heimeliger.

»Vielleicht findet ihr heute Zeit zum Reden.« Kathi schenkte Lena ein aufmunterndes Lächeln. Lena hatte ihr am Nachmittag in einer ruhigen Minute von Bella »Backperle« Fuchs erzählt. Nun zückte sie ihr Handy und tippte darauf herum. »Hintergrundinformationen zu haben ist nie verkehrt. Wenn Isabelle dich schon vor ihr gewarnt hat, ist es umso wichtiger, zu wissen, mit wem wir es zu tun haben!«

Lena war unschlüssig, ob sie sehen wollte, wer Bella war und wie sie sich im Internet einen Namen gemacht hatte. Um ihre Nervosität in Schach zu halten, putzte sie die Vitrine und die Theke, fegte den Boden und sah Kathi dabei zu, wie sie die Augen zusammenkniff, den Mund zu einer Schnute verzog, mit dem Kopf hin und her wippte oder die Augenbrauen bis fast zum Haaransatz hochzog. Dann hielt sie es nicht mehr aus und setzte sich zu ihr. »Los, sag schon!«

Kathi legte ihr Smartphone quer vor Lena, damit sie die Homepage von *Bellas Backperlen* besser sehen konnte. Als Erstes fiel ihr ein großes Bild von Bella ins Auge, die neben dem Schriftzug topgestylt und etwas gekünstelt in die Kamera strahlte. Der Rest der Seite präsentierte sich in pudrigen Pastellfarben mit Perlen und Glitzer auf jedem Foto. Dachte man sich das ganze Chichi und Bella weg, blieben einige solide Backkreationen von leicht bis kreativ-verspielt übrig. Warum nicht.

»So wie sie auftritt, sieht sie sich als Trendsetterin der modernen Backszene – Miss Backfashion«, stellte Kathi fest und zog eine Grimasse, die Lena zum Lachen brachte.

»Von welchem Trend sprichst du? Plätzchen auf Stöckelschuhen aus dem Ofen holen? Oder die Farbe des Zuckergusses auf die Farbe seines Outfits abstimmen?«

»Ist da etwa jemand eifersüchtig?« Kathi grinste breit, wurde dann aber ernst. »Warum vergleichst du dich so mit ihr? Das brauchst du doch gar nicht!«

Lena sah zur Seite. Ja, warum tat sie das überhaupt? Gut, Bella war schätzungsweise fünf Jahre jünger als sie. Sie kannte sich dadurch sicher gut mit dem aus, was die jüngeren Leute heutzutage mochten. Aber das hieß noch nicht, dass sie die bessere Geschäftsfrau oder gar die bessere Zuckerbäckerin war. »Steht da eventuell noch mehr über Bella? Ich meine, zu ihr persönlich?«, fragte sie.

»Nur, dass sie es schon als Kind geliebt hat, ihrer Mutter beim Backen zu helfen, und sie nun glücklich ist, ihre Leidenschaft ausleben zu können. Bla, bla, blub!« Kathi verdrehte vielsagend die Augen. »Um mehr herauszufinden, müsste man genauer recherchieren. Tiefer graben.«

»So was kannst du?«

»Mein Ex war Programmierer. Der kannte sich richtig gut aus im Netz.«

»Kathi, du bist wirklich eine Wundertüte! Ich entdecke immer wieder neue Seiten an dir!«

»Stets zu Ihren Diensten!« Sie deutete eine Verbeugung an. »Da fällt mir auf: Die Dame dahinten schaut ein wenig ratlos aus.« Kathi deutete mit einem Kopfnicken auf eine Kundin und huschte auch schon in ihre Richtung davon.

Lena lächelte bei dem beruhigenden Gedanken, dass sie keinen aufgerüschten Internetauftritt brauchte, um ihre Kunden glücklich zu machen.

Nachdem die letzten Kunden gegangen waren, verabschiedete Lena auch Kathi, schloss die Ladentür ab und ging nach oben in die Wohnung. Auf der Treppe kam ihr ein wütend keckerndes Eichhörnchen entgegengehüpft. Als er sie sah, lief Ruprecht direkt auf Lena zu, huschte ihren Arm hinauf und hockte sich mit aufgeregtem *Tschiep-tschiep* auf ihre Schulter.

»Was ist denn los, Puschelchen? Hat die böse Tante einen Hausschuh nach dir geworfen?« Sie strich dem zitternden Tier sanft über das weiche Fell. Als sie sich zur Treppe wandte, sprang Ruprecht hinunter und war im nächsten Moment durch die Katzenklappe verschwunden. Kopfschüttelnd öffnete Lena die Wohnungstür und roch sofort, was das Eichhörnchen so aufgewühlt haben musste: Patschuli, Sandelholz, Bergamotte und Vanille.

Das kam aus dem Bad. Vorsichtig öffnete Lena die Tür, schnappte sich ein Handtuch und drückte es sich auf die Nase. Das war eindeutig zu viel für ihr Gewürznäschen! Hatten Max und sie Rosina nicht gebeten, in der Wohnung keine Räucherstäbchen mehr zu entzünden? Wahrscheinlich war der Hinweis, dass der Dachboden für ihre Meditations- und Yogaübungen besser war, nicht deutlich genug gewesen!

Kurzerhand warf Lena die glimmenden Stäbchen ins Waschbecken, ließ Wasser laufen und hörte mit Genugtuung das Zischen der verlöschenden Glut. Sie riss das Fenster auf und ließ die kühle Dezemberluft hereinströmen. Auch wenn sie sich vorgenommen hatte, geduldiger mit ihrem Besuch zu sein, krabbelten viele Wuttierchen durch ihren Bauch, und sie konnte es ihnen nicht verübeln. Bis in die Haarspitzen geladen, stapfte Lena zur Küche.

Dort wartete eine Überraschung auf sie: Max und Rosina kochten. Max kochte. Das war schon für sich genommen ein seltener Anblick. Und dann war es offensichtlich auch noch ein indisches Gericht. Und vegetarisch. Wie hatte Rosina das bloß geschafft?

Sobald er sie sah, zog Max sein Ich-will-hier-weg-Gesicht. »Sie hat mich dazu gezwungen!«, raunte er verzweifelt. »Sie hatte schon alles eingekauft! Da konnte ich doch nicht unhöflich sein!«

»Das habe ich gehört, lieber Max.« Rosina drehte sich zu ihnen um und stemmte die Hände in die schmalen Hüften.

Lena war so verblüfft, dass die Wuttierchen in ihrem Bauch verpufften. Sie gab Max einen aufmunternden

Kuss und lächelte ihn kirschbonbonsüß an. »Du machst das schon, schließlich bist du mein Zimtstern-Adventsmann! Mit Zimt kennst du dich doch aus!«

Er schenkte ihr ein schiefes Lächeln, gab sich aber geschlagen.

Als das Essen fertig war, kribbelte Lenas Nasenspitze nur so vor himmlischen Gerüchen. Es gab ein Gemüsecurry mit Kichererbsen, Mango-Chutney, Naan-Brot, dazu Reis und den für Indien typischen Mango-Lassi. Anders als Max liebte sie das Essen mit jedem Bissen mehr.

»Harini, das war einfach fantastisch!«, schwärmte Lena und lehnte sich auf ihrem Stuhl zurück. Max sah sie an, als hätte sie ihren Verstand verloren. Missmutig mümmelte er an seinem Naan-Brot.

Rosina quittierte das mit einem genervten Seitenblick. »Junge, du musst es nicht aufessen, wenn es dir nicht schmeckt!«

»Nenn mich nicht Junge«, grummelte Max. »Es schmeckt ja, und genau das ist das Problem!« Da mussten alle herzlich lachen, und Lena vergaß ganz, warum sie vorhin noch so wütend gewesen war.

☆

Da Rosina ihr Schönheitsschlaf heilig war, verschwand sie kurz nach dem Essen im Gästezimmer. Lena und Max machten es sich auf der Couch gemütlich, und Lena holte Elvis Tagebuch hervor, um Max den neusten Eintrag vorzulesen.

13. 12. 1909

Woran erkennt man eigentlich, dass man die Liebe seines Lebens gefunden hat? Ist es das Herzklopfen, das der bloße Gedanke an den anderen verursacht? Sind es die Blicke, die einem heiße Schauer über den Rücken jagen?

Sicher sind es nicht *die Mitgift und das Ansehen, die Papas Geschäftspartner mitbringt! Er war heute auf einen Kaffee im* Fräulein Gewürzzauber *und tat, als sei er der König von Timbuktu, der eine Frau für seinen Prinzen sucht. Meine Mutter hat ihm so sehr den Allerwertesten gepudert, dass ich mich in die Backstube zurückgezogen habe, um nicht aus der Haut zu fahren.*

Oh, mein geliebter Wilhelm, wann kommt endlich eine Nachricht von Dir? Es sind doch nur noch zwei Tage, bis das Schiff in Richtung Freiheit ablegt! Du bist das zarte Karamellstück, das man nicht erwartet, wenn man in das Melasse-Küchlein beißt. Doch danach schmilzt man nur so dahin!

Von einem kleinen Jungen habe ich heute im Laden als Dank für einen geschenkten Schokokeks ein Glanzbild erhalten. Mein Geschenk muss ihm viel bedeutet haben. Ein so hübsches Bild, das sogar im Schein meiner Nachttischlampe geheimnisvoll glitzert, gibt man schließlich nicht einfach fort. Es ist ein kleiner Trost in dieser ungewissen Zeit.

Lena klappte das Buch wieder zu und wickelte das Bändchen darum. Sie war ein wenig enttäuscht, dass den Seiten heute kein neues Rezept beilag. Dieser Wilhelm hatte sich auch noch nicht geregt, was sie langsam ungehalten machte. Er konnte seine Freundin doch nicht so lange im Ungewissen lassen! Was war nur passiert? Sie besah sich das schimmernde Papierbild; es erinnerte sie an Oma Gretas Adventskalenderpostkarten, die liebevoll beklebt waren. Das hier zeigte zwei hübsche sich umarmende Kinder in winterlicher Kleidung.

»Du wirkst nachdenklich«, sagte Max.

»Oh.« Lena hatte gar nicht bemerkt, dass sie so lange auf das umwickelte Büchlein in ihrer Hand und das Glanzbild gestarrt hatte.

»Ich habe mal gelesen, dass die Bildchen um 1865 der absolute Renner wurden, weil man sie ab da maschinell anfertigen konnte. Besonders beliebt waren schon damals die mit Glitzer. Sie wurden mit Glasstaub bepinselt«, fachsimpelte Max.

»Du zerstörst die ganze Romantik!«, beschwerte sich Lena und knuffte ihn in die Seite. Wirklich böse war sie ihm aber nicht. »Ich habe nachgedacht.«

»Oh, das hört sich aber ernst an.«

»Wenn ich eine Brille hätte, würde ich sie jetzt abnehmen.« Lena nickte und setzte ihre imaginäre Brille ab. Vielleicht war das die beste Gelegenheit, mit Max zu sprechen. Und mit einem Mal purzelten die Worte aus ihrem Mund: wie sie sich gefühlt hatte, als sie Max beim Fotoshooting mit der Backperle gesehen hatte, wie diese sich verhalten und wie sie angedeutet hatte, die ganze Männerwelt – Max inklusive – würde ihrem Bann erliegen. Es tat gut, sich alles von der Seele zu reden.

»Sie ist von den falschen Fingernägeln bis in die blondierten Haarspitzen ein Fake«, stellte Max ungerührt fest und nahm einen Schluck von seinem Rotwein, den er sich zur Feier des Tages gegönnt hatte. »Es wundert mich wirklich, wie sie es bis dorthin geschafft hat – und dass Eugenie so auf ihre Masche abfährt.« Er sah Lena in die Augen. »Sie ist die Kundin meiner Auftraggeberin, nicht mehr und nicht weniger. Und das heißt noch lange nicht, dass ich mich von ihr um den kleinen Finger wickeln lasse. Das darfst nur du.« Er nahm Lena in den Arm und küsste ihre Stupsnase.

»Dann bin ich beruhigt.«

»So beruhigt, dass du dich auf eine Backchallenge mit Bella einlassen würdest?«

Lena verschluckte sich fast an ihrem Lavendeltee. Sie löste sich aus seiner Umarmung und schaute ihn erschrocken an.

»Eugenie hat die Idee sofort abgesegnet – einen größeren Aufhänger für die nächste Fotostrecke könnte es gar nicht geben! Überleg mal: Das würde auch dem *Fräulein Gewürzzauber* zugutekommen, zusätzliche Werbung vor Weihnachten. Sie hat den Wettbewerb auf Freitag, den 21. Dezember, gelegt. Am genauen Ablauf wird noch getüftelt.«

Lena überlegte nicht lange. Sie würde nicht kneifen, sondern sich der Herausforderung stellen. »Sag deiner Frau Spitzbub, ich bin bereit! Soll die Zuckerperle nur kommen! Ich walz sie mit dem Nudelholz platt!«

»Und puderst sie hoffentlich mit ganz viel Zimt!«

»Mit Sicherheit«, lächelte Lena. Sie rutschte näher an ihn heran und verschloss seine Lippen mit ihren.

8. DEZEMBER

Da sie wegen des Wochenendes mit noch mehr Kundschaft als üblich rechnete, hatte Lena Tjure Großherz gebeten, im *Fräulein Gewürzzauber* auszuhelfen. Der alte Förster hatte Freude daran, unter Leuten zu sein, und hatte trotz seiner großen Hände Talent, die Leckereien charmant und ansehnlich zu verpacken.

»Tjure, du bist heute mein kleiner Geschenke-Elf und wickelst bitte die Einkäufe hübsch ein!«

»Solange ich kein Elfenkostüm anziehen muss …« Er lachte gutmütig unter seinem dicken grauen Vollbart.

Wenn er irgendwann rundum weiß ist, engagiere ich ihn als Weihnachtsmann, überlegte Lena und kicherte.

Sie sah sich im *Fräulein Gewürzzauber* um. Es brummte wie in einem Bienenstock. Glücklich tänzelte sie in die Backstube. Sie hatte ein strammes Programm vor sich. Eine Marzipan-Cranberry-Torte und Mandel-Spekulatius-Blätter wollten gezaubert werden. Außerdem musste sie die Kekse für Billes Adventskaffee backen, und sie wollte Ururoma Elvis Minz-Anis-Bonbons ausprobieren. Im Vorbeieilen sah sie, dass auch die Zimtstangen schon wieder zur Neige gingen. Sie setzte sie auf ihre imaginäre Liste und drehte das Radio lauter, stellte die Zutaten auf den großen Holztisch in der Mitte des Raumes und setzte als Erstes in einem großen Topf die Zuckermasse für die Bonbons an. Als das Zucker-Wasser-Gemisch auf dem Herd anfing, Blasen zu werfen, ließ Lena Minz-Anis-Sirup hineinlaufen. Da sie auf die Schnelle Elvis *Geheimniskraut* nicht hatte beschaffen können, hatte sie den Sirup in aller Frühe mit echtem Anis angesetzt.

Sie rührte noch ein paar Runden mit einem Holzlöffel um und nahm den Topf dann vom Herd. Sie hatte sich eigens für die Bonbon-Herstellung einen Beistelltisch anfertigen lassen, auf dessen linker Seite sich eine Granitplatte befand und rechts daneben eine Wärmeplatte. Auf dem Stein lag bereits der Metallrahmen, in den Lena nun die schon etwas abgekühlte Zuckermasse füllte. Eine Hälfte färbte sie noch rasch mit grüner Lebensmittelfarbe. Es duftete so verführerisch, dass sie am liebsten schon genascht hätte.

Mit einem breiten Schaber löste sie die immer zäher werdende Masse von der Arbeitsfläche, teilte sie in der Mitte und begann, sie zusammenzufalten und wieder auseinanderzuziehen. Sie drehte die entstehenden Fäden ineinander und zog die Masse zuletzt immer wieder über einen gebogenen Metallhaken, der extra für diesen Zweck an der Wand befestigt war. Das war anstrengend und dauerte seine Zeit, aber angesichts der Gitarrenklänge der Rock-Weihnacht ging Lena die Arbeit gut von der Hand.

Auf der Wärmeplatte legte sie schließlich die grüne Masse zu einem Dreieck mit einem Zipfel an der Seite zusammen und umwickelte sie mit der weißen Masse.

Nun musste sie aus der dicken Zuckerwurst nur noch eine lange dünne ziehen und mit einem scharfen Messer kleine Bonbons abschneiden. Wie durch Zauberei waren in jedem weißen Zuckerbrocken nun grüne Minitannen zu sehen.

»Brauchst du Hilfe, Liebes?«

Für einen ganz kurzen Moment hatte Lena das Gefühl, Oma Greta stünde in der Tür. Nur die hatte sie immer *liebes Lenchen* genannt oder einfach nur *Liebes* zu ihr gesagt. Sie drehte sich abrupt um und musste Rosina dabei so irritiert angeschaut haben, dass diese lachte.

»Kindchen! Wenn du so bei dir bist, dass du deine Umwelt kaum noch wahrnimmst, scheinst du deine Meditationstechnik gefunden zu haben. Und das ganz ohne den Duft von Bergamotte und Sandelholz …«

Lena sah Rosina grinsend an, sagte aber nichts.

»Ich weiß, ich weiß …« Rosina hob abwehrend die Hände und imitierte Max' Art zu sprechen: »›Mach so viele Räucherstäbchen an, wie du willst, aber bitte unterm Dach!‹« Sie seufzte. »Ihr seid einfach noch nicht so weit. In fünfzehn Jahren wirst du an meine Worte denken: Yoga ist die Basis für die Balance. Ihr solltet es wie ich jeden Morgen praktizieren. Das regt den Kreislauf an und weckt die Geister.«

»Harini?«, unterbrach Lena den Monolog. »Ich könnte tatsächlich Hilfe brauchen.«

»Ach ja?« Rosina sah aus, als hätte sie eben nur aus Höflichkeit gefragt und wäre sich nun gar nicht mehr so sicher, ob sie das überhaupt wollte.

»Bereite du den Zimtstangenteig vor, während ich die Marmelade für die Cranberry-Marzipan-Torte koche.«

»Zimtstangen … und wie?«

»Moment …« Lena huschte in den Laden und holte aus der Schublade im Verkaufstresen die Lederkladde mit den Geheimrezepten. »Kannst du Sütterlin lesen?«

»Ob ich *was*? Herrje, sehe ich so alt aus?«

Lena überging die Frage und legte das Buch aufgeschlagen vor Tante Rosina auf den Tisch. »Dieses Rezept ist von Tante Thessa und in Schreibschrift. Bitte nimm die doppelte Menge!«

Tjure Großherz' tiefer Bariton unterbrach sie: »Darf ich kurz stören?«

»Aber immer doch!«, säuselte Tante Rosina. »Wir wurden noch nicht vorgestellt – ich bin Rosina Himmelreich, aber nennen Sie mich *Harini*. Das ist mein spiritueller Name.« Lena zog die Brauen hoch. Raspelte sie gerade Süßholz?

»Tjure Großherz. Sehr angenehm.« Er verbeugte sich leicht, nahm Rosinas Hand und hauchte einen Kuss darauf.

So etwas hatte Tjure ja noch nie gemacht! Und jetzt fing auch noch Max' Tante an zu kichern! Es war wie ein Unfall, bei dem man nicht wegsehen konnte, wie sehr man es auch wollte. »Ähm … Tjure? Du wolltest etwas von … mir?«, fragte Lena vorsichtig.

»Oh ja! Herr Bonifazius macht es sich gerade in seinem Ohrensessel bequem.« Tjure lächelte breit, schaute aber verstohlen zu Rosina hinüber, die ihn kokett angrinste.

Das war ja nicht zu fassen! Offensichtlicher konnte man wohl kaum flirten. Lena wandte sich ab. »Dann werde ich ihn mal begrüßen.« Sie huschte an den beiden vorbei und war froh, der peinlichen Situation zu entkommen.

Hadebrand Bonifazius war einer der vielen Stammkunden im *Fräulein Gewürzzauber*. Daneben war er ein so begnadeter Geschichtenerzähler, dass es mittlerweile regelmäßige Erzählstunden gab, in denen er abenteuerliche Geschichten aus seinem Leben zum Besten gab. Heute war es wieder einmal so weit, und auf dem Tischchen neben Bonifazius' rotkariertem Ohrensessel dampfte bereits eine Tasse Punsch. Die Sitzkissen und Hocker, die Kathi um die Leseecke herum verteilt hatte, waren gut besetzt, und alle warteten gespannt darauf, dass er zu erzählen anfing.

Als der ehemalige Abenteurer Lena sah, stand er noch einmal auf, um sie zu begrüßen. Er war einen Kopf größer als sie, hatte für sein Alter noch ungewöhnlich volles Haar und trug einen dichten Backenbart. »Frau Sonnenschein, ich freue mich, wieder hier zu sein! Hätten Sie vielleicht ein paar von den Nougat-Pralinen für zwischendurch für mich?«

»Aber sicher doch, bekommen Sie gleich!« Lena lächelte ihn warm an und reichte ihm die Hand. »Fangen Sie ruhig schon an. Ich bringe sie Ihnen.« An die Zuhörer gerichtet sagte sie: »Ich wünsche Ihnen und euch viel Vergnügen!«

Herr Bonifazius nickte und setzte sich wieder. Als Lena zurück in die Backküche ging, hörte sie, wie er alle mit seiner warmen Stimme begrüßte. Seine Worte waren wie eine Melodie, die einen umhüllt und beschützt. Allzu gern wäre sie stehen geblieben, um ihm zu lauschen. Aber jetzt musste sie sich erst einmal um das Gebäck kümmern. Hoffentlich hatten die zwei Turteltauben in ihrer Backstube keinen Unsinn gemacht! Kurz zögerte sie, bevor sie die Klinke herunterdrückte und eintrat. Doch nichts war passiert. Rosina und Tjure waren vielmehr in ihren eigenen Backworkshop vertieft und gaben dabei ein sehr gutes Team ab. Gerade vermengte Rosina die Zutaten und ließ sich von Tjure das Rezept vorlesen. Als sie Lena wahrnahm, hauchte sie ihm zu: »Vielen Dank, Tjure, den Rest schaffe ich allein.«

Lena grinste. »Es müssten wahrscheinlich ohnehin noch ein paar Pralinen eingepackt werden.«

»Ach, oh, natürlich! Ich sehe gleich mal nach!« Beschwingt und leichtfüßig verließ er die Backstube.

Nicht dass Tante Rosina mit Tjure das Kamasutra von vorn bis hinten ausprobieren will!, schoss es Lena durch den Kopf. Sie seufzte frustriert. Dieser Gedanke würde ihr den Rest des Tages Kopfkino bescheren.

Das Klingeln des Telefons lenkte sie ab. Dankbar spurtete sie hinter den Verkaufstresen. »Das *Fräulein Gewürzzauber*, Lena Sonnenschein, hallo?«

»Eugenie Spitzbub hier vom Backmagazin *Puderzauber!* Hallo, *halloooo!*«, flötete eine hohe Frauenstimme aus dem Hörer. »Max hatte mit der Backchallenge ja mal wieder eine grandiose Idee, nicht wahr? Wir freuen uns so sehr, dass Sie zugestimmt haben! Das Konzept habe ich Ihnen schon zukommen lassen. Wir brauchen da nämlich noch Ihre Unterschrift, nur wegen der Formalitäten, verstehen Sie! Der Rahmen ist ja immer so wichtig! Deswegen haben wir den Kinosaal 1 im *Casablanca* gemietet. Die Charles-Dickens-Dekoration für den Weihnachtsbasar dort hat mir letztes Jahr ausgesprochen gut gefallen, und da ich erfahren habe, in welcher Beziehung Sie zu dem Kino stehen, dachte ich, Sie freuen sich darüber.«

An dieser Stelle wurde Eugenies Stimme noch schriller als gewöhnlich, und die Worte flatterten noch schneller über ihre Lippen. »Die Challenge wird in drei Runden stattfinden«, fuhr Eugenie fort. »Jede wird ein anderes Motto haben. Am einundzwanzigsten geht es los. Die zweite Runde ist dann am zweiundzwanzigsten und das Finale an Heiligabend. Nähere Informationen finden Sie in unserem Schreiben. Haben Sie noch Fragen, meine Liebe?«

Ein »Ähm« war alles, was Lena herausbekam.

»Nein? Dann freue ich mich – ach, habe ich schon erwähnt, dass die Backchallenge im Regionalfernsehen und bei MyTube live übertragen wird?« Vor Schreck vergaß Lena kurz zu atmen. Eugenie Spitzbub hingegen plapperte munter weiter: »Unsere Visagistin ist natürlich dabei und hebt für die Aufnahmen Ihre Schokoladenseite hervor – hihihi!« Sie kicherte über ihr eigenes Wortspiel. »Ihr *Fräulein Gewürzzauber* und *Bellas Backperlen* werden in einem Satz mit unserem Backmagazin genannt werden. Das wird der süßeste Zuckerguss für mein Weihnachtstörtchen! Wir sehen uns dann! Tschüss, tschüss und tüdelüüü!«

Langsam ließ Lena den Hörer sinken. Aus einem Tag waren schwuppdiwupp drei geworden. Woher nahm sich Frau Spitzbub eigentlich die Freiheit, so über ihre Zeit zu verfügen? Natürlich war der Wettbewerb eine grandiose Werbung für das *Fräulein Gewürzzauber*. Allerdings würde er auch mit viel Aufwand verbunden sein.

Und das in den letzten Tagen vor Weihnachten! Auf einmal schien es ihr, als lägen Hunderte Mehl- und Zuckerbeutel auf ihren Schultern. Wenn das mal gutging!

☆

Die Lichterkette der Tannengirlande ließ die kleinen Sterne zwischen den Zweigen glitzern, und die flackernden Kerzen auf dem Couchtisch tauchten den Raum in stimmungsvolles Licht. Ein angenehmer Plätzchenduft lag in der Luft, denn Lena hatte eine Auswahl Gebäck mitgebracht und liebevoll auf einem Weihnachtsteller drapiert.

Ruprecht lag schnarchend auf Lenas Schoß und ließ sich die Pinselohren kraulen. Auch Max und Tante Rosina waren da und genossen es, den Tag bei einer Tasse heißem Kakao Revue passieren zu lassen.

»Harini hat Tjure kennengelernt«, eröffnete Lena Max mit einem vielsagenden Augenaufschlag.

»Schön«, entgegnete Max beiläufig. Offenbar hatte er Lenas Andeutung nicht registriert. »Er ist nett, oder?«, fragte er seine Tante.

»Och …« In Rosinas Gesicht machte sich ein Himbeerton breit, der nicht von ihrem Rouge herrührte.

»Was Harini damit sagen möchte …«, Lena grinste Max breit an, »ist, dass Tjure ihr beim Backen geholfen hat. Er war ein vollendeter Gentleman – mit Handkuss und allem Pipapo!«

Nun musste auch Max grinsen. »Alte Schule.«

»Ja, ich gebe zu …« Rosina sah verlegen in ihre Teetasse. »Ich finde ihn sehr … attraktiv … Da fällt mir ein,

Lena: Du hattest von diesem Tagebuch erzählt. Vielleicht liest du uns ein Kapitel daraus vor?«

Lena wollte Rosina nicht weiter in Verlegenheit bringen und nickte daher. Vorsichtig nahm sie das Büchlein aus dem Regal, strich über das lilafarbene Leinen und wickelte das Lederbändchen ab. Dann blätterte sie die dünnen Seiten um, bis sie den nächsten Eintrag fand. Dieses Mal hatte Elvi die linke Seite mit der Tintenzeichnung eines Passagierschiffs geschmückt, das die hohen Wellen des Ozeans durchpflügte. Aus zwei dicken Schornsteinen quoll schwarzer Dampf. Behutsam fuhr Lena über das Glanzbild, das Elvi danebengeklebt hatte. Es zeigte eine Frau mit Koffer, bereit für die Reise. Die Fellsäume ihres Mantels glitzerten, und auf ihrem Gesicht lag ein sanftes Lächeln.

Ein warmes Gefühl machte sich in Lena breit, denn sie ahnte, was das bedeutete – und es haftete wieder ein kleiner Zettel unter der Collage. Das dünne Papier ließ sich leicht entfalten, die Tinte war aber an einigen Stellen verschwommen, als wären Tränen darauf gefallen. Doch zuerst der Eintrag!

14. 12. 1909

Endlich! Wilhelm hat mir eine Nachricht gesendet. Ein Zeitungsjunge brachte sie heute zu mir in den Laden. Er hat es tatsächlich geschafft! Er hat auf der La Liberté *angeheuert, und sie haben ihm einen Posten als Beikoch und Kellner gegeben. Morgen früh holt er mich ab. Ich kann es kaum glauben. Es ist ein Traum, und niemand ist da, der mich kneifen könnte. Niemand ist da, dem ich von meinem Glück erzählen könnte. Ich könnte platzen und in einem Glitzerregen auf die Erde niedergehen.*

Mutter und Vater habe ich einen Abschiedsbrief geschrieben und habe lange nach den richtigen Worten gesucht. Erst versuchte ich es mit denen, die ihnen gefallen würden. Dann mit denen, die ausdrückten, was ich fühle. Zuletzt habe ich einen, wie ich denke, passablen Mittelweg gefunden.

Jetzt muss ich das, was mir am Herzen liegt, in einer kleinen Tasche verstauen und hoffen, dass ich am Morgen so zeitig erwache, dass niemand mein Verschwinden bemerkt. Bei dem Gedanken an das, was kommt, schwanke ich zwischen himmlischer Glückseligkeit und bodenloser Angst. Aber ich sage mir immer: Ein einzelner Dominostein ist noch kein Hexenhaus.

Wir werden uns unser Glück erarbeiten. Werden uns ein eigenes Leben in Freiheit aufbauen. So, wie wir es uns wünschen und wie wir es verdient haben. So, wie es unsere Liebe verdient.

Lena seufzte. Elvi hatte mal wieder so recht! Man sollte sich immer auf eine Sache konzentrieren, eine Basis schaffen. Wenn das gelang, konnte man darauf aufbauen und darauf vertrauen, dass alles gut würde. Das galt sowohl für eine Beziehung als auch für einen Backwettbewerb.

»Na, wenn das mal gutgeht!«, unkte Max.

Sie nickte zögerlich. Man durfte nicht vergessen, dass Elvi damals erst knapp achtzehn Jahre alt gewesen war. Doch offensichtlich war es ihr trotzdem gelungen, ihren

Weg zu finden und mit ihrer großen Liebe eine Familie zu gründen. Der beste Beweis dafür war sie selbst.

Aufgeregt spielte Lena mit dem Gedanken, auch den nächsten Eintrag schon zu lesen. Aber was, wenn dort noch spannendere Nachrichten standen? Dann würde sie weiterlesen wollen, und das Tagebuch wäre bald ausgelesen! Es war wie bei einer Serie, deren Folgen mit einem Cliffhanger enden, der immer brisanter wird, je mehr man sah.

9. DEZEMBER

Der zweite Adventssonntag empfing Lena mit strahlendem Wintersonnenschein durch das hohe Küchenfenster. Beschwingt kochte Lena Tee und füllte ihn in zwei Thermosbecher, denn sie würde sich gleich mit Max zusammen auf den Weg machen, einen Weihnachtsbaum zu kaufen. Rosina hatte gestern Abend angekündigt, hierzubleiben und zu meditieren. Danach, hatte sie ganz beiläufig erwähnt, wollte sie mit Tjure Großherz zu einem Waldspaziergang aufbrechen. Was das betraf, war Lena hin- und hergerissen. Sie freute sich natürlich, dass die beiden einander so offensichtlich sympathisch waren. Auf der anderen Seite fürchtete sie, dass Max' Tante dem guten Tjure am Ende das Herz brach, weil sie es wieder einmal nicht in einer Beziehung aushielt.

»Kommst du mit, Puschelchen?«

Ruprecht beobachtete Lena neugierig aus seinen großen Knopfaugen und ließ ein leises *Tschiep-tschiep* verlauten, als sie sich die Schneeboots und den dicken Wintermantel überstreifte. Dann hüpfte er freudig zur Katzenklappe in der Wohnungstür und war – *schwupps!* – schon dahinter verschwunden.

Lena lächelte. »Das hieß wohl Ja.«

Als sie kurze Zeit später vor die Haustür trat, wartete Max schon mit dem Schlitten auf sie. Ruprecht sprang ausgelassen durch den glitzernden Schnee und hüpfte dann auf die hölzerne Sitzfläche, als wollte er sagen: *So, ich bin jetzt fahrbereit! Können wir dann los?*

»Wer zieht?«

»Ich ziehe unseren schweren Mitfahrer hin und du unseren wunderschönen Weihnachtsbaum zurück.« Lena nahm Max die Schlittenschnur ab und gab ihm einen Kuss auf die Nasenspitze.

☆

Nach zwei Stunden Spaziergang und Baumkauf bei herrlichem Sonnenschein brachten sie den, wie Lena fand, hübschesten Tannenbaum nach Hause, den das Rosenviertel je gesehen hatte. Er war etwas größer als sie selbst und hatte viele buschige und dichte Äste. Dank Max war es dennoch kein Problem, das gute Stück wohlbehalten in den ersten Stock zu hieven.

»Sieh mal, Tante Rosina ist schon ausgeflogen!« Grinsend wies Lena auf eine Notiz auf dem Küchentisch: *Er ist Sternzeichen Vrishaba! Jackpot! Wartet nicht auf mich mit dem Essen!*

Sie seufzte. »Hoffentlich sieht sie ihn nicht nur als eine ihrer vielen Eroberungen …«

»Sorgst du dich um Tjure?« Max nahm sie in den Arm. Lena schmiegte sich an ihn, schloss für einen Moment die Augen und sog seinen Honig-Zimt-Duft ein. »Sie sind beide erwachsen«, sagte sie schließlich. »Allerdings können Erwachsene schlimmer als Teenager sein.«

»Dann wollen wir mal hoffen, dass wir nicht bald von pubertierenden Rentnern umgeben sind!« Max löste sich sanft von ihr. »Hilfst du mir mit dem Baum?«

Lena nickte.

Als die kleine Tanne stand, scheuchte Lena Max auf den Dachboden, um den Weihnachtsschmuck zu holen, und bereitete selbst eine Kanne Ingwertee mit Zimt, Kardamom und Kurkuma zu. Sie freute sich schon darauf, die Kiste mit dem Weihnachtsschmuck zu öffnen und die kleinen Schätze zu betrachten. Die hölzernen Zirkuspferdchen waren schon in Lenas Kindheit um den Weihnachtsbaum herumgaloppiert. Außerdem gab es kleine Trommeln, Päckchen mit roten Schleifen, Nussknacker, einen Schlitten mit einem Engelchen und eine weiße Kutsche, die Lena besonders mochte. Denn sie stellte sich bei ihrem Anblick immer vor, wie Aschenputtel ihr entstieg, um zum Ball zu gehen. Die Anhänger waren handbemalt, und manche Stellen glitzerten im Schein der Lichterketten.

Sobald Max diese in den Baum gehängt hatte, wies Lena Figur für Figur ihren Platz an den Tannenzweigen zu. Zuletzt hängte sie die dunkelroten Glaskugeln auf.

Dieses Weihnachtsbaum-Kunstwerk stand nun im Durchgang zwischen Wohnzimmer und Küche, damit sie ihn sowohl von der Couch als auch vom Esstisch aus sehen konnten. An der Tannengirlande am Türrahmen dahinter hatte Lena schon vor ein paar Tagen die Glitzersternengirlande ihrer Tante Hedi befestigt, die ihr Oma Greta letztes Jahr mit dem Adventskalender geschenkt hatte.

»Hach, schön!«, seufzte Lena zufrieden und ließ sich noch einmal von Max in den Arm nehmen. Gemeinsam bestaunten und genossen sie die Schönheit des Augenblicks.

☆

Die Hilfsorganisation war am Ende einer ruhigen Sackgasse in einem ehemaligen Fabrikgebäude mit kaminroter Backsteinfassade untergebracht. Da man wegen des Schnees auf der Straße keine Parkmarkierungen erkennen konnte, parkte Max seinen Geländewagen dicht an der Grundstücksmauer. Schnell luden Lena und er die zwei Körbe aus, die Lena bis unter die Deckel mit Kekstüten gefüllt hatte, und stapften durch das Säulenportal mit dem hohen gusseisernen Tor in den Innenhof.

Im selben Moment schlüpfte aus der doppelflügeligen Eingangstür, über der der Name *Rosenkinder e. V.* in bunten Buchstaben tanzte, ein sportlich gekleideter junger Mann, vielleicht Anfang zwanzig. Mit einem offenen Lächeln kam er ihnen entgegen. »Hallo, mein Name ist Kilian! Ihr seid Lena und Max? Bille hat euch schon von oben gesehen.« Er deutete mit dem Kinn auf die Fenster in der ersten Etage, wobei sein brauner Pferdeschwanz hin und her wippte. Lena folgte seinem Blick und erkannte Bille, die ihr fröhlich zuwinkte.

Sie traten in den Vorraum und schüttelten den Schnee von den Schuhen. »Schau mal, Gewürznäschen! Für den hätten wir heute Morgen drei Schlitten gebraucht.« Max wies auf die etwa drei Meter hohe und reich mit Kugeln und Basteleien geschmückte Weihnachtstanne. Ein Duft von Popcorn und Karamell hing in der Luft, der von der zuckersüßen Girlande herrührte, die sich um den Baum schlängelte. Lena legte ihren Kopf in den Nacken und bestaunte den offenen Raum, der sich in reichlicher Höhe über ihnen wölbte. Zwischen mächtigen Eisenträgern bildeten Backsteine hübsche Rautenmuster, beinahe wie in einer Kathedrale. So eine außergewöhnliche Decke hatte sie noch nicht gesehen.

Zu ihrer Rechten erinnerte ein alter Webstuhl mit seinem geschwungenen gusseisernen Ständerwerk, Rädern, unzähligen Streben und Wollresten an die glorreichen Tage der Textilfabrikation, die er hier erlebt hatte. Daneben mündete ein langer, hell erleuchteter Flur, von dem zu beiden Seiten Zimmer abgingen.

»Da seid ihr ja!« Ein rot-goldener Glitzerball kam die Treppe aus Holzstufen und verziertem Eisengestänge hinuntergespurtet, die sich hinter dem riesigen Baum versteckte. »Kommt doch mit hoch, wir sind gerade bei den letzten Vorbereitungen. Die ersten Gäste werden ja schon in einer Stunde eintrudeln!«

Die Pailletten raschelten bei jeder Stufe, die Lena und Max Bille auf eine Galerie hinauffolgten. Lena kam aus dem Staunen nicht mehr raus, denn allein der Bereich hier oben war bestimmt doppelt so groß wie die gesamte Fläche des *Fräulein Gewürzzauber*. Kleine und große Helfer wuselten umher wie in einem Bienenstock, die Gesichter voller Vorfreude. Die Geländer waren mit Tannengirlanden und roten Schleifen geschmückt. An ihnen entlang reihten sich Tische, an denen man später Kerzen in vielen Formen und Farben, selbst gebastelte Karten und Holzschnitzereien erstehen konnte. In der

Mitte luden weitere Tisch- und Bankreihen zu gemütlichen Stunden bei Kaffee und Kuchen ein.

»Stellt die Körbe am besten hinter die Kuchentheke«, sagte Bille. »Wir verteilen sie noch auf den Stehtischen. Kümmerst du dich bitte darum, Kilian?«

»Aber sicher. Hat mich gefreut!« Kilian hob kurz die Hand zum Gruß und machte sich sogleich an die Arbeit.

Lena schaute ihm noch einen Moment zu, wie er die dunkelgrünen Porzellanteller mit großer Sorgfalt mit Keksen belud und dabei die Augenbrauen konzentriert zusammenzog. Sein Gesichtsausdruck kam ihr bekannt vor.

»Möchtet ihr einen Kaffee?«

»Ja, gern.« Beide nickten.

Kurz darauf nippte Lena an ihrem Milchkaffee. »Bille, das sieht einfach wundervoll aus! Die Leute werden begeistert sein und euch die Tische leer kaufen!«

»Das hoffe ich auch.« Billes Lidschatten und Rouge funkelten im Schein der Lichterketten. Oder waren es etwa Tränen?

»Bille, was ist los? Ist es wegen Jojo?«, fragte Max frei raus.

Puh, der traut sich was! Lena hob anerkennend die Augenbrauen.

»Pff! Doch nicht wegen dem!« Bille tupfte sich verstohlen die Augen trocken. »Ich mache mir Sorgen wegen der beiden Sponsoren, die uns im letzten Jahr abgesprungen sind. Wie ihr wisst, leben wir von den Spendengeldern. Und ich fürchte, dass auch unser Adventskaffee ihren Ausfall nicht aufwiegen können wird.«

Lena und Max sahen sich ratlos an.

Plötzlich dudelten beschwingt-weihnachtliche Klänge aus den Lautsprechern und zauberten Bille ein Lächeln ins Gesicht. »Was nützt es, Trübsal zu blasen? Lasst uns heute ein fröhliches Fest feiern!«

Der plötzliche Sinneswandel ihrer Freundin machte Lena nachdenklich. Die Sorgen um das Fortbestehen der *Rosenkinder* und dazu ihre Beziehungsprobleme machten es Bille gerade nicht leicht. Wenn ihr nur etwas einfiele, womit sie Bille außer mit ihrer Kekslieferung helfen konnte!

Im nächsten Augenblick wurde Bille wieder ernst, und die Pailletten ihres Pullis raschelten geheimnisvoll, als sie sich über den Tisch zu Lena lehnte. »Ich habe etwas gehört, was ich dir unbedingt noch sagen wollte.«

»Da bin ich aber gespannt.«

»Roland Riegel – ist der dir ein Begriff?«

»Ja, durchaus.« Lena nickte langsam. In letzter Zeit hatte sie für ihren Geschmack schon genug von dem Herrn gehört.

»Sollte er auch«, stellte Bille trocken fest. »Er hat die alte Molkerei gekauft. Ein imposantes Gebäude. Nur unwesentlich kleiner als dieses.«

Lena gefiel nicht, worauf dieses Gespräch hinauszulaufen schien. Und auch auf Max' Stirn hatte sich eine Sorgenfalte geschlichen. »Was will er hier im Rosenviertel? Meines Wissens ist seine Fabrik im Industriepark«, sagte er.

»Einen Süßwarenladen will er daraus machen – mit Café und allem Drum und Dran, was die Liebhaber süßer Leckereien begehren … Kommt euch das bekannt vor?«

Lena schluckte und stellte ihre Kaffeetasse ab, aus der sie gerade trinken wollte. Einen so mächtigen Konkurrenten in der unmittelbaren Umgebung zu haben würde ihr Geschäft nicht gerade beleben, sondern im schlimmsten Fall ihre Existenz gefährden. »Das ist ja entsetzlich! Und mit *Bella Backperle* als Gesicht wird er das sicher auch schaffen!«, dachte sie laut.

»Wer oder was ist *Bella Backperle*?«, wollte Bille wissen.

Als Lena nicht antwortete und in ihre Kaffeetasse starrte, als könnte sie dort das Orakel von Delphi befragen, klärte Max Bille darüber auf, was es mit Bella auf sich hatte. Während Max von ihr und von seinem Auftrag für das Backmagazin erzählte, wechselten Lenas Gefühle wie die Farben in Schwarz-Weiß-Gebäck: von ängstlich bis panisch über wütend bis erstaunlich gelassen und gefasst.

»Ich brauche einen Plan«, unterbrach sie Max' Monolog schließlich. »Stillstand ist noch schädlicher fürs Geschäft als so ein dahergelaufener Schokoriegel. Elvi war davon überzeugt, und ich darf nicht den Fehler ihrer Mutter machen und mich darauf verlassen, dass Altbewährtes für alle Zeit Bestand hat.« Sie grinste schief. »Hat jemand einen Vorschlag?«

☆

Sie blieben noch eine Weile beim Adventskaffee, um sich von dem Schreck zu erholen. Als nach und nach die Besucher hereinströmten und sie immer mehr glückliche Gesichtern umgaben, besserte sich Lenas Laune schlagartig. Sie genoss den Trubel und den Kuchen und hatte das gute Gefühl, Teil von etwas Bedeutsamem zu sein.

Erst als sie am späten Nachmittag wieder zu Hause waren, erinnerte sich Lena an etwas, was sie gestern den ganzen Tag lang verdrängt hatte, was aufgrund der beunruhigenden Nachricht von Bille nun allerdings umso wichtiger wurde: Das Informationsschreiben zur Backchallenge musste längst im Briefkasten liegen.

Eine graue Wolkensuppe, die nur langsam von der einbrechenden Dunkelheit verschluckt wurde, empfing Lena vor der Haustür. Fröstelnd beeilte sie sich, den Briefkasten zu leeren und schnell wieder ins Warme zu kommen. Tatsächlich fand sie einen großen Umschlag mit dem bekannten rosa *Puderzauber*-Schriftzug. Roch sie etwa Plätzchenduft? Lena schmunzelte. Das gehörte sicherlich zu Frau Spitzbubs Werbestrategie.

Sobald sie wieder in der Wohnung war, setzte Lena sich neben Max auf die Couch und öffnete den Umschlag. Zum Vorschein kamen ein Anschreiben, eine Seite zum Ablauf des Wettbewerbs und ein dreiseitiges Formular, das Lena ganz am Ende unterschreiben sollte.

Max sah sie erwartungsvoll an, und sie begann, das Anschreiben vorzulesen:

»Sehr geehrte Frau Sonnenschein, wir freuen uns, dass Sie als stadtbekannte Zuckerbäckerin der Teilnahme an unserer *Puderzucker-Backchallenge* zugestimmt haben …« Lena grinste. »›Stadtbekannte Zuckerbäckerin‹, hört, hört!« Erst dann las sie weiter.

Die Jury des Wettbewerbs wird bestehen aus Chefredakteurin Eugenie Spitzbub, die den Vorsitz hat. Außerdem geben sich die Ehre Jonathan Diamond, Pächter des Filmtheaters Casablanca, *der hochdotierte Konditormeister Steffen Schwarzmann und Rose Wind, die Redakteurin des Lokalsenders. Der Ablauf ist wie folgt: Der 21. Dezember steht unter dem Motto* Süß wie Beeren. *Zwei verschiedene Pralinen mit fruchtiger Füllung sollen an diesem Tag hergestellt werden.*
Am zweiten Wettbewerbstag, dem 22. Dezember, fertigen die Teilnehmerinnen Bonbons in drei verschiedenen weihnachtlichen Geschmacksrichtungen. Das Tagesmotto lautet Weihnachtliches Lutschvergnügen.
Das große Finale am 24. Dezember steht unter dem Motto Zimt und Zunder. *Gefordert wird Gebäck mit Zimt und einer kreativen Note, die der Jury eine ›Geschmacksexplosion‹ im Mund bescheren wird.*
An allen Wettbewerbstagen haben die Kontrahentinnen jeweils vier Stunden Zeit für die Zubereitung der Leckereien, die den Themen entsprechend zu präsentieren sind.

Max schürzte die Lippen. »Puh, das hört sich nach einer Herausforderung an.«

Lena nickte. Plötzlich sickerte in ihr Bewusstsein, welche Reichweite der Wettbewerb haben würde. »Das hatte ich ja völlig verdrängt!«, stieß sie aus. »Der ganze Zauber wird im Fernsehen übertragen!« Hätte sie nicht schon gesessen, hätte sie sich spätestens jetzt in die Kissen der Couch fallen lassen.

Max grinste breit. »Meine Freundin wird ein Fernsehstar!« Ernster sagte er: »Vor ein paar Tagen hast du es noch als gute Idee und Herausforderung betrachtet! Du bist überall so beliebt – die Leute werden sich bestimmt sehr für die Show interessieren … und hoffentlich zahlreich im *Fräulein Gewürzzauber* erscheinen!«

»Und wenn ich auf ganzer Linie versage?« An Lenas sonst so sonnigem Gemüt knabberten erneut Zweifel. »Optisch kann ich mit der *Zuckerperle* sowieso nicht mithalten. Außerdem hat sie einen klaren Vorteil durch ihre Kameraerfahrung. Und wenn sie dann auch noch besser backt als ich –«

»Das glaubst du doch selbst nicht!«, unterbrach Max sie. »Stell dein Licht nicht so unter den Scheffel. Du bist eine wundervolle und wunderschöne Frau. Habe ich dir nie davon erzählt, wie es war, als ich dich zum ersten Mal gesehen habe?«

»Ich war dabei – und habe dich bedient«, konterte Lena, ohne die Miene zu verziehen.

»Das war bereits unsere zweite Begegnung.«

Überrascht setzte sich Lena auf.

»Ja, da staunst du, was?« Max grinste erneut sein Grübchengrinsen. »Ruprecht hat mich damals durch den Schnee zum *Fräulein Gewürzzauber* geführt. Dort sah ich durchs Schaufenster eine junge Frau, die eine altmodische rosa Rüschenschürze trug. Erst war ich etwas irritiert, aber du bist mit einer Grazie von einem Kunden zum nächsten getänzelt, die mich sofort in ihren Bann zog.« Max sah sie an. »Du hattest die Haare wie heute hochgebunden. Ein paar Strähnen umrahmten deine feinen Gesichtszüge und fielen sanft auf deine Schultern. Jedes Mal, wenn du gelächelt hast, wurde der Verkaufsraum heller.«

So hatte er sie gesehen? Lena seufzte und wollte, dass diese wunderschönen Worte nie enden mochten. Doch statt weiter von seinem ersten Eindruck zu erzählen, schlug er vor: »Weißt du, was? Wir sehen mal nach, was Elvi geschrieben hat. Vielleicht hat sie ja einen Rat für dich.«

Lena hob eine Augenbraue. »Wenn du mal nicht weiterweißt, hoffst du also darauf, dass eine über hundert Jahre alte Frau deine Freundin moralisch unterstützt?«

»Nein, so war das doch nicht gemeint!« Max zog in gespielter Verzweiflung die Schultern hoch. »Ich bin einfach neugierig, ob Elvi und Wilhelm es auf die *La Liberté* geschafft haben.«

»Jetzt bist du wenigstens ehrlich.« Lena schmunzelte. »Ich brenne auch schon regelrecht darauf, zu erfahren, wie es weitergeht!«

Sie legte das Anschreiben beiseite. Um das Formular würde sie sich in aller Ruhe morgen vor Ladenöffnung kümmern. Dann nahm sie vorsichtig das Tagebuch aus dem Regal und wickelte das Lederband ab. Seite um Seite blätterte sie vorwärts. Erst jetzt fiel ihr auf, dass sie bereits ein gutes Drittel des Buches gelesen hatte.

Auf der Seite des neuen Eintrags glitzerte links auf einem Glanzbild ein Strauß aus Anemonen, Ginster und Kamillenblüten. Darunter erwartete Lena eine Überraschung: zwei kleine Zettel aus gelbgrauem Naturpapier mit einem graublauen Streifen in der Mitte, die an den oberen Enden gerissen waren.

Lena musterte sie neugierig und erkannte unterschiedliche Schrifttypen darauf, viele Zahlen, fettgedruckt der Name einer Stadt. Sie konnte *Brüssel* entziffern und *Le*

Havre. Weiter unten stand das Wort *Billet*. Also waren es Fahrkarten. Zugtickets vielleicht? Aus Belgien? Sie nickte gedankenverloren. Sicher war dies die kürzeste Strecke von hier nach Le Havre gewesen, wo das Schiff vermutlich hatte ablegen sollen. Elvi und Wilhelm hatten die lange Strecke dorthin bestimmt mit dem Zug zurückgelegt. Offensichtlich hatte Elvi auch ihren Tagebucheintrag auf der Zugfahrt verfasst. Denn die Buchstaben tanzten in den Zeilen, waren nicht so sauber wie sonst, und hier und da hatte sie sich verschrieben.

»Max, sie haben es geschafft!«, flüsterte sie aufgeregt.

Max nahm Lena in den Arm und küsste ihre Stirn. »Lies vor, bitte!«

15. 12. 1909

Fast vierzehn Stunden in Zug und Droschke, Droschke und Zug schwächen die Lebensgeister und machen uns mürbe. Aber wir sind tatsächlich hier. Zusammen! Und wir fahren nach Frankreich! Ist das zu fassen? Vielleicht erhaschen wir auf der Durchfahrt einen Blick auf den berühmten Eiffelturm? Das wäre wunderbar! Das Land war bisher so weit entfernt, nicht mehr als ein paar Seiten mit Bildern und Texten in einem Schulbuch. Noch sind es einige Stunden bis Le Havre, doch Wilhelm hat mir versichert, dass wir es schaffen werden, vor dem Ablegen des Schiffes einzutreffen.

Die letzten Tage waren für mich eine echte Bewährungsprobe. Bis Wilhelms Nachricht eintraf, war ich ein Nervenbündel. Was Mutter natürlich durchschaute. Aber ich konnte ihr glaubhaft machen, dass meine Anspan-

nung in meiner bevorstehenden Verlobung gründete. Sie ist ja so verblendet von ihren gerüschten Konventionen! Dabei hatte ich so große Sorge, dass sie meine liebsten Backutensilien, die ich nach und nach aus der Backstube schaffte, unter den Dielen meines Zimmerfußbodens finden würde. Nun habe ich sie in meinem kleinen Reisekoffer verpackt neben mir stehen. Wilhelm amüsiert sich sehr darüber, dass mir die aktuelle Mode nicht halb so viel bedeutet wie die neuesten Backtechniken oder das richtige Handwerkszeug für meine Zuckerbäckerei. Doch im Grunde liebt er mich genau deswegen. So wie ich ihn für seinen außergewöhnlichen Sinn für Gewürze und Kräuter, seinen Wagemut und seine Tatkraft bewundere und liebe.

Hätte ich mich nicht auf diesen wagemutigen Mann eingelassen, hätte ich heute auch nicht dieses himmlische Gebäck kennengelernt, das wir uns zur Stärkung bei einem kurzen Halt im belgischen Lüttich kauften: belgische Waffelplätzchen. Die freundliche Bäckerin hat während unseres Gesprächs so einen Narren an mir gefressen, dass sie mir sogar die Zutaten verriet. In Kaffee getunkt sind sie ein Gedicht! Um den Geschmack ein bisschen aufzufrischen, könnte ich mir vorstellen, noch Kaffeepulver und Anis hinzuzugeben.

Ich lege das Rezept bei und hoffe, es irgendwann ausprobieren zu können. Wahrscheinlich wird es aber lange dauern, bis ich wieder eine Küche mein Eigen nennen kann. Es ist nun spät am Abend, und ich werde versuchen, trotz der harten Bänke ein wenig Schlaf an Wilhelms Schulter zu finden.

Bei allem Abenteuer habe ich auch Angst vor dem,

was kommen mag. Das Unbekannte ist immer die gefährlichste Komponente in einem Rezept; sie kann das Gebäck auch gründlich verderben. Dennoch halte ich an diesem Spruch fest: Wer den faden Geschmack leid ist, muss auch mal wagen, einem Rezept neue Zutaten hinzuzufügen.

Das werde ich versuchen. Denn wenn ich es nicht täte, würde ich mir mein Leben lang Vorwürfe machen.

Lena klappte das Büchlein mit einem Lächeln zu. »Das war es für heute.«

»Jetzt weiß ich immerhin, von wem du dein Gewürznäschen hast!« Max stupste Lena auf die Nasenspitze. »Offenbar hast du deine Gabe von beiden geerbt.«

Lena schwenkte einen kleinen gefalteten Zettel vor Max' Nase. Ihr Herz klopfte wie wild.

»Was hast du da? Ist es das, was ich denke, dass es ist?«

»Ja, das ist es!«, sagte Lena triumphierend. »Das Rezept der belgischen Waffelplätzchen.«

»Wirst du sie morgen ausprobieren?«

»Morgen? Warum erst morgen?«

»Weil ich uns jetzt ein leckeres Essen zaubern werde und wir es uns dann hier auf der Couch gemütlich machen, solange Tante Rosina noch unterwegs ist!«

»Wie kann ich dazu Nein sagen?« Grinsend gab Lena Max einen zärtlichen Kuss. Sie verlor sich in seinen weichen Lippen, die ebenso nach ihr verlangten. Das Essen musste wohl noch ein bisschen warten.

Billet
Brüssel
Le Havre

10. DEZEMBER

»Oh, was für ein Glück! Das ist ja großartig! Du hast wohl schon wieder ein neues Rezept in diesem Tagebuch entdeckt!« Kathi freute sich sichtlich, als sie Lena an diesem Montagmorgen am Laminiergerät antraf.

Lena legte warnend den Zeigefinger an die Lippen. »Psst! Nicht so laut! Es soll doch niemand wissen!«

Kathi nickte entschuldigend und zog einen imaginären Reißverschluss an ihrem Mund zu.

»Diese Rezepte sind wirklich von unschätzbarem Wert. Die Seiten sind über hundert Jahre alt. Und das Laminieren bewahrt sie für die Ewigkeit«, wisperte Lena.

»Was probierst du denn heute aus?«, wollte Kathi wissen.

»Belgische Waffelplätzchen … mit einer geheimen Zutat. Ich habe auch schon eine Idee für Varianten. Die müssen dann natürlich später alle verkostet werden …« Sie zwinkerte Kathi zu.

»Ja wird man hier denn nicht bedient?« Eine gereizte Stimme drang durch das Café zu ihnen. Sie gehörte zu einem Mann mit Zwirbelbart und einem schicken Filzmantel.

Kathi verdrehte die Augen. »Da ist aber heute einer

mit dem verkehrten Füßchen aus dem Bett gestiegen … Komme schon!« Sie grinste und eilte in den Verkaufsraum.

Schon seit einer geschlagenen Viertelstunde zog der Typ in der Daunenjacke Kathi praktisch mit den Augen aus, und offensichtlich gefiel ihr das auch noch. Sie kicherte in einem fort über alles, was der Mann von sich gab. Konnte das ihr ominöser Verehrer sein? Lena runzelte die Stirn. *Irgendwo habe ich ihn schon einmal gesehen,* überlegte sie. Wie lange sollte sie das Spielchen dulden? Der Laden war gut gefüllt, aber die Kunden schienen im Moment keine Hilfe zu brauchen. Im Grunde hätte Lena Kathi diese Turtelei auch gegönnt; schließlich war sie schon seit Langem auf der Suche nach dem einen. Irgendetwas aber gefiel Lena ganz und gar nicht an diesem Typen.

Als wenig später aber Frau Herzapfel, eine langjährige Kundin, Lena nach den Himbeertrüffeln fragte, ein junger Mann zeitgleich die Marzipankartoffeln suchte und ein älteres Ehepaar sich nicht auf eine Pralinenauswahl einigen konnte, trat Lena kurzerhand an Kathi heran und räusperte sich geräuschvoll.

Kathi drehte sich erschrocken um.

Lena raunte ihr zu: »Würdest du bitte die Aufmerksamkeit, die du diesem jungen Mann schenkst, auf alle anderen Kunden in diesem Laden ausweiten?« Zu dem Daunenjackentyp sagte sie freundlich, aber bestimmt: »Nichts für ungut, aber ich bräuchte meine Mitarbeiterin jetzt dringend! Um halb eins haben wir Mittagspause …«

Sie hatte bereits auf dem Absatz kehrtgemacht, als Kathi sie an der rosa Rüschenschürze festhielt.

»Warte kurz, Lena!« Kathi war die Situation mehr als unangenehm. Das sah Lena an ihren himbeerroten Ohren. Sie schaute den Kunden mit einem klimpernden Augenaufschlag fragend an. »Das ist meine Chefin, Lena Sonnenschein.«

»Theo, angenehm! Sie haben einen wundervollen Laden. Er wurde mir wärmstens empfohlen.« Er reichte Lena seine Hand, die sie unwirsch schüttelte.

»Ah, schön, hallo!« Schnell entzog sie ihm die Hand wieder und wischte sie wie beiläufig an ihrer Schürze ab, als es sie wie ein Blitz traf. Dieses Gockelgehabe und dieser widerliche Geruch von Bellas Kaugummiparfum! Es fiel ihr wie Puderzucker aus der Dose. Natürlich kannte sie ihn: Das war Bellas Äffchen für alles!

Offenbar hatte Kathi ihn gerade erst kennengelernt. Das beruhigte sie etwas. Aber was machte der hier im *Fräulein Gewürzzauber*? »Haben Sie denn schon gefunden, was Sie suchen?«, lenkte sie ab.

»Ihre charmante Mitarbeiterin hat mir ein Potpourri Ihrer Pralinen zugesagt, das ich gern annehmen würde.«

Lena nickte, dann sah sie ihn abschätzend an. »Kennen wir uns nicht?«

Er überlegte kurz, schüttelte dann aber den Kopf. »Tut mir leid, aber an eine so süße Chefin würde ich mich erinnern. Schicke Schürze!«

Jetzt zwinkerte er ihr auch noch zu! Lena vernahm Kichern von der Seite, verdrehte aber innerlich die Augen und antwortete ihm mit einem zuckersüßen Lächeln: »Tja, so bin ich. Süß wie ein Karamell-Cappuccino!«

Bei dieser Anspielung auf die Backperle klimperte Lena übertrieben mit den Wimpern, so wie Bella es immer tat, drehte sich um und marschierte in die Backküche. Hoffentlich war nicht ausgerechnet dieser Typ Kathis heimlicher Verehrer!

Um sich – wie Rosina so schön sagen würde – wieder zu erden, wandte Lena sich ihren Waffelplätzchen zu. Die fröhlich-weihnachtlichen Klänge aus dem Radio ließen ihren Wutkloß im Bauch rasch in sich zusammenfallen. Als sie die drei Schüsseln mit dem Rührteig hervorholte, den sie morgens angesetzt hatte, und der herbsüße Duft des Teiges ihre Nase kribbeln ließ, begann ein kleiner Glücksflummi in ihrem Bauch zu hüpfen. Der ersten Schüssel gab sie noch Kaffee, der zweiten Anis und der dritten beides hinzu. Ein Teelöffel war perfekt für die Portionierung im Waffeleisen, denn es sollten ja Mini-Waffeln werden. Wenig später lagen die ersten goldig braunen Taler vor ihr. Genussvoll sog Lena den Duft ein.

Erst als im Café das Telefon läutete, löste sie sich widerwillig aus ihrem kleinen Paradies. »Das *Fräulein Gewürzzauber*, Lena Sonnenschein am Apparat?«, meldete sie sich.

»Süße, ich bin's, Emma!«

»Wie schön, dass du anrufst! Ich muss unbedingt mit euch sprechen!«

»Genau deswegen rufe ich an. Morgen Abend, acht Uhr im *Insieme*?«

»Abgemacht!«

»Abgemacht! Dann sehen wir uns.« Schon war das Telefonat beendet.

Lena legte glücklich auf.

Moment! Warum hatte sie Emma gerade gesagt, dass sie dringend mit ihnen reden musste? Das Thema Heiraten hatte sie für sich vertagt, und was die Backperle anging, hatte sie ihre Sorgen doch mit Max geklärt. Und doch glimmte tief in ihr wieder ein kleiner Funke bedrohlich auf. Seit sie Elvis Tagebuch gefunden hatte, war sie auf dem Dachboden nicht recht weitergekommen. Sie hatte zwar noch einige Möbel und Kisten zur Seite geschoben, aber in der Wohnung standen immer noch Max' Umzugskartons, die darauf warteten, durchgeschaut, eingeräumt oder oben verstaut zu werden. War sie etwa wirklich noch nicht bereit für eine so feste Beziehung? Unschlüssig biss Lena auf einer Zuckerstange herum. So ein Quatsch! Sie liebte Max! Vielleicht war es wirklich gut, wieder einmal einen Abend mit ihren besten Freundinnen bei ihrem Lieblingsitaliener zu verbringen.

Wären die drei ein Dominostein, dann wäre Milla ohne Zweifel das Marzipan. Sie war oft erst etwas sperrig und verbohrt, aber wenn man sie besser kannte, war sie liebenswert süß, hervorstechend und energiegeladen. Emma wiederum wäre mit ihrer zurückhaltenden, einfühlsamen, weichen und flexiblen Art das Fruchtgelee. Und Lena selbst wäre der Softkeks, die Basis und die Schokohülle, die alles zusammenhielt.

Wieder etwas ruhiger sah Lena sich um. Kathi stand an einem der drei Tischchen und nahm die Bestellung eines älteren Ehepaars auf. Von Schnösel Theo war keine Spur mehr zu sehen, was sie beruhigte. Lena wollte gerade einen Schritt um die Theke tun, als wieder das Telefon klingelte.

»Das *Fräulein Gewürzzauber*, Lena Sonnenschein?«

»Hallo, ich bin's! Daniel!«

Schon als sie seine Stimme hörte, rutschte ihr das Herz in die Hose. Trotzdem versuchte sie, so gelassen wie möglich zu klingen. »Oh, hallo! Wie geht es euch?«

»Gut so weit. Den Tieren auch. Charlotte ist gerade nicht da, und ich wollte nur kurz nachhören, ob für Samstag alles klargeht.«

»Klar? Na, klar! Geht alles klar!« Vor lauter Panik war Lenas Stimme eine Oktave höher gerutscht. Sie hatte sich noch nicht eine Minute lang Gedanken darüber gemacht, wie sie den Ring verhüllen wollte, damit es für Charlotte und Daniel ein unvergesslicher Moment würde.

»Wann darf ich dir den Ring denn bringen?«

»Komm einfach vorbei, wenn es dir passt – und Charlotte es nicht mitbekommt.«

»Dann am Mittwoch, da ist Charlotte beim Yoga. Bis dann!« Schon hatte Daniel aufgelegt.

Lena lehnte sich an die Wand und atmete tief durch. Sie musste sich schnellstmöglich etwas einfallen lassen. Bis Samstag waren es nur noch fünf Tage, und schon die Vorbereitungen für den Backworkshop würden viel Zeit in Anspruch nehmen. Vielleicht hatten Emma und Milla ja eine Idee …

✩

Als Lena am Abend die Lichter im Verkaufsraum löschte, stand sie noch für einen Moment da, sah sich um und sog die Stille des Raumes in sich auf. Die Lichterketten im

Schaufenster tauchten die gefüllten Regale in ein magisches Licht, das die Cellophanbeutel glitzern ließ. Doch da war auch eine andere Seite: die tintenschwarzen Schatten dahinter. Sie schienen nur auf eine Gelegenheit zu warten, um anzugreifen. Ein Schauer lief Lena über den Rücken. Schnell schloss sie die schwere Holztür hinter sich und stieg die Treppe hoch.

Rosina kochte gerade eine Gemüsepfanne, und Max stellte Ruprecht eine Schale mit Nüssen auf die Fensterbank. Als er sie sah, nahm er sie in den Arm und küsste sie zärtlich.

Doch Lena schob ihn von sich. Zum zweiten Mal an diesem Tag musste ihr empfindliches Gewürznäschen diesen abartigen Kaugummigeruch ertragen. »Hattest du einen netten Tag beim Videodreh?«, fragte sie ruppig.

»Woher …?«

»Du stinkst ganz widerlich nach Bellas Parfum!«

Max grinste. »Soll ich … duschen gehen?«

»Ja, bitte!«

Max schaute irritiert. Offensichtlich hatte er mit dieser Antwort nicht gerechnet. Dann grinste er noch breiter und versuchte, ihr einen Schmatzer auf die Wange zu geben, aber Lena hielt ihn mit ausgestreckten Armen davon ab.

»Wenn ich diesen chemischen Hubba-Bubba-Erdbeer-Kirsch-Lollipop-Geruch in die Nase bekomme … Das macht mich aggressiv!« Frustriert ließ sie sich auf einen Küchenstuhl plumpsen.

»Und wenn der Geruch dann auch noch an deinem Freund klebt, wirst du zum Tier!«, amüsierte sich Tante Rosina, sobald Max im Bad verschwunden war. »Ach,

Lenchen, jetzt guck doch nicht so! Der Junge liebt dich. Da hat so eine Kaugummiperle doch keine Chance!«

»Was würdest du denn sagen, wenn Tjure nach einer anderen Frau riechen würde? Und nenn' mich nicht Lenchen – das durfte nur Oma Greta!« Lena schlug sich die Hand vor den Mund. Die Worte waren ihr ganz unbedacht einfach herausgerutscht.

Schlagartig wurde Rosina ernst. Statt zu antworten, schaltete sie den Herd aus. »Ich denke, es ist so weit. Wir machen zusammen Yoga.«

»Was? Aber ich … Wirklich?«

»Ja, das machen wir. Jetzt«, wiederholte Rosina.

Gegen diese Entschlossenheit kam Lena heute Abend nicht an. Erschöpft ließ sie zu, dass Rosina den Wohnzimmertisch beiseiteschob und zwei Matten nebeneinander ausrollte. Hatte Max' Tante immer eine zweite Matte für dringende Liebeskummer-Notfälle parat? Na, wenigstens blieben die Räucherstäbchen aus.

»Wir fangen leicht an. Schau!« Geduldig zeigte Rosina die ersten Dehn- und Entspannungsübungen. Bei den Atemtechniken musste Lena zunächst lachen, weil sich Rosina wie eine verrostete Türangel anhörte. Als sie sich aber beruhigt hatte und sich öffnete, wunderte sich Lena über sich selbst. Wie gut es tat, los- und sich auf etwas Neues einzulassen!

Als Max sich mit einem Handtuch das Haar trocken rubbelnd aus dem Bad kam, war der Tisch gedeckt, und die beiden Frauen saßen erschöpft, aber glücklich strahlend am Tisch.

»Was ist los? Habe ich schon wieder etwas verbrochen? Ich habe gleich zweimal Duschgel benutzt! Der

Geruch ist weg! Hier, riech mal!« Max hielt Lena seine Wange hin.

Sie nahm sein Gesicht in ihre Hände und küsste erst seine Stirn, dann seine Nasenspitze und schließlich seine weichen Lippen. Endlich umwölkte ihren Zimtstern-Adventsmann wieder der verführerische Duft von Honig. »Setz dich, Elvi ist endlich auf dem Schiff!«

Max sah auf das aufgeschlagene Tagebuch neben Lenas Teller. Neben dem Eintrag klebte ein Glanzbild in Form des Eiffelturms. »Wie kamen sie an Bord? Und wann …?«

»Warte«, lachte Lena, »ich lese es dir vor:

16. 12. 1909

Endlich ist es so weit! Wir sind in Le Havre. Schon den Kopfbahnhof umgibt ein imposantes Gebäude mit den größten Glasfenstern, die ich je gesehen habe. Es ist eine Schande, dass wir mitten in der Nacht hier eingetroffen sind und keinen Blick auf die Stadt selbst werfen können. Zum Trost hat Wilhelm mir ein paar Ansichtskarten mit den schönsten Sehenswürdigkeiten gekauft. Unübertroffen ist aber ein Schauspiel, dem wir gestern beiwohnen durften: der beleuchtete Eiffelturm. Unter dem Wintermond, in dessen Schein der schwere Eisenkoloss zu einem Sinnbild der Romantik erstrahlte, tat Wilhelm etwas Überwältigendes – er küsste mich zum zweiten Mal!

Er schmeckte nach Minze und ein bisschen nach Tabak. Seine Lippen waren weich und so zärtlich, dass ich es nie wieder vergessen werde! Und als ich dachte, es könnte gar nicht schöner werden, überraschte er mich noch mit einem weiteren entzückenden Geburtstagsgeschenk. Mein Herz schmolz dahin wie weiches Fondant, als er mir ein ovales Medaillon um den Hals legte. Über seinen goldenen Deckel winden sich filigrane Linien zu hübschen Blätterranken. Als ich es öffnete, fand ich darin ein Foto von Wilhelm. Nun trage ich ihn nicht nur in, sondern auch dicht an meinem Herzen.

Gleich betreten wir das Schiff. Ich muss zugeben, dass der fehlende Schlaf und die Ungewissheit meinem Körper arg zusetzen. Doch mit all meiner noch verbliebenen Kraft versuche ich, alle guten Momente und Erinnerungen der letzten Tage zusammenzukratzen, um durchzuhalten. Ohne Wilhelm an meiner Seite wäre ich wahrscheinlich längst wieder am heimischen Herd und hätte für alle Ewigkeiten Hausarrest. Außerdem sagte meine Oma immer: Dunkle Schokolade schmeckt nur bitter, wenn du sie nicht genießt.

Also verordne ich mir jetzt trotz aller Widrigkeiten ganz viel Genuss!

Max lächelte so selig, wie Lena sich gerade fühlte. In einer Liebesgeschichte wie dieser konnte man einfach nur mit Haut und Haaren und einem Seufzen versinken. Doch etwas stimmte nicht.

Lena griff nach dem Medaillon an ihrer Brust und öffnete es. Die fünf Gesichter strahlten ihr wieder entgegen. Doch Elvi schrieb in ihrem Eintrag lediglich von einem Foto, auf dem Wilhelm zu sehen war. Es hatte sich also noch viel in Elvis Leben getan, und Lena freute sich für sie. Trotz des aufreibenden Anfangs schien ihre Geschichte ein gutes Ende genommen zu haben.

Vielleicht war das auch die Lösung ihrer Unsicherheiten. Vielleicht sollte auch sie die bitteren Momente ihres Lebens hinterfragen, um zu sehen, ob sie wirklich so bitter waren, wie sie auf den ersten Blick schienen.

11. DEZEMBER

Den ganzen Tag schon war Lena ratlos.

Sie wälzte einen Hochzeitstorten-Katalog nach dem anderen, ein Stapel Backmagazine türmte sich bereits auf dem Küchentisch. Aber die Inspiration für eine unvergessliche Verlobungsaktion für Charlotte und Daniel war noch nicht dabei gewesen.

»In Krishnas Namen, Kindchen! Was hast du vor?« Rosina kam in weiten Hosen und einem noch weiteren Kleid aus dem Gästezimmer in die Küche und machte große Augen. »Hat Max dir einen Antrag gemacht? Ach, wie herrlich! Das freut mich ja so für euch! Wann ist es denn so weit?« Bevor Lena antworten konnte, hatte Tante Rosina sie bereits an sich gedrückt, ihre Hände genommen und tänzelte nun freudestrahlend mit ihr im Kreis, dass das wilde rote Vogelnest auf ihrem Kopf noch wilder herumwirbelte.

»Nein, nein, Harini! Bitte, du verstehst da etwas falsch!«, wehrte Lena ab und befreite sich aus Rosinas Tanzattacke. »Er hat mich nicht gefragt. Das ist Recherche für liebe Freunde.«

»Oh.« Rosina ließ sich enttäuscht auf einen Küchenstuhl gleiten.

»Daniel möchte in meinem Backworkshop am Samstag um Charlottes Hand anhalten und hat mich gefragt, ob ich den Ring in einer meiner süßen Kreationen einbacken oder -gießen könnte. Ich weiß nur noch nicht, wie ich das anstellen soll!« Lena ging verzweifelt vor Rosina auf und ab und strich sich eine widerspenstige Strähne hinters Ohr. »Es soll doch etwas ganz Besonderes werden!«

Sie wusste auch nicht, warum sie ihre Ideenlosigkeit so runterzog und warum sie fast wie ein hysterisches Huhn reagierte. Normalerweise machte sie in so einem Fall einen Kopf-frei-puste-Spaziergang an der frischen Luft. Aber selbst dazu war sie viel zu aufgewühlt. Niedergeschlagen setzte sie sich Rosina gegenüber an den Tisch.

Als sie so dasaß und die Tischplatte hypnotisierte, sah Lena aus dem Augenwinkel Ruprecht aus seinem Kobel klettern und auf die Fensterbank hüpfen. Er war keine dreißig Zentimeter von Tante Rosina entfernt und begann ohne Scheu, die Nüsse in seiner Schale zu ordnen. Nach Größe, Farbe, Form – wer wusste das schon so genau. *Das kann nicht gutgehen!*

Wie in Zeitlupe zählte sie herunter bis drei, zwei, eins.

Bei »null« erfüllte ein greller Schrei die Küche. Rosina sprang erst auf den Stuhl, dann auf den Tisch, erschreckte dabei natürlich auch Ruprecht, der mit wildem *Tschiep-tschiep* ebenfalls einen Satz machte und neben Rosina auf dem Tisch landete. Die stampfte so wild mit den Füßen auf der Tischplatte herum, dass alles herunterzufallen drohte. Lena konnte gerade noch den Adventskranz und ihre Tasse vor dem sicheren Absturz retten. Für einige ihrer Magazine war es allerdings zu spät.

»Rosina! Harini! Bitte, es ist alles gut!«, versuchte Lena, sie zu beruhigen, während sie Kranz und Tasse auf die Kommode stellte und dann nach Ruprecht griff.

»Alles GUT? ES WILL MICH FRESSEN!«, kreischte Rosina und setzte ihren Stepptanz fort.

Ruprecht keckerte wütend herum, was Lena ihm nicht verübeln konnte. Mittlerweile lagen alle Backhefte verstreut um den Tisch herum auf dem Holzboden. Immer wieder quiekte und kreischte Rosina auf. Lena musste Ruprecht irgendwie einfangen. Eine andere Möglichkeit gab es nicht. Sie überlegte nicht lang und ging zur Haustür.

»WO WILLST DU HIN? BLEIB HIER! FANG DIESES WILDE TIER ENDLICH EIN!«, zeterte Tante Rosina.

»ROSINA, BERUHIGE DICH!«, blaffte sie zurück.

»HARINI!«, hörte sie noch. Da aber war sie bereits im Flur. Wie konnte eine angeblich mit dem Universum verbundene Person beim Anblick eines göttlichen Geschöpfes so durchdrehen?

»Ruprecht! RUPRECHT!«, rief Lena, als sie an der Haustür stand. »Komm, Puschelchen, wir holen die Post aus dem Briefkasten!« Im nächsten Augenblick sprang Ruprecht die Treppe herunter und war durch die Katzenklappe verschwunden. »Ich bin dann eben unten!«, rief Lena und versuchte, den Groll in ihrer Stimme zu verbergen. Als die Tür hinter ihr ins Schloss fiel, war sie erleichtert, der Situation in der Küche fürs Erste entkommen zu sein. Es war zwar keine Lösung für ihre Probleme, aber sie fühlte sich wie ein Teekessel kurz vor der Explosion.

Als Lena einige Minuten später mit Ruprecht auf dem einen und einigen Briefen unter dem anderen Arm zurückkam, saß Max' Tante immer noch schwer atmend und kreidebleich am Küchentisch. Sie rückte automatisch einen Meter beiseite, als Lena das Tier vorsichtig in seinen Kobel verfrachtete.

»Machst du mir einen Tee? Ich brauche nach der ganzen Aufregung erst mal einen Tee. Und dann brauche ich meine Entspannungsübungen.« Rosina hielt sich den Kopf.

Lena konnte zwar nicht nachvollziehen, warum Rosina eine solche Angst vor Ruprecht hatte, hatte aber selbst das Gefühl, dass ihr Kopf von einem Wirbelsturm gigantischen Ausmaßes erfasst worden war. So machte sie zwei Tassen Ingwertee mit viel Waldhonig und reichte Rosina einen kühlen Lappen dazu. »Ich brauche jetzt auch einen Tee. Und die Entspannungsübungen mache ich gleich mit.«

Pünktlich um acht saß Lena in einer der gemütlichen Nischen des *Insieme. Bei Rotwein denkt und redet es sich doch am besten,* dachte sie und bestellte gleich eine ganze Flasche.

Emma und Milla waren absolut derselben Ansicht.

»Lena-Maus, es klang am Telefon, als hättest du etwas auf dem Herzen?« Emma kam sofort zur Sache.

Uh, wo fange ich da an?, dachte Lena. »Vielleicht am besten am Anfang.« Oh, hatte sie das laut gesagt? Emma und Milla schauten sie fragend an.

»Also …« Sie lehnte sich zurück. »Erst mal brauche ich ganz dringend eure Hilfe bei einer streng geheimen Geheimmission!«

Ihre Freundinnen hoben schmunzelnd die Augenbrauen.

»Daniel will Charlotte einen Antrag machen, und –«

Wilder Jubel unterbrach Lena, denn Emma und Milla kannten das Pärchen gut und freuten sich lautstark über die wunderbare Neuigkeit. Als sie sich wieder beruhigt hatten, erzählte Lena weiter: »Daniel möchte Charlotte am Samstag bei meinem Backworkshop fragen, und ich soll den Ring so präparieren, dass sie einfach nicht Nein sagen kann. Ich weiß nur nicht, wie! Die Hochzeitskataloge und Backmagazine, die ich dazu gewälzt habe, kommen mir schon aus den Ohren raus!«

»Einbacken würde ich ihn nicht«, verkündete Emma nach kurzer Bedenkzeit und knabberte an einem Biscotto.

»Wieso nicht? Ein Küchlein mit süßer Glitzerdeko wäre doch ganz schön!«, entgegnete Milla.

»Überleg doch mal: Charlotte beißt rein und verschluckt den Ring! Das wäre eine Katastrophe! Ich spreche da aus Erfahrung! Der Beagle von der Auffangstation hat mal einen Ring von mir verschluckt. Ihr wisst, was das für mich hieß …« Emma machte eine angewiderte Grimasse.

Lena und Milla lachten.

»Wie wäre es, wenn du ein weißes und ein schwarzes Alpaka aus Schokolade oder Marzipan machst und dem weißen Alpaka den Ring um den Hals hängst? So, als hätte es eine hübsche Halskette um«, überlegte Milla.

Das war die Idee! Lena nahm sie über den Tisch hinweg stürmisch in den Arm. Emma hielt die Weingläser fest und grinste.

Milla löste sich aus der Umarmung. »Dann hätten wir dafür ja schon mal eine Lösung gefunden. Das war doch aber nicht das *wirkliche* Problem, oder?«, stocherte sie nach.

»Du hast recht.« Lena nahm einen Schluck Wein. Womit fing sie nur an? Sie wusste ihre Gefühle doch selbst nicht richtig einzuordnen. Bei Elvi schien alles so puderzuckerleicht und einfach zu sein; alles fügte sich wie in einem Liebesroman mit Happy End. Aber die hatte ja auch keine Nebenbuhlerin, die sich in ihre Beziehung drängte …

Lena seufzte. Sie hatte zwar gegenüber Max und Rosina behauptet, die Geschichte mit Bella sei kein Thema mehr für sie – aber das war schlichtweg geschummelt. Und dass Bella ihr nun auch noch mit ihrem Zahnpastalächeln die Kunden abwerben sollte, setzte der ohnehin vertrackten Situation die Krone auf. Also brachte sie ihre Freundinnen auf den neuesten Stand ihrer Zimtstern-Romanze. »Und gestern roch er so ekelig nach diesem schrecklichen Kaugummiparfum, dass ich fast durchgedreht wäre vor Eifersucht!«, endete sie. »Wie kann ich das nur abstellen?«

»Indem du ihm vertraust«, antwortete Milla schlicht.

Emma formulierte es einfühlsamer: »Du hast eine so enge Beziehung noch nie zugelassen. Nach dem Tod deiner Oma hast du erst mal komplett dichtgemacht – bis Max kam und dein Herz erobert hat. Vielleicht brauchst du einfach ein bisschen Zeit, um dich voll und ganz auf ihn einzulassen. Ich bin mir sicher, dass er dir diese Zeit geben wird. Außerdem: Wenn er seinen Auftrag abgeschlossen hat, sieht er diese MyTube-Perle nie wieder. Und du auch nicht.«

»Das stimmt leider nicht …«, druckste Lena. Dann erzählte sie von dem Backwettbewerb, der ihr bevorstand, und von der Bedrohung durch ihren neuen Konkurrenten.

Milla schlug sich mit der Hand vor die Stirn. »Warum hast du dich denn auf so einen Quatsch eingelassen?«

»Weil es um ihre Ehre geht«, fachsimpelte Emma. »Ihre Ehre als leidenschaftliche Zuckerbäckerin! Bella wird sich warm anziehen müssen, das steht fest!«

Als Milla zustimmend nickte, ging es Lena gleich viel besser. Es tat gut, dass ihre Freundinnen von ihrem Können überzeugt waren, und sich etwas von der Seele zu reden war nicht nur sprichwörtlich eine Erlösung.

»Was diesen Fabrikanten angeht, habe ich allerdings kein gutes Gefühl. Es wäre besser, du wappnest dich, um ihm Paroli bieten zu können«, überlegte Emma.

»Ich habe zum Glück viele treue Stammkunden, die seit Jahren im *Fräulein Gewürzzauber* einkaufen. Sie haben alle durch Empfehlung und auch durch den Artikel im *Puderzauber* zu mir gefunden. Glaubt ihr denn, diese Menschen würden dem *Fräulein Gewürzzauber* den Rücken kehren, nur weil Mr. Schokoriegel hier einen Laden aufmacht?«

»Mit der richtigen Werbemasche könnte ihm das gelingen«, urteilte Milla nüchtern.

Lena seufzte und nahm einen weiteren großen Schluck Rotwein. »Ach, was mache ich nur?«

»Nun lass mal den Kopf nicht hängen, Lena-Maus! Du nutzt einfach dieselben Waffen, die diese Bella nutzt.«

»Soll ich ab jetzt in Minikleidern und Stöckelschuhen durch den Laden stolzieren?« Lena machte große Augen.

»Aber nein!« Emma lachte und strich sich eine ihrer langen schwarzen Haarsträhnen hinters Ohr. »Melde dich bei *Fotogram* an, erstelle eine Website für deinen Laden – so finden dich die Leute auch über das Internet, und du gewinnst neue, jüngere Kunden dazu!«

Das war eine grandiose Idee! Lena richtete sich auf. »Ich weiß auch schon, wen ich um Hilfe bitten werde: Matthi! Er kennt sich durch seinen Job als Grafiker wirklich gut mit so was aus. Ich frage ihn gleich morgen einfach!«

Nun war es an der Zeit, auch die letzte Bombe platzen zu lassen. »Ihr wisst ja: Max ist bei mir eingezogen«, druckste sie, »und er hat kistenweise Kisten mit … Sachen.«

»Sag bloß! Der Mann hatte schon vor dir ein Leben!«, spottete Milla.

»Das weiß ich doch, und darum geht es gar nicht«, verteidigte Lena sich. Sie atmete tief ein und versuchte es dann noch einmal: »Ich wollte für Max' Kisten Platz machen. Beim Ausmisten auf dem Dachboden habe ich dann ein Monstrum von Schrankkoffer gefunden, den ich noch nie gesehen hatte. So einen, wie ihn die Leute vor hundert Jahren mit auf die Reise genommen haben, wisst ihr?«

»Und? Hast du ihn geöffnet?«, wollte Emma wissen.

»Er war verschlossen.«

»Oh«, machten Emma und Milla gleichzeitig. Lena hatte ihre Neugier offensichtlich geweckt.

Sie grinste stolz. »Aber … Ich habe das Schloss mit ein paar Hutnadeln von einem alten Filzhut geknackt!«

»Ist nicht wahr!«, staunte Emma. »Ja, und? Was war drin? Jetzt spann uns doch nicht so auf die Folter!«

»Och, lauter alte Männerkleidung. Anzüge, Hemden – Gamaschen …«, winkte Lena ab und freute sich schon jetzt diebisch auf ihre Pointe. Ihre Freundinnen sackten enttäuscht auf ihren Sitzbänken zusammen. »Und das hier!« Lena zog Elvis Tagebuch aus ihrer Handtasche, schob es den beiden über den Tisch und wartete gespannt auf ihre Reaktion.

»Ein … Buch«, stellte Emma unnötigerweise fest.

»Es sieht ziemlich alt aus. Hast du es geöffnet?«

Lena nickte und löste das Lederbändchen, damit Milla das Buch aufschlagen konnte. Während sie darin blätterte, sah Lena zwei gerümpfte Nasen vor sich.

»Wer soll das denn noch lesen?«, staunte Emma. »Das muss erst mal jemand für dich entschlüsseln!«

»Nein, nicht nötig! Das kann ich selbst«, verkündete Lena. »Und es befand sich noch etwas darin, und zwar diese Kette.« Sie zog das Medaillon unter ihrer Bluse hervor und öffnete es.

»Das kann doch nicht wahr sein!«, entfuhr es Milla. »Die sieht aus wie du!«

Emma wollte es nun auch sehen, und Milla hielt das Foto neben Lenas Gesicht, um es mit dem von Elvi vergleichen zu können.

»Eine so große Ähnlichkeit von Verwandten ist selten, aber es scheint sie zu geben.« Schmunzelnd erzählte

Lena ihren Freundinnen vom Inhalt des Tagebuchs, von Elvis Liebe zu Wilhelm und ihrer Flucht, nachdem ihre Eltern sie mit einem fremden Mann hatten verheiraten wollen. Sie seufzte. »Ich habe mir überlegt, wie in einem Adventskalenderbuch jeden Tag ein Kapitel zu lesen. Das macht alles noch spannender. Und, ob ihr es glaubt oder nicht – in jedem Eintrag habe ich bisher wieder einen Spruch gefunden, wie letztes Jahr auf Oma Gretas Postkarten. Und auf wundersame Weise passt er immer genau zum Geschehen des jeweiligen Tages!«

Waren Emma und Milla bis eben noch sehr interessiert und neugierig gewesen, so sahen sie einander jetzt ein wenig unschlüssig an.

»Jetzt geht das wieder los!«, murmelte Milla.

»Was geht –?«, wollte Lena wissen, aber Emma unterbrach sie und nahm ihre Hände in ihre.

»Kann es sein, dass du mit der aktuellen Situation einfach völlig überfordert bist?«, fragte sie geradeheraus. »Du klammerst dich da an eine schöne Vorstellung und interpretierst in das Buch vielleicht etwas zu viel hinein.«

»Was in diesem Buch steht, ist doch keine schöne Vorstellung! Das sind die Tagebucheintragungen meiner Ururgroßmutter!«, protestierte Lena.

Emma hob die Hände in die Luft. »Ich entschuldige mich für meine Ausdrucksweise, es war nicht meine Absicht, dich zu beleidigen. Aber wie ich dich kenne, fragst du dich die ganze Zeit, ob Bella Max nicht doch noch rumkriegen könnte. Du fragst dich, ob du ihm wirklich vertrauen kannst, ob er wirklich nur dich liebt und niemanden sonst.«

Lena wollte protestieren, doch Emma ließ sie nicht

zu Wort kommen. »Und seit Daniels Bitte fragst du dich bestimmt, wie es wäre, von Max gefragt zu werden, ob du seine Frau werden willst. Elvis Geschichte ist eine abenteuerliche Liebesgeschichte mit unsicherem Ausgang …« Sie überlegte kurz. »Na ja, vielleicht nur teilweise unsicher, denn für Elvis Happy End bist du ja der beste Beweis.«

»Diese Geschichte handelt von wahrer Liebe«, warf Milla ein. »Und die will jeder finden. Warte mal ab: Wenn du selbst wirklich weißt, was du willst, wirst du Max auch bedingungslos vertrauen können.«

Lena war baff. So hatte sie das alles noch gar nicht gesehen. Ihre Freundinnen könnten tatsächlich recht haben. Einen Moment lang saß sie nur da, dachte nach und spürte, wie der Kloß in ihrem Hals immer dicker wurde. Dann brach es aus ihr heraus. »Ich bin Max gegenüber nicht fair«, schniefte sie, »ich vertraue ihm nicht so, wie ich es sollte. Meine Eifersucht macht alles kaputt, und ich weiß auch nicht, ob ich ihn heiraten würde! Was bin ich nur für eine Freundin?« Jetzt rannen Tränen über ihr Gesicht.

»Aber Lena-Süße, Max hat dich doch noch überhaupt nicht gefragt«, versuchte Milla, sie zu trösten. »Er liebt dich so, wie du bist. Jetzt entspann dich doch mal!«

»Und lies uns endlich einen Eintrag vor. Ich will wissen, wie es deiner Elvi ergangen ist.« Emma lächelte ihr aufmunternd zu, und nach einer kurzen Gruppenumarmung schnäuzte Lena sich und nahm das Büchlein zur Hand.

Die Zeichnung eines nostalgischen Passagierschiffs füllte die Hälfte der linken Seite. Darunter klebte ein

Zeitungsbild, das ebendieses Schiff zeigte. Das musste die *La Liberté* sein. Lena strich sacht darüber, als könnte sie so das vom Salzwasser raue Metall spüren. »Also dann …«

18. 12. 1909

Ich bin verwirrt, und gleichzeitig sehe ich die Dinge auf einmal klar. Ich bin unsagbar glücklich, auf dem Schiff zu sein, und zugleich über alle Maßen verärgert, dass meine Familie es so weit hat kommen lassen. Ich bin erschöpft und frustriert von den Strapazen, die wir auf uns nehmen mussten, nur um ein kleines bisschen gemeinsames Glück zu finden.

Die Kabine im Bauch des gigantischen Schiffes ist winzig wie eine Konservenbüchse. Sie hat keine Fenster, und die Toilette müssen wir uns mit allen anderen auf dem Gang des Zwischendecks teilen. Wilhelm hat für unsere Passage ein halbes Jahresgehalt gezahlt und arbeitet jetzt für den Rest der Summe. Das sei noch ein Freundschaftspreis gewesen, hat der Chefkoch behauptet. Ich weiß nicht, ob man ihm trauen kann. Bestimmt hat er sich von dem Geld etwas in die eigene Tasche gesteckt! Immer wieder sage ich mir, es ist ja nur für eine knappe Woche, und ich bin dankbar, diese Chance überhaupt erhalten zu haben. Heute scharwenzelte allerdings ein Zimmermädchen um Wilhelm herum. Die Blicke, mit denen sie ihn ansieht, sind wie Nadelstiche in mein Herz. Verleiht unsere nervenzerreißende Situation meiner Fantasie besonders weite Schwingen? Stehe ich so sehr unter Druck, dass ich halluziniere? Vielleicht sollte ich es wie Groß-

mutter handhaben, die immer sagte: Alles schmeckt besser, wenn man Puderzucker draufstreut!

Wahrscheinlich sollte ich genau das tun – mir einen Vorrat an Puderzucker anlegen und in jeder Situation damit um mich werfen. Zumindest während der nächsten drei Tage. Sicher ist sicher.

»Und, was sagt ihr nun?« Lena klappte das Buch zu und sah ihre Freundinnen triumphierend an. Vielleicht war die Idee mit dem Puderzucker ja gar nicht schlecht. Es konnte nicht schaden, sich eine Packung in die Manteltasche zu stecken. Nur für alle Fälle.

12. DEZEMBER

Das Mehl fiel sacht wie Pulverschnee und bildete auf der Arbeitsfläche sanfte Hügel. Die weiche Butter landete in Flöckchen darauf. Sie sahen wie kleine Tannenbäume im Miniaturformat aus. Mit einer Hand formte Lena eine Mulde, mit der anderen öffnete sie zwei Eier und ließ aus ihnen einen See entstehen. Als sie auch noch Zucker darüberstreute, glitzerte ihre Backlandschaft wie in einem Weihnachtsfilm.

Mit den Teilnehmern ihres Backworkshops wollte Lena den leckersten Nusskranz aller Zeiten backen. Deshalb bereitete sie nun ein Probeexemplar zum Vorkosten vor. Der Duft von Mandellikör und Haselnüssen und die weihnachtlichen Klänge von Leona Lewis' *Winter Wonderland* ließen sie glücklich durch die Küche tanzen und ihre Sorgen für einen Moment vergessen.

Während die Glöckchen der Ladentür im Takt der Musik fröhlich klingelten und immer neue Kunden ankündigten, bestrich Lena den ausgerollten Teig mit einer dicken Schicht Nussmasse, die sie aus Haselnüssen, Eiweiß und Zucker bereitet hatte, und rollte ihn auf. Sie formte einen Ring, verband die Enden und schlitzte ein Zackenmuster hinein, das nach dem Backen an einen wundervollen Stern erinnern würde. Sobald der Kranz im Ofen war, trat sie in den Verkaufsraum.

»Warte mal, deine Schürze ist ganz mehlig!« Grinsend half Kathi Lena, die Überreste der Winterlandschaft aus dem rosa Stoff zu klopfen.

Lena sah aus dem Fenster. Die Wolkendecke wollte heute einfach nicht aufreißen, stattdessen trudelten aus den mattgrauen Wolken weitere Schneeflocken zur Erde. Verfroren und sehnsüchtig schauten die Fußgänger, die am Schaufenster vorbeiliefen, zu ihr ins Café.

Auch die beiden Kundinnen, denen Kathi gerade die dicken Jacken abnahm, setzten sich dankbar an eins der Tischchen. Wenig später freuten sie sich über dampfende Tassen voller Punsch und die bestellten Himbeer-Lavendel-Pralinen, die Kathi ihnen brachte, und genossen die Behaglichkeit.

Lena betrachtete ihre glückseligen Gesichter und ließ sich auf den Barhocker hinter dem Verkaufstresen sinken. Nach der ganzen Arbeit brauchte sie selbst auch eine Praline. Sie schloss die Augen, und wenig später breitete sich in ihrem Mund ein Hauch von herbem Lavendelduft aus und verschmolz mit Himbeermousse und weißer Schokolade zu einer sinnlichen Einheit.

»Frau Sonnenschein?«

»Ja?« Lena drehte sich überrascht um.

Eine Frau, etwas älter als sie selbst, mit schulterlangen braunen Haaren und einer knallroten Hornbrille lächelte sie an. Sie roch angenehm nach Kiefernnadeln und einem Hauch Vanille. »Stimmt es, dass Sie bei diesem Backwettbewerb mitmachen?«

Lena wusste nicht, was sie sagen sollte. Woher wusste

die Frau davon? Stand es bereits in der Zeitung? Panik wallte in ihr auf, dennoch versuchte sie, sich so gelassen wie möglich zu geben. »Ja, das ist richtig. Woher …?«

»Oh, das hat mir eine Freundin erzählt. Wo sie es herhat, weiß ich nicht genau. Ich glaube, aus einem Beileger in der Zeitung.« Die Frau zuckte mit den Schultern. »Trini Muntergrün.« Sie gab Lena die Hand, redete aber in einem fort weiter: »Im *Casablanca* findet ja parallel zum Backwettbewerb wieder ein Weihnachtsmarkt mit Spendenaktion statt. Ich wollte fragen, was Sie mit dem Preisgeld und den Spendengeldern machen werden. Falls Sie es spenden möchten: Ich komme vom gemeinnützigen Verein *Erdmute e. V.*, der sich um die Belange der hiesigen Erdkröte kümmert. Jedes Jahr sterben Hunderte Kröten bei ihrer Wanderung zu den Laichgewässern –«

»Diese Frage habe ich noch gar nicht durchdacht. So was will ja gut überlegt sein.« Lena zwinkerte der Krötenretterin zu und bemühte sich um ein Lächeln. Sie war nun vollends überfordert. Jonathan veranstaltete wieder einen Weihnachtsmarkt mit Spendenaktion? Warum hatte er ihr davon nichts gesagt? Und es sollte ein Preisgeld geben? Warum wusste sie auch davon nichts? Langsam verwandelte sich ihre Panik in Wut. »Haben Sie eine Visitenkarte, die Sie mir hierlassen können? Dann denke ich in Ruhe über Ihre Anfrage nach.«

»Eine Karte nicht, aber einen Flyer.« Geschäftig fischte Trini Muntergrün ein Informationsblatt aus ihrer Umhängetasche.

Schnell ließ Lena es in der Tasche ihrer Rüschenschürze verschwinden. »Ich muss nach einem Kuchen sehen. Sie entschuldigen mich?« Mit einem Nicken flüchtete sie in ihre Backstube. Erst dort fiel ihr auf, dass ihre Ausrede gar keine Ausrede war. Herrje, der Nusskranz! Gerade noch rechtzeitig zog sie ihn aus dem Ofen.

☆

Missmutig stieg Lena mittags die Treppe zu ihrer Wohnung hoch. Ihre Gedanken wirbelten wie Schneeflocken durch einen tosenden Sturm. Erst nahm sich Frau Spitzbub heraus, über ihre Zeit zu verfügen, wie es ihr beliebte, und dann musste sie auch noch von einer wildfremden Frau erfahren, dass sogar ein Preisgeld ausgelobt worden war. Etwa vom Backmagazin? Und das, obwohl die gute Frau Spitzbub für gewöhnlich auf jeden Cent schaute?

Als Lena in die Küche trat, hielt ihr Rosina, ohne aufzusehen, einen Wurfzettel entgegen. Fette Großbuchstaben kündigten *das Event des Jahres* an: *Die X-MAS-Backchallenge*. Darunter war ein Foto von Lena abgebildet. Es war eines von denen, die letztes Jahr in der Fotostrecke im *Puderzauber* erschienen waren. Obwohl sie sonst nicht gern fotografiert wurde, mochte Lena das Foto, denn Max hatte wirklich ein gutes Auge für Ästhetik und sie so getroffen, wie sie sich wohlfühlte.

Lenas Blick huschte zu dem Foto von Bella, das sich direkt daneben befand. Ihre Lockenmähne zierte ein schmaler Reif mit golden glänzendem Rentiergeweih, und sie lächelte kokett in die Kamera. Neben den Fotos waren einige Infos über die Kontrahentinnen zu lesen, darunter wurde auf die Termine hingewiesen, darauf, wo es Eintrittskarten für das Livespektakel gab – und dass der Siegerin eine Prämie von 10000 Euro winkte. Lena verzog das Gesicht, als sie den Slogan las: *Gesponsert von RORI, dem Schokoriegel für Gewinner, denn: RORI for GLORY!*

»Das wird ja immer schlimmer!« Lenas Knie wurden weich, und sie musste sich setzen. Schlagartig wurde ihr bewusst, dass es nun kein Zurück mehr gab.

Noch immer ohne ein Wort zu sagen, legte Rosina ihre Yogazeitschrift zur Seite, stand auf und stellte ihr einen heißen Ingwertee und ein Glas Honig vor die Nase. »Das hilft, natürliche Abwehrkräfte aufzubauen.«

»Danke, genau das brauche ich jetzt! Und Elvis Buch!« Lena sprang auf und holte das Tagebuch aus dem Wohnzimmer. Als sie es aufschlug, war aller Ärger für einen Moment verflogen, denn ihr Blick fiel auf ein Glanzbild in Form eines Gugelhupfes auf einem Teller mit Spitzenpapier. Daneben klebten gleich vier gefaltete Zettel.

19. 12. 1909

Ich vermisse das Mehl zwischen den Fingern, die süße klebrige Bonbonmasse und den Duft der Kräuter in der Nase so sehr! Es macht mich ganz benommen, dass ich hier auf dem Schiff keine neuen Zutaten entdecken, keine neuen Leckereien kreieren kann. Allein dem salzigen Wind an Deck gelingt es, mir die trüben Gedanken aus dem Kopf zu blasen. Lange hält man es dort allerdings leider nicht aus. Es wird von Stunde zu Stunde kälter. Unsere Kajüte ist, wie geschrieben, sehr klein – und damit meine ich in etwa die Größe unseres Backtisches im Fräulein Gewürzzauber*! Wenn ich mich vor* *der Kälte dorthin flüchte, um mich in den Wolldecken zu wärmen, höre ich das Schnaufen der Schiffsmotoren, das mit seinem Ratta-tong-pfff-ratta-tong-pfff in meinen Ohren dröhnt.*

Man hat also die Wahl zwischen Frieren oder Ohrensausen. Auch fürchte ich, dass die Decken nicht reichen werden, falls die Temperaturen weiterhin fallen. Ich trage nun schon zwei Schichten Kleidung übereinander und versuche, mich durch viel Bewegung auf den Gängen und Tee, den Wilhelm mir heimlich aus der Küche bringt, warm zu halten. Wie die älteren Passagiere unter dieser Eiseskälte leiden, mag ich mir gar nicht ausmalen. Vielleicht ergibt sich für mich die Möglichkeit, mich nützlich zu machen. Tee und warme Decken an bedürftige Passagiere zu verteilen und so dem Maschinenlärm und meiner eigenen Kälte zu entfliehen.

Für den schlimmsten Notfall habe ich noch zwei Tafeln Schokolade im Koffer, die ich aus dem Fräulein Gewürzzauber *schmuggeln konnte. Ihr Duft ist so einmalig hinreißend, betörend und wärmend zugleich! Dazu fällt mir ein Spruch ein, der denen meiner Oma alle Ehre machen würde:* Willst du allen Kummer vergessen und tanzen, riech an Schokolade!

Das mache ich immer wieder, und ab und an beiße ich auch ein Stückchen ab. Aber nur ein kleines. Wilhelm soll ja auch noch etwas davon haben.

Da ich nicht in der Backküche kreativ sein kann, schreibe ich derweil die Rezepte auf, die mir im Kopf herumschwirren. Sie basieren auf denen meiner Vorfahrinnen. Vielleicht kann ich sie irgendwann weiterentwickeln. Ich würde es mir so sehr wünschen.

Als Lena die vier Zettel nacheinander aufklappte, fiel ihr sofort die Schönheit ihrer Fundstücke ins Auge. Die dünnen Tintenstriche, die sich in vielen Windungen und Kringeln auf dem Wachspapier zu verschnörkelten Buchstaben wanden, waren ein Kunstwerk für sich, und der Inhalt war ein echter Schatz.

Einem inneren Impuls folgend, hob Lena sich einen der Zettel vors Gesicht. Sie hatte schon beim Lesen des Tagebucheintrags genau nachempfinden können, was Elvi dem Duft der Schokolade zuschrieb. Als ihr feines Gewürznäschen dann tatsächlich noch einen süßlich-herben Hauch von Zartbitterschokolade ausmachen konnte, hüpfte ein Glücksflummi in ihrem Bauch. Ja, sie wollte tanzen. Jetzt, auf der Stelle!

Vollkommen außer Atem, ließ Lena sich einige Zeit später wieder auf den Stuhl fallen, um die Rezepte zu überfliegen, bevor sie wieder in den Laden musste.

Lenchen, hast du dir schon Gedanken darüber gemacht, was du der Jury an den drei Wettbewerbstagen zaubern wirst?, hörte sie die Stimme ihrer Oma.

»Nein … Noch nicht ganz.« Sie musste lächeln. »Aber ich habe da schon so eine Ahnung.«

☆

Max gab Lena einen Kuss auf die Nase und wandte sich bereits zur Tür. »Ich muss wieder los!«

Lena biss sich auf die Lippen. Diese Worte hatte sie in den letzten Tagen allzu oft zu hören bekommen, und der Hundeblick, mit dem er sie entschuldigend anplinkerte, machte es nicht besser. Am Vormittag hatte Max in der

Redaktion Fotos gesichtet und die Texte für die Fotostrecke mit der *Backperle* verfasst. Heute Mittag war er kurz auf einen kleinen Imbiss hineingeschneit, und jetzt sollte er schon zu einem Videodreh, bei dem er Fotos machen sollte. Vor wenigen Wochen hatte Lena noch jedes Mal die Augen verdreht, wenn Max von der x-ten Weihnachtsfeier, dem Jahrestreffen des Strickclubs *Flotte Nadel* oder einer feuchtfröhlichen Gebäudeeinweihung erzählte. Inzwischen sehnte sie sich nach seinen Geschichten von Pudelfrisuren, Outfit-Katastrophen oder lustigen Fotopannen. Doch zurzeit kannte Max kein anderes Thema als *Bellas Backperlen*.

Lena wusste, dass sie einen Weg finden musste, mit ihrer Eifersucht klarzukommen. Gleichzeitig merkte sie, wie sie Max gegenüber immer misstrauischer wurde, wie sie jedes Wort, das er sagte, auf die Goldwaage legte, sobald es auch nur im Entferntesten mit dieser Person zu tun hatte.

Entspann dich!, hatte Milla ihr geraten. Das war leichter gesagt als getan.

Unverhofft kam ihr Kathi zu Hilfe. »Schau mal, sind die nicht hübsch?« Sie drehte Lena den Hinterkopf zu und zeigte auf zwei Spangen inmitten ihrer stürmischen roten Haarwellen – olivgrüne Stoffrosen auf bronzefarbenen keltischen Mustern. »Sie waren in einem kleinen Beutel, der an der Ladentür hing!«

»War ein Zettel dabei?«, fragte Lena neugierig.

»Ja, aber da stand nur mein Name drauf.«

»Ach, es macht mich ganz kribbelig, nicht zu wissen, wer dein Mr. X ist!« Lena grinste. »Wir könnten uns in der nächsten Mittagspause auf die Lauer legen …«

»Ehrlich gesagt habe ich da auch schon darüber nachgedacht«, gestand Kathi. »Einerseits brenne ich darauf, zu erfahren, wer er ist, wie er heißt, wie er aussieht. Dass er einen guten Musikgeschmack und eine schöne Schrift hat und romantisch veranlagt ist, weiß ich ja schon. Andererseits ist diese Ungewissheit auch elektrisierend ...«

»Wahrscheinlich hast du recht. Die Realität kann ernüchternd sein.« Lachend machte Lena sich daran, Elvis Rezepte zu laminieren. Als sie sie gerade in die *Zuckergusschroniken* heften wollte, kam ein neuer Kunde in den Laden, und Lena schaute auf. »Daniel!«

An seinem verhaltenen Lächeln bemerkte sie sofort, dass etwas nicht stimmte. Kurzerhand bugsierte sie ihn in die Backküche, um in Ruhe mit ihm reden zu können.

Daniel trat auf die hohen Fenster zu und sah für einen Moment nach draußen. Dicke Schneeflocken fielen wie ein dichter Vorhang vom Dezemberhimmel.

»Ist er das?« Lena zeigte auf das mit dunkelrotem Samt bezogene Kästchen, das Daniel in seinen Fingern hin und her bewegte.

»Wie?«

»Na, der Ring?«

Still reichte Daniel ihr die kleine Schatulle. Aufgeregt klappte Lena den Deckel auf. Beim Anblick des wunderschönen Goldrings erschauderte sie. Er war schmal, und in der Mitte war ein großer dunkelroter Stein eingelassen, der von zwei zierlichen Goldblättern umrahmt wurde.

»Wie wundervoll!«, hauchte Lena. »Er ist wunderschön!«

»Findest du? Meinst du das wirklich?« Unruhig trat Daniel von einem Bein auf das andere. Immer wieder fuhr er sich durch die blonde Kurzhaarfrisur. Anders als sonst war er blass und wortkarg.

»Daniel, du musst dir keine Sorgen machen.« Lena griff nach seinem Arm. »Der Ring ist der absolute Hammer! Charlotte wird ausflippen vor Freude. Ich habe mir schon etwas ganz Besonderes für euch einfallen lassen, damit es für euch beide unvergesslich wird. Wirst sehen, es wird perfekt!«

Ein Seitenblick verriet Lena, dass ihre Worte ihn tatsächlich zu beruhigen schienen. Rasch holte sie zwei Spekulatiuspralinen mit Zartbitterschokolade aus der Theke. Sie reichte Daniel eine. »Erst dran riechen, dann genießen! Es hat mir mal jemand gesagt, dass so aller Kummer verschwindet und man tanzen möchte.«

Sie lachten beide, schnupperten an ihren Pralinen und genossen dann die knackige Hülle und den cremig-würzigen Kern. Nur das Tanzen wollten sie sich für Samstag aufheben.

☆

Ein verhaltenes Glöckchenklingeln ließ Lena gleichzeitig seufzen und lächeln. Das konnte fast nur Matthi sein. Und tatsächlich trat er ein und zog sich die Strickmütze vom Kopf, sodass seine Lockenpracht erleichtert in alle Richtungen auseinanderpuffte. Noch etwas verhalten sah er sich um. Als er Kathi am reich mit weihnachtlichen Süßigkeiten geschmückten Weihnachtsbaum hantieren sah, zog sich ein Lächeln über sein Gesicht.

Hochkonzentriert füllte sie die Lücken mit neuen Leckereien. Dennoch entglitt ihr ein Schokokringel-Anhänger mit kleinen Liebesperlen. Matthi beeilte sich, ihn aufzuheben, und reichte ihn ihr.

»Oh, hallo Matthi! Lieb von dir!«

»Kein Ding«, entgegnete Matthi und vergrub die Hände in seiner Cargohose.

Kathi grinste. »Wenn du willst, kannst du mir helfen.«

»Oh, ja … geht klar.« Matthi zog seine Hände wieder aus den Taschen und reichte Kathi nacheinander kleine Schokonikoläuse, Zimtsterne und Zuckerstangen an goldenen Bändchen.

»Die Kinder lieben den Baum – und dass Lena ihnen erlaubt zu naschen«, plapperte sie gut gelaunt. »Aber welches Kind würde es auch *nicht* lieben, sich am Weihnachtsschnupp bedienen zu dürfen? Und nicht nur die! Heute Morgen habe ich beobachtet, wie sich ein älterer Herr ganz verstohlen einen Zimtstern in den Mund steckte!« Sie lachte ihr ansteckendes Lachen, und auch Matthi konnte nicht anders, als zu lächeln.

Lena wollte ihre traute Zweisamkeit nicht stören und wartete geduldig, bis der letzte Anhänger den Baum schmückte. Erst dann trat sie näher und fragte: »Darf ich dir Matthi kurz entführen?«

»Nur unter Protest!«, konterte Kathi, was Matthi prompt eine gesunde Gesichtsfarbe bescherte.

»Falls du gleich noch einmal Hilfe brauchst …«

Kathi nickte. »Dann werfe ich das Matthi-Signal zur Decke.«

Lena führte Matthi an einen freien Tisch. »Hör zu, auch ich brauche deine Hilfe …« Während sie ihm erklärte, worum es ging, nickte er mehrfach. Da er dabei keine Miene verzog, konnte Lena allerdings nicht abschätzen, ob sie auf ihn bauen konnte. Daher fragte sie geradeheraus: »Kannst du mir helfen, Matthi?«

»Joa. Kein Ding.«

»Oh prima!« Lena fiel ein gigantischer Stein vom Herzen.

»Du brauchst also eine Internetseite, auf der du das *Fräulein Gewürzzauber* präsentieren kannst, und entsprechende Social-Media-Profile«, fasste Matthi zusammen. »Das lässt sich machen. Ich brauche dafür von dir nur Futter, sprich Fotos und Texte.«

»Bekommst du!«, freute sich Lena.

Matthi legte den Kopf schräg. »Die Fotos ziehst du mir bitte auf einen Memo-Stick und benennst sie so, dass ich sie den Textabschnitten zuordnen kann. Die Texte speicherst du am besten in einer Datei ab. Ich wühl mich nicht so gern durch anderer Leute Chaos, weißt du?«

»Kein Problem!« Lena notierte sich alles auf einem kleinen Abreißblock, damit sie später nichts vergaß. Obwohl Matthi im Privaten oft unbeholfen wirkte, wusste er in beruflichen Belangen offenbar, was er tat, und das beruhigte sie ungemein. Der Schokoriegel und die Zuckerperle würden schon noch sehen, wo der Zimtstern seine Zacken hat!

☆

Lackierte Fingernägel klackerten im Takt der Melodie von Lady Gagas *Christmas Tree* auf den Tasten. Die eisblauen Glitzersteinchen, die als Schneeflocken daraufgeklebt waren, funkelten im Schein der Schreibtischlampe. Am Abendhimmel löste die aufziehende Dunkelheit die trübe Wolkensuppe des Tages ab, aber das interessierte Bella gerade nicht. Sie wollte den Abend nutzen, um für die Backchallenge zu recherchieren.

Der Mauszeiger tanzte über die Seiten, und Bild um Bild rollte an Bellas perfekt geschminkten Augen vorbei: bunt verzierte Törtchen, ausgefallen geformte Kekse und pompöse Torten. Und doch war die richtige Rezeptidee noch nicht dabei. Mit zunehmender Ungeduld hämmerte Bella auf die Tasten ein, bis mit einem verheißungsvollen Glöckchenklingeln am rechten Bildschirmrand eine Anzeige für ein Minikleid mit zuckersüßem Erdbeermuster aufpoppte, die Bella sofort anklickte. Wie süß war das denn! Im selben Moment beschloss sie, morgen Theo mit der Recherche zu beauftragen. Er war in so etwas schon immer besser gewesen. Schließlich hatte er nicht nur einen Hang zu Süßspeisen, den Bella noch nie verstanden hatte, sondern war auch ein Computer-Nerd. Zu Schulzeiten war er ein unscheinbares Dickerchen gewesen, und sie hatte mit ihm abhängen müssen, weil ihre Mütter beste Freundinnen waren. Damals hatte Theo ihr versprochen, sie einmal zum leuchtenden Stern am MyTube-Himmel zu machen.

Bella grinste. Bis jetzt hatte er seine Sache recht passabel gemacht. Er würde auch jetzt etwas finden, was ihre Beliebtheit noch in die Höhe schießen ließ. Die Challenge wurde im Fernsehen und im weltweiten Netz übertragen, da durfte sie sich keinen Fehler erlauben. Zumal auch noch ein vielversprechender Deal mit Roland Riegel lockte, der sie zum Gesicht seiner neuen

Backwelt machen wollte und ihr ihre eigene Produktlinie versprach: *Bellas süße Sünden*.

Lady Gagas *Sour Candy* kündigte einen Anruf an.

»Mirabell Fuchs, hallo?«

»Frau Fuchs, wie schön, Sie zu hören! Roland Riegel hier«, drang es dröhnend aus dem Lautsprecher. Wenn man vom Teufel sprach! »Ich würde mich morgen gern mit Ihnen zur Besprechung und Unterzeichnung der Verträge treffen. Dann werde ich Ihnen auch die neuen Produkte für *Bellas süße Sünden* vorstellen und mit Ihnen das Konzept für die Backchallenge durchgehen. Wir wollen doch alle, dass mein Backsternchen als strahlende Gewinnerin hervorgeht – erst recht, wo ich das Preisgeld sponsere!« Jetzt gluckste er wie ein Frosch. Offenbar sollte das ein Lachen sein.

Bella hielt das Telefon ein wenig von ihrem Ohr weg. Seltsamer Typ! »Ja sicher, gern doch«, sagte sie schnell. »Wann ist es Ihnen recht?«

»Vierzehn Uhr. Ich erwarte Sie dann in der alten Molkerei. Frau Fuchs, das wird wundervoll!« Wieder dieses Glucksen. Dann war die Leitung tot. Aufgelegt.

Irritiert legte Bella das Telefon beiseite. Wenn Riegel morgen das Konzept für die Backchallenge mit ihr durchgehen wollte, musste sich Theo noch heute Abend an die Arbeit machen. Vielleicht wäre es auch keine schlechte Idee, ihn noch einmal in dieses *Fräulein Gewürzzauber* zu schicken, damit er sich dort umsah.

Schwer zu sagen, wie diese Lena einzuschätzen war. Die Pralinen, die Theo von seinem ersten Beutezug mitgebracht hatte, hatten zu Bellas Ärger so gut geschmeckt, dass sie alle in Windeseile selbst verputzt hatte. Vorab hatte sie sich jedoch alles haarklein notiert: das Äußere der Pralinen, die Form, wie sie dekoriert waren und welche Hülle sie hatten. Dann hatte sie aufgeschrieben, welche Zutaten der Füllungen sie herausschmecken konnte.

Aber war ihre Konkurrentin eine naive Prinzessin in ihrer Puderzuckerwelt oder eine Kämpfernatur, die sich nicht den Zuckerguss vom Zimtstern nehmen ließ?

Bella betrachtete das Glitzerspiel auf ihren Fingernägeln. Wer auch immer diese Lena Sonnenschein war – die konnte ihr jedenfalls nicht das Wasser reichen, das stand fest. Ohne darüber nachzudenken, öffnete sie in ihrem Internetbrowser den Tab von *Bellas Backperlen* und überprüfte ihre Abonnentenzahl, die bereits wieder gestiegen war. Sie lehnte sich mit einem zufriedenen Lächeln in ihrem Schreibtischstuhl zurück. Morgen um diese Zeit hatte sie einen fetten Vertrag in der Tasche, durch den ihr Bekanntheitsgrad rasant weiterwachsen würde. Bald würde sie wie so mancher MyTube-Star zu Galas eingeladen werden und mit den Celebrities über den roten Teppich laufen. Und wer weiß? Vielleicht lernte sie ja bei dieser Gelegenheit sogar den royalen Junggesellen kennen, für den sie schon lange schwärmte! Er war Sohn des griechischen Prinzen und das Sahnetörtchen ihres Glamourhimmels – wenn nicht, tat es auch ein anderer gut betuchter Promi-Single …

13. DEZEMBER

Das Erste, was Lena an diesem Morgen vernahm, waren trippelnde Geräusche vor ihrem Bett. Dann landete etwas Kleines, Leichtes auf ihrer Bettdecke, erklomm die Hügel ihres Körpers, gelangte zu ihrem Gesicht und kitzelte ihre Nase.

»Guten Morgen, Puschelchen! Was hast du denn?«, flüsterte sie, als Ruprecht sich nicht zu ihr legen wollte, sondern unruhig auf dem Kissen umhertänzelte. Neben sich vernahm Lena ruhige Atemgeräusche. Max schlief noch tief und fest.

Im nächsten Moment flammte die Deckenlampe wie ein Scheinwerfer in einem Verhörraum auf. Es folgte ein Sturm wüster Drohungen: »Ich hole den Tierfänger! Die Polizei! Das kann doch nicht sein! Das Tier bringt mich noch um! Es frisst mich im Schlaf!«

Rosina war so aufgebracht, dass Lena und Max keine Chance hatten, ihre Tirade zu unterbrechen. Mit geweiteten Augen und zutiefst verstört sahen sie dem wehenden Morgenmantel hinterher, als Rosina wieder aus dem Raum stapfte.

Lena seufzte. An Schlaf war jetzt nicht mehr zu denken. Zudem tschiepte Ruprecht in einer Tour und hüpfte im Zickzack zur Tür. Das bedeutete sonst immer, dass man ihm folgen sollte. »Max, kümmere du dich bitte um deine Tante«, entschied Lena. »Ich sehe nach, was Puschelchen hat.«

Sie zog sich das Nötigste über. Ruprecht sprang zur Haustür und wartete unruhig keckernd darauf, dass Lena sich den dicken Wintermantel anzog und in ihre Schneestiefel schlüpfte. Sodann verschwand er so schnell durch die Katzenklappe, dass Lena Mühe hatte, ihm zu folgen.

Die Morgenluft war eisig, und ein leichter Wind ließ wirre Strähnen aus ihrem Nachtdutt schlüpfen. Die Straße war menschenleer. In der Nacht hatte es geschneit, und eine frische weiße Decke hatte alles, was am Tag mit Besen und Kehrer vom Schnee befreit worden war, wieder zugedeckt. Noch war es dunkel, nur die dick bemützten Straßenlaternen spendeten ihr schummriges Licht. Unschlüssig lauschte Lena in die Stille. Ruprecht tschiepte und sprang auf die Straße. Plötzlich hörte Lena ein Geräusch. Es klang wie ein leises Stöhnen. Wo kam das her? Ihr Herz raste.

»Hallo?«, rief sie zaghaft und schalt sich innerlich selbst, dem Eichhörnchen so kopflos in die stockfinstere Nacht gefolgt zu sein. Doch dann erkannte sie, dass sich das Stöhnen weder aggressiv noch angriffslustig anhörte und seinen Ursprung hinter dem gigantischen Schneehaufen auf der anderen Straßenseite zu haben schien. Der entpuppte sich als Tjures alter VW-Bus. Vorsichtig umrundete sie ihn und erkannte im Schatten dahinter eine gekrümmte Gestalt, die daran lehnte – Tjure Großherz!

»Tjure!« Lena ließ sich neben den alten Mann auf den kalten Boden fallen. Dass ihr der Schnee dabei in die Schuhe glitt, war ihr in diesem Moment egal. Sie musste wissen, wie es Tjure ging, denn er war, seit sie denken konnte, einer ihrer wichtigsten Herzmenschen. Da Oma Greta sie nach dem tragischen Tod ihrer Eltern großgezogen hatte, hatte sie in Tjure den Vater gefunden, den sie verloren hatte.

Mit klopfendem Herzen schob sie ihm die Strickmütze vorsichtig aus den halb geschlossenen Augen. Seine Lippen waren bläulich gefärbt, und mit seinem linken Arm hielt er seinen rechten in einem seltsamen Winkel. Neben ihm lagen Besen und Kehrblech. Hatte er um diese Uhrzeit versucht, sein Auto freizuschaufeln? War er dabei gestürzt? Panisch rüttelte sie an seiner breiten Schulter. »Tjure! Was ist mit dir! Sag doch was!« Ihre Worte überschlugen sich beinah. »Tjure! Tjure!«

Hektisch suchte sie die Ader an seinem Hals und tastete nach seinem Puls. *Regelmäßig und ruhig. Gott sei Dank!* Lena atmete erleichtert aus und sackte neben ihm zusammen. Gleichzeitig irritierte sie das Kribbeln ihrer Nasenspitze. Denn sie nahm den süßen Duft von Popcorn und Karamell wahr. Dann schrak sie erneut auf. Tjure musste aus der Kälte, und allein würde sie ihn nicht bewegen können. Sie musste Hilfe holen.

So schnell es ihre Winterstiefel auf dem rutschigen Schnee zuließen, rannte sie zurück zum Haus. Sie sah noch, wie Ruprecht sich neben Tjure hockte und in ihre Richtung tschiepte, als wollte er sagen: *Geh nur, ich passe solange auf ihn auf.*

Schon als sie die Treppen zur Wohnung hinaufhastete, schrie sie aus Leibeskräften: »Schnell! Ihr müsst mir helfen! Tjure liegt bewusstlos im Schnee! Wir müssen ihn irgendwie reintragen! LOS! BEEILT EUCH!«

»Tjure?« Rosina schlug entsetzt die Hand vor den Mund.

»Ja! Er lebt, aber ich weiß nicht, was er hat!«

Als Rosina immer noch keine Anstalten machte, sich zu bewegen, drückte Lena ihr den Telefonhörer in die Hand. »Eins-eins-zwei! Harini! Ruf den Notarzt, zieh dich an, und KOMM RUNTER!«

Zusammen mit Max und einer dicken Wolldecke eilte Lena die Stufen wieder hinunter. Im Vorbeilaufen schnappte sich Max den Holzschlitten, der noch im Flur stand, und einen Moment später standen sie neben Tjure, der in derselben Position wie vorhin an seinem eingeschneiten Bulli lehnte.

»Meinst du, der Arm ist gebrochen? Er hält ihn so merkwürdig fest«, überlegte Max sorgenvoll.

Lena erschrak. »Nicht, dass er auch noch innere Verletzungen hat, die wir nicht sehen! Wir könnten es vielleicht schlimmer machen, wenn wir ihn auf den Schlitten legen.«

Max nickte. »Vielleicht hast du recht. Aber lass ihn uns zumindest auf die Wolldecke legen, damit er nicht mehr auf dem kalten Boden sitzt.«

Lena breitete die Decke neben Tjure auf dem Boden aus, und sie kippten den reglosen Körper vorsichtig darauf, sodass sie ihn in die stabile Seitenlage bringen konnten.

»Oh, Max! Sieh nur!« Lena zeigte erschrocken auf einen dunklen Fleck an der Seitentür des Busses, wo Tjure eben noch gelehnt hatte. Es war Blut.

»Er hat womöglich eine Kopfwunde!«, stellte Max fest. »Hoffentlich hat Rosina den Rettungsdienst inzwischen angerufen!« Lena hatte sich erschöpft auf den Schlitten fallen lassen. Max setzte sich neben sie. Jetzt hieß es warten.

Rosina flog beinah über die Straße. Sie hatte sich inzwischen ebenfalls in dicke Winterkleidung gehüllt und ließ sich neben dem Förster auf die Decke fallen. »Tjure! Tjure! Kannst du mich hören?« Sie nahm sein Gesicht in ihre zitternden Hände.

»Rosina!« Als hätte er darauf gewartet, ihre Stimme zu hören, schlug er tatsächlich die Augen auf.

»Alles wird gut! Der Krankenwagen ist unterwegs!«

»Wo ist er hin?« Tjure wollte sich aufsetzen, ließ sich im nächsten Moment aber mit schmerzverzerrtem Gesicht wieder zurücksinken.

»Wer? Wen meinst du?«

Tjure blickte irritiert zu Max und stöhnte. »Es ging alles so schnell. Weiß der Habicht, warum, aber ich bin gestürzt, und mein Arm … Er … ist … weggerannt …« Seine Augenlider senkten sich.

»Wir müssen die Polizei rufen!«, rief Lena, doch Tjure schüttelte den Kopf.

Da hörten sie Sirenen näher kommen, ein Krankenwagen hielt, und zwei Sanitäter stiegen aus. Max und Lena traten beiseite, damit sich die Männer einen Überblick über Tjures Zustand machen konnten.

»Ich fahre mit«, sagte Rosina, als Tjure auf einer Trage in den Krankenwagen geschoben wurde.

»Komm, mein Gewürznäschen!« Max reichte Lena die Hand. »Wir können jetzt nichts mehr tun.«

»Doch, etwas muss ich mir noch ansehen.« Lena suchte den Gehweg ab, und Max folgte ihr. »Das da sind die Fußspuren von Tjure – und das sind andere Abdrücke. Sie sind nicht viel kleiner. Es müssen Turnschuhe gewesen sein. Das Profil ist sehr flach und hat ein Muster.« Sie zeigte auf den Boden. »Also war tatsächlich noch jemand hier!«

»Wenn Sie das sagen, Miss Holmes!« Max grinste.

»Statt mich auf den Arm zu nehmen, solltest du mir lieber helfen«, grummelte Lena. Sie zeigte in die Richtung, in der sich deutliche Abdrücke im Schnee abzeichneten. »Dorthin ist er verschwunden.«

Sie folgte den Spuren ein Stück an der Mauer des Parks entlang, die in eine hohe Weißdornhecke überging. An der nächsten Straßenecke machte Lena halt. Im schummrigen Licht der Straßenlaterne erkannte sie, dass die Turnschuhabdrücke abbogen, aber von mehreren Abdrücken anderer Schuhwerke überlagert wurden.

Max zuckte mit den Schultern. »Den finden wir nicht mehr. Komm, lass uns nach Hause gehen.«

»Ich mache uns jetzt erst mal eine große Kanne Kakao«, stimmte Lena ihm zu und hakte sich bei Max unter.

»Das ist eine gute Idee. Auf die Aufregung brauche ich aber auch noch ein paar Zimtsterne. Du weißt nicht zufällig, wo wir welche herbekommen?«

»Vielleicht hat mein Mitbewohner noch welche übrig gelassen. Dann findest du welche in der Keksdose im Küchenschrank.«

»Dein *Mitbewohner* hat einen guten Geschmack.«

»Sonst wäre er nicht mein Mitbewohner.« Lena lachte. »Wo ist eigentlich unser kleiner Held?«

»Wen meinst du?«

»Na, Ruprecht!«, erklärte Lena voller Stolz. »Wer hat denn Rosina alarmieren wollen und dann mich geweckt? Er wollte Hilfe für Tjure holen!«

»Ich wusste nicht, dass Eichhörnchen so schlau sein können.«

»Nicht alle Eichhörnchen. Nur mein Puschelchen!«

Eine halbe Stunde verging. Lena und Max saßen mit ihren dampfenden Tassen am Küchentisch, und noch immer gab es keine Nachricht von Rosina. Das Ziepen in Lenas Bauch wurde von Minute zu Minute unerträglicher. Sie musste endlich wissen, wie es Tjure ging!

»Komm mit, mein Gewürznäschen!« Max zog sie mit sich auf die Couch unter die dicke Wolldecke. Wohlig kuschelte sie sich an ihn. Der Schock saß ihr noch in den Gliedern und ließ ihren Körper immer wieder erzittern. Max streichelte ihr sanft über den Kopf und zog sie noch ein bisschen näher an sich. Als das Zittern nachließ, schlug er vor: »Du könntest mir einen neuen Eintrag von Elvi vorlesen.«

»Das ist eine gute Idee!« Lena befreite sich aus der Decke und holte das Buch. Mittlerweile bereitete es ihr kaum noch Mühe, die für andere Augen fremdartigen Buchstaben zu entziffern. Es war, als hätte sie eine neue Freundin gefunden. Und wenn sie das Bild im Medaillon betrachtete, spürte sie noch eine ganz andere Bindung, die viel tiefer ging, als Freundschaft es je könnte.

Auf der Seite des neuen Eintrags fand Lena eine kleine

Frottage, einen Bleistiftdurchrieb in Form eines runden Wappens mit einem hübschen Blattmuster und den Initialen »W« und »T«. Stammte sie vielleicht von einem Siegelring? Das Glanzbild darunter zeigte einen kleinen Engel mit einer Kerze in der Hand, dessen Lichtkranz im Schein der Adventskranzkerzen glitzerte.

»Wer ist denn W. T.?«

Lena überlegte, zuckte dann aber mit den Schultern: »Das W steht sicher für Wilhelm. Aber wie er mit Nachnamen hieß, weiß ich nicht. Darüber habe ich noch gar nicht nachgedacht.« Sie erschrak. »Heißt das etwa, Elvi und Wilhelm haben doch nicht geheiratet?« Ihr Herz wummerte. »Aber sie sind doch zusammen auf dem Schiff! Und bald erreichen sie New York! Da kann doch nichts mehr schiefgehen! Oder doch?«

Max strich ihr beruhigend über die Wange. »Jetzt lies doch erst mal den nächsten Eintrag. Vielleicht erklärt sich dann alles.«

Lena nickte. Sie musste sich kurz beruhigen, dann aber begann sie vorzulesen:

21. 12. 1909

Ich kann es kaum fassen! Mein Leben fühlt sich gerade an wie die kitschigen Zeilen in Fontanes Effi Briest!

Unglaublich, dass mein Geburtstag nun schon sechs Tage zurückliegt: Vor sechs Tagen standen sie wohl da: Mutter und Vater mit einer Geburtstagstorte und Hans-Peter mit einem Ring, der meine ewige Fessel bedeutet hätte. Nur standen sie dort allein, denn Wilhelm und ich saßen bereits in einer Droschke, die uns zum Bahnhof bringen sollte. Ja, wir fuhren wirklich in einer dieser neuartigen Automobildroschken – aufregender konnte mein Geburtstag kaum beginnen als mit einer Flucht in einem futuristischen Gefährt. Es war wie in einem Kriminalroman von Sir Arthur Conan Doyle!

Warum ich gerade heute noch einmal an meinen Geburtstag denke? Dem unbedachten Wilhelm ist ein Knopf seines Mantels abgerissen. Erst habe ich mit ihm geschimpft, denn wir müssen mit den wenigen Sachen, die wir haben, noch eine Zeit lang auskommen und sollten daher gut darauf aufpassen. Doch als ich ihn empört anblickte, da kniete er doch wahrhaftig nieder! Dabei glitzerten seine himmelblauen Augen so hinreißend wie das Meer bei Sonnenschein. Er überreichte mir den Knopf mit dem Versprechen, er sei nur ein Platzhalter für den Ring, den er mir in New York kaufen werde und in den dann sein Name eingraviert sein würde. Er machte mir wirklich einen Antrag! Natürlich habe ich Ja gesagt. Ich kann mein Glück kaum fassen. Den Knopf werde ich gut verstauen, damit ich ihn in New York eintauschen kann.

In drei Tagen ist Heiligabend, und mein Herz zerspringt in tausend Fondant-Sterne, wenn ich darüber nachdenke, dass wir Weihnachten in unserer neuen Heimat feiern dürfen – als verlobtes Paar! Eigentlich sollte uns schon heute die Freiheitsstatue mit ihrem Feuer begrüßen, doch wegen der unruhigen See und zunehmender arktischer Kälte kommen wir nur langsam voran. Sogar Eisschollen habe ich auf dem Meer treiben sehen. Da ist es kaum verwunderlich, dass sich die Angst in den Quartieren einnistet, man könnte einen unverhofft auftauchenden Eisberg rammen.

Ich muss zugeben, dass ich mich für einen Moment von dieser Panik habe mitreißen lassen. Aber dann besann ich mich auf unser Ziel, auf unsere Zukunft und auf meinen Glauben daran, dass alles sich zum Guten wenden wird, und wurde belohnt: Ich darf nun helfen, wo ich kann, und bin glücklich, endlich eine Aufgabe zu haben. Heiße Suppen und Tee, Decken, warme Worte und ab und an ein Stück dunkle Schokolade – all das bringe ich den Passagieren, die danach fragen oder zu bescheiden sind, darum zu bitten. Ein kleines Mädchen schenkte mir zum Dank ein breites Lächeln und einen Spruch, den ich mir von nun an in schwachen Momenten ins Gedächtnis rufen werde: Ich bin NICHT aus Zucker! Ich bin aus DUNKLER SCHOKOLADE und MUT!

Zwei Tage werden wir noch ausharren müssen, haben sie gesagt. Ich bin mir sicher, auch das schaffen wir noch.

»Das bist du auch, mein Gewürznäschen!«

»Was meinst du?«, fragte Lena überrascht.

»Aus dunkler Schokolade und Mut! Wie du vorhin Tjure geholfen hast, war mehr als mutig! Außerdem bist du zum Anbeißen süß, wie Schokolade!« Max lehnte sich zu ihr und küsste sie auf den Hals. Dabei kitzelten seine Bartstoppeln ihre Haut und ließen ein wohliges Kribbeln durch ihren Körper fahren.

Endlich erlöste das Klingeln des Telefons die beiden aus ihrer Anspannung. Ohne Umschweife begann Rosina mit ihrem Bericht: »Er hat einen Holzkopf, den jetzt eine Platzwunde ziert, aber eine Gehirnerschütterung hat er Ganesha sei Dank nicht. Seinen Arm hat es dafür schlimmer erwischt. Das Handgelenk ist gebrochen. Glatt durch. Muss nicht operiert werden. Glück im Unglück also. Die Ärzte wollten trotzdem nicht, dass ich ihm einen ayurvedischen Kräuterwickel mache, ist das zu fassen? Die Medizin in diesen Breitengraden steckt wirklich noch tief in der Steinzeit – und selbst da haben sich die Menschen schon mit Kräutern gegen Schmerzen und Entzündungen geholfen. Es sollte doch nur unterstützend sein! Aber nein, er hat jetzt einen Gips, den er sechs Wochen tragen muss.«

Lena hatte das Telefon immer weiter von ihrem Ohr weggehalten. Rosinas entrüstete Stimme war laut und deutlich auch auf einen halben Meter Entfernung hörbar.

»Das werden sicher lange und harte sechs Wochen für ihn«, sagte Lena mitfühlend, ohne in dem Moment sagen zu können, ob sie damit die Tatsache meinte, dass Tjure nun seinem täglichen Schaffensdrang nicht mehr so einfach nachgehen konnte – oder dass er nun Rosinas Fürsorge ertragen musste. »Er macht so viel mit seinen Händen, und nun ist er dazu gezwungen, sich auszuruhen«, schob sie vorsichtshalber nach.

»Manchmal tut eine Zwangspause von allem, was uns stresst, ganz gut, um wieder zu sich selbst zu finden.«

Dem wollte Lena lieber nichts hinzufügen.

☆

»Hach, Kinder, mir steckt der Schreck immer noch in den Knochen! Und der alte Sturkopf will die Polizei nicht einschalten.« Rosina nippte an ihrem Ingwertee. Ihre wilde Hochsteckfrisur konnte heute nicht einmal ihr Haarband bändigen. »Da fällt mir ein, ich muss dringend noch die Globuli und Salze einpacken. Meint ihr, man darf im Zimmer Räucherstäbchen anzünden?«

Lena und Max schüttelten stumm den Kopf.

Max hatte seine Mittagspause dazu genutzt, um Rosina am Krankenhaus abzuholen. Die Ärzte wollten Tjure vorsorglich für zwei Nächte zur Beobachtung dabehalten, um auszuschließen, dass sich doch noch Anzeichen einer Gehirnerschütterung einstellten. Daher hatte Rosina entschieden, ein wenig Kleidung und die wichtigsten Hygieneartikel für Tjure einzupacken und sich selbst etwas zu stärken, bevor Max sie auf dem Weg zur Redaktion wieder am Krankenhaus absetzen sollte.

»Tjure ist im Krankenhaus sicher gut aufgehoben.« Lena legte mitfühlend die Hand auf Rosinas Arm.

Rosina schüttelte sie ab. »Ach, ihr wisst einfach alle nicht, was dem Körper guttut! Zur Reinigung und Heilung ist es so wichtig, offen für diese Art der Therapie zu sein.«

»Ist Tjure denn offen dafür?«, fragte Max vorsichtig.

»Er wird es schon sein.«

In Gedanken drehte Lena sich ein wenig von Rosina weg und ließ Ruprecht ihren Arm hinaufklettern. Dass Rosina mit einem quiekenden Aufschrei einen guten Meter Abstand zwischen sich und das Tier brachte, ignorierte sie. »Wenn Tjure dem nicht weiter nachgehen möchte, müssen wir das respektieren. Ich bin jedenfalls froh, dass bei dem Unfall nichts Schlimmeres passiert ist und es Tjure bald wieder gut gehen wird. Nicht wahr, Puschelchen?« Lena kraulte das weiche Fell an Ruprechts

Bauch. »Ohne dich hätten wir ja gar nicht gemerkt, dass er in Schwierigkeiten steckt!«

Rosina sah ihr grimmig zu. »Du sprichst dem Nager ziemlich viel Intelligenz zu. Dabei hat zwischen seinen Pinselohren, wenn überhaupt, nur eine Walnuss Platz.«

»Das ist immerhin eine der größeren Nüsse!«, stellte Lena trocken fest.

»Bist du so weit? Wir müssen gleich wieder los, Tante Rosina!«, versuchte Max, die Situation zu retten.

»Harini!«, blaffte die ihn an, nahm aber die für Tjure gepackte Tasche und folgte ihm.

Nach zwei Tassen Lavendeltee stieg Lena die Treppe nach unten und öffnete die schwere Flurtür zum *Fräulein Gewürzzauber*. Erstaunt blieb sie stehen. Kathi kauerte an einem der kleinen Tische und starrte gedankenverloren auf etwas in ihren Händen.

Lena näherte sich ihr nur langsam, als sei sie ein scheues Reh, das sie nicht verschrecken durfte. »Kathi, was machst du denn schon hier? Was ist los?«, fragte sie halblaut in den stillen Raum.

»Ich habe heute wieder ein Geschenk gefunden. An der Tür«, jammerte Kathi.

Lena war irritiert. »Das ist doch eigentlich etwas Schönes, und du hast dich über diese Aufmerksamkeiten bisher immer gefreut, oder?«

»Jaaa …« Kathi ließ ihren Rotschopf auf die Tischplatte sinken, hob die Hand und hielt zwei Papierstreifen hoch. »Aber da waren die ja auch noch nicht dabei.«

Lena erkannte den Schriftzug des *Casablanca* sofort. »Sind das Kinokarten? Ui, das bedeutet, er will sich mit dir treffen!«, freute sie sich.

»Wieso will er sich auf einmal mit mir treffen?«

Lena setzte sich Kathi gegenüber. »Möglicherweise, weil er statt des Versteckspiels Zeit mit dir verbringen möchte?«

»Aber er kennt mich doch gar nicht! Und ich kenne *ihn* nicht!« Kathi schreckte hoch und sah Lena panisch an. »Was ist, wenn er mir total unsympathisch ist? Vielleicht hat er eine viel zu große Nase, oder er ist kleiner als ich? Das kann ich bei einem Mann gar nicht leiden!« Sie sprang auf und ging unruhig neben den Tischen hin und her. »Was ist, wenn ich ihn kenne und ihn nicht leiden kann? Oder er ist viel zu jung oder viel zu alt für mich?« Sie blieb stehen. »Vielleicht stellt er ja auch fest, dass ich gar nicht *sein* Typ bin, wenn er mich erst mal kennengelernt hat.«

»Das ist wahr. Mit deinem Temperament muss man erst mal klarkommen«, sagte Lena ungerührt. Kathi schaute sie völlig perplex an. Erst als Lena grinste, durchschaute sie, dass ihre Chefin sie auf den Arm genommen hatte.

Lena nahm Kathis Hände in ihre. »Mal im Ernst: Du wusstest doch, dass dieser Tag irgendwann kommen würde. Ich kann verstehen, dass du Angst vor einer Enttäuschung hast. Allerdings: Was hast du zu verlieren?«

»Ich bin einfach so nervös und möchte es nicht verbocken«, flüsterte Kathi.

»Wenn es dir hilft, fahre ich dich morgen Abend zum Kino und bleibe in sicherer Entfernung dort. Wenn das

Date ein Reinfall zu werden droht, springst du schnell wieder zu mir ins Auto. Ansonsten gibst du mir ein Zeichen, dass ich mich verdrücken kann. Na, wie klingt das?«

14. DEZEMBER

Nach der Aufregung der letzten Tage hatte sich Lena Max wieder näher gefühlt. Doch dem hatte seine Ankündigung heute Morgen einen jähen Dämpfer verpasst, er würde zur Mittagspause nicht nach Hause kommen können, weil er einen Termin mit der Backperle hatte. Lena wollte gar nicht wissen, was genau seine Aufgaben sein würden. Es reichte ihr, zu wissen, dass er Zeit mit Bella verbrachte.

Da war es ihr nur recht, dass die Vorbereitungen für den Backworkshop am morgigen Samstag erledigt werden mussten. Zuallererst würde sie sich Charlottes Überraschung widmen. Voller Vorfreude schaltete Lena das Radio ein und tänzelte bei den Klängen von Doris Days *Silver Bells* um den großen Holztisch zur Küchenanrichte. Sie nahm das kleine Kistchen heraus, das sie in einer der breiten Schubladen verstaut hatte. Der dunkelrote Samtbezug glänzte im Licht der Backstubenlampen. Andächtig strich sie darüber und öffnete den Deckel. Der Anblick des goldenen Rings mit seinen blutroten Steinen bescherte ihr eine Ganzkörpergänsehaut. Mit einem Mal fühlte sie in sich eine solche Sehnsucht, dass ihr angst und bange wurde und sie die Schatulle blitzschnell wieder zuklappte.

Konzentrier dich, und hol das Marzipan für die Alpakas!, ermahnte sie sich. Sie stellte Marzipan, Puderzucker, dunkle und weiße Schokolade und noch ein paar Zutaten für die Verzierung bereit und begann, die Körper der Tiere zu formen. Dazu bestäubte sie ihre Finger mit Puderzucker, um die klebrige Mandel-Zucker-Masse besser verarbeiten zu können. Mit dickflüssiger Schokolade tupfte Lena mit einem Löffelstiel das zottelige Fell auf die Körper.

Als sie fertig war, standen zwei so zuckersüße Alpakas vor ihr, dass sie ein Quieken nicht unterdrücken konnte. Das dunkelbraune hatte tatsächlich ein bisschen Ähnlichkeit mit Fräulein Frieda, daher hatte Lena ihm ein rotes Seidenbändchen mit einem Glöckchen um den Hals gehängt, das das echte Alpaka ebenfalls trug. Dem schneeweißen fehlte nur noch ein dünner schwarzer Lidstrich, dann war es ein Ebenbild des hübschesten Alpakas auf Daniels Farm: Rose.

Bevor sie die Gesichter mit Schokolade und Zuckerguss aufmalte, holte Lena den Ring aus dem Samtkistchen. Sie stülpte ihn dem weißen Alpaka über den Kopf und ließ ihn langsam den Hals entlanggleiten. Geschafft!

»Ich bin dann weg, Lena! Mein Outfit für heute Abend aussuchen. Bis nachher!«

Lena schaute erschrocken auf und sah noch Kathis roten Zopf im Türrahmen verschwinden. Die ganze Zeit war sie in ihrer Marzipan-Alpaka-Welt abgetaucht und hatte gar nicht mitbekommen, wie der Vormittag verstrichen war.

»Sagen Sie, haben Sie noch die Himbeer-Pralinen?«

Wieder drehte Lena sich erschrocken um. Große

blaue Augen klimperten ihr unter einem kerzengeraden Pony entgegen, der zu einem lustigen Prinz-Eisenherz-Schnitt gehörte. Innerlich platzte ihr beinahe der Kragen. Blind Date hin oder her – wenn Kathi nachher wiederkam, würde sie ein paar Takte mit ihr reden müssen. Sie konnte doch nicht einfach gehen, solange noch eine Kundin im Laden war!

Lena packte Prinzessin Eisenherz, die sie unentwegt neugierig unter ihrem Topfschnittpony beobachtete und immerzu breit lächelte, wenn Lena aufschaute, die gewünschten Pralinen in eine Schachtel und verpackte sie mit Zuckerstangengeschenkpapier und glänzendem roten Schleifenband.

»Oh, das ist aber hübsch geworden. Danke!«, flötete die Frau und plapperte drauflos: »Mein Mann und ich sind schon ganz gespannt auf den Backwettbewerb. Wir kommen auf jeden Fall zur Weihnachtsaktion ins *Casablanca!*«

»Wie schön, das freut mich!« Zumindest ein schiefes Lächeln glückte Lena. Für mehr war sie zu perplex. »Vielleicht sehen wir uns dort.«

»Das wäre wunderbar. Ich liebe Ihre Pralinen!«, schwärmte ihr Gegenüber. »Aber besonders mag ich die Glühweintorte. Selbst meine Schwiegermutter holt sie für besondere Gelegenheiten! Sie müssen wissen, sie ist sonst eher der Obstbodentyp. Aber zur Weihnachtszeit kann sie es kaum erwarten, dass Sie ihre geliebte Glühweintorte anbieten!«

»Das freut mich sehr …«, presste Lena hervor. Eigentlich freute es sie wirklich, aber ihr war die Kundin einen Hauch zu aufdringlich. In ihrer Not drängte sie Prinzessin Eisenherz, die immer noch weiterredete, Richtung Ladentür. »Ich müsste dann jetzt auch abschließen. Mittagspause.«

»Ach ja, natürlich! Wie die Zeit vergeht! Ich bin aber auch eine kleine Labertüte«, kicherte die Dame, »dann sehen wir uns nächste Woche!« Bevor sie aus der Tür schlüpfte, winkte sie noch. Lena winkte zurück und atmete erleichtert aus. Sie schloss ab und drehte das *Geöffnet*-Schild um.

Die Backchallenge!

In den letzten Tagen hatte sie vermieden, darüber nachzudenken, welche leckeren Köstlichkeiten sie für den Wettbewerb kreieren sollte. Nun blieb ihr nur noch eine Woche. Sie seufzte. Warum war sie eigentlich so nervös? Sie beherrschte ihr Handwerk, und auf ihr Gewürznäschen war immer Verlass, wenn es darum ging, Zutaten zu harmonisch-himmlischen Kombinationen zusammenzuführen.

Um ihre Nervosität in Schach zu halten, nahm sie sich vor, das Informationsschreiben noch einmal genau zu lesen und sich Notizen zu den einzelnen Aufgaben zu machen.

Sie ging nach oben in die Wohnung, wo es für ihren Geschmack viel zu still war. Alle waren ausgeflogen: Ruprecht wahrscheinlich in den Park, Max in die Redaktion, zu einem Fotoshooting oder Videodreh und Rosina im Krankenhaus bei Tjure. Dann gab es also nur noch einen rettenden Anker, eine Ausrede, um nicht jetzt schon die Unterlagen hervorholen zu müssen: Elvis Tagebuch.

Ururoma, du musst jetzt herhalten. Ob du nun willst oder nicht!, dachte Lena, machte sich einen Ingwertee mit

Kardamom und Zimt und knipste die Lichterkette am Türbogen an. Nachdem sie sich in die gemütlichen Kissen auf dem Sofa hatte gleiten lassen, saß sie mit dem kleinen Büchlein auf dem Schoß einen Moment lang einfach nur da und sah aus dem Fenster. Die Wolken hatten sich zusammengezogen, doch noch schneite es nicht. Von ihrem Platz aus sah Lena die weißen Mützen der Parkbäume. Einen kleinen roten Blitz konnte sie allerdings nicht entdecken. Sie nippte an ihrem noch dampfenden Tee und schlug die Seite des nächsten Eintrags auf, wo eine Zeichnung auf sie wartete. Breite Bleistiftstriche formten dunkle Wolken und eine stürmische See. Darauf klebte wie ein Lichtbringer das Glanzbild eines Engels mit glitzerndem Kleid und strahlendem Heiligenschein. Trotzdem hatte die Collage etwas Düsteres, fast Bedrohliches. Einer bösen Vorahnung folgend fing Lena an zu lesen.

22. 12. 1909

Niemand, nicht einmal der Kapitän, hätte geahnt, dass sich die Geschicke des Himmels so sehr gegen uns wenden würden. Es wird kälter und kälter. Ich kann kaum den Stift halten, mit dem ich diese Zeilen schreibe.

Alle hier auf dem Schiff rücken näher zusammen, und ich bin jeden Abend überglücklich und dankbar, mich in Wilhelms warme Arme kuscheln zu können. So klein unsere Kabine auch ist, können wir uns noch glücklich schätzen, dass Dampfheizung, elektrisches Licht und ein Waschbecken mit fließendem Wasser vorhanden sind. In der dritten Klasse sieht es schon anders aus. Dort ist es wie im Eiskeller. Die Menschen können sich nur mit Kleidung und Decken gegen die Kälte schützen. Selbst der Hartgesottenste kommt an seine Grenzen. Ja, es ist gar so schlimm, dass gerade Dutzende gegen den Erfrierungstod kämpfen! Die Alten und die Kinder sind in besonderer Gefahr. Es zerreißt mir das Herz, zu sehen, dass man nicht viel dagegen tun kann. Was ich tun kann, um diesen Menschen zu helfen, werde ich tun. Aber ich fürchte, es sind einfach zu viele. Durch die angespannte Lage kommt es immer wieder zu Unruhen unter den Passagieren – und ich kann es ihnen nicht verdenken.

Meine Sorge, ob wir in New York ein schöneres, besseres Leben werden leben können, kommt mir bei all dem Leid hier auf dem Schiff klein und nichtig vor. Wahrscheinlich muss man sich immerzu vor Augen führen: Man weiß nie, was einem die Pralinenschachtel des Lebens heute bietet – deswegen sollte man jede einzelne Praline genießen.

Nachtrag: Es ist nicht zu glauben, wer mir heute in der Schiffsküche begegnet ist! Als ich die Teekanne holen wollte, stand plötzlich Minna Plunder vor mir! Sie ist kurz entschlossen mit einer anderen Dame der Frauenbewegung nach New York aufgebrochen, wo sie sich mit einer der führenden Frauen der dortigen Rechtsbewegung treffen und austauschen will. Sie fragte mich sogar, ob ich sie zu diesem Treffen begleiten möchte. Es tut so gut, eine Mitstreiterin an meiner Seite zu wissen. Die Gespräche mit ihr geben mir Mut, nicht aufzugeben, wie schlimm die Lage auch sein oder werden mag.

Mit klopfendem Herzen klappte Lena das Tagebuch zu. Dass sich die Lage auf hoher See so dramatisch zuzuspitzen schien, machte ihr Angst. Gleichzeitig rührten sie der Mut und das Herzblut, mit dem Elvi die Situation am Schopf zu packen versuchte, um anderen zu helfen.

Von neuer Energie erfüllt, ging Lena noch einmal in den Laden und holte aus der Schublade der Verkaufstheke ihren größten Schatz, die *Zuckergusschroniken*. Sie wogen schwer in ihrer Hand, als sie sie nach oben trug und auf den Küchentisch legte. Sie holte noch einen Block und einen Stift und setzte sich. Es war Zeit, sich auf den Backwettbewerb vorzubereiten.

☆

Wie in weiche Kissen aus Schnee gebettet und inmitten winterlicher Dunkelheit lag das altehrwürdige Gebäude des *Casablanca* da wie ein schlafender Riese. Nur das Säulenportal, das an einen römischen Tempel erinnerte, war hell erleuchtet. Der Schein der Strahler flutete die breiten Sandsteinstufen hinab und lud zu einem geselligen Abend in der Atmosphäre vergangener Zeiten ein.

Lena hatte mit Kathi einen Beobachtungsposten im Schutz einer großen Eiche auf der gegenüberliegenden Straßenseite bezogen. »Jetzt hibbel doch nicht so herum. Du machst mich auch noch ganz nervös!«, schimpfte sie leise. Sie saß am Steuer von Tjures Bus und sah genervt zu, wie Kathi auf der Bank neben ihr zum fünften Mal in zwei Minuten ihre Frisur im Schminkspiegel überprüfte. Es war erst zwanzig nach sieben, und der geheimnisvolle

Mr. X hatte sich für halb acht mit Kathi an den Säulen vor dem Eingang verabredet.

»Warst du vor deinem Blind Date letztes Jahr nicht auch nervös?«

»Ja, schon möglich«, gab Lena zu. »Aber ihm geht es bestimmt nicht besser. Hier, iss das!« Sie zog eine kleine Spitztüte aus ihrer Manteltasche und reichte sie Kathi.

»Was?«

»Frag nicht, nimm einfach!«

Sie beobachtete genau, wie Kathi die Praline aus dem Tütchen fischte, sich in den Mund schob und schon nach einem kurzen Moment genüsslich die Lippen zu einem breiten Lächeln verzog.

»Du hast extra etwas mehr Alkohol für mich reingetan, stimmt's?«

Lena grinste und nickte.

»Hilft.«

»Gut.«

Jetzt mussten beide kichern. Als Lena zum Eingang des Kinos blickte, löste sich gerade ein Schatten aus der Dunkelheit neben einer Säule. Sie konnte nicht erkennen, wer es war, aber er verharrte dort, als ob er auf etwas wartete. »Sieh mal, ist er das vielleicht?«

Kathi beugte sich halb über Lena, um besser sehen zu können. »Das werde ich gleich herausfinden!«, flüsterte sie. »Wünsch mir Glück und einen schönen Abend!«

Ehe Lena etwas erwidern konnte, war Kathi auch schon aus der Beifahrertür geschlüpft. Sorgenvoll sah Lena ihr hinterher, während Kathi vorsichtig über den festgefahrenen Schnee stakste, um nicht auszurutschen. Der Schatten hatte sich noch nicht bewegt. Er stand immer noch ganz ruhig neben der Säule. Lena zog die Augenbrauen zusammen. Ein Gentleman wäre der Dame entgegengeeilt, um ihr zu helfen … Oder war ihre Vorstellung in diesem Punkt einfach altbacken?

Als Kathi die oberste Stufe der Steintreppe beinah erreicht hatte, hielt ein Auto hinter Tjures Bus. Lena erkannte im Rückspiegel Billes Volvo. Die Fahrertür wurde aufgerissen, und heraus sprang Matthi mit dunkler Jeans, einem Hemd unter der Outdoorjacke und das widerspenstige Haar tatsächlich mit einem Gummiband gebändigt. Sie kurbelte die Scheibe runter, als er zu ihr hechtete.

»Hey Lena, wo ist Kathi?«

»Matthi, du?« Insgeheim hatte Lena die ganze Zeit gehofft, er wäre Kathis heimlicher Verehrer. Doch nun musste sie mitansehen, wie sich Kathi gerade bei einem fremden Mann unterhakte und durch die Glastür ins Innere verschwand. Sprachlos wies sie mit dem Kinn zum Eingang.

»Was? Nein!« Matthi rupfte sich das Zopfband aus den Haaren, sodass die Locken wild von seinem Kopf abstanden.

»Dann warst du es?«

Matthi nickte und trat von einem Fuß auf den anderen.

»Wusste ich es doch!«, triumphierte Lena. Dann aber erstarrte sie: »Wenn du hier bist, Matthi, wer ist denn dann der Kerl bei Kathi?«

»Woher soll ich das wissen?«

»Lauf ihr hinterher, und erklär ihr alles!«, schlug Lena voller Mitgefühl vor.

Doch er schüttelte den Kopf. »Zu peinlich. Zu schräg. Zu … Ach, was weiß ich. Ich fahr nach Hause.« Mit gesenktem Kopf stieg er wieder in Billes Auto und fuhr davon.

Im selben Moment meldete Lenas Handy eine Textnachricht: *Er ist voll mein Typ! Verspricht, ein netter Abend zu werden! XOXO Kathi*

15. DEZEMBER

Samstag.

Lena schlug die Augen auf. Sofort schoss Adrenalin durch ihren Körper und schickte ihren Gedankenschlitten auf wilde Rodelpartie. *Heute ist der Backworkshop! Daniels großer Tag! Und obwohl Matthi Kathis heimlicher Verehrer ist, hat sie gestern den Abend mit jemand anderem verbracht, nur mit wem?* Grübelnd schaute sie zur Deckenlampe, als hätte die eine Antwort für sie. Diesem Geheimnis würde sie wohl erst kurz vor Ladenöffnung auf den Grund gehen können.

Wegen des Workshops war sie so aufgeregt, als würde sie selbst Charlotte heute einen Antrag machen. Wie es wohl wäre, wenn Max um ihre Hand anhielte? Wo würde es sein? Würde er vor ihr knien? Wie würde sich dieser Moment für sie anfühlen? So unbeschreiblich schön, dass ein Feuerwerk des Glücks in ihr explodierte? Oder …? Die Sache mit Bella machte ihr mehr zu schaffen, als sie zugeben wollte. Dabei war Max in den letzten Tagen so liebevoll, zärtlich und mutig gewesen, dass sie bei dem Gedanken an einen Antrag von ihm viel mehr Wärme als Unsicherheit verspüren müsste.

Und wenn sie selbst ihm einen Antrag machte? Wie

würde Max wohl reagieren? Herrje, jetzt dachte sie tatsächlich schon ans Heiraten!

»Starrst du schon lange die Decke an?« Max kuschelte sich an Lena, suchte mit seinen Händen unter der Bettdecke nach ihrem Körper und zog sie zu sich.

»Habe ich … gestarrt?«

»Ja, sieh mal, da ist jetzt ein Loch!«, scherzte er und küsste ihre Wange.

Sie genoss seine Berührungen, und doch war sie jetzt zu aufgewühlt dafür. »Das war mein Nachdenkmodus.« Sie schob ihn sanft von sich, stützte sich halb auf ihren Ellbogen und sah ihn an. »Heute ist *der* Tag«, stellte sie dann fest und schaute in ein sehr großes Fragezeichen in Max' Gesicht. »Na, der Backworkshop!«, versuchte sie, ihm auf die Sprünge zu helfen.

»Oh, ja! Du backst deinen Nusskranz … Ich … äh … muss dir etwas beichten … Ich habe mir ein ganz, ganz kleines Stück davon zum Probieren genommen. Aber nur ein ganz kleines! Wir müssen doch wissen, ob er schmeckt! Und ich kann dich beruhigen, er schmeckt hervorragend! Für mich hätte er noch ein bisschen Zimt vertragen können, aber sonst …«

Es war doch nicht zu fassen! Entrüstet sah Lena ihn an. Nahm er sie auf den Arm, oder hatte er es tatsächlich vergessen? »Solange du für die Teilnehmer wenigstens noch ein Krümelchen übriggelassen hast, kann ich damit leben«, unterbrach sie seinen Redeschwall. »Worauf ich eigentlich hinauswollte: Daniel will Charlotte doch heute den Antrag machen, und ich bin so aufgeregt, als würde es um mich gehen!« Ups, hatte sie das etwa laut gesagt?

»Und … wenn es um dich gehen würde?«, nahm Max

den Faden auf. Ein Schmunzeln umspielte seine Mundwinkel.

»Was? Nein, ich meine, es geht doch nicht um mich, das weiß ich doch.« Verlegen winkte sie ab. »Aber die ganze Sache ist so aufregend. Wieso fragst du?« Sie versuchte, so lässig wie möglich zu klingen, aber das Herz klopfte ihr bis zum Hals.

»Möchtest du, dass ich dich irgendwann frage?«

»Irgendwann, ja, aber jetzt stehen wir erst mal auf, und ich mache uns eine Tasse Kakao.« Sie grinste Max an, gab ihm ein Küsschen auf die Nase und schlüpfte flink aus dem Bett, damit er das Thema nicht noch vertiefen konnte. Zumindest nicht jetzt.

Wie erwartet, stapfte Kathi pünktlich um zehn mit einem Grinsen, das kaum durch den Türrahmen passte, ins *Fräulein Gewürzzauber*. Lena stand gerade hinter dem Verkaufstresen und verschloss Cellophantüten voller Zimtsterne mit goldenen Bändchen. Sie wusste nicht recht, wie sie Kathi auf gestern Abend ansprechen sollte. Aber das brauchte sie auch nicht, denn ihre Mitarbeiterin redete von selbst wie ein Wasserfall: »Du glaubst nicht, wer er ist! Aber halt, ich erzähle von vorn: Also, ich gehe die Stufen hoch, und als ich gerade an der obersten angekommen bin, begrüßt er mich mit den Worten ›Hallo, schöne Frau!‹.«

Lena drehte sich der Magen um. Das war ja wohl der älteste und billigste Anmachspruch aller Zeiten! Aber sie biss sich auf die Zunge und ließ Kathi weiterreden.

»Er trat aus dem Schatten der Säule, und da erkannte ich …« Sie machte eine Kunstpause, die Lena fast um den Verstand brachte. Denn jetzt würde sie erfahren, wer sich erdreistete, Matthis Platz als heimlicher Verehrer einzunehmen. Und dann würde sie ihr die Wahrheit über diesen Kerl erzählen, der sich mit fremden Federn schmückte, um Kathi zu gefallen.

Lena hielt inne. Sollte sie das wirklich tun? Würde sie Matthi damit einen Gefallen tun? Womöglich würde sie ihn damit eher bloßstellen, Kathi enttäuschen – und dann würden beide nicht mehr mit ihr reden. Ach, zum matschigen Eischnee! Sich in Liebesangelegenheiten einzumischen war noch nie schlau gewesen.

Doch ehe Kathi ihren Satz beenden konnte, klingelten die Glöckchen der Ladentür Sturm, und gleich fünf Kunden wurden von einem kräftigen Wind regelrecht ins *Fräulein Gewürzzauber* hineingefegt. Noch bevor sie gegangen waren, drängten neue Kunden nach, und so verging der Vormittag schnell wie eine Schlittenfahrt. Lena und Kathi wirbelten wie kleine Schneeflöckchen durch den Laden, und auch Rosina und Tjure kamen, um zu helfen.

Tjure hatte gestern Abend darauf bestanden, seinen Krankenhausaufenthalt vorzeitig zu beenden, weshalb Max ihn abgeholt hatte. Nun stand er etwas missmutig daneben, half hier und da, wo nur eine Hand vonnöten war, und verfluchte seinen Gipsarm. Rosina munterte ihn mit getrockneten Früchten und Müsliriegeln auf. Tjure ließ es mit sich geschehen, schnabulierte beim Kassieren aber heimlich die ein oder andere Praline, die Lena ihm wie eine Geheimagentin im Vorbeigehen zusteckte. Ein dicker Eisklotz fiel von ihrem Herzen, und sie war überglücklich, dass es ihm, abgesehen von seinem Arm, wieder gut ging.

Amüsiert bemerkte Lena, dass Tjure wahrscheinlich schon Rosinas Anwesenheit genügt hätte, um seine Schmerzen zu vergessen. Ein Knistern lag in der Luft, und wenn Rosina auffällig oft an ihm vorbeiging und lächelte, lächelte Tjure zurück. Generell wirkte Max' Tante ausgeglichener und schien es sehr zu genießen, ihn zu umsorgen. Offenbar war zwischen den beiden in den wenigen Tagen mehr tiefe Zuneigung entstanden, als Rosina in ihren letzten Beziehungen je gespürt hatte. Und Tjure, dem ewigen Junggesellen, ging es sichtlich genauso.

Lena lächelte in sich hinein und schüttelte den Kopf. Wo die Liebe hinfiel, wusste kein Mensch. Nur war es ein großes Glück, wenn dann genau der richtige Mensch sie wieder aufhob.

Endlich war es Zeit, das Lädchen zu schließen und letzte Vorbereitungen für den Backworkshop zu erledigen. Mit einem Blick auf die Uhr stellte Lena den großen Topf auf den Herd und befüllte ihn mit einem aromatischen Weinlikör und Birnen- und Pflaumensaft. Sie gab Zimt, Nelken und Kardamom hinzu und erwärmte das himmlische Gemisch unter Rühren. Schon bald kribbelte ihr Gewürznäschen so sehr, dass sie nicht mehr aufhören konnte, den Duft einzusaugen. Vergessen waren alle Backperlen, Schokoriegel, heimliche und falsche Verehrer und der Backwettbewerb. Wie schön es war, ihre

Teilnehmer gleich mit einem ganzen Topf voller Weihnachten überraschen zu können! Als zuletzt die Schürzen für die Teilnehmer auf dem Backtisch lagen und der Nusskranz zur Verkostung parat stand, lächelte Lena zufrieden. Alles war bereit.

Dann war es drei Uhr.

Als Erste winkten Charlotte und Daniel durch die Scheibe, und Lena beeilte sich, die Ladentür wieder aufzuschließen.

»Kommt nur rein! Ihr seid meine ersten Gäste. Hängt eure Mäntel an der Garderobe auf«, begrüßte Lena die beiden und zeigte auf das umfunktionierte Apothekerregal, das sie eigenhändig pastellrosa gestrichen und an dem sie geschwungene Silberhaken befestigt hatte.

»Wir freuen uns schon seit Tagen auf diesen Nachmittag!«, strahlte Charlotte.

»Ja, es wird bestimmt aufregend«, grinste Lena und zwinkerte Daniel heimlich zu. »Sucht euch doch schon mal euren Platz an unserem Arbeitstisch.«

Lena hatte die drei Tischchen, die sonst am Fenster standen, in der Mitte des Verkaufsraums zusammengeschoben und dort die Arbeitsplätze für ihre Teilnehmer vorbereitet. Für jeden gab es eine Unterlage, darauf eine pastellrosa Schürze mit dem Schriftzug des *Fräulein Gewürzzauber* und dem eingestickten Namen des Backlehrlings. Auch das Rezept ihrer Oma Greta hatte Lena für jeden ausgedruckt, zusammengerollt und mit einer dicken roten Schleife versehen. Es thronte nun obenauf. Rund um die Unterlagen standen für jeden Zutaten und Utensilien bereit.

Es dauerte nicht lange, bis auch die anderen Teilnehmer eingetrudelt waren: neben Charlotte und Daniel vier Mitarbeiterinnen der Boutique *Schlanke Linie* und Frau Herzapfel mit ihrer Enkeltochter Susanna, die allerdings auch schon zwanzig war.

Wie immer machte Lena mit den Teilnehmern zunächst eine kleine Führung durch den Verkaufsraum und die Backstube und erzählte ein wenig aus ihrer Familiengeschichte, von den vielen wunderbaren Frauen, die dem *Fräulein Gewürzzauber* seit so langer Zeit seinen Zauber eingehaucht hatten.

»Ich heiße euch alle nochmals herzlich willkommen zum diesjährigen Backworkshop im Advent!«, schloss sie ihre Willkommensrede, und alle klatschten begeistert. »Wer sich schon mit einem Schluck Punsch stärken möchte, kann sich gern bedienen. Die Tassen stehen neben dem großen Topf auf der Anrichte. Wer noch hinters Steuer muss, bedient sich besser aus dem kleineren Topf.«

Als alle mit Punsch versorgt waren, wanderte die Gesellschaft zurück in den Verkaufsraum und verteilte sich auf die Arbeitsplätze. Natürlich hatte Lena ein wenig stimmungsvolle Weihnachtsmusik eingeschaltet, um die perfekte Backatmosphäre zu schaffen.

Alle beeilten sich, die Schürzen anzuziehen, um schnell loslegen zu können. Nur Daniel zögerte einen winzigen Moment.

Lena lachte. »Es tut mir leid, Daniel, aber Hellblau habe ich leider noch immer nicht im Programm. Rosa steht dir aber auch sehr gut!«

»Das macht gar nichts.« Gut gelaunt prostete Daniel ihr zu.

Charlotte hingegen krümmte sich vor Lachen. »Schatz, die ziehst du bitte zu Hause nur noch an!«

»Na, wenn dir das gefällt.« Er zog sie an sich und gab ihr einen Kuss.

Lena sah ihnen beglückt zu. Jetzt war die Stimmung so ausgelassen, wie sie es liebte. »Ich weiß, ihr wollt am liebsten sofort anfangen, aber ich habe doch noch etwas für euch vorbereitet …« Sie holte das Tablett mit ihrem Vorkost-Nusskranz von der Verkaufstheke und reichte ihn herum.

Als wenig später begeisterte *Ahs* und *Ohs* durch den Raum schwebten, schlug Lena beschwingt die *Zuckergusschroniken* auf. Eigentlich kannte sie Oma Gretas Nusskranz-Rezept auswendig und hütete die Lederkladde in der Schublade im Verkaufstresen wie eine Reliquie in ihrem Schrein. Aber zu einem Anlass wie diesem holte sie sie gern hervor und zeigte das Buch voller Stolz.

Mit Feuereifer gingen alle an die Arbeit. Es wurde Teig geknetet, ausgerollt, Füllung gerührt, und am Ende lagen acht wunderhübsche Kränze mit Sternmuster vor ihnen. Sie waren alle aus praktischen Gründen etwas kleiner als ihr Vorkostkranz, denn das verkürzte die Backzeit. Als Lena sie gerade in den Ofen schob, waren die Teilnehmer in Gespräche und Punsch vertieft. Wo Max nur blieb? Lena hatte ihn gebeten, den Sekt für Daniels großen Moment bereitzustellen und die Gläser zu füllen. Jetzt wäre genau der richtige Zeitpunkt dafür. Plötzlich spürte sie einen warmen Körper in ihrem Rücken, der sich liebevoll an sie drückte.

»Komm, tanz mit mir! Nur für einen Moment!«

Sie drehte sich um und sah in seine smaragdgrünen

Augen, in deren Tiefe sie sich schon bei ihrer ersten Begegnung haltlos verloren hatte – weiche Knie inklusive. Ein heißer Schauer lief durch ihren Körper. Ella Fitzgerald swingte gerade ihr *Let it Snow* aus den Lautsprechern. Jemand drehte die Anlage lauter, und Max wirbelte mit Lena durch den Verkaufsraum, dass Mehl und Puderzucker aufstoben. Bei den letzten Klängen des Liedes ließ er sie noch einmal vor sich eine Pirouette drehen und zog sie dann so dicht an sich, dass sie sein wild klopfendes Herz an ihrem spürte. Seine weichen Lippen fanden ihre, und Lena seufzte leise. In Momenten wie diesem schmolz sie wie Schokolade dahin und liebte ihn nur noch mehr.

Sie hatte sich gerade von Max gelöst, als Daniel verstohlen neben sie trat und raunte: »Die Kränze brauchen ja noch. Meinst du, jetzt wäre ein guter Moment?«

»Ich würde sagen, jetzt ist es perfekt«, flüsterte sie und gab Max das Zeichen, sich um den Sekt zu kümmern. »Moment, ich hole den Ring.«

Mit knallroten Ohren stellte Daniel sich unauffällig etwa einen Meter hinter Charlotte, die sich gerade mit einer der Verkäuferinnen der *Schlanken Linie* unterhielt.

Daniel hatte seine Hände hinter seinem Rücken zu einer Schale geformt. Dort hinein stellte Lena den kleinen Silberteller, auf dem die beiden Alpakas mit glitzernder Watte wie in einer dicken Schneewehe standen.

Max nahm Lena von hinten in den Arm, sie lehnte sich an seine Brust und drückte aufgeregt seine Hände. Passenderweise säuselte Michael Bublé gerade *All I Want for Christmas is You!*

Daniel räusperte sich. »Charlotte?«

»Ja?« Sie drehte sich um und lächelte ihn fragend an.

»Ich … Ich würde dir … gern etwas sagen …«

I just want you for my own more than you could ever know.

»Was denn? Was … Versteckst du da was?« Sie versuchte neugierig, um seine Arme zu schauen.

»Wir sind jetzt schon so lange zusammen, und … und was wir schon alles erlebt haben. Jeden Tag neben dir aufwachen zu dürfen … in diesem wundervollen Haus … und die Freude an den Tieren mit dir teilen zu können ist für mich das größte Glück auf Erden. Du bist einfach das Beste, was mir je passiert ist! … Und auch das Beste, was den Alpakas passiert ist … und …«

Alle hatten wie gebannt die Szene verfolgt. Jetzt huschte ein Schmunzeln über die Gesichter.

There is just one thing I need.

Daniel kniete vor Charlotte nieder, die ihre rechte Hand vor lauter Überraschung vor ihren geöffneten Mund hob.

Auch Lena hielt die Luft an. Beinahe wären Fräulein Frieda und Rose bei Daniels Kniefall vom Tablett gesegelt, sie konnte sie gerade noch mit einem kleinen Stups wieder aufstellen.

»Charlotte Valentina Moll …« Daniel hielt die Alpakas hoch, damit Charlotte sie sehen konnte. Die roten Steine und der goldene Ring funkelten und schimmerten im Schein der Lichterketten. »Willst du meine Frau werden?«

Charlotte konnte nur ein ersticktes Ja hauchen, denn ihr flossen Tränen über die Wangen. Daniel stand auf, nahm vorsichtig den Ring von Roses Hals und steckte ihn Charlotte an den Finger. Er passte perfekt.

Während Michael Bublé »*Oh, all the lights are shining so brightly everywhere*« jubelte, besiegelten sie ihre Verlobung mit einem langen Kuss, begleitet vom freudigen Beifall der Anwesenden und einem Funkenregen der Wunderkerzen, die Lena unauffällig verteilt hatte. Nun wischte sie sich selbst vor Rührung Tränen aus den Augenwinkeln und umarmte die beiden. »Ich gratuliere euch von Herzen!«

Max reichte jedem ein Sektglas mit prickelndem Inhalt vom Tablett. »Lasst uns anstoßen!«

»Was ist denn hier los?« Mit fragenden Gesichtern erschienen Rosina und Tjure in der Flurtür.

»Möchtet ihr auch ein Glas Sekt? Charlotte hat Ja gesagt!«, bot Lena den beiden an.

»Oh, wie wundervoll! Herzlichen Glückwunsch!«, rief Rosina begeistert. Tjure hob sein Glas und prostete ihnen zu. »Und zur Romantik dieses Moments passend, ereignet derzeit ein ganz besonderes Himmelsspektakel: Sternschnuppenschwärme, die Geminiden, sind seit gestern jede Nacht zu beobachten!«

»Zieht euch an! Wahrscheinlich kann man schon etwas sehen!«, rief Tjure, und wenig später standen alle auf dem Bürgersteig vor dem *Fräulein Gewürzzauber*. Es war bereits kurz vor fünf, und längst hatte der Abend seine dunkle Decke über dem Städtchen ausgebreitet. Staunend schauten zwölf Augenpaare empor in das sternenklare Himmelszelt.

»Wunderschön! Nicht wahr?« Lena konnte sich gar nicht sattsehen.

»Ja, wunderschön!« Max seufzte leise. »Die Sternschnuppen übrigens auch …«

Erst jetzt bemerkte Lena, dass er sie die ganze Zeit angesehen hatte. Als er dann auf sie zutrat und sie ganz sanft und sacht küsste, bekam sie zum zweiten Mal an diesem Tag weiche Knie.

Plötzlich sah er sie erschrocken an: »Müssen die Kränze nicht raus?«

»Ach herrje!«

Sie liefen in den Laden und zogen die Kuchenkringel gerade noch rechtzeitig aus dem Ofen. Goldbraun glänzend lagen sie vor ihnen. Der Duft von Mandeln, Marzipan und Haselnüssen kitzelte Lena in der Nase. Oma Greta wäre sehr stolz auf sie gewesen.

»Ich muss unbedingt noch Elvis nächsten Eintrag lesen!« Lena schlüpfte zu Max unter die Bettdecke und legte das Tagebuch in ihren Schoß. Kurz erzählte sie, was sie in den letzten Tagen gelesen hatte.

»Komm zu mir und lies mir vor!«

Mit einem wohlig warmen Gefühl kuschelte sich Lena in Max' Arm und schlug das Büchlein auf. Vorsichtig strich sie mit den Fingerkuppen über das Glanzbild und fühlte die glitzernde Erhabenheit eines Sternenhimmels.

»Ist das ein D?«, wollte Max wissen.

»Ja. Ich bringe dir das Sütterlin-Alphabet gern bei. Dann kannst du mir auch mal etwas vorlesen.« Lena grinste und begann zu lesen:

23. 12. 1909

Es ist der Tag vor Heiligabend, aber es fühlt sich überhaupt nicht so an. Wenn ich die Augen schließe, sehe ich Lichterketten und Christbaumschmuck. Ich schmecke die Zimtsterne, die meine Mutter gebacken hat, und rieche den Duft all der herrlichen Gewürze, der aus dem großen Topf mit dem Punsch strömt und sich im Raum ausbreitet.

Wenn ich die Augen öffne, sehe ich um mich herum kahle, genietete Metallwände. Sie speichern die Kälte, die sich unbarmherzig durch die Decks frisst. Es riecht nach einem seltsamen Gemisch aus Kaffee und Motorenöl.

Gerade eben erreichte uns die niederschmetternde Nachricht, dass fünf Menschen gestorben seien. Fünf! Hier auf dem Schiff! Trotz all unserer Bemühungen. Sie seien an der Grippe erkrankt gewesen, heißt es. Zwei waren schon in hohem Alter, die anderen einfach zu schwach und hätten die Nacht nicht überstanden. Das hätte nicht passieren dürfen. Nicht auf einem so modernen Dampfer wie diesem! Überall sehe ich Verzweiflung in den Gesichtern der Menschen. Ihre Augen sind voller Panik und die Lippen blau wie der Ozean.

Es ist noch einmal kälter geworden, und sie sprechen von einem Schneesturm vor der Küste von New York; er soll unseren Höllenritt nochmals um einen Tag verlängern. Wir alle beten, dass wir morgen wohlbehalten anlegen und von Bord gehen können.

Etwas verlieh uns heute Abend dennoch einen Funken Hoffnung: Es war eine sternenklare Nacht, und Sternschnuppen fielen vom Himmel wie kleine Funkenregen.

Ein Mann zeigte uns die Sternbilder und erklärte, dass die Astronomen den Himmel in achtundachtzig Regionen eingeteilt hätten, die mit dem bloßen Auge sichtbare helle Sterne eines Sternzuges erkennen ließen. Da waren ein Maler, ein großer und ein kleiner Bär, ein Teleskop, ja, sogar ein Phönix und ein Paradiesvogel! Den Überlieferungen nach haben achtundvierzig der Sternbilder ihren Ursprung in der fast zweitausend Jahre alten griechischen Astronomie.

Mit den Jahrtausenden hat sich so vieles auf der Welt verändert. Doch seit jeher schauen die Menschen hoch in den Himmel. Menschen kommen und gehen, und wie auch immer die Völker die Sterne dort oben nennen, sie bleiben doch immer, wo sie sind und was sie sind. Sie sind wie glitzernde Zimtsterne auf einem tiefblauen Tischtuch.

Bei diesem berührenden Anblick habe ich mir gedacht: Wer Dir die Zimtsterne vom Himmel holt, den halte für immer fest, denn er ist die perfekte Zutat für die Würze Deines Lebens!

»Deine Ururoma wird mir immer sympathischer«, stellte Max fest.

»Wegen ihrer Vorliebe für Zimtsterne?« Lächelnd legte Lena das Buch zur Seite und knipste die Nachttischlampe aus. »Das feine Gewürznäschen liegt eben in der Familie.«

16. DEZEMBER

Es war der dritte Adventssonntag, und in das alte Stadthaus in der Rosenstraße 24 war weihnachtliche Gemütlichkeit eingekehrt. Nach einem langen Spaziergang durch die glitzernde Winterwelt hatten sich Lena und Max in die weichen Kissen auf dem Sofa gekuschelt. Ihr Kakao dampfte aus bauchigen Tassen neben einem Teller mit üppiger Keksauswahl. Ruprecht ließ sich ausgiebig von Lena hinter den Pinselöhrchen kraulen, und Rosina saß mit einem Buch im Sessel daneben. Der Titel ließ Lena schmunzeln: *Happy Mantras – Positiv denken.*

»Warum warst du auf einmal verschwunden?« Max stellte diese Frage ruhig und ohne Vorwarnung.

Nachdenklich legte Rosina ihr Buch beiseite. Anscheinend wusste sie genau, worauf er anspielte. »Ich habe noch nie in die gesellschaftlichen Korsetts gepasst, mein Junge.« Sie nahm ihre Tasse Tee und hielt einen Moment inne, bevor sie weitersprach. »Das führte letztlich sogar dazu, dass meine Eltern mich enterbt haben.«

Lena legte vor Entsetzen eine Hand auf den Mund und sah zu Max, der sich aufgesetzt hatte und seiner Tante aufmerksam zuhörte. Sie konnte nur erahnen, wie er sich gerade fühlte, denn sein Gesicht verriet es nicht.

»Aber das ist schon lange her. Damals hätte ich ohne die Hilfe von Theresa und Nikolaus nicht überlebt. Die beiden waren immer für mich da … und ich bin auch nicht einfach *verschwunden*.« Sie sah Max ernst an. »Deine Eltern haben dir meine Briefe nie gegeben, oder?«

Max schüttelte den Kopf.

»Du warst immer ein ganz wichtiger Teil meines Lebens, Max. Ich habe die Zeit mit dir immer genossen«, beteuerte Rosina. »Als Kind warst du so neugierig auf die Welt, und sie wollten dich in ihre spießbürgerliche Box quetschen.«

»Die Zeit mit dir war für mich immer das Schönste«, sagte er leise. »Ich konnte sein und machen, wer und was ich wollte. Aber nach dem Tag auf dem Eis … Du warst einfach weg! Das hat mich sehr verletzt. Ich dachte, ich hätte etwas falsch gemacht! Meine Eltern haben auf dich geschimpft. Sie haben dich als schlechten Umgang und als Versagerin bezeichnet … und irgendwann habe ich es geglaubt.«

»Deine Eltern wollten dich nur beschützen … vor dem Unfug, den deine Tante immer mit dir ausgeheckt hat.« Sie zwinkerte ihm zu, wischte sich aber gleichzeitig eine Träne aus dem Augenwinkel.

»Aber du hast es doch nie böse gemeint.« Ein Schmunzeln stahl sich auf Max' Gesicht. »Opa Nikolaus hat dich in den letzten Jahren gut vertreten und zu mir gestanden, wenn es mal schwierig mit meinen Eltern war.«

»Das höre ich gern.« Rosina nickte. »Max, ich bin froh, dass du dieses Thema angesprochen hast.«

Verwundert sah Lena zu, wie Max, statt zu antworten, aufstand, zu seiner Tante ging und sie umarmte. Von seiner Wut vor ein paar Tagen war nichts mehr zu spüren. Sie lächelte erleichtert und freute sich für ihn. Die beiden hatten sicher noch eine Menge zu bereden, aber der Anfang war gemacht, und das enge Band zwischen ihnen war offensichtlich nur ein wenig aufgeribbelt.

Als plötzlich das Telefon klingelte, huschte Lena schnell in die Küche, damit sich Max und Rosina in aller Ruhe weiter unterhalten konnten.

»Jojo! Schön, von dir zu hören! Wie geht es dir?« Lena freute sich über den unverhofften Anruf, biss sich aber gleichzeitig schuldbewusst auf die Zunge. Wie sollte es jemandem gehen, der gerade von seiner Freundin verlassen wurde? Die folgende kurze Stille nutzte sie, um sich zu entschuldigen: »Es … tut mir leid. Das war unpassend. Ich war nur gerade so in Fahrt und habe heute Energie für zehn … Bille hat es mir erzählt.«

»Oh …«

»Jojo, es ändert nichts an unserer Freundschaft. Das ist eine Sache zwischen euch beiden.« Sie hörte ihn erleichtert ausatmen. »Wir sind ja eh bis in alle Ewigkeit durch das *Casablanca* miteinander verbunden.«

»Wenn ich ehrlich sein darf …«

»Aber immer doch, nur raus damit!«

»Ich verstehe nicht, warum Bille gegangen ist. Sie ist tieftraurig über etwas, das sie mir nicht sagt. Aber ich möchte es gern wissen und verstehen, weil ich sie liebe!«

Erst am Freitag hatte Lena sich geschworen, sich nie in Beziehungsprobleme anderer einzumischen. Allerdings … Jonathan hörte sich wirklich verzweifelt an, und sie glaubte ihm, was er sagte. Wieso hatte sie bloß derzeit nur Pärchen um sich, die ihre Gedanken und ihren

Puls auf wilde Schlittenfahrt schickten? Von ihrem eigenen Gefühlschaos mal ganz abgesehen.

Lena seufzte. Sie konnte Jo nicht so leiden lassen. »Wenn ich fragen darf: Was war denn ihre Begründung?«, tastete sie sich erst mal vorsichtig heran.

Die Antwort kam prompt und viel hitziger, als Lena es geahnt hatte: »Ich sei unfähig, zu erkennen, was sie sich von unserer Beziehung erhofft hat, hat sie gesagt. Ob ich mir das nicht denken könne? *Nein, das kann ich eben nicht!* Wenn sie nicht mit mir redet, kann ich mich weder ändern noch entschuldigen, sollte ich etwas falsch gemacht haben! Und glaub mir, Lena, ich hätte wirklich gern die Chance, diesen Fehler, was immer es auch war, wiedergutzumachen! ICH LIEBE DIESE FRAU!«

Bei den letzten Worten nahm Lena den Hörer vom Ohr. Jonathan hatte sich so in Rage geredet, dass nur noch sein Schnaufen zu hören war.

»Beruhige dich, Jojo«, sagte sie sanft. »Okay … Bille hat mir damals bei Max auf die Sprünge geholfen. Dann darf ich das jetzt auch«, überlegte sie laut.

»Wieso? Was hat sie dir erzählt?«

»Eigentlich möchte ich mich ungern so sehr einmischen«, antwortete Lena ehrlich.

»Entschuldige.« Jo seufzte. »Bitte, sag, was du weißt. Egal, was es ist. Ich drehe sonst durch! Womöglich vergesse ich noch, den Zucker in die Popcorn-Maschine zu schütten.«

Lena suchte einen Augenblick nach den richtigen Worten, dann entschied sie sich für kurz und schmerzlos und sagte: »Bille möchte heiraten, und sie möchte Kinder, und sie denkt, dass du das alles nicht möchtest.«

Nach kurzer Stille folgte überraschenderweise Jonathans herzliches Lachen, was Lena vollends irritierte.

»Warum denkt sie das nur von mir? … Hör zu, Lena: Ich möchte das alles auch. Gibst du mir noch einen weisen Rat, wie ich diesen Wirbelsturm bändigen kann?«

Jetzt musste auch Lena lachen. »Lade sie zum Essen ein, wenn du sie das nächste Mal siehst, und rede mit ihr. Sie macht sich immer Gedanken und schießt manchmal übers Ziel hinaus. Sag ihr einfach, was du für sie empfindest.«

»Du hast recht. In den letzten Wochen haben wir beide wieder viel zu viel gearbeitet. Da war nicht viel Zeit, um über Gefühle zu sprechen.« Er schwieg einen Moment. »Eigentlich habe ich ja wegen der Spendenaktion im *Casablanca* angerufen: Würdest du wieder Backwerk bereitstellen, das wir verkaufen können? Es müsste allerdings diesmal für drei Tage reichen, Freitag, Samstag und Montag. Der Erlös soll jeweils hälftig dem Betrieb des *Casablanca* und den *Rosenkindern* zugutekommen. Damit wollte ich Bille überraschen. Ihr Adventskaffee war zwar ein Erfolg, reicht aber leider nicht, um all ihre Kosten zu decken.«

»Seit wann arbeitet Bille eigentlich schon für die *Rosenkinder*? Das habe ich sie nie gefragt.«

»Schon seit ihrer Ausbildung zur Erzieherin. Erst als Betreuerin einer Wohngruppe, inzwischen in der Verwaltung. Sie setzt sich sehr für die Kids ein. Leider sind ihnen in den letzten Monaten einige Geldgeber weggebrochen. Wenn bis zum Jahresende nicht eine große Finanzspritze kommt, werden sie Mitarbeiter entlassen müssen.«

Natürlich war Lena bereit zu helfen. Dennoch stand ihr der Schweiß auf der Stirn. Das bedeutete eine Menge zusätzliche Arbeit. »Ich tue, was ich kann, Jojo!«

»Du bist die Beste, Lena! Ach, da fällt mir noch etwas ein: Soviel ich weiß, hat der Schokoladenfabrikant Roland Riegel zehntausend Euro für die Gewinnerin der Backchallenge ausgelobt ...«, druckste Jonathan. »Er lässt sich nicht lumpen. Ihr scheint ihm ja ganz schön wichtig zu sein. Lena? Du sagst ja gar nichts mehr! Hat es dir die Sprache verschlagen?«

»Das kann man wohl sagen.« *Was will dieser Riegel mit dem Preisgeld bezwecken?*, schoss es Lena durch den Kopf. *Welcher Fabrikant gibt mal eben aus Spaß zehntausend Euro aus? Wohl keiner. Und was ist an dem Gerücht, dass er Bella zum Gesicht seines neuen Geschäfts machen will? Wie passt das alles zusammen?* »Also gut, dann lege ich jetzt auf«, sagte sie. »Ich habe einen Wettbewerb und eine Tonne Plätzchen vorzubereiten.«

»Natürlich! Dabei will ich dich nicht stören. Ich reserviere dir wieder den großen Stand an der Bühne. Dann bis Freitag!« Er wirkte wie ausgewechselt.

»Danke – und bis dann!« Lena legte auf.

Jetzt hatte sie noch einen weiteren Ansporn, den Backwettbewerb zu gewinnen. Denn a) konnten die *Rosenkinder* jeden Cent brauchen, und b) gönnte sie dem MyTube-Sternchen weder den Ruhm noch das Geld – erst recht nicht, wenn dessen neuer Arbeitgeber der Sponsor war.

✩

Als Lena an diesem Abend die Lichterketten im Türbogen und in der Weihnachtstanne anknipste, die Kerzen anzündete und es sich mit Elvis Tagebuch auf der Couch gemütlich machte, war sie zufrieden mit sich und dem Tag. Allerdings ließ sie ein ungutes Bauchgefühl ahnen, dass Elvi dramatische Zeiten durchlebte, und ihr Bauchgefühl lag meistens richtig. Es schien auch hier recht zu behalten, denn das Datum des nächsten Eintrags verwies auf eine Lücke von fünf Tagen.

Lena blätterte die Seiten vor und zurück. Untersuchte das Buch, ob vielleicht Seiten fehlten, und kam zu dem Schluss, dass Elvis nächster, sehr nüchterner Eintrag tatsächlich dieser war. Denn weder eine Zeichnung noch ein Glanzbild zierte die Seiten.

Lenas Herz klopfte stürmisch, als sie auch noch verwischte Buchstaben entdeckte, die außerdem weniger akkurat geschrieben waren als sonst. Es sah aus, als suchten die geschwungenen Linien nach Halt, den sie nicht fanden. Elvi hatte zweifellos geweint, als sie die Zeilen geschrieben hatte. Lena holte tief Luft, dann begann sie zu lesen.

New York, 28. 12. 1909

Es sind so schreckliche Dinge passiert – und sie passieren noch! Ich weiß gar nicht, wie ich diese Katastrophe in Worte fassen soll, ohne Sturzbäche zu vergießen und den Eintrag von Neuem beginnen zu müssen. Ich werde versuchen, mich zu sammeln, doch meine Hand zittert seit Tagen ununterbrochen.

Ein Jahrhundertschneesturm wütete über New York,

die La Liberté *konnte nicht ankern. Deshalb sollten kleinere Schiffe von der Küste die Leute in Empfang nehmen und zum Hafen bringen. Unter den Passagieren brach Panik aus, die in ungezügelter Wut und Aggression mündete. Die Crew versuchte, sie zu beruhigen, aber viele Männer wurden handgreiflich. Die Passagiere der dritten Klasse stürmten die oberen Decks. Großes Chaos brach aus.*

Wilhelm, mein liebster Wilhelm, wo bist du nur? Sie sagen, du seist über Bord gegangen, als du bei einer Schlägerei unter den Passagieren schlichten wolltest!

Meine Verzweiflung ist unermesslich! Sie gaben ihm bei diesen Temperaturen keine fünf Minuten, um zu überleben, daher brachen sie die Suche schon nach kurzer Zeit ab!

Lenas Hände zitterten so, dass sie das Buch einen Moment zur Seite legen musste.

»Was ist passiert? Was hast du?«, fragte Max besorgt. Er stellte schnell die beiden Tassen mit dampfendem Tee auf den Tisch und setzte sich zu Lena.

»Wilhelm … Er ist tot!«

»Was?« Er nahm sie in den Arm und drückte sie an sich. Jetzt konnte sie die Tränen nicht mehr zurückhalten, und sie erzählte ihm unter Schluchzen, was sie gerade erfahren hatte. Max konnte kaum glauben, was er hörte.

»Jetzt sitzt sie da, in einem wildfremden Land! Ohne ihre große Liebe! Wahrscheinlich kann sie noch nicht mal richtig Englisch! Herrje, ich muss nachsehen, ob er doch noch gefunden wurde!« Lena wischte sich mit dem

Handrücken die Wangen trocken und blätterte an die Stelle, an der sie aufgehört hatte zu lesen.

Noch gebe ich die Hoffnung nicht auf, nicht bevor sie seine Leiche gefunden haben! Ich muss jetzt stark sein. Und bevor ich Gewissheit habe, werde ich keinesfalls nach Deutschland zurückreisen.

Mir war direkt klar, dass ich mit dem wenigen Geld, das wir mitgenommen haben, höchstens zwei Wochen überleben kann und ich mir dringend eine Arbeit suchen muss. Minna Plunder hat mich darin bestärkt, dass ich es schaffen kann. Und tatsächlich tat sich in der größten Dunkelheit eine Tür für mich auf: Die Familie des Glanzbild-Mädchens, Familie Shine, hat mir ein wundervolles Angebot gemacht, das ich annehmen werde. Sie wollen mich als Dank für meine Hilfe auf dem Schiff bei sich aufnehmen und als Nanny für die kleine Gilda einstellen. Sie sind sehr warmherzig, was es mir leichter macht, nicht den Kopf und den Verstand zu verlieren. Und ich war schon ganz kurz davor, als ich mich an Wilhelms Worte erinnerte: Scheint eine Situation noch so ausweglos, Schokolade zeigt dir den Weg.

Tatsächlich fand ich in seiner Manteltasche noch den Rest einer Schokoladentafel. Ich genoss jedes Stück und heulte wie ein Schlosshund, während ich aß. Bis ich mich fühlte, als hätte ich keine Tränen mehr.

Nun sitze ich in einem wundervoll eingerichteten Zimmer mit einem Himmelbett und rosa Gardinen vor hohen Fenstern, durch die ich den Park des Anwesens sehen kann. Der Sturm hat sich gelegt, doch es schneit immer noch; alles ist so weiß, wie ich es in Deutschland noch nie gesehen habe. Die Tannen hier sind viel höher, und es fühlt sich alles so unwirklich an.

Wilhelms Unfall, die Panik, der Sturm, dieses Haus, die Menschen um mich herum – ich verdränge den Gedanken, dass Wilhelm nicht mehr wiederkommen wird. Vorerst. Bis dahin verbleibe ich wartend, bis ich eine Nachricht erhalte, dass sie ihn gefunden haben. Lebend oder tot.

Lena ahnte, wie Elvi sich gefühlt haben musste. Solch eine bodenlose Ausweglosigkeit hatte sie nach Oma Gretas Tod tage- und wochenlang gespürt. Wenn man einen so geliebten Menschen verlor, konnte man noch so viel Schokolade essen. Es brachte ihn dennoch nicht zurück.

17. DEZEMBER

Ein eisiger Wind pustete Lena um die Nase, als sie an diesem Montagmorgen den Inhalt des Briefkastens leerte. Sie beeilte sich, schnell wieder ins Warme zu kommen, und schlüpfte durch die Flurtür in den Laden.

Ungeduldig wartete sie darauf, dass der Zeiger der großen Bahnhofsuhr im Verkaufsraum auf die Zehn rückte. Sie brauchte Kathi, um mit ihr zusammen einen Schlachtplan zu entwerfen, und brannte gleichzeitig darauf, endlich zu erfahren, mit wem ihre Mitarbeiterin den Freitagabend verbracht hatte. Doch zuvor klingelte das Telefon.

»Das *Fräulein Gewürzzauber*, Lena Sonnenschein am Apparat?«

»Lena, ich bin's.«

Matthi! In seinen wenigen Worten lagen so viel Frust, Resignation und Traurigkeit, dass Lena schlucken musste. »Hallo, Matthi. Wie ist die Lage?«, fragte sie vorsichtig. »Ich hatte mich nicht mehr gemeldet, weil ich dachte …«

»Kein Ding. Geht mir schon besser.«

»Ich habe leider noch nicht herausgefunden, wer sich mit Kathi getroffen hat – falls es das ist, was du fragen wolltest.«

Eine kurze Pause entstand. Als Lena schon den Mund öffnete, um zu fragen, ob er noch da sei, sagte Matthi: »Meinst du, ich soll kommen und mit Kathi reden?«

Es musste ihn wirklich arg erwischt haben. Obwohl es ihr heute eigentlich nicht so lieb war, gab Lena sich einen Ruck: »Ja, komm gern vorbei und rede mit Kathi … nur vielleicht lieber nicht über die Geschenke.«

»Wieso nicht?«

»Ich weiß nicht, ob das so gut wäre«, überlegte sie und setzte erklärend hinzu: »Es könnte Kathi unangenehm sein. Du würdest ihr damit ja unter die Nase reiben, dass sie auf den Kerl von Freitag reingefallen ist.«

»Verstehe.«

Lena überlegte fieberhaft. »Vielleicht kommst du einfach auf einen Kaffee in den Laden und plauderst mit ihr. Ihr seid doch total auf einer Wellenlänge.«

»Ich hätte hier noch ein Geschenk für sie. Meinst du, ich sollte …?«

»Was hältst du davon, wenn ich erst mal versuche herauszufinden, mit wem sie sich getroffen hat?«, bot Lena an. Gleichzeitig fragte sie sich, warum sie sich unbedingt die Finger verbrennen wollte. Weil sie Kathi so gernhatte? Weil sie Matthi so gernhatte? Beides stimmte, zugleich war ihr tief verwurzelter Sinn für Gerechtigkeit in Schieflage geraten. Wenn schon keine himmlische Macht einschritt, um den dreisten Date-Dieb zu entlarven und zum Donnergrummel zu jagen, dann musste sie es tun.

Endlich kündigten die Glöckchen der Ladentür Kathi an.

»Na, da bist du ja!« Lena rannte auf sie zu, klopfte ihr den Schnee von der Kleidung und nahm ihr die Jacke ab.

Kathi wusste gar nicht, wie ihr geschah. »Ist alles in Ordnung?«

»Aber sicher doch! Bei mir herrscht wie immer strahlender Sonnenschein! Und bei dir?« Lena zwinkerte Kathi vielsagend zu. »Mein Wochenende bestand allerdings nur aus einer einzigen quälenden Frage: Wer war der Unbekannte, mit dem Kathi den Freitagabend verbracht hat? Jetzt rück endlich raus mit der Sprache!«

Kathi lachte. Während sie sich ihre Schürze umband, begann sie jedoch zu schwärmen: »Er ist groß, sieht verdammt gut aus, ist charmant, höflich, zuvorkommend, ein vollendeter Gentleman, und Humor hat er auch noch!«

»Das hört sich ja nach einem Traumtyp an!« Lena versuchte sich an einem Lächeln, das ihr jedoch verrutschte.

»Ja, das ist er auch! Und du kennst ihn!«

»Ach …«

»Ja, es ist Theo!«

Lena blieb die Sprache weg.

Kathi sah sie völlig konsterniert an. »Theo! Weißt du nicht mehr? Der süße Typ, der letzte Woche im Laden war?«

Natürlich wusste Lena noch genau, wer Theo war. Wie hätte sie das vergessen können? Aber wie um alle Zimtsterne dieser Welt hatte Bellas Assistent Wind von den geheimnisvollen Päckchen bekommen? Hatte er das *Fräulein Gewürzzauber* ausspioniert? Lena riss die Augen auf. So etwas würde zu dieser Bella passen! Ihren Lakaien schicken, um die Konkurrenz zu bespitzeln! Pralinen hatte er auch gekauft.

»In der Mittagspause holt er mich ab. Er will mir sein

Lieblingscafé zeigen!« Kathi drehte eine Pirouette und tanzte durch den Verkaufsraum.

Lena verdrehte die Augen und stöhnte innerlich. »Was findest du nur an diesem Schnösel?«

»Bitte?« Ungläubig hielt Kathi in ihrem Freudentänzchen inne.

Herrje, so hatte Lena es nicht formulieren wollen. Das war sonst gar nicht ihre Art, und Kathi war endlich einmal glücklich. Aber auch so naiv wie ein Kalb, bis über beide Ohren vernarrt in einen Augenwischer.

»Er ist kein Schnösel! Er achtet nur auf sein Äußeres, ist gebildet und weltoffen und erfolgreich«, verteidigte Kathi ihren Schwarm.

»Fehlt nur noch: Er hat ein Haus, ein schnelles Auto und einen Kaffeevollautomaten!« Verflixt, sie hatte es schon wieder getan! Verlegen biss sich Lena auf die Unterlippe.

Jetzt war auch Kathi bissig. »Ach, Lena, du bist doch nur neidisch, weil dein Max das alles nicht hat.«

»Wie bitte?« Lena blieb vor Schreck der Mund offen stehen. So kannte sie Kathi gar nicht. »Du willst also wissen, was ich gegen Theo habe?«, zischte sie. »Ist dir nicht bewusst, dass er Bellas Schoßhündchen ist?«

»Assistent! Er ist ihr *Assistent!* Das ist sein *Job*! Eine eigene Eventfirma hat er auch!«

Lena atmete durch, um sich zu sammeln. »Kathi, ich gönne dir ja diesen Flirt – aber muss es unbedingt *dieser* Typ sein?«

»Ja, muss es.« Kathi verschränkte die Arme vor ihrer Brust. »Ich habe gedacht, du freust dich für mich!«

Lena ließ resigniert die Schultern hängen. Sie wollte

nicht mit Kathi streiten, schon gar nicht jetzt, wo zwei Kundinnen den Laden betraten. »Das tue ich doch auch. Vielleicht … hatte ich einfach einen schlechten ersten Eindruck von ihm. Wenn er das nächste Mal vorbeischaut, gebe ich ihm noch eine Chance. Versprochen.«

Erleichtert sah Lena, wie sich Kathis Gesichtszüge aufhellten. Die stürmische Umarmung brachte sie fast aus dem Gleichgewicht.

»Du bist die Beste, Lena! Danke! Das bedeutet mir viel!« Kathi lächelte Lena noch einmal an, dann wandte sie sich zu den Kundinnen, um sie zu begrüßen.

Du bist die Beste! Irgendwo hatte Lena diese Worte schon einmal gehört. Sie schüttelte ermattet den Kopf. Der arme Matthi hatte gegen Schnösel-Theo offensichtlich keine Chance. Wie sollte sie ihm das nur beibringen?

Kurz vor der Mittagspause klingelten die Glöckchen erbost. Lena war nicht sonderlich überrascht, dass es Theo war, der in der Tür stand und Beachtung forderte – die er von Kathi natürlich prompt erhielt. Sie flog geradezu in seine Arme.

»Kathi, meine Herzdame!«, säuselte er und gab ihr einen Schmatz auf den Mund.

Sie kicherte wie ein Schulmädchen, und Lena verdrehte die Augen. Kathi sollte zusehen, dass sie weder an seinem Haargel kleben blieb noch auf seiner Schleimspur ausrutschte!

»Ziehst du dich an? Wir wollen doch nicht, dass du draußen frierst!«

Während Kathi nickte und zu ihrem Mantel huschte, richtete sich Theos Blick auf Lena. Er trat einige Schritte näher auf sie zu. »Und ihre zuckersüße Chefin ist auch da!«

»Passen Sie lieber auf, dass Sie sich keinen Zuckerschock einfangen!«, erwiderte Lena ruhig und schenkte ihm ein breites Lächeln, während sie eine Tüte Zimtsterne und Mandelplätzchen für eine Kundin verpackte.

»Aber, aber. Höre ich da ein wenig Sarkasmus in Ihren Worten?«

Sie triefen nur so davon!, dachte Lena und lachte laut und so aufgesetzt, dass ihre Kundin sich irritiert verabschiedete.

»Mögen Sie etwa keine Komplimente? Bella ist immer sehr angetan, wenn Max ihr eines macht.«

Wums, das hatte gesessen.

»Oh, da habe ich wohl einen Nerv getroffen? Stört Sie das etwa?« Theo pflückte sich eine Zuckerstange vom Weihnachtsbaum und lutschte genüsslich darauf herum.

Lena hätte sie ihm am liebsten quer in seine Hamsterbacken gestopft. Sie brauchte einen Moment, bis sie sich wieder gefasst hatte. »Offenbar stört es vor allem Sie«, schlug sie zurück. »Ist Bella bei Ihren Komplimenten etwa nicht so angetan?«

Für einen klitzekleinen Moment vergaß Theo, an seiner Zuckerstange zu lutschen. Doch Lena hatte es bereits bemerkt und triumphierte innerlich.

»Bella weiß meine Arbeit sehr zu schätzen«, sagte er gestelzt. »Ich bin ihre rechte Hand. Wir sind schon seit der Schulzeit befreundet. Deswegen weiß ich *immer*, was sie gerade braucht und wie es ihr gerade geht. Max kann sich noch so sehr bemühen, daran wird er nie herankommen.«

Bevor Lena etwas erwidern konnte, kam Kathi von der Garderobe herangeschwebt. »Theo, wir können!«, flötete sie. Offenbar hatte sie von dem Gespräch nichts mitbekommen.

Theo lächelte sie an. »Aber sicher, meine Zuckerschnecke!«

»Bis nachher, Lena!«

»Bis nachher!« Mühsam rang Lena sich ein Grinsen ab. Sie hätte Kathi gern geschüttelt und Theo für seine Äußerungen am liebsten durch den Teigwolf gedreht. Stattdessen sah sie ihnen nach und beobachtete durch den Flockenvorhang, wie die beiden in einem schicken Sportwagen davonfuhren. Schade nur, dass ein Satz heißer Reifen bei diesem Wetter zwar cool aussehen mochte, jedoch alles andere als praktisch war.

Lenas Körper bebte vor Wut. Nur gut, dass Mittagspause war. Sie musste dringend einen Teig kneten und auf die Arbeitsplatte schmettern.

Die letzten Tage mit Max waren so wunderschön gewesen, er selbst so liebevoll, einfühlsam und romantisch. Keinen Moment hatten sie an die *Backperle* gedacht oder von ihr gesprochen. Max war nicht der Typ, der sich jemals verstellen würde. Er war bisher immer ehrlich zu ihr gewesen. Warum sollte es nun anders sein? Dennoch hatte Theo es geschafft, dass das fiese Zwicken in Lenas Bauch zurückgekehrt war. Sie wollte diesen Gedanken nicht zulassen, aber hatte sie vielleicht tatsächlich ein Problem damit, Max zu vertrauen? Oder war sie nur eifersüchtig auf Bellas perfekten Körper, ihre Millionen Follower, ihren Erfolg?

Pffft! Lena stieß die Luft aus. Alles Quatsch! Sie vertraute Max. Nur der Backperle traute sie nicht über den Weg. Zum Glück hatten die Treffen von Max und ihr bald ein Ende. Morgen würde er noch einmal einen Videodreh von *Bellas Backperlen* begleiten, dann war das letzte Fotoshooting für diese beknackte Fotostrecke endlich im Kasten.

Mit reichlich Schwung verteilte Lena das Mehl auf der Arbeitsfläche. Es folgten die anderen Zutaten, und Lena griff beherzt hinein und knetete sich den Frust von der Seele. Allein die Vorstellung, dass Max Bella ein Kompliment nach dem anderen machen könnte, während Bella lüstern in die Kamera zwinkerte und lasziv von einem Lebkuchen abbiss, machte sie rasend. Welcher Mann konnte so geballtem Sexappeal schon widerstehen? Sollte sie einfach vorbeischneien, damit Bella wusste, wo ihre Grenzen waren? Oder war das zu auffällig?

»Da bist du ja!«

Erschrocken sah Lena auf. Sie hatte einen ansehnlichen Klumpen zustande gebracht und nicht bemerkt, dass Max die Backküche betreten hatte.

Da sie nur laut atmete und ihn anstarrte, aber nichts sagte, fragte er kleinlaut: »Kein guter Zeitpunkt?«

Lena wusste nicht recht, was sie darauf antworten sollte.

Da grinste er schelmisch, kam auf sie zu und nahm sie in den Arm. »Ich hatte Sehnsucht nach dir. Der Vormittag war ganz schön anstrengend. Ich habe mich so auf ein Stündchen Pause mit dir gefreut.«

Als sie seine weichen Lippen auf ihren spürte und den Duft von Zimt und Honig wahrnahm, verpuffte ihre Wut. Warum war sie noch gleich so aufgebracht gewesen?

Ach, du lässt dich genauso leicht beeinflussen wie Kathi!, schalt sie sich. *Der Mann macht dir schöne Augen, säuselt honigsüße Worte in dein Ohr, und du schmilzt dahin!*

Der Unterschied war, dass Max es ehrlich meinte.

☆

Als Kathi mit hochroten Wangen ins *Fräulein Gewürzzauber* zurückkehrte, trat Lena auf sie zu. Sie habe sich in Theo getäuscht, er sei wohl tatsächlich ein Hauptgewinn!, behauptete sie. Sie hasste sich für diese Notlüge, sah aber um des lieben Friedens willen keine andere Möglichkeit.

Der Tag wurde nicht besser, als wenig später Matthi ins Café kam. »Schaut mal, das habe ich gerade auf der Fußmatte gefunden!«, behauptete der Unglückselige und hielt ihnen ein mit rotem Schleifenband umwickeltes Päckchen entgegen.

»Oh, das gibt es doch nicht!«, quiekte Kathi und fischte es aus Matthis Hand. »Was für ein Schatz! Ist das nicht süß, Lena? Er legt mir immer noch Geschenke hin – ich muss mich direkt bedanken!« Schon wirbelte ihr roter Zopf herum, und sie rauschte davon.

Lena und Matthi schauten ihr verdutzt hinterher. Matthi war die Enttäuschung ins Gesicht gemeißelt. »Das Date war eine fette Zehn?«

Lena nickte.

Wie gebannt sahen beide Kathi dabei zu, wie sie das Päckchen auswickelte, in den Telefonhörer schmachtete und gar nicht mehr aufhörte zu kichern.

»Was ist denn heute drin?«, fragte Lena leise.

»Ein Holzschiff. Sieht aus wie ein gefaltetes Papierschiffchen. Von Billes Adventskaffee. Für Ohrringe.«

»Möchtest du einen Punsch?«

Matthi nickte. »Einen doppelten.« Er setzte sich in die hinterste Ecke, und Lena war froh, der peinlichen Situation vorerst entfliehen zu können.

Als sie wenig später mit einer dampfenden Tasse Punsch in den Verkaufsraum zurückkehrte, staunte sie nicht schlecht, denn Kathi saß bei Matthi. Vor Matthi stand ein Stück Glühweintorte, mit der seine Wangen um die Wette leuchteten. Einen Moment lang beobachtete sie die beiden aus sicherer Entfernung. Er erzählte Kathi gerade von der neuen Internetseite für das *Fräulein Gewürzzauber*, machte ihr ein Kompliment zu ihren hübschen neuen Haarspangen und lachte, was er nicht oft tat. Es stand ihm wirklich gut zu Gesicht. Offenbar war das auch Kathi aufgefallen, denn sie erzählte eine lustige Geschichte nach der anderen.

Da noch einige Kunden im Laden waren, beeilte Lena sich mit dem Punsch. Nicht, dass Kathi auf die Idee kam, bedienen zu müssen, statt sich weiter mit Matthi zu unterhalten! Um das Gespräch nicht zu stören, stellte Lena die Tasse nur rasch ab und machte sich sofort wieder aus dem Staub. Zufrieden lächelte sie in sich hinein. *Geht doch!*

Am Abend setzte sich Lena bei gemütlicher Lichterkettenbeleuchtung und Ingwertee daran, die Planung für die nächsten Tage durchzugehen. Sie hasste nichts mehr, als unvorbereitet in eine Sache zu schliddern und dann mit rudernden Armen und Beinen einen Ausweg zu suchen. Die dringend benötigten Helfer, um Plätzchen und Zimtstangen für die Spendenaktion zu backen, hatte sie zum Glück bereits in Kathi, Emma, Milla, Rosina und Max gefunden. Sie würden morgen Abend zum Backmarathon kommen.

Auch was sie beim Wettbewerb zaubern würde, hatte sie schon überlegt. Am ersten Tag würde sie auf jeden Fall ihre Schneebälle aus weißer Schokolade mit Himbeer-Lavendel-Füllung und ihre beschwipsten Weihnachtstannen machen, die mit Cranberrygelee-Ganache und einem Beerenlikör gefüllt waren. Präsentieren würde sie sie als Mini-Winterlandschaft mit Glitzerwatte auf einem Tablett.

Für den zweiten Wettkampftag hatte Lena das Bonbonrezept im Sinn, das sie in Elvis Tagebuch entdeckt hatte. Sie war sich nur noch nicht sicher, welche Geschmacksvarianten sie anbieten wollte.

Das dritte Motto – *Zimt und Zunder* – bereitete ihr allerdings noch ein wenig Kopfzerbrechen. Die Zimtstangen nach einem Rezept von Max' Oma Theresa Himmelreich waren zwar göttlich, aber es fehlte noch der kreative Zunder.

»Lena? Hallo?« Rosina wedelte mit einer Hand vor Lenas Gesicht. »Du machst dir viel zu viele Gedanken. Verlasse dich auf deine innere Kraft! Ein wenig Yoga hilft dir bei der Entspannung und öffnet deinen Geist für die Ideen, die du so krampfhaft suchst.«

Lena verdrehte die Augen. »Wenn das so einfach wäre …« Sie stöhnte und drückte ihren Rücken durch. »Aber in einem hast du recht: Für heute habe ich genug nachgedacht! Wo ist Tjure? Ich dachte, er wollte noch mit rüberkommen?«

Rosina zuckte mit den Schultern. »Er ist geschafft und frustriert wegen seiner Hand und wollte heute Abend allein sein.«

»Oh, na gut. Hättest du dann Lust, mit mir zu lesen, wie es Elvi ergangen ist? Ich muss zugeben, dass mich der letzte Eintrag sehr mitgenommen hat.« Rasch fasste sie für Rosina die Ereignisse im Hafen von New York zusammen.

»Das darf ja nicht wahr sein!« Bestürzt füllte Rosina ihre Tassen mit frischem Ingwertee, Zimt und Kardamom und folgte Lena ins Wohnzimmer.

Max musste zwar ebenfalls jeden Moment nach Hause kommen, aber darauf wollte Lena heute nicht warten. Sie wickelte die Lederschnur ab und öffnete das Tagebuch. Eine Schwarz-Weiß-Fotografie klebte auf der linken Seite neben dem nächsten Eintrag. Sie zeigte eine junge Frau, die neben einem kleinen Mädchen vor einem herrschaftlichen Haus kniete. Ihr langes dunkles Haar war zu einem lockeren Dutt gebunden, und für einen Moment war es Lena, als wäre sie selbst in der Zeit zurückgereist. Auch das kleine Mädchen hatte sie sofort erkannt. Das mussten Elvi und Gilda vor dem Anwesen der Shines sein.

16. 1. 1910

Seit meinem letzten Eintrag ist viel passiert. Der Jahreswechsel liegt schon gut zwei Wochen zurück. Doch statt mit guten Wünschen, Hoffnungen und Zielen begann das neue Jahr mit gemischten Gefühlen und Sorgen.

Ich weine nicht mehr so oft, nur an den Abenden, an denen ich mich in dem breiten Himmelbett so einsam fühle. Jeden Tag fahre ich mit der Bahn zum Vermisstenamt, um mich zu erkundigen, ob ein junger Mann gefunden oder in ein Hospital eingeliefert wurde. Doch außer einem Kopfschütteln hatten die Mitarbeiter bisher nichts für mich. Ich gebe dennoch nicht auf, Wilhelm! Und wenn ich noch Monate lang Tag für Tag dort nach dir fragen muss. Das verspreche ich dir!

Die kleine Gilda ist ein wahrer Sonnenschein, aber sie spürt, wie sehr ich Wilhelm liebe und mit jedem Tag, jeder Stunde und jeder Minute mehr vermisse. Neulich fragte sie mich, wie man weiß, dass man die wahre Liebe gefunden hat. Ich habe Gilda geantwortet: Die perfekte Praline erkennst du erst an der Füllung.

Sie lachte und sagte: Du mit deinem Schoko-Orakel!

Das brachte mich zum Nachdenken. Wieder in der Backstube zu stehen, an neuen Rezepten für Pralinen, Bonbons oder Backwerk zu tüfteln wäre ein großer Traum. Das ist es, was ich am besten kann. Ich bat Gildas Eltern, ihnen mein Können unter Beweis stellen zu dürfen. Sie willigten zögerlich ein. Doch als sie erst einmal die bunten Winterdrops probiert hatten, waren sie begierig darauf, noch mehr zu kosten. Es machte mich überglücklich, und zugleich verlangt mein Herz nach der Heimat, die ich noch nie so lange verlassen habe. Ich fasste daher einen Entschluss: Ich werde Geld zurücklegen, damit ich – sollte ich die Hoffnung, Wilhelm zu finden, aus irgendeinem Grund verlieren – irgendwann zurück nach Deutschland reisen kann. Bis dahin werde ich es genießen, die Freuden einer Zuckerbäckerin hier ausleben zu dürfen.

»Glaubst du, das hat sie getan?«, wollte Rosina wissen.

»Was meinst du?«

»Na, die Hoffnung irgendwann aufgegeben?« Rosina schniefte in ihr Taschentuch.

Lena hatte ebenfalls einen Kloß im Hals. »Ich kann es dir nicht sagen«, seufzte sie. »Allerdings kann ich mich nicht daran erinnern, dass Oma Greta irgendwo Fotos von Wilhelm aufbewahrt oder mir Geschichten über ihn erzählt hätte. Daher fürchte ich das Schlimmste.«

Eine Weile saßen sie still nebeneinander. Nur das Knistern der Kerzen auf dem Wohnzimmertisch war zu hören. Lena dachte über das Gelesene nach und lächelte, als ihr Elvis Bild von der perfekten Praline in den Sinn kam. Die Max-Praline war ein Hochgenuss. Das hatte sie von Anfang an gewusst.

Ihr Blick fiel noch einmal auf die Buchseite mit dem Eintrag. Lena lächelte. Darunter klebte endlich wieder ein kleiner gefalteter Zettel.

18. DEZEMBER

Müde schlüpfte Lena aus dem Bett. Sie hatte nicht gut geschlafen, weil die Gedanken wie in einem Schneesturm durch ihren Kopf gefegt waren und sie die halbe Nacht gegrübelt hatte, ob sie Max von Theos Behauptungen erzählen sollte. Konnte an Theos Worten überhaupt ein Funke Wahrheit sein? Wenn nicht, würde sie die gerade so wundervoll laufende Beziehung zu Max gefährden, was sie auf keinen Fall wollte. Heute war sein letztes Fotoshooting mit Mirabell Fuchs, dann war es vorbei, und wenn sie am Abend den Backmarathon einläuteten, würde sie Geschichte sein.

Die Plätzchen! Würden sie es schaffen, genug Backwerk für gleich drei Spendentage vorzubereiten? Als stille Teilhaberin des *Casablanca* und überaus hilfsbereiter Mensch hatte sie eigentlich keine Wahl: Sie musste es einfach schaffen. Schließlich hatte sie Jonathan ihr Wort gegeben.

Als hätte das nicht schon gereicht, kreisten ihre Gedanken auch noch um Elvi. Zwar waren die Shines in ihrer traurigen Lage ein Lichtblick, doch konnte Lena sich vorstellen, wie zerrissen die junge Frau innerlich gewesen sein musste. Sie hatte tiefe Wunden davongetragen, die nur langsam heilen würden. Natürlich war Lena bewusst, dass all dies schon vor über hundert Jahren geschehen war und sie nichts tun konnte, um ihrer Ururgroßmutter zu helfen, aber es machte ihr das Herz trotzdem schwer.

Und dann auch noch der Backwettbewerb! Der war für ihr ohnehin schon lädiertes Nervenkostüm nicht hilfreich. Dabei ging es ihr gar nicht um Einschaltquoten oder Werbung für neue Kunden. Nein, sie wollte für die *Rosenkinder* gewinnen, die das Geld dringend brauchten. Und natürlich ging es auch um die Verteidigung ihrer Ehre. Sie konnte doch nicht zulassen, dass ihr die Zuckerperle den Freund und die Show stahl!

Besonderes Kopfzerbrechen bereitete ihr, dass sie immer noch keine Idee für die Präsentation der Bonbons und deren Geschmacksrichtungen hatte, geschweige denn dafür, was sie am dritten Wettkampftag backen sollte.

Im Schummerlicht der Adventskranzkerzen trat sie mit einer dampfenden Tasse Kakao ans Fenster. Draußen war es noch dunkel, und die weißen Flocken, die sanft gen Boden glitten, hatten über Nacht die Fußabdrücke auf den Gehwegen zugedeckt. So unbefleckt und ruhig, wie die Welt nun vor ihr lag, in ihrer Ruhe und Schönheit, wollte Lena sie am liebsten für immer festhalten.

Leises Rascheln und das Trippeln kleiner Füße ließen sie lächeln. »Guten Morgen, Puschelchen! Hast du gut geschlafen, du kleiner Held?« Sie lächelte. »Es hat dir ja noch niemand richtig für deinen heldenhaften Einsatz gedankt. Dabei bist du das mutigste Eichhörnchen, das ich kenne! Und als Dank erhältst du die hier!« Sie reichte Ruprecht, der sie mit seinen großen Knopfaugen ansah, eine besonders dicke Haselnuss. Er nahm sie mit seinen Pfötchen entgegen und verschwand im nächsten Moment mit einem *Danke-Tschiep-tschiep* und einem gekonnten Hops von der Fensterbank in seinem Kobel.

Die besondere Stille, die sie danach umgab, schuf einen perfekten Augenblick, um noch ein Kapitel in Elvis Tagebuch zu lesen. Lena holte das Büchlein zum Küchentisch. Doch bevor sie es aufschlug, atmete sie tief durch, um sich für das zu wappnen, was sie nun erfahren mochte.

22. 1. 1910

Die andauernde Kälte setzt uns allen zu. Mrs. Shine ist an der Grippe erkrankt. Sie hält sich wacker, obgleich die tiefen Ringe unter ihren gütigen braunen Augen etwas anderes vermuten lassen. Gestern war der Arzt da. Er sagte, dass viel Bettruhe, ausreichend Flüssigkeit und starke Brühe die Hausherrin hoffentlich stärken und bald wieder auf die Beine bringen würden. Das Gesicht, das er dabei machte, war allerdings so sorgenvoll – ich bin mir nicht sicher, wie ich es deuten soll, und bete, dass eine baldige Besserung eintritt.

Heute erreichte mich ein Brief der Reederei mit Fotos, die auf der La Liberté *während unserer Reise aufgenommen wurden: zwei Porträts von Wilhelm, ein Gruppenfoto der Crew und ein Bild von Wilhelm und mir.*

Ich nahm sie mit auf mein Zimmer und erbat mir zwei Stunden ohne Störung. Die Familie erfüllte mir diesen Wunsch, ohne zu zögern, denn sie weiß, wie sehr ich leide. Es ist ein Wunder, dass die Personen auf den Bildern noch erkennbar sind, haben sie doch Sturzfluten von Tränen standhalten müssen.

Ebenfalls im Umschlag fand ich ein Anschreiben, in dem man mir Mitgefühl und Bedauern für meinen unsäglichen Verlust aussprach. Die Negative der Fotos lagen zu meinem Glück auch bei. So kann ich Abzüge für meine Suche nach Wilhelm anfertigen lassen. Mit ihnen werde ich zu den Zeitungen gehen und eine Vermisstenanzeige aufgeben. Außerdem werde ich Aushänge in allen Cafés und an allen Straßenlaternen machen: Wer diesen Mann gesehen hat oder sogar kennt und weiß, was ihm zugestoßen ist oder wo er sich aufhält, möge sich bitte bei Familie Shine melden.

Und dann werde ich abwarten müssen, was mir schon bei der Zuckerbäckerei immer missfallen hat. Wie oft hat Großmutter zu mir gesagt: Lass der Praline Zeit in der Kühlung. Lass dem Teig Zeit zum Gehen. Lass den Kuchen nach dem Backen Zeit zum Ruhen. Dann wird es gut.

So schwer es mir fallen wird, ich werde mich derweil mit anderen Dingen ablenken müssen. Ich muss den Dingen die Zeit lassen, ihren Lauf zu nehmen, und hoffe, meinen Liebsten dadurch endlich wieder in die Arme schließen zu können.

Zutiefst bewegt von Elvis Verzweiflung, ihren Hoffnungen und Träumen ging Lena wenig später ins *Fräulein Gewürzzauber* hinunter. Die nächsten Stunden schlidderten wie ein Eisschnellläufer nur so an ihr vorbei. Doch obwohl sie und Kathi alle Hände voll zu tun hatten, spürte Lena, dass ihrer Mitarbeiterin etwas auf der Seele lag. Als sie am späten Nachmittag endlich die Ladentür verriegelten, nutzte Lena die Chance und sprach Kathi darauf an.

Die seufzte, ließ sich auf einen Stuhl am Fenster plumpsen und machte ein betretenes Gesicht. Lena goss zwei Tassen Punsch ein und setzte sich zu ihr. »Erzähl, was ist los?«

»Ich weiß einfach nicht, was ich falsch gemacht habe!«, platzte es aus Kathi heraus. »Gestern Abend hat mich Theo in dieses schicke Restaurant ausgeführt. Danach waren wir noch bei mir – auf ein Glas Wein.«

Nein, nein! Nur das nicht!, schoss es Lena durch den Kopf.

»Ich wollte … mehr, und ich dachte, er wolle das auch.« Kathi schniefte. »Er sagte aber, er müsse gehen, weil er für das Fotoshooting heute früh rausmüsse. Er hatte angeblich noch ganz viel vorzubereiten – für Bella! Bin ich ihm nicht attraktiv genug? Klar, ich habe nicht so lange Wimpern. Und solche Stelzenbeine habe ich auch nicht. Aber ich habe doch sonst viel zu bieten! Oder etwa nicht?«

Lena nahm Kathis Hand. »Es hat sicher nichts mit dir zu tun. Er scheint einfach ein sehr … engagierter Mann zu sein …« *Dieser Frau hoffnungslos hörig* wäre wahrscheinlich der bessere Ausdruck gewesen, aber das verkniff sie sich.

Kathi nickte. »Vielleicht hast du recht, und ich reagiere über. Aber warum trifft er sich überhaupt mit mir, wenn er mir nicht näherkommen will?«

Ja, das war eine gute Frage. Was für ein Spiel spielte

Theo mit Kathi? Lena war sich sicher, dass hinter seinem Werben irgendeine Absicht stand. Sie kam aber nicht darauf, was es sein könnte. »Warte mal ab.« Sie lächelte Kathi aufmunternd an. »Bei eurem nächsten Treffen ist er sicher wieder der vollendete Gentleman. Vielleicht ist er einfach gerade ein wenig überlastet. Oder er will es langsam angehen, weil es ihm ernst mit dir ist …«

Lena nahm schnell einen großen Schluck Punsch, denn diese Worte waren ihr nicht leichtgefallen. Auch Kathi kippte ihren Punsch in drei Schlucken herunter. Dann sprang sie auf und klatschte in die Hände. »Ich glaube, es warten tonnenweise Plätzchen darauf, von uns gebacken zu werden«, stellte sie fest und stürmte bereits in die Backstube.

Erstaunt blickte Lena Kathi nach. Sie war beeindruckt von ihrem plötzlichem Energieschub, auch wenn sie sich damit nur ablenken wollte. Lena seufzte und befürchtete, dass es nicht das letzte Mal war, dass Theo ihrer Mitarbeiterin Herzschmerz verursachte.

☆

Um 18:30 Uhr waren alle Backhelfer da – außer Max. Lena wurde mit jeder Minute nervöser. Sie hatte es tagsüber tatsächlich geschafft, nicht an das Fotoshooting zu denken. Jetzt aber sprang das Kopfkino an. Mit Ton und in Farbe.

Emma, Milla, Kathi und Rosina tratschten vergnügt bei dampfendem Punsch, und Tjure reichte zur Stärkung Schnittchen mit Fichtenpesto, als das Telefon hinter dem Verkaufstresen klingelte.

»Hallo, Gewürznäschen!«

Obwohl Lena genau wusste, wer anrief, fragte sie: »Hallo, wer ist denn da? Ich bin gerade sehr beschäftigt. Wir backen hier einen Haufen Kekse für eine Großveranstaltung!«

»Es tut mir so leid, mein Schatz, aber es wird bei mir etwas später!«

»Warum denn?«

»Eugenie hat alle spontan zum Essen eingeladen. Als Dank für *unser wundervolles Fotoshooting.«* Die letzten Worte flötete er so melodiös wie die Redakteurin. »Ich versuche, so schnell wie möglich nachzukommen. Versprochen!«

Normalerweise hätte Lena über seine gekonnte Imitation von Eugenie Spitzbubs Flöterei gelacht. Heute aber breitete sich eine finstere Vorahnung in ihr aus, die ihr Wut und Übelkeit bescherte.

»Also, ich versuche, mich so schnell wie möglich hier loszueisen, damit ich noch beim Backen helfen kann. Bis nachher, mein Gewürznäschen!«, versicherte Max. Im nächsten Moment hatte er aufgelegt.

Lena ließ den Hörer sinken und musste ein paarmal tief ein- und ausatmen. *Du bildest dir das alles nur ein! Max kommt, so schnell er kann, nach Hause. Zu dir.* Einmal atmete Lena noch tief durch, dann straffte sie ihren Rücken. Es wurde Zeit, sich auf ihre Aufgabe zu konzentrieren.

Lena öffnete mit dem kleinen Goldschlüssel die Schublade im Tresen und nahm die *Zuckergusschroniken* heraus. »Max kommt noch nicht von der Arbeit weg. Lasst uns trotzdem schon einmal anfangen! Es gibt viel zu tun!«, verkündete sie, als sie die Backküche wieder betrat, legte das alte Buch auf den großen Holztisch und verteilte die Aufgaben.

Kurze Zeit später waren alle in bester Backlaune. Sie kneteten Teig, stachen ihn aus, verzierten Plätzchen, rollten Zimtstangen und verpackten die fertigen Leckereien in Tütchen mit Goldsternen und golden glänzendem Kräuselband. Am Ende standen zwanzig gut gefüllte Körbe vor ihnen.

Stolz besahen sie sich ihr Werk und stießen ein letztes Mal darauf an. Mittlerweile war es halb zehn.

»Wo bleibt denn nun eigentlich unser Max?«, wunderte sich Rosina, nachdem sie sich auf einen Stuhl hatte sinken lassen. »Das sieht so gar nicht nach dem Jungen aus.«

Das fragte sich Lena auch schon seit zwei Stunden. Trotzdem sagte sie gespielt entspannt: »Frau Spitzbub wollte mit ihnen noch essen gehen. Vielleicht hat er ja einen neuen Auftrag in Aussicht, wenn er länger bleibt …«

Sie wollte sich den schönen Abend mit ihren fleißigen Backhelfern nicht von Sorgen vermiesen lassen. Die Realität konnte ihr auch morgen noch ins Herz kneifen. Daher klammerte sie sich an Elvis Rat, allem seine Zeit zu lassen.

19. DEZEMBER

»Nein! NEIN, NICHT!«

Lena schrak hoch. Was war denn da los? Verwirrt setzte sie sich auf. Max schnarchte noch friedlich neben ihr in die Kissen. Anscheinend hatte es gestern Abend viel gegeben, auf das hatte angestoßen werden müssen. Also musste sie allein herausfinden, was dieser Tumult zu bedeuten hatte. Noch etwas schlaftrunken kletterte Lena aus dem Bett, zog sich den Morgenmantel über und ging mit vorsichtigen Schritten in den Flur. Aus der Küche drangen zwei Stimmen zu ihr, eine helle und eine dunkle, und dazu Ruprechts Tschiepen. Rosina und Tjure?

»NEIN! NEIN!«, zeterte die helle Stimme erneut.

»Warum denn nicht? Er tut doch nichts«, brummte die dunkle Stimme ruhig.

»Meinst du wirklich – aaah!!«

»Hier, gib ihm die Nuss!«, redete die dunkle Stimme beruhigend auf die andere ein.

»Aber, wenn er mich beißt?!«

»Tut er schon nicht.«

Darauf folgten ein kurzes, aber schrilles Kreischen und dann ein Jubelschrei: »ER-HAT-SIE-GENOMMEN!«

»Ja! Du hast es geschafft. Das hast du wirklich gut gemacht, mein Engel.«

Mein *Engel?* Lenas Augenbrauen schnellten empor. Sie war kurz davor gewesen, die Türklinke herunterzudrücken, ließ es jetzt aber bleiben. Diese Zweisamkeit wollte sie nicht stören – wie schräg sie auch sein mochte. Stattdessen stellte sie sich erst mal unter die heiße Dusche, um ihre Lebensgeister zu wecken.

Als sie eine halbe Stunde später aus dem Badezimmer trat, duftete es im Flur nach frisch gebrühtem Kaffee, Chai-Tee und Brötchen.

»Lena! Guten Morgen!«, grüßte Rosina herzlich, die gerade den Tisch deckte. Tjure saß daneben und prostete ihr mit seiner Tasse zu.

»Das vierte Gedeck kannst du erst mal beiseitestellen. Es ist wohl gestern Abend spät geworden.« Lena verzog das Gesicht. Eigentlich sollte der Satz nicht so bissig klingen. Doch Max' Erklärung würde wirklich gut sein müssen, um ihr aufkeimendes Wutgrummeln im Bauch zu vertreiben.

»Aber wir haben es Ganesha sei Dank geschafft!«, munterte Rosina sie auf. »Zwanzig Körbe! Das soll uns erst mal einer nachmachen!«

Dass ihnen ein indischer Gott dabei geholfen hatte, wagte Lena zu bezweifeln, doch sie nickte lächelnd und hob ihre dampfende Tasse. »Darauf stoßen wir an!«

☆

Heute fielen die Flocken so dicht vom Himmel, dass die nostalgischen Laternen auf der gegenüberliegenden

Straßenseite durch die Fenster des *Fräulein Gewürzzauber* nur noch zu erahnen waren. Trotzdem fanden die Kunden ihren Weg zu ihnen, was Lena glücklich und stolz machte. Über einen Besucher freute sie sich heute besonders.

»Matthi! Wie schön!«, begrüßte sie Billes jüngeren Bruder. Er hatte Lena wissen lassen, dass er mit der Gestaltung ihrer Internetseite fertig war, und war gekommen, um sie ihr zu präsentieren. Gewohnt lässig schlurfte er herein und überraschte sie mit einem Stapel druckfrischer Flyer. »Hier, die kannst du bei dir auslegen!«

Lena staunte, als sie darauf links ein Porträt von sich selbst und rechts das Logo der *Rosenkinder* entdeckte. In dicken, leicht geschwungenen Buchstaben prangte in der Mitte der Titel: *Weihnachtsmarkt im Casablanca mit Backchallenge und Spendenaktion! Der Eintritt ist kostenlos!* Auf der Rückseite fanden sich genaue Informationen zum Ablauf der drei Wettbewerbstage und ein Gutschein für eine Gratistüte Popcorn.

Seit sie von Jonathan erfahren hatte, zu wessen Gunsten der Adventsmarkt im *Casablanca* ausgerichtet wurde, hatte Lena angefangen, Werbung dafür zu machen. Zusätzlich zu ihrer Mund-zu-Mund-Propaganda würde sie mit den Flyern sicherlich noch mehr Menschen erreichen können.

»Du hast dich mal wieder selbst übertroffen!«, strahlte sie und wandte sich um. »Kathi, schau mal!«

Kathi huschte heran und nickte beeindruckt. »Die hast du gemacht? Sieht klasse aus!«

»Jo. Is' halt mein Job.« Matthi zuckte mit den Schultern.

»Ich studiere ja im Nebenfach Werbepsychologie. Lass es dir von einer Fachfrau gesagt sein: Der wird gut ankommen! Vor allem die Schriftart gefällt mir.«

»Danke. War nicht schwer, hatte sofort vor Augen, wie es aussehen soll.«

Lena gingen die Ohren über. *Werbepsychologie? Im Nebenfach?* Das hatte Kathi noch gar nicht erzählt. Matthi jedenfalls schien beeindruckt. Bekam er gerade rote Ohren?

Schmunzelnd widmete Lena sich den Kunden, die gerade hereingekommen waren. Die Internetseite konnte noch einen Moment warten.

☆

Als Lena nach ihrer Mittagspause das *Fräulein Gewürzzauber* wieder aufschloss, schneite Tjure Großherz herein. Da sein Gips ihn etwas unbeholfen machte, ließ er sich von ihr widerstrebend aus dem Mantel helfen. Lena lächelte. Trotz seines Bernhardinergemüts merkte man Tjure inzwischen an, wie unzufrieden er mit seiner Situation war.

»Danke«, grummelte er, nachdem Lena ihn befreit hatte. »Hast du vielleicht einen Grog für mich?«

»Aber immer doch.« Lena eilte in die Backküche und kam wenig später mit einer dampfenden Tasse zurück.

Tjure hatte sich in der Zwischenzeit an eins der Tischchen gesetzt und einen grünen Stoffbeutel darauf abgelegt. Neugierig beäugte Lena die Tasche, und Tjure grinste unter seinem Germanenbart. »Deine Tannenhonig-Bestellung ist da … Und ich habe noch etwas für dich!« Er stellte ein großes Glas auf den Tisch, griff dann erneut in den Beutel und holte drei große Papiertüten heraus. Sie waren gut gefüllt mit etwas, was raschelte, aber sehr leicht war. »Ich sage nur: Zirbel.«

Lena öffnete die erste Tüte, hielt ihre Nase an die Öffnung und schloss genussvoll die Augen. Sie roch den Wald mit all seinen Moosen, Pilzen, seinem Laub und den gigantischen Bäumen.

»Das sind Flechten, die auf den Zirbelkiefern wachsen«, erklärte Tjure mit gesenkter Stimme. »Hier drin sind Zirbelnadeln und dort Sägespäne aus dem Holz der Zirbel.«

Lena öffnete Tüte für Tüte, und ihr Gewürznäschen hörte gar nicht mehr auf zu kribbeln. Auf einmal überströmten sie die Ideen förmlich. *Bonbons mit den Geschmacksrichtungen Honig und Zirbel* ... Ja, so würde sie es machen!

Die Glöckchen der Ladentür klingelten und kündigten Kathi an. »Hallo, zusammen!«

Lena beeilte sich, die Tüten schnell wieder in den Beutel zu stopfen. »Vielen, vielen Dank!« Sie drückte fest Tjures gesunde Hand über den Tisch. »Du weißt ja gar nicht, wie glücklich du mich immer mit diesen Dingen machst.«

Tjure nahm einen Schluck Punsch und schmunzelte in seinen üppigen Bart.

Lena wollte die Gunst des Moments nutzen. Denn seit Tjure und Rosina so etwas wie eine Beziehung führten, brannte ihr etwas auf der Seele, was sie gerne wissen wollte. »Darf ich dich etwas Persönliches fragen?«

Tjure nickte, ohne zu zögern.

»Gab es vor Rosina schon mal eine Frau, die dich glücklich gemacht hat?«

Jetzt seufzte der alte Förster, und Lena fürchtete schon, etwas zu weit gegangen zu sein. Doch dann lächelte er. »Ja, es gab tatsächlich eine Frau. Ich wollte sie sogar heiraten. Wollte Kinder. Doch es ging ihr alles zu schnell. Sie war zehn Jahre jünger als ich, wollte die Welt sehen, das Leben erst noch genießen, bevor sie sich festlegt.« Er nahm noch einen großen Schluck aus seiner Tasse.

Lena schluckte. Sie hätte jetzt auch einen Punsch gebraucht. »Das tut mir leid.«

Tjure winkte lächelnd ab. »Das ist jetzt schon über zwanzig Jahre her. Weißt du, Lena, ich habe jetzt die Familie, die ich schon immer haben wollte. Du und Max, ihr seid wie Kinder für mich. Und Rosina – die hat mir der Himmel geschickt oder vielleicht sogar einer ihrer indischen Götter.« Er lachte herzlich.

Glücklich wischte Lena sich eine Träne aus dem Augenwinkel, umrundete den Tisch und umarmte Tjure. Dann eilte sie mit ihrem Beutel voller Schätze in die Backstube.

Als Lena am Abend die Wohnung betrat, empfing sie eine seltsame Stille. Rosina war drüben bei Tjure. Das wusste sie. Doch wo war Max? Offenbar hatte er gekocht, denn es duftete nach Gemüsesuppe, und neben dem Topf stand ein Teller mit Pfannkuchenstreifen. Lena lief das Wasser im Mund zusammen. Die glitzernden Lämpchen der Lichterketten tauchten den Wohnraum in wärmende Gemütlichkeit. Aber herrje, die Adventskranzkerzen brannten! War er so in Eile gewesen, dass er sogar vergessen hatte, die Kerzen zu löschen?

Da fiel ihr ein Zettel auf dem Küchentisch auf:

Musste noch mal in die Redaktion. Genieß das Essen!
XOXO Max

Mit dir würde mir das Essen noch viel besser schmecken, aber du hast gerade offensichtlich Besseres zu tun!, dachte Lena mit aufsteigender Wut. Sie hasste ungeklärte Dinge und hätte gern mit Max über gestern Abend gesprochen. Was, zum Himmel, machte er noch so spät in der Redaktion?

Einen Moment lang starrte sie auf den dampfenden Topf, dann seufzte sie schwer, nahm sich eine große Schale Suppe, holte Elvis Tagebuch aus dem Wohnzimmer und setzte sich an den Tisch.

Sie war müde, brauchte eine Stärkung und sehnte sich nach einem Lichtblick. Gedankenversunken löffelte sie die Suppe und schlug die Seite mit dem nächsten Eintrag auf. Das Bild einer bunten Blumenwiese glitzerte und glänzte im Schein der Adventskranzkerzen. Daneben zierte die Zeichnung einer Pflanze die Seite. Die holzigen dünnen Stängel mit den üppigen kleinen Blättern erinnerten sie an Thymian. Die leuchtend roten Beeren, die daran hingen, irritierten sie jedoch. Neugierig las sie, was Elvi unter die detailreiche Zeichnung geschrieben hatte: *Moosbeere*.

Was es damit wohl auf sich hatte? Neugierig begann Lena zu lesen.

5. 2. 1910

Der Schnee schmilzt, und die ersten Schneeglöckchen und Krokusse strecken die Köpfchen aus der Erde. Die Welt erwacht zu neuem Leben.

So viele Wochen habe ich nun gewartet: auf eine Nachricht von der Zeitung, auf einen Anruf eines Augenzeugen oder von Wilhelm selbst. Nichts dergleichen hat mich bisher erreicht. Den Umschlag mit den Negativen habe ich in eine Tasche von Wilhelms Ausgehanzug gesteckt. Die Porträts und der Schrankkoffer mit seiner Kleidung sind das Einzige, was mir von ihm geblieben ist. Sosehr es mich auch schmerzt und sooft ich des Nachts von Weinanfällen geschüttelt werde, muss ich doch nach vorn sehen.

Wenn mich die Köchin am Morgen verheult vorfindet, sagt sie immer: What would life be without hope? Like cinnamon rolls without cinnamon! Horrific!

Das bedeutet so viel wie: »Was wäre das Leben ohne Hoffnung? Wie Zimtrollen ohne Zimt. Schrecklich!«

Dann muss ich immer lachen, denn sie sagt es mit so viel Humor. Sie ist eine sehr gütige Frau, von der ich noch viel lernen kann.

Auch Minna Plunder war mir in den letzten Wochen eine große Stütze und Verbündete. Die Energie, mit der sie ihre Lebenseinstellung und ihre Überzeugungen umzusetzen sucht, versetzt mich zunehmend ins Staunen und motiviert mich. Nicht nur die Hoffnung auf ein Wiedersehen mit Wilhelm werde ich nicht aufgeben, sondern ich werde auch für die Rechte der Frauen kämpfen. Zu mehreren der Treffen mit Alice Hopeful, einer der führenden Köpfe der amerikanischen Frauenbewegung, durfte ich Minna begleiten. Sie ist auch Schriftstellerin, und als ich Miss Hopeful fragte, ob sie bereits Romane veröffentlichen konnte, zeigte sie mir zwei ihrer Kriminalromane. Ihre Titel, The Glorious Grace *und* Carmine Crossroads *waren mir zwar nicht bekannt, dafür fiel mir sofort der Name auf, der präsent unter den Titeln auftauchte: Jensen T. Scott.*

Ihre mit einem vielsagenden Augenzwinkern begleitete Erklärung, die Bücher verkauften sich dadurch besser, machte mich wütend und bestärkte mein Bestreben und meinen Entschluss, Teil dieser Bewegung zu werden.

Das Leben hier auf dem Anwesen der Shines geht weiter. Mrs. Shine hat sich gottlob von den Strapazen der Grippe erholt. Es sah nicht gut aus für sie, aber sie ist eine Kämpfernatur, und offenbar wurden all unsere Gebete erhört. Der Arzt verordnete ihr unter anderem ein heißes Getränk aus einem dunkelroten Saft. Es stellte sich heraus, dass dieser aus Moosbeeren hergestellt wird, die hier Cranberrys genannt werden. Besonders erfreut war ich, als mir die Köchin von vielen Gerichten und Backwerken mit ebendiesen Beeren berichtete. Ich probierte mich an ein paar Rezepten, die sie mir gab, und entwickelte neue Backkreationen, die hoffentlich noch vielen Menschen Freude machen werden.

Lenas Herz hüpfte vor Aufregung, und in ihrem Bauch breitete sich ein Zuckerwattegefühl aus, denn es klebten gleich drei gefaltete Zettelchen unter Elvis Eintrag. Sie war extrem gespannt auf die Rezepte, die sie morgen früh direkt ausprobieren würde. Gut, dass sie für ihre

Pralinen ohnehin bereits eine große Menge Cranberrys besorgt hatte. Obendrein warteten ja auch noch die Zutaten aus dem Wald auf ihre Verarbeitung. Der Abend mochte unschön begonnen haben – aber es gab etwas, auf das sie sich freuen konnte.

☆

Max hasste es, Lena anlügen zu müssen. Er hatte sie noch nie belogen. Dass er noch einmal in die Redaktion musste, stimmte zwar tatsächlich nicht, aber es war eigentlich auch nicht mehr als eine Notlüge, damit er endlich tun konnte, was er schon so lange vorhatte: zu Daniel und Charlotte fahren, die hoffentlich ein paar hilfreiche Ideen für ihn hatten.

Max seufzte. Warum nur war er so unsicher? Ganz und gar nicht wegen seiner Gefühle. Die fuhren jedes Mal Achterbahn, wenn er auch nur in Lenas Nähe war. Was ihm Sorge bereitete, war vielmehr seine fehlende Fähigkeit, die vielen liebevollen Worte, die er Lena sagen wollte, in die richtige Reihenfolge zu bringen. Und das war doch das Wichtigste bei seinem Vorhaben …

20. DEZEMBER

Am Donnerstagmorgen fegte der Wind die weißen Flocken so heftig durch die Rosenstraße, dass Lena entschied, mit dem Schneeschippen noch zu warten. Dabei hätte sie gern ein wenig Ablenkung von ihrem Gefühlschaos gehabt. Sie war etwas nervös, was sie heute erwarten würde, freute sich aber auf Elvis Rezepte.

Als sie unverrichteter Dinge wieder in die Wohnung trat, erwartete Max sie mit einer heißen Tasse Kakao und einem üppigen Frühstück in der Küche.

»Guten Morgen«, sagte Lena überrascht. Hatte er nicht eben noch im Bett gelegen? Sie hob die Augenbrauen. »Wie komme ich denn zu der Ehre? Habe ich unseren Jahrestag vergessen?«

»Vielleicht möchte ich dir einfach mal etwas Gutes tun. Du hast so viel um die Ohren. Da ist ein reichhaltiges und gesundes Frühstück das A und O. Es ist so wichtig, gestärkt in den Tag zu gehen«, fachsimpelte Max und schob seine Hornbrille wie ein Professor mit dem Zeigefinger die Nase hoch. Er hielt ihr den Stuhl hin und setzte sich dann selbst ihr gegenüber.

Lena lachte. »Hast du einen Gesundheitsratgeber gefrühstückt, oder willst du einfach gut Wetter machen, weil du mich gestern Abend schon wieder versetzt hast?«

»Ja … Es tut mir leid.« Max tunkte sein Croissant in den Kaffee und sah schuldbewusst auf die Tischplatte. »Die Druckfahne war fertig, und ich musste noch die Freigabe erteilen, damit das Magazin heute in den Druck gehen kann. Superdringend.«

»Ach so … Und das konnte nicht Frau Spitzbub machen? Ich meine, deine Fotostrecke ist ja nicht der einzige Beitrag.«

»Nein, das nicht, aber Eugenie hat mich beim Essen neulich darum gebeten, weil sie gestern Abend … verhindert war.« Max nahm einen großen Schluck Kakao und beförderte das Getränk gleich wieder zurück in die Tasse. »Uh, heiß!«

Lena musste wider Willen grinsen. *Ja, ja, war das eine Strafe dafür, dass er nicht die Wahrheit spricht, der kleine Wicht?* »Ach ja, das Essen … Geht's wieder?«

Max nickte und tupfte sich den Mund mit einer Serviette sauber.

Lena sah ihn an und fragte betont beiläufig: »Wie war es eigentlich am Dienstag? Ist ja doch ziemlich spät geworden …«

»Ja …« Max stocherte in seinem Müsli. »Und das tut mir auch sehr leid, aber du kennst ja Eugenie. Wenn sie anfängt zu reden, hört sie so schnell nicht wieder auf.« Er lachte verhalten und stupste an seiner Brille herum, obwohl diese längst ganz oben auf seiner Nase saß. »Jedenfalls soll ich dich ganz lieb von Isabelle grüßen. Sie kommt morgen Nachmittag als moralische Unterstützung ins *Casablanca*!«

»Oh, das freut mich sehr!« Das tat es wirklich. Und dennoch … »War die Backperle auch so lange da?«

»Bella?« Max überlegte kurz. »Ja, wieso?«

»Ach … nur so. Ich dachte, sie braucht ihren Schönheitsschlaf und geht um spätestens zehn Uhr ins Bett. Wie war eigentlich das Shooting?«

»Ach, wie alle anderen. Sie hat in ihrer Küche vor den Plätzchen und am Ofen herumgepost. Mit ein und demselben Gesichtsausdruck.« Max zog einen Schmollmund. »Danach wollte sie noch Fotos von sich bei einer Schneeballschlacht. Sie und dieser Theo sind wie die Kleinkinder herumgetollt, haben sich mit Schneebällen beworfen und eingeseift. Während des Essens hat sie sich tüchtig bei Eugenie eingeschleimt, weil sie genau weiß, dass die am Freitag mit in der Jury sitzt.«

Lena schluckte. Das sah dieser Backperle ähnlich! Sie musste wirklich vor ihr auf der Hut sein.

»Nach dem Essen ist Bella noch geblieben. Die verträgt ganz schön was, sag ich dir!«

»So, tut sie das?« Lena lehnte sich auf ihrem Stuhl zurück und verschränkte die Arme vor der Brust.

Max nickte. »Aber sag mal, wie hat es denn bei euch geklappt? Ihr habt ja eine ganze Wagenladung Plätzchen gebacken. Das reicht sicher!«

»Und das ganz ohne deine Hilfe.« Diese Spitze konnte Lena sich nicht verkneifen.

»Ach, Gewürznäschen, jetzt sei nicht mehr sauer auf mich. Ich verspreche dir, es wiedergutzumachen. Es war einfach eine Verkettung blöder Umstände!« Max stand auf und ging um den Tisch. Er zog Lena von ihrem Stuhl hoch und legte die Hände um ihre Hüften.

Der Honig-Zimt-Duft zog sie in seinen Bann. Lena versuchte, sich abzuwenden, doch seine Smaragdaugen taten ein Übriges. Sie konnte einfach nicht anders, als Max anzulächeln, in seinen Armen wie Wachs dahinzuschmelzen und ihn zu küssen.

Als sich ihre Lippen nach viel zu kurzer Zeit voneinander lösten, fragte er: »Wie geht es eigentlich Elvi? Hat sie einen Anhaltspunkt, wo Wilhelm stecken könnte? Ist er wieder aufgetaucht?«

Lena schüttelte traurig den Kopf, freute sich aber, dass Max sich immer noch für die Geschichte ihrer Ururgroßmutter interessierte. »Dafür weiß ich jetzt, was ich an den ersten beiden Tagen bei der Backchallenge zaubern werde«, sagte sie und ergänzte: »Elvi hat die Suche nach Wilhelm ausgeweitet.«

Max schaute sie interessiert an. »Wie das?«

»Sie hat von der Reederei Fotos erhalten, die sie an Zeitungen weitergeben woll… Da fällt mir etwas ein! Warte kurz, ich bin gleich wieder da!« Sie machte sich sanft von ihm los und huschte aus der Küche. Kurz darauf kehrte sie grinsend zurück und setzte sich.

»Sind das die Fotos?«, fragte Max neugierig.

»Ja!« Lena strahlte. »Sie steckten in einer Tasche von Wilhelms Sakko, wo Elvi sie verstaut hatte.«

»Er sieht wirklich nett aus.«

Lena nickte, betrachtete den jungen Mann in der Kochjacke, der ihr mit einem warmen Lächeln entgegenschaute, und suchte nach Ähnlichkeit zu sich selbst. Er hatte genau wie sie eine mit Sommersprossen besprenkelte Himmelfahrtsnase, aber die hatten Millionen anderer Menschen auch.

»Ein netter junger Mann!«

Lena erschrak. Rosina war unbemerkt in die Küche gekommen und hatte ihr über die Schulter geschaut. Nun beäugte sie den Inhalt der Kakaokanne und rümpfte die Nase. »Kinder, dass ihr immer noch Milch trinkt! Es gibt so viele gesündere Alternativen! Wir haben Mandel- und Hafermilch im Kühlschrank!« Kopfschüttelnd machte sie sich am Wasserkocher zu schaffen.

Lena verdrehte die Augen und schaute zu Max, der angriffslustig grinste: »Ja, das habe ich gestern früh mit Freuden festgestellt, als ich mir in meinen Kaffee Hafermilch geschüttet und in der Redaktion gedacht habe, einen Heuaufguss zu trinken!«

Rosina schüttelte erneut den Kopf und seufzte. »Einfach unbelehrbar!«

Lena kicherte. Ihr Blick fiel auf den Stempel auf der Rückseite des Fotos. »Ich frage mich, ob wir die Zeitungsartikel von damals noch einsehen könnten …«

»Da kannst du von Glück sagen, dass du jemanden kennst, der weitreichende Beziehungen in aller Welt pflegt!«, jubilierte Rosina.

»Die können sich wohl glücklich schätzen, dass du den Kontakt mit ihnen gepflegt hast«, grummelte Max.

Lena drückte unter dem Tisch seine Hand, Rosina aber hatte diesen Seitenhieb entweder nicht gehört oder lieber überhört. Sie grinste Lena breit an und setzte sich zu ihr und Max an den Tisch. »Ein Freund einer Freundin arbeitet bei der *New York Times*. Ich habe bei ihr noch etwas gut. Wer weiß, vielleicht findet er ja anhand des Fotos etwas im Archiv.«

»Das wäre einfach fabelhaft, Harini!« Lena umarmte Rosina stürmisch.

»Na, noch haben wir ja nichts gefunden!«, lachte diese, und ihr wüster Haarturm, um den sie nur ein buntes Tuch geschlungen hatte, wankte.

Vor Aufregung kribbelte Lenas ganzer Körper. Das hier war so viel mehr als ein Roman mit einer abenteuerlichen Liebesgeschichte! Vom ersten Tag an hatte Lena sich ihrer Ururgroßmutter so tief verbunden gefühlt, als sei sie ihre Schwester. Vielleicht würde sie nun noch weitere Teile ihres Familienpuzzles ausfindig machen und zusammensetzen können. Auch Wilhelm war Lena durch Elvis Bericht bereits so ans Herz gewachsen, dass sie die Vorstellung kaum ertrug, er könnte bei dem Sturm tatsächlich ums Leben gekommen sein. Wenn es nun einen Hoffnungsschimmer gab, mehr über Wilhelms und damit auch Elvis Schicksal zu erfahren, wollte Lena Rosinas Angebot gern annehmen. Ob Max etwas dagegen hatte?

Er war seltsam still geworden. Sie sah ihm an, dass es in ihm brodelte, denn er presste die Lippen aufeinander, sodass die Grübchen in seinen Mundwinkeln verschwanden. Lena strubbelte ihm aufmunternd durchs Haar, gab ihm einen Kuss auf die Wange und raunte ihm ins Ohr: »Wollen wir später darüber reden? Denk dran: Du bist nicht dein Vater.«

Damit entlockte sie Max ein winzig kleines, wenn auch schiefes Lächeln.

»Fühlst du dich denn für morgen gut vorbereitet?«, wollte Rosina wissen.

Lena seufzte. »Das weiß ich gleich, wenn ich meine

Ideen ausprobiert habe. Tjure und Elvi hatten neue und aufregende Inspirationen für mich.« Ein wenig mulmig war ihr zwar zumute wie nach zu viel Teignascherei. Doch das Puderzucker-Glücksgefühl in ihrem Bauch wischte die negativen Gedanken einfach weg.

Mit ihren neuesten Schätzen aus Elvis Tagebuch in der Hand betrat Lena wenig später die Backküche. Das Licht der Industrielampen unter der hohen Decke flammte auf, und im nächsten Moment erfüllte Weihnachtsmusik den Raum. Sie legte die drei Zettel vorsichtig auf die weiß getünchte Holzplatte der alten Anrichte. Sollte sie sie schnell noch laminieren, damit sie nicht beschmutzt würden? Ach! Lena schüttelte den Kopf, dazu war später immer noch Zeit. Sie wollte sich lieber schnell ans Werk machen.

Tjures gute Gaben verströmten einen wundervollen Duft nach Erde, Wald und Ursprünglichkeit, wenn man an ihnen rieb. Lena testete kurz, wie sie sich beim Kochen verhielten, und stellte fest, dass in der Kürze tatsächlich die Würze lag. Ließ sie die Zirbel länger in dem blubbernden Sud ziehen, entwickelte sie einen unangenehm bitteren Nachgeschmack auf der Zunge.

Jetzt kam Lena richtig in Schwung. Sie kochte Gelee und Honig auf, rührte Ganache, verfeinerte diese mit etwas Vanille und stach unterschiedlich große Teigblumen aus, die sie später zu kleinen, puderzuckerschneebedeckten Tannenbäumchen schichten wollte. Als der würzige Duft der Zirbel sich mit der sanften Vanillenote vermischte und ihr in der Nase kitzelte, hätte sie schwören können, dass ihre Füße einen Moment lang über dem Boden schwebten.

Ganz besonders stolz aber war Lena auf das, was sie mit den Sägespänen der Zirbel schuf. Sie kochte sie für ein paar Minuten in Sahne und bereitete daraus einen Zuckerschaum, den sie wiederum in Zartbitterschokolade tauchte. Sie streute noch ein wenig geriebene Pistazien darüber und hatte bald ein kleines Tannenwäldchen vor sich stehen.

Danach probierte sie sich an der Cranberry-Brombeer-Füllung, die Elvi in einem ihrer jüngsten Rezepte festgehalten hatte, und hätte darüber beinah vergessen, das *Fräulein Gewürzzauber* zu öffnen.

Als Lena endlich die Tür aufschloss, standen schon einige Kunden mit rot gefrorenen Nasen und von einem Fuß auf den anderen tretend auf der Treppe und dem Gehweg. Kathi winkte Lena fröhlich durch die Scheibe zu und raunte ihr beim Eintreten mit einem Zwinkern zu: »Hast wohl wieder herumexperimentiert und dabei die Zeit vergessen?«

Lena entschuldigte sich bei ihren Kunden, versicherte sich, dass Kathi bereitstand, und huschte sogleich wieder in die Backküche, um Elvis Moosbeeren-Rezepte auszuprobieren. Das Gelee für die Füllung der Belgischen Waffeln war eine leichte Übung: Sie wusch die Beeren und kochte sie mit einem Streifen Zitronenschale sowie einem Schuss Rotwein ein, der den Raum mit seinem herb-süßlichen Duft erfüllte. Dann seihte sie den rubinroten Sud durch ein feines Sieb ab und brachte ihn mit dem Gelierzucker zum Kochen, bis rote Blasen aufstiegen. Das fertige Gelee füllte sie in Gläschen und stellte sie zum Kühlen beiseite, bevor sie den Waffelteig anrührte. Damit das Gebäck saftig wurde, gab sie frische Cranberrys hinzu. Ach, das würde himmlisch!

☆

Eine Stunde vor Ladenschluss ging Lena wieder in die Backküche und besah voller Stolz ihr vollendetes Werk: Die Mini-Waffel-Burger mit der glänzend roten Füllung lagen wie Weihnachtspäckchen inmitten von Tannenwäldern und Schneekugelpralinen auf dem Holztablett. Wie wunderschön es geworden war! Genau so würde sie es im Wettbewerb präsentieren!

Sie verpackte ihr Backwerk hübsch in die Goldsternchentüten, versah sie mit Preisen und stellte alles in einem Korb auf die Verkaufstheke. Wo war nur Kathi? Suchend sah Lena sich im Verkaufsraum um. Sie entdeckte ihre Mitarbeiterin angeregt plaudernd mit einem jungen Mann in Cargohose und Strickpulli: Matthi.

Lena grinste in sich hinein. Hoffentlich konnte er da anknüpfen, wo Kathi und er gestern aufgehört hatten! Sie half einer Kundin bei der Auswahl einiger Pralinen, beantwortete die ein oder andere Frage und huschte dann wieder in die Backküche. Kathi würde schon wissen, was mit dem Inhalt des Korbs zu tun war.

Nachdem sie die mannigfaltigen Überreste ihrer Backexperimente beseitigt und aufgeräumt hatte, nahm sie vorsichtig die Zettel mit den Rezepten von der Anrichte. Sie hatten zum Glück nicht den kleinsten Spritzer abbekommen. Höchste Zeit, sie zu laminieren und wegzuheften.

»Oh, wieder neue Rezepte, wie schön!«

Lena schrak vor dem Laminiergerät zusammen. Sie hatte Kathi nicht reinkommen hören, die plapperte aber munter weiter: »Deine Ururoma scheint dir wirklich sehr ähnlich gewesen zu sein. Immer auf der Suche nach neuen Geschmackskombinationen, was?«

»Ja, ich stelle es mir jedenfalls so vor.« Lena seufzte. »Wie gern hätte ich sie kennengelernt!«

»Hast du denn kein Foto von ihr?«

»Doch!« Lena befreite das Medaillon aus ihrem Pullover und öffnete es. »Hier. Das ist sie mit ihrem Verlobten Wilhelm!«

»Unglaublich! Die sieht ja aus wie du!«

Lena nickte stolz. »Im Tagebuch klebt eine Aufnahme von Elvi und der kleinen Gilda, deren Nanny sie war. Das kann ich dir später gern noch zeigen.«

Kathi nickte begeistert. Dann fragte sie: »Soll ich dir die *Zuckergusschroniken* holen?«

»Oh ja, das wäre lieb!«

Lena sah zu, wie sich der letzte vergilbte Zettel gut verpackt in glänzende Folie aus dem Gerät schob. Kurze Zeit später reichte Kathi ihr den ledernen Ordner, und sie heftete die Rezepte sorgsam ein.

»Da ist ja meine Zuckerschnecke!«

Lena schrak auf.

Theo stand in der Tür – wie immer mit Gelfrisur, dicker Daunenjacke und feinen Herrentretern – und wedelte mit seinem Autoschlüssel in der Luft herum. »Ist mein Schatz abfahrbereit?« Er gab Kathi zwei übertriebene Luftküsschen rechts und links ihrer kirschroten Wangen.

Lena unterdrückte einen Würgereiz. Warum hatte Kathi nur so einen schlechten Männergeschmack? Und wie dreist war dieser Kerl eigentlich? Marschierte einfach hinter die Verkaufstheke und in die Backküche!

»Einen Moment, ich hole eben meinen Mantel.« Kathi schlängelte sich kichernd an ihm vorbei, was er nutzte, um ihr einen Klaps auf den Allerwertesten zu geben.

Lenas Wut wuchs. »Wartest du bitte draußen. Dieser Bereich ist nur für das Personal.«

»Warum denn gleich so aufbrausend?«, fragte er mit Unschuldsblick. Er grinste. »So langsam ahne ich, warum sich Max nach anderen Zuckerteilchen umschaut.«

»Wie bitte?« Lenas Augen blitzten ihn an.

»Du hast doch sicher mitbekommen, wie gut Bella und er sich bei den Fotoshootings verstanden haben, oder? Soviel ich weiß, hat er sie nach dem Abschlussessen noch nach Hause gebracht. Na ja, nach *dem* Flirt habe ich auch nichts anderes erwartet. Ich gönne es ihnen von Herzen.« Lena wollte schon empört den Mund öffnen, doch Theo unterbrach sie: »Nein, es macht mir nichts aus. Wie gesagt: Bella und ich kennen uns seit der Schulzeit, und ich wünsche ihr nur das Allerbeste!«

Lena hätte ihm am liebsten das Nudelholz an den Kopf geworfen. Mühsam hielt sie sich zurück.

Jetzt zog Theo ein betroffenes Gesicht: »Ach, das wusstest du noch nicht? Oh, das tut mir leid! Wenn ich dir einen Tipp geben darf: Vielleicht klappt es mit weniger Stock im süßen Popöchen besser mit den Männern.«

Lena wollte gerade erwidern, dass er sich bloß in Acht

nehmen solle, als Kathi hinter ihm auftauchte. »Bärchen, kommst du?«

Lena klappte den Mund wieder zu. Mit einem Mal war ihr Kopf seltsam leer. Sie schloss hinter Kathi und Theo die Ladentür ab, löschte das Licht im Verkaufsraum und verließ wie ferngesteuert das *Fräulein Gewürzzauber*.

☆

Rosina stand am Herd, der Wok dampfte und roch verheißungsvoll nach frischem geschmorten Gemüse. Tjure saß am Küchentisch und las die Zeitung. Doch von alldem bekam Lena nur am Rande etwas mit. Sie ging ohne ein Wort der Begrüßung ins Wohnzimmer, schaltete die Leselampe am Sofa ein, nahm Elvis Tagebuch zur Hand und begann, den neuen Eintrag zu lesen:

6. 3. 1910

Seit Tagen plagt mich Übelkeit. Ich habe sie zunächst meinem inneren Aufruhr zugeschrieben, die Familie aber hat nach ihrem Hausarzt schicken lassen, der mich untersuchen sollte. Der gratulierte mir nur und sagte, dass ich guter Hoffnung sei.

Was für eine Achterbahn der Gefühle! Ich habe es bisher nicht für möglich gehalten, aber man kann Tränen der Freude und der Trauer tatsächlich gleichzeitig weinen. Entgegen all meinen Befürchtungen haben die Shines mich nicht aus dem Haus gejagt. Im Gegenteil freuen sie sich mit mir. Das macht mir Mut, die Strapa-

zen der Schwangerschaft und Geburt nicht ganz allein durchleben zu müssen.

Ach, Wilhelm, wärst du doch nur hier!

Wenn Wilhelm nicht wiederkommt, muss der kleine Wurm ohne Vater aufwachsen. Was wäre das für ein Leben? Ich fühle mich auf dem Anwesen der Shines unglaublich wohl, doch vielleicht würde der kleine Fratz gehänselt oder gar schikaniert. Kinder können so grausam sein. Tatsächlich verfestigt sich in mir der Gedanke, nach Deutschland zurückzukehren und meine Eltern und Hans-Peter um Verzeihung zu bitten. Es wäre allein um des Ansehens meines ungeborenen Kindes willen, und es wird mir das Herz zerreißen, alles Liebgewonnene hier zurückzulassen. Ach, es ärgert mich über alle Maßen, dass ich womöglich nach diesen Gesellschaftsfesseln, die man liebevoll »Konventionen« nennt, werde handeln müssen, um meinem Kind eine bessere Zukunft bieten zu können!

Auch wenn einem der Geschmack von Zartbitter nicht recht gefällt, ist es doch besser, als gar keine Schokolade zu haben. *Nicht wahr?*

Noch drängt die Entscheidung nicht. Noch kann jeden Tag eine Depesche eintreffen und die Rückkehr Wilhelms ankündigen. Noch habe ich auch das Geld für die Überfahrt nicht zusammen.

Ich konzentriere mich also erst mal auf das neue Leben, das in mir heranwächst, und auf das kleine Mädchen, das jeden Tag mit großen Augen zu mir aufschaut und begierig ist, die Welt kennenzulernen. Ich hoffe, ich kann Gilda im Spiel Alternativen zu den Verhaltensnormen aufzeigen, die auch sie schon einzuhalten hat.

Eine Woge von Gefühlen wallte in Lena auf. Sie freute sich mit Elvi darüber, dass sie ein Kind erwartete. Im nächsten Moment erstarrte sie. *Moment!* Das würde ja auch heißen, dass Wilhelm ihr Ururgroßvater war! Auch wenn er verschollen bleiben sollte, hatte sie dennoch endlich Gewissheit!

»Lena? Geht es dir nicht gut?«

Lena erschrak so sehr, dass ihr das Tagebuch aus den Händen fiel und auf den Teppich unter dem Couchtisch purzelte. Sie hatte gar nicht mitbekommen, dass Rosina sich neben sie gesetzt hatte und Tjure im Türbogen stand.

In diesem Moment brachen alle Dämme. Alles, was sie in den letzten Tagen belastet hatte, alle Sorgen und großen und kleinen Fragezeichen bahnten sich als Tränen einen Weg und flossen in Sturzbächen ihre Wangen hinab.

Rosina nahm sie sanft in die Arme. Tjure setzte sich auf ihre andere Seite und strich ihr tröstend über den Rücken.

Schon bei ihrem Gespräch heute Morgen hatte Lena gespürt, dass Max nicht ehrlich zu ihr war, ihr zumindest etwas verheimlichte. Bisher hatte sie ihm geglaubt, dass er von Mirabell Fuchs nicht besonders angetan war; er hatte sich eher über sie lustig gemacht. War das alles nur Show gewesen, um sie in Sicherheit zu wiegen? Der Rat ihrer Ururoma war heute auch nicht zeitgemäß. Sie hatte kein Kind, für das sie dieses Opfer bringen musste. Sie hatte ihre Würde zu verlieren – und ein Herz, das in tausend Splitter zu zerbersten drohte.

Als ihr Schluchzen langsam verebbte, entschied sich Lena, Tjure und Rosina ins Vertrauen zu ziehen.

Rosina schüttelte fassungslos den Kopf. »So kenne ich meinen Max nicht. Er war immer von Grund auf ehrlich. Bist du sicher, dass man diesem Theo glauben kann?«

Lena zuckte mit den Schultern. »Ehrlich gesagt, weiß ich es nicht. Einerseits war er dabei, andererseits habe ich das Gefühl, er steht selbst total auf Bella. Seine Liebe wird von ihr nicht erwidert, und ich habe kein Geheimnis daraus gemacht, dass ich ihn nicht leiden kann. Vielleicht will er sich wegen alldem an mir rächen.«

»Das wäre möglich.« Tjure wiegte seinen Kopf hin und her. »Am besten wäre es trotzdem, wenn du mit Max redest.«

»Wann soll ich das denn tun? Heute bleibt er wieder lange in der Redaktion, um einen Artikel über irgendeine Weihnachtsveranstaltung zu beenden, und morgen muss er früh los, weil er für die *Morgenpost* einen Termin mit dem Bürgermeister hat, und ist dann den ganzen Tag unterwegs. Und um siebzehn Uhr beginnt die erste Runde der Backchallenge!« Lena sprang auf, wanderte im Wohnzimmer auf und ab und redete sich in Rage. »Wie, bitte schön, soll ich das alles schaffen? Ich werde die Backperle die ganze Zeit in all ihrer glamourösen Erscheinung live vor Augen haben und unaufhörlich darüber nachdenken, ob mein Freund mit ihr mehr hatte als nur ein Fotoshooting!«

Angelockt vom Tumult im Wohnzimmer war auch Ruprecht hereingekommen. Aufgeregt hüpfte er mit viel Getschiepe um Lenas Füße, was wiederum Rosina zu einer spontanen Kreischattacke veranlasste.

In diesem Durcheinander bewahrte nur Tjure einen ruhigen Kopf. Er bugsierte Ruprecht in die Küche und lockte ihn mit einer dicken Walnuss in seinen Kobel. Als er zurückkam, hatten die beiden Frauen sich wieder ein wenig beruhigt und in die weichen Sofakissen fallen lassen.

»Lena, du musst deine Mitte wiederfinden.« Rosina beugte sich vor und nahm ihre Hand. »Ich zeige dir morgen früh ein paar Atemübungen, die dir während des Wettbewerbs helfen werden, dich zu konzentrieren und den Stress mit dieser *Person* wegzuatmen.« Entschuldigend setzte sie hinzu: »Das Gespräch mit Max werde ich dir aber nicht abnehmen können.«

»Das weiß ich doch. Danke, Harini!« Lena setzte sich auf und nahm sie dankbar in den Arm. Sie wollte versuchen, die fiesen Gedanken erst mal so gut wie möglich zu verdrängen, um sich auf das zu konzentrieren, was jetzt wirklich wichtig war. Hoffentlich konnten Rosinas Atemübungen Wunder vollbringen.

21. DEZEMBER

Im Halbschlaf nahm Lena einen zarten Kuss auf ihrer Stirn wahr. Der Duft von Honig und Zimt hauchte ihr noch mehr Küsse auf die Haut. Mit sich und der Welt zufrieden schlief sie weiter. Erst als Ruprecht auf dem leeren Kissen neben ihr herumtrippelte und mit seinem buschigen Schwanz über ihre Wange strich, schlug Lena die Augen auf. Hatte sie diese wundervollen Küsse nur geträumt?

Sie kraulte das Eichhörnchen zwischen den Pinselöhrchen. Ruprecht ließ es kurz geschehen, hüpfte dann aber im Zickzack zur Tür. Lena spürte seine innere Unruhe, und in seinem Blick las sie: *Jetzt steh schon auf! Es wird Zeit! Hast du vergessen, was für ein Tag heute ist?*

Nein, sie hatte es natürlich nicht vergessen.

Heute war *der* Tag. Der Startschuss zum Backwettbewerb. Warum bloß hatte sie sich dazu hinreißen lassen? Ein bitterer Gedanke schoss ihr durch den Sinn: *Das alles war Max' Idee.* Warum hatte er diesen Vorschlag gemacht?

Mit Magengrummeln stand Lena auf und ging in die Küche. Sie schaltete die Lichterketten ein und entzündete die drei Kerzen auf dem Adventskranz. Um sich abzulenken, schrieb sie die Rezepte zu ihren neuesten Kreationen auf, huschte damit die Treppe nach unten ins Lädchen und heftete sie in die *Zuckergusschroniken*.

Nachdenklich strich sie über den verkratzten Einband. Von außen war der Ordner nichts Besonderes, doch er enthielt wahre Schätze, einmalige Rezepte vieler Generationen. Sorgsam verschloss sie die Chroniken wieder in der Schublade im Verkaufstresen und taperte nach oben.

Ein leises Trippeln ließ sie aufhorchen. »Guten Morgen, Puschelchen! Hast du wenigstens etwas besser geschlafen als ich? Bestimmt. Schlechter geht eigentlich nicht.«

Ruprecht erklomm Lenas Arm und hockte sich auf ihre Schulter. Sie gab ihm eine Walnuss und sah aus dem Fenster. Die Welt schlief noch, doch durch die Dunkelheit glomm ein geisterhafter Schein. Wo sonst nur der kreisrunde Lichtschein der Straßenlaternen zu erkennen war, schien die Schneedecke selbst den spärlichsten Lichtstrahl zu reflektieren.

Lenas Augenlider waren noch schwer von den Tränen, die sie gestern Abend vergossen hatte. Ihr Kopf fühlte sich an, als sei er mit einem Wattebausch ausgepolstert. Höchste Zeit, auf schönere Gedanken zu kommen!

Mit einer großen Tasse Orange-Minze-Ingwer-Tee und Elvis Tagebuch setzte sie sich an den Küchentisch. Ihre Mundwinkel umspielte ein Lächeln, als sie das Glanzbild auf der linken Buchseite erblickte: Ein Storch flatterte mit einem Bündel bepackt über einen strahlend blauen Himmel. Dann stutzte sie. Seit Elvis letzter Eintragung waren offenbar einige Monate vergangen. Was mochte wohl der Grund dafür gewesen sein?

Gut, dass der Bericht nicht sonderlich lang war, denn es fiel Lenas müden Augen heute schwer, die Buchstaben zu entziffern.

21. 9. 1910

Lange habe ich nicht geschrieben. Die Zeit der Schwangerschaft war ein ständiges Auf und Ab, und der Arzt verordnete mir in den letzten fünf Wochen absolute Bettruhe. Nach der aufreibenden Zeit davor war es wohl auch angebracht und sinnvoll, aber das erzähle ich später.

Gestern hat mein kleiner Sohn das Licht der Welt erblickt. Ich habe ihn Wilhelm genannt, nach seinem mutigen und geliebten Vater.

In den vielen Monaten, in denen ich nun um meinen Liebsten getrauert habe, wurde mir mehr und mehr bewusst, dass ein Teil von ihm weiterleben wird. Es gab mir die Kraft, nun zu tun, was ich tun muss. In ein paar Wochen werde ich das Geld zusammenhaben, dann treten wir die Reise nach Deutschland an.

»Nein!« Lena schlug sich eine Hand vor den Mund. »Das kann sie doch nicht tun!« Mit wild schlagendem Herzen las sie weiter.

Gilda ist untröstlich. Als sie heute früh davon erfuhr, hat sie sich in ihrem Zimmer eingesperrt. Seither weigert sie sich herauszukommen. Es zerreißt mir das Herz, die kleine Maus zurückzulassen, und wenn ich einen Ausweg wüsste, würde ich ihn sofort wählen. Es schüttelt mich innerlich, denn es fühlt sich so an, als habe das Böse über das Gute gesiegt und das Gute müsse sich nun fügen.

Ob wir überhaupt willkommen sind, wird sich noch zeigen. Mutter wird mich sicher aus Bosheit herumkommandieren, wo sie nur kann, und Vater wird nur das Nötigste mit mir reden. Die Ehe mit Hans-Peter stelle ich mir nicht weniger schlimm vor. Doch mein kleiner Wilhelm verdient es, nicht in Angst vor der Zukunft zu leben, sondern in einem guten Haus in geordneten Familienverhältnissen aufzuwachsen.

Vielleicht sollte man einen ungeliebten Drops ja noch einmal probieren, bevor man die Tüte wegschmeißt?

In meinem Herzen weiß ich, dass ich damals nicht vorschnell gehandelt habe, denn es geschah aus Liebe. Heute aber muss die Vernunft siegen.

»Das Böse siegt über das Gute.« Elvi, was redest du dir da nur ein? Du wirst doch nie und nimmer glücklich werden! Oder musste das Böse siegen, damit das Gute überlebt und ganz von Neuem anfangen kann?

Gedankenverloren starrte Lena in die drei munteren Flammen des Adventskranzes und merkte gar nicht, dass sie schon den zweiten Löffel Honig in ihre Tasse laufen ließ.

»Bist du heute Nacht zum Braunbären mutiert? Halten die nicht gerade Winterschlaf?«, versuchte Tjure zu scherzen, aber Lena bekam es nur halb mit.

»Ach … wie? Mist!« Verlegen sah Lena auf. »Möchte jemand vielleicht Honig mit ein bisschen Tee?«

»Nur wenn es Tannenhonig ist!« Tjure zwinkerte ihr aufmunternd zu.

Nun rauschte auch Rosina durch die Küchentür und verkündete: »Trink lieber noch einen Schluck, Lena! Gleich startet Tante Harinis Stressabbau-Programm!«

In ihrem gemütlichen Schlabberlook, bestehend aus einer weiten schwarzen Pluderhose und einem noch weiteren schwarzen Wollpullover, schob sie den Couchtisch beiseite. Panisch sah Lena Tjure an, der aber zuckte nur mit den Schultern und hob entschuldigend seinen Gipsarm in die Höhe: »Schau mich nicht so an – du bist diejenige mit dem Problem. Ich würde ja eine Runde in die Sauna gehen.«

Wenig später hockte Lena missmutig auf einem kleinen Sofakissen auf Rosinas Yogamatte. »Harini, das ist wirklich ganz lieb, aber … Ich mache mir einfach einen Lavendeltee und …«

Doch Rosina ließ sich nicht erweichen. »Heute ist ein ganz besonderer Tag!«

»Ja, der Tag meines Untergangs.« Lena lachte bitter.

»Nein.« Rosina lächelte entspannt. »Heute ist der Tag der Wintersonnenwende. Dem kürzesten Tag folgt die längste Nacht, nach der alles neu beginnt. Es ist ein Neubeginn, bei dem, wie man sagt, das Licht über die Dunkelheit triumphieren wird.«

»Gut gegen Böse also?«, fragte Lena ermattet. »Muss ich jetzt irgendeinen Voodoozauber tun, damit ich über Bella siege?«

»Du nimmst das alles zu wörtlich.«

»Geht es nicht genau darum? Man kann es doch auslegen, wie man will – diese Backperle lacht sich eh schon über mich schlapp, und heute Abend gibt sie mir den Rest!« Lena wollte aufspringen, doch Rosina drückte sie an den Schultern wieder auf das Kissen zurück.

»Jetzt reiß dich aber mal zusammen, Lenchen!«

»Ja, Oma, du hast ja recht«, gab Lena klein bei.

»Wie bitte?« Rosina sah Lena irritiert an.

Lena erschrak. Für einen Moment hatte es sich so angefühlt, als hätte Oma Greta zu ihr gesprochen: der Spitzname, mit dem nur Oma Greta sie ansprechen durfte, der tadelnde Tonfall … Dabei waren Rosina und Greta noch nicht einmal miteinander verwandt! Hatte ihre Großmutter ihr Rosina geschickt, um ihr in dieser schwierigen Situation eine Stütze zu sein?

»Nun gut …« Sie seufzte. »Was soll ich tun?«

»Zuerst schließt du die Augen.« Ruhig erklärte Rosina ihr eine Übung, mit der sie ihrer Angst entgegenwirken konnte. Erstaunt darüber, dass die Atemtechnik nach kurzer Zeit ganz passabel klappte, war es Lena schnell egal, dass sie dabei wie ein röchelndes Rentier klang.

»Das ist schon ganz gut, auch wenn es natürlich immer noch Luft nach oben gibt«, lobte die Meisterin die Schülerin. »Denk dran: Du brauchst nachher einen kühlen Kopf, um dich auf deine Aufgabe zu konzentrieren …«

»… und um Bella zu zeigen, wo die Backschürze hängt!«, vollendete Lena Rosinas Satz.

»Ja, das ist mein Lenchen!«

Danke, Oma!, dachte Lena. Dieses Mal genoss sie es, ein wenig von ihrer Oma in Rosina wiederzufinden. Vielleicht war das ja ein Zeichen.

»Die Atemübungen kannst du heute noch durch die Kraft der Wintersonnenwende verstärken.«

Ein wenig verzweifelt hob Lena die Augenbrauen. »Wie denn das schon wieder?«

»Durch ein uraltes Ritual, bei dem du ein bestimmtes Mantra immer wieder in Gedanken wiederholst. *Die Dunkelheit ängstigt mich nicht, denn der Dunkelheit folgt das Licht. Das Böse siegt nicht über mich, denn dem Bösen folgt das Gute.* Sag das ein paarmal, und du wirst spüren, wie die Kraft dich stärkt!«, erklärte Rosina beseelt.

Um ihr einen Gefallen zu tun, versuchte Lena es. Sie bezweifelte allerdings, dass die Worte wirklich verhindern würden, dass sie vollkommen durchdrehte. Außerdem brachte sie sie immer wieder durcheinander.

»Wiederhole es über den Tag immer wieder!«, ermunterte Rosina sie. »Was hast du schon zu verlieren?«

Meine große Liebe, meinen Verstand, mein Ansehen, mein Leben?, schrie es in Lena. *Atme, Lena, atme!*, befahl sie sich. Sie schloss die Augen, hörte auf ihren Rentier-Atem und ihren Herzschlag, der sich daraufhin tatsächlich verlangsamte.

So gestärkt ging Lena ins *Fräulein Gewürzzauber* hinunter und packte als Erstes einen großen Korb mit Zutaten, die sie für den ersten Teil des Wettbewerbs benötigte: Zartbitterschokolade, weiße Schokolade, Cranberrys, Himbeeren und noch einiges mehr. Außerdem suchte sie das Zubehör zusammen, das sie nutzen wollte: Siebe, Raspeln, Pinsel und die Förmchen für kugelige und kegelförmige Pralinen.

Jedes Mal, wenn ihre Gedanken drohten, sie nervös oder ängstlich zu machen, weil sie zu Max, Bella oder dem Wettbewerb abschweiften, konnte sie sie wegatmen. Hoffentlich würde das heute Abend auch so gut klappen.

☆

In der letzten halben Stunde hatten Rosina und Tjure den *Fräulein-Gewürzzauber*-Stand befüllt und die Kochplatten für den Punsch in Betrieb genommen. Rosina holte noch einen letzten Korb mit Plätzchentüten.

Tjure stand derweil inmitten der kleinen mit Tannengrün und Lichterketten geschmückten Holzbuden in Kinosaal 1 und beobachtete, wie ein Kinderchor *Let it Snow* in einer Hip-Hop-Version zum Besten gab. »Gefällt mir«, sagte er anerkennend zu dem jungen Mann, der mit verschränkten Armen neben ihm stand und konzentriert jeden Schritt und jeden Ton der Darbietung verfolgte. Tjure schätzte ihn auf etwa Mitte zwanzig.

Jetzt nickte er und grinste. »Danke! Dafür, dass wir erst seit ein paar Tagen üben, sind die Kids richtig gut.« Der junge Mann hatte ein offenes Lächeln, was Tjure sofort sympathisch war, und er wusste offensichtlich, was er tat, denn er rief zwischendurch Kommandos auf die Bühne.

»Unsere *Rosenkinder* sind motiviert und haben Spaß, das ist die Hauptsache. Sie wollen zeigen, was sie draufhaben, und sich damit für die Spendenaktion bedanken.«

Tjures Interesse war geweckt. »Dann arbeiten Sie für die Organisation?«

»Ja, ich habe dort meine Ausbildung zum Erzieher gemacht und bin jetzt seit einigen Jahren Betreuer. Früher war ich selbst ein *Rosenkind* … Kilian Schönmut.«

Tjure stutzte einen Moment, bevor er Kilian die gesunde Hand reichte. Konnte das ein Zufall sein? »Tjure Großherz, freut mich! Ich kannte mal eine Klara Schön-« Tjure hätte gern noch etwas gefragt, doch in diesem Moment gab es Unruhe auf der Bühne.

»Entschuldigen Sie mich, mein Einsatz wird verlangt.« Mit einem Lächeln kletterte der junge Mann auf die Bühne, um einem Mädchen einen Tanzschritt zu zeigen.

»Ach, da bist du ja!« Rosina trat neben Tjure und gab ihm einen Kuss auf die Wange. Sei hakte sich bei ihm unter. »Lass uns noch mal nach Hause fahren. Bis zum Beginn des Wettbewerbs wird es ja doch noch eine Weile dauern!«

☆

»Das Grün betont deine Haselnussaugen ganz hervorragend und das Kleid deine Figur. Warum versteckst du dich nur immer in dicken Pullis und hinter dieser Schürze? Musst du sie denn unbedingt heute anziehen?«, fragte Emma mit Unschuldsmiene. Sie war zu Lena gekommen, um ihr bei der Wahl des Outfits zu helfen, und hatte ihr ein schlichtes, aber figurbetontes langes grünes Kleid herausgesucht, das an den Schultern etwas weitere Ärmel hatte und am Dekolleté und am Saum dezent glitzerte.

»Natürlich!«, protestierte Lena. »Immerhin steht der Name meines Ladens darauf! Eine reine Werbemaßnahme! Meine Kunden kennen mich mit dieser Schürze, und Rosa fällt ins Auge.« Sie grinste, denn dieses gerüschte Accessoire war Emma seit jeher ein Dorn im

Auge. »Jetzt fehlen nur noch die *Zuckergusschroniken*. Den Rest habe ich schon eingepackt.«

»Darfst du Rezepte mitnehmen?«

Lena zuckte mit den Schultern. »Es stand nichts Gegenteiliges in den Teilnahmebedingungen. Außerdem brauche ich sie nicht wirklich. Das ist alles hier und hier drin.« Sie tippte sich mit dem Zeigefinger erst an die Schläfe und dann an die Brust. »Mir geht es eher um die moralische Unterstützung meiner Urahninnen.«

Schnell huschte sie die Stufen nach unten und schlüpfte durch die schwere Holztür in den Laden. Rosina wuselte zwischen den Kunden herum, und Kathi brachte gerade zwei Damen Punsch an den Tisch. Auch Tjure half und hängte hier und da noch ein paar süße Anhänger an den Weihnachtsbaum. Wie gut es tat, dass sie Menschen um sich hatte, auf die sie sich verlassen konnte!

Als Lena in die Schale griff, in der sie für gewöhnlich den kleinen Messingschlüssel zwischen den goldenen Beutelverschlussclips versteckte, stutzte sie. Was machte der Schlüssel denn neben der Schale? Ihr Herz schlug schneller. Nein, oh nein! Das durfte einfach nicht sein!

Mit zitternden Händen und einer bösen Vorahnung öffnete sie das Schloss der untersten Schublade. Langsam zog sie an dem geschwungenen Messinggriff und fand … nichts als gähnende Leere und Luft. Die *Zuckergusschroniken* waren nicht mehr da! Verschwunden. Futsch. Puff – weg!

Schwer atmend ließ sie sich an der Tresenwand heruntersinken, bis sie mit wummerndem Herzen neben der offen stehenden Lade hockte.

»Ach, hier versteckst du dich, Süße! Es wird Zeit, du

musst los!« Emmas schwarzer Schopf erschien über dem Rand des Tresens. Ihre großen blauen Augen schauten sie erst überrascht, dann besorgt an.

»Sie sind weg«, konnte Lena nur flüstern.

»Wer? Oh!« Jetzt hatte auch Emma begriffen und half Lena wieder auf.

Auch Tjure eilte herbei. »Was ist denn passiert, Lena? Bist du ohnmächtig geworden?« Seine große Hand auf ihrer Schulter beruhigte sie ein wenig.

»Geht schon wieder ... danke, ihr beiden.« Doch eigentlich ging es noch nicht. Ein Wirbelsturm fegte durch Lenas Kopf. Sie erinnerte sich genau daran, dass das Buch heute Morgen noch im Café gewesen war. Doch wo war es jetzt? Wer hatte es aus der Schublade genommen? Außer ihr wussten doch nur vier Menschen, wo die *Zuckergusschroniken* versteckt waren: Tjure, Rosina, Max und Kathi.

Mit zittrigen Knien ging Lena in die Backküche. Tjure und Emma folgten ihr. Sie stützte sich auf die Tischplatte. »Das Buch ist weg! Und mit ihm alle Rezepte, nach denen jemals eine Sonnenscheinfrau im *Fräulein Gewürzzauber* gebacken hat. Weg! Einfach weg!« Sie sah in fassungslose Gesichter. »Tjure, Rosina, Max und Kathi sind die Einzigen, die wussten, wo das Buch war. Hat einer von euch es vielleicht irgendwo hingelegt, damit ich es nachher mitnehmen kann?« Verzweifelt schaute sie den alten Förster an, sie erhielt aber nur ein Kopfschütteln als Antwort.

Lena stürmte zurück in den Verkaufsraum. »Kathi, hast du das Lederbuch gesehen?«, fuhr sie ihre Mitarbeiterin vielleicht etwas zu heftig an. Aber sie war in Panik, was Kathi offensichtlich bemerkte. Denn sie hielt Lena an den Schultern, um sie zu beruhigen.

»Du meinst das Rezeptbuch? Das habe ich zum letzten Mal in der Hand gehabt, als ich es dir neulich gebracht habe. Weißt du noch? Du hattest da gerade neue Rezepte einlaminiert.«

Lenas Schultern sackten schlagartig herab. Hatte sie die *Zuckergusschroniken* nicht sorgsam genug versteckt, und jemand hatte gesehen …? Hatte vielleicht ein Kunde …? Nein, es war sinnlos, jetzt wahllos mit Anschuldigungen um sich zu werfen.

Als sie eine Hand auf ihrem Rücken spürte, zuckte Lena zusammen. »Es ist kurz vor fünf, Süße, du musst jetzt dringend los.« Emma drehte sie zu sich um. Sie musste sich ein wenig auf die Zehenspitzen stellen, um Lena direkt in die Augen blicken zu können. Jetzt sah sie sie mit einer Mischung aus Sorge und Zuversicht an. »Du hast es eben selbst gesagt: Du schaffst das auch ohne dein Rezeptbuch.«

»Glaub doch nicht alles, was ich sage!«, hielt Lena dagegen. »Mit dem Buch fühlt es sich immer an, als ob sie alle bei mir wären. Alle Sonnenscheinfrauen. Verstehst du? Und jetzt ist es, als hätten sie mich alleingelassen.«

Emma lächelte ihr ermutigend zu. »Vergiss nicht: Du bist eine starke und unabhängige Frau, die schafft, was sie sich in den Kopf gesetzt hat.« Sie tippte ihrer Freundin auf die Brust und berührte dabei etwas Hartes. »Oh!«

Lena zog das Medaillon hervor. Ohne darüber nachzudenken, hatte sie es wie jeden Tag, seit sie es entdeckt hatte, umgehängt. Jetzt hielt sie den Anhänger in der Hand, strich über das filigrane Blattmuster auf seinem

Deckel und lächelte ergriffen. »Vielleicht sind ja doch nicht alle weg.«

☆

Knapp eine Stunde vor Beginn der Livesendung kam Lena vollkommen außer Atem im *Casablanca* an. Doch sobald sie mit ihrem großen Korb voller Zutaten und Werkzeuge den Kinosaal betrat, lockerte sich ihre Anspannung. Sie liebte das *Casablanca* und ganz besonders diesen Saal mit den mit rotem Samt bezogenen Sitzen, den mit Goldverzierungen umrahmten Balkonen und der Bühne mit dem roten Brokatvorhang.

Erstaunt blieb sie stehen, denn der Saal war voller Menschen. Ein Lächeln huschte über ihr Gesicht, als sie den Duft der weihnachtlichen Gewürze wahrnahm und den an ein Dorf aus den Erzählungen von Charles Dickens erinnernden Markt vor der Bühne erblickte. Seine weihnachtlich geschmückten Stände und die nostalgischen Straßenlaternen weckten wundervolle Erinnerungen an ein sehr glückliches Weihnachten in ihr.

Lila Pailletten flimmerten in Lenas Blickfeld. Irritiert hob sie den Blick und entdeckte Eugenie Spitzbub. Die hauteng anliegende fliederfarbene Kunstlederhose bereitete ihr sichtlich Schwierigkeiten beim Laufen, aber der absolute Hingucker ihres Outfits waren ihr lila Federhütchen und die künstlichen Wimpern mit lila Glitzerspitzen.

»Hallööööchen, Frau Sonnenschein!«, flötete sie. »Da sind Sie ja endlich, Kindchen! Wir warten schon alle auf Sie! Sie müssen doch noch in die Maske!« Sie schob Lena durch den Trubel zu einem Make-up-Studio, das mit Trennwänden provisorisch neben der Bühne aufgebaut worden war.

Natürlich war Bella schon da. Sie saß vor einem großen Spiegel und ließ sich schminken, wobei sie es sichtlich genoss, von allen umgarnt zu werden. Gerade bearbeitete eine Visagistin ihr Gesicht mit Pinseln und Puder, während eine Hairstylistin große Lockenwickler aus ihren wasserstoffblonden Haaren zog. Sie war so hübsch, und Lena fühlte sich mit einem Mal winzig klein und hässlich.

Unsicher stellte sie ihren Korb ab. Im nächsten Moment stand Isabelle neben ihr. Die liebe, gute Isabelle! Erleichtert nahm Lena sie stürmisch in den Arm. Die Freundin erschien ihr wie ein Rettungsanker in stürmischer See. »Isabelle! Wie gut, dass du da bist!«

»Isch freue misch auch, dich zu se'en. Aufgöregt? Beru'ige disch, und setz disch!« Sie drückte Lena auf einen gepolsterten Stuhl mit Armlehnen und begann sofort, ihr Haar zu frisieren. Lena schloss die Augen und ließ es geschehen. Rosinas Atemübung kam ihr in den Sinn. *Die Dunkelheit fürchte ich nicht, denn der Dunkelheit folgt das Licht. Das Böse fürchte ich nicht, denn dem Bösen …*

»*Hallohoo*, Lena-Schätzchen! Meine Vivi-Maus ist endlich mit dem Haare-Make-up fertig!«

Unwillig öffnete Lena die Augen. Neben ihr stand Bella, die sie mit ihrem roten Kleid, das einen sehr aufreizenden Ausschnitt hatte, anleuchtete. Vor Schreck rutschte Lena so tief in ihren Sitz, dass Isabelle Mühe hatte, die Strähnen zu frisieren.

Daher beugte Bella sich auch noch vor und senkte ihre

Stimme: »Wenn du mich fragst: Das sind alles Dilettanten hier. Da sind ja meine Videodrehs professioneller!«

Lena lächelte zögerlich. Was sollte sie auch sagen? Anders als ihre Konkurrentin hatte sie keinerlei Erfahrung mit Fernsehen und Social Media. Matthi hatte ihr zwar gezeigt, wie sie auf der Website des *Fräulein Gewürzzauber* neue Texte einfügen oder bestehende ändern konnte, und hatte ihr auf *Fotogram* ein Profil eingerichtet, doch er hatte schnell festgestellt, dass Lena in Sachen Internetpräsenz beratungsresistent war. Daher hatte er ihr angeboten, die Seiten für sie zu pflegen, was sie erleichtert angenommen hatte.

Wenig verwunderlich, störte es Bella nicht, dass Lena nichts von sich gab. »Na, bist du bereit für unseren Auftritt?«, plapperte sie ungerührt weiter. »Also ich trinke ja immer noch einen Karamell-Cappuccino, bevor ein Dreh losgeht. Wo kann man hier so was bekommen? Theo? THEO!«

Schon eilte Theo herbei, als habe er nur auf ihren Ruf gewartet. »Bella-Schatz, was kann ich dir bringen?«

Bella kicherte, bestellte ihr Getränk und schenkte Theo ein Zahnpastalächeln, bevor er hinter der Trennwand verschwand.

Das war doch unfassbar! Lena merkte erst jetzt, dass sie die Luft angehalten hatte. Doch bevor sie weiter darüber nachdenken konnte, rauschte eine Frau mit Headset in den wüst zusammengebundenen grau melierten Haaren und mit einem Klemmbrett unter dem Arm heran. »Hallo, zusammen! Ich bin Gerda Schutter, die Aufnahmeleiterin«, begrüßte sie sie freundlich, redete aber so schnell weiter, dass Lena Mühe hatte, ihr zu folgen:

»Sobald Sie fertig sind, gehen Sie bitte in Ihre Küchen. Frau Fuchs links, Frau Sonnenschein rechts. Die Liveschaltung startet in zehn Minuten!«

Schon war sie wieder verschwunden, als wäre sie nie da gewesen.

»Lenchen, wir drücken dir die Daumen, du schaffst das!« Rosina und Tjure standen am Rand der Absperrung und winkten ihr aufmunternd zu. Daneben standen Kathi, Emma, Milla, Herr Bonifazius, Frau Herzapfel, sogar Theresa und Nikolaus Himmelreich waren gekommen. Doch einer fehlte in der Runde: Max.

In Lena stiegen gleichzeitig Freude, Wut, aber auch eine unaussprechliche Panik empor. Wie sollte sie diesen Abend bloß überstehen? *Atmen, Lena, atmen …*

»Denk an die Sonnenwende!«, rief Rosina.

Was? Sonnenwende? Was war noch gleich damit? Verwirrt suchte Lena in ihren wirbelnden Gedanken nach der Antwort.

»Du bist eindeutisch die schönste Person 'ier im Raum!«, kommentierte Isabelle ihr Werk und raunte: »Isch glaub an disch! Also zeig es diesör Barbie!«

Dankbar umarmte Lena Isabelle und sah noch einmal in den Spiegel. Sie erkannte sich kaum wieder. Die Französin war wirklich eine Könnerin ihres Fachs. Obgleich ihr nicht viel Zeit geblieben war, hatte sie Lena eine Hochsteckfrisur gezaubert, die sie bei der Arbeit nicht stören würde, die aber durch einige besondere Details wie ein kleiner Ilexzweig mit roten Beeren und ein wenig Glitzerspray auffällig und sehr elegant war. Beim Make-up hatte Isabelle auf Lenas *natürlisch' Schön'eit* gesetzt, wie sie stolz erklärte.

Dann stolperte Lenas Herz die Treppe zur Bühne hoch, und sie stolperte mit dem großen Korb in den Armen hinterher. Im hinteren Bereich der Bühne standen anders als sonst zwei voll eingerichtete Küchen. Es gab eine Gefrierkombination, einen Ofen, einen Herd und eine große Arbeitsfläche. Lena stellte ihren Korb auf die Holzplatte und prüfte rasch, was sich im Unterschrank befand. Erleichtert atmete sie auf. Es war alles vorhanden, was zur Pralinenherstellung nötig war: Töpfe und Schüsseln in den verschiedensten Größen, Siebe und Förmchen.

Während sie sich die rosa Rüschenschürze anzog, ließ sie ihren Blick schweifen. Rechts und links wartete jeweils ein Kameramann auf seinen Einsatz. Die grellen Scheinwerfer, die auf die Backküchen gerichtet waren, verhinderten, dass Lena weiter als bis zur Holzkante der Bühne sehen konnte. Das tintenschwarze Nichts dahinter jagte ihr einen Schauer über den Rücken. Jetzt wusste sie, wie sich Bastian Balthasar Bux und Atréju gefühlt haben müssen, als das Nichts drohte, Phantásien zu zerstören. Unauffällig sah Lena zu Bella, die gerade mit einem Selfiestick herumwedelte, Luftküsschen verteilte und ihren Followern auf dem Handydisplay zuwinkte. Sie schien den ganzen Wirbel sehr zu genießen.

Dann war es so weit. Jonathan Diamond trat auf die Bühne und begrüßte zusammen mit Mia Kunstwort, der Moderatorin der Sendung *Regionales – das Weihnachtsspezial*, die Zuschauer im Saal und zu Hause vor den Fernsehern. Mit wenigen Worten erklärte er die Wettbewerbsbedingungen, dann übernahm die Moderatorin: »Nun haben unsere Kontrahentinnen drei Stunden Zeit, um uns himmlisch-fruchtige Weihnachtspralinen zu kreieren. Die Uhr startet – jetzt!«

Der melodische Gong des Kinos ertönte, und Lena schloss für einen Moment die Augen, um alles um sie herum auszublenden. Es gelang ihr nur halbwegs, und auch die einfachsten Handgriffe wollten ihr zunächst nicht gelingen. Sie verplemperte wertvolle Zeit, bis sie endlich die weißen Hohlkörper für die Schneebälle und die dunkelbraunen für die Tannen in die Kühlung schieben konnte.

Um sich zu beruhigen, rief Lena sich ihren Arbeitsablauf ins Gedächtnis. Richtig, nun war die Himbeer-Lavendel-Ganache an der Reihe. Schon bald verströmten die einkochenden Beeren einen hinreißenden Duft, der Lena Auftrieb gab, und als sie den Lavendel dazugab, schwebte sie in einer Aromawolke von herb-würziger, vollmundiger Süße.

Dann aber machte sie den Fehler, erneut zur Seite zu schauen, und Bellas perfekte Silhouette und ihr perfektes Lächeln, mit dem sie womöglich auch Max verzauberte, machten Lena so nervös, dass im nächsten Moment ihre Schüssel kippte. Der Rührlöffel flog in hohem Bogen Richtung Kameramann, und die Schüssel kam mit einem lauten Scheppern auf dem Boden auf.

Kurz herrschte irritierte Stille im Saal. Doch Frau Kunstwort lächelte und überspielte die Situation gekonnt: »Das nenne ich Backen mit Leidenschaft, oder, meine Damen und Herren?«

Erleichtert über die Ablenkung, fing sich Lena schnell. Zum Glück war die Schüssel bereits leer gewesen, und so war das Malheur rasch beseitigt. Trotzdem hatte das

Missgeschick sie unnötig Zeit gekostet. Und die verging ohnehin zu schnell, denn um die Fernsehshow für die Zuschauer interessant zu halten, mussten die Konkurrentinnen immer wieder Fragen der Moderatorin beantworten. Lena bemühte sich, nett in die Kamera zu lächeln, sich gleichzeitig aber mit ihren Antworten kurz zu halten, damit sie sich wieder ihren Pralinen widmen konnte. Dass sich vor den Backküchen ein weihnachtliches Programm mit Gesprächsrunden, Interviews und Tanz- und Gesangsdarbietungen der *Rosenkinder* abspielte, bekam sie nur am Rande mit.

Es kam, wie es kommen musste: Zwar waren die Schneebälle perfekt geworden und thronten bereits in der Glitzer-Watte-Schneelandschaft, doch die Cranberrygelee-Ganache war noch so warm, dass sie die Tannenhohlkörper wieder anschmolz und die Pralinen sich nur bruchstückhaft aus der Form lösten. Lena versuchte zwar, die Bäumchen noch zu retten, indem sie Schokolade darüberstrich, doch hübsch war etwas anderes. Sie musste ihre Pralinen, unperfekt, wie sie waren, zur Verkostung abgeben. Schon hatten Jonathan Diamond, Eugenie Spitzbub, Konditormeister Steffen Schwarzmann und die Chefredakteurin des Senders, Rose Wind, an der langen Tafel vor den Küchen Platz genommen.

Niedergeschlagen wandte Lena sich ab. Ihre Küche war ein Schlachtfeld, ihre Schürze mit Schokolade und Obstflecken besudelt, und ihre Hochsteckfrisur war nicht mehr der Rede wert. Und das Urteil der Jury war es auch nicht. Von zehn möglichen Punkten erhielt Lena nur sechs. Der Geschmack, so hieß es einhellig von der Jury, habe sie zwar in den Genusshimmel schweben lassen, doch sie beklagten – für Lena äußerst nachvollziehbar – die Präsentation.

»Lena-Schätzchen, jetzt schau doch nicht so sauertöpfisch. Man kann ja nicht immer die Beste sein!«, flötete Bella. Sie konnte sich über neun Punkte freuen.

Lena zwang sich zu einem Lächeln. »Glückwunsch, du hattest heute das deutlich ruhigere Händchen.« *Du stehst ja auch ständig vor der Kamera,* dachte Lena missmutig.

»Das ist wahr, Süße!« Bella grinste breit. »Mein Motto ist ja: Ich nasche, wo ich will, was ich will und wo ich es will. Und dieses Jahr will ich, dass dieser heiße Typ mit einer dicken roten Schleife unter meinem Baum liegt. Und für gewöhnlich bekomme ich, was ich will!« Sie zeigte mit ausgestrecktem Arm in Richtung Treppenabgang und trippelte auch schon auf ihren knallroten Pumps ihrem Traumtyp entgegen. Nur war dieser Traumtyp – Max!

Lena wurde schlecht. Mühsam riss sie sich zusammen und wankte auf der gegenüberliegenden Seite von der Bühne. Aus weiter Ferne hörte sie zwar noch jemanden ihren Namen rufen, schob sich aber schnell zum Ausgang. Heute hatte definitiv das Böse über das Gute gesiegt.

Als sie vor dem Filmtheater die frische Luft einsog, verschwand allmählich die Übelkeit, aber das Herzklopfen wollte nicht aufhören. Dicke Schneeflocken fielen auf sie herab, auf ihre Schultern, und verfingen sich in ihrem Haar, doch das spürte sie nicht. Sie stieg in ein Taxi, stand eine Viertelstunde später vollkommen durchnässt und zitternd im Flur ihrer Wohnung und starrte ihr bemitleidenswertes Spiegelbild an. Der Ilexzweig baumelte in dem, was einmal eine Frisur gewesen war. Strähnen klebten ihr im Gesicht. Die zerlaufene Schminke rundete ihren bedauernswerten Look ab. Und wo war ihr Mantel? Mütze? Schal? Sie war nicht mehr imstande, darüber nachzudenken, stellte sich stattdessen unter die heiße Dusche und verschwand kurz danach unter ihrer dicken Bettdecke.

22. DEZEMBER

Der Tag danach ist immer der schlimmste. Darum beschlossen Tjure und Max, Lena an diesem Morgen im *Fräulein Gewürzzauber* zu vertreten, so gut sie konnten. Zusammen mit Kathi würden sie den Kundenandrang schon bewältigen – dachten sie. Doch offenbar hatte das ganze Städtchen die Fernsehsendung verfolgt und beschlossen, sich Lena und ihr *Fräulein Gewürzzauber* einmal aus der Nähe anzuschauen. Die Leute standen zeitweise bis auf die Straße hinaus, um Himbeer-Lavendel-Pralinen, beschwipste Weihnachtsbäume, Birnen-Pistazien-Trüffel oder Traube-Maronen-Pralinen zu ergattern.

Derweil wachten Theresa Himmelreich und Rosina in der Wohnung über Lenas Schlaf. Ruprecht ließ sich ab und an in der Küche blicken, huschte aber bei Rosinas Anblick schnell wieder durch die Katzenklappe nach draußen.

Nutzen wir die Gelegenheit, um noch einmal ein wenig zurückzuschauen. Zwei Tage zuvor, am Donnerstag, hatte ein Hauch kühler Dezemberluft die Handwerker gestreift, die mit dem Aufbau von Regalen und Sitzmöbeln beschäftigt waren, und hatte die von der hohen Decke hängenden Plastikplanen gespenstisch tanzen lassen, als Bella und Theo die alte Molkerei betraten. Wie das ehemalige Fabrikgebäude, das die *Rosenkinder* beherbergte, war auch die Molkerei ein imposanter Backsteinbau mit hohen Fenstern, durch die das dämmernde Licht des bald endenden Tages fiel. Überdimensional große Baiserhauben-Lampen, von denen Bonbons baumelten, hingen von der gewölbten Decke und erhellten den kathedralenartigen Raum.

»Frau Fuchs, wie schön, dass Sie es einrichten konnten!« Roland Riegel, hochgewachsen und von herrschaftlicher Statur, kam mit breit gezogenen Mundwinkeln auf Bella zu und schüttelte ihr überschwänglich die Hand. Die gezwirbelten Enden seines Schnauzbarts zuckten dabei nach oben.

»Für Sie doch immer, Herr Riegel«, antwortete sie zuckersüß und trat einen Schritt zur Seite. »Das ist mein Assistent, Theo Tannert.«

»Angenehm.« Herr Riegel nickte kurz und wandte sich wieder Bella zu. »Wie Sie sehen, sind die Arbeiten in vollem Gange, sodass wir die Schokoladen-Traumfabrik Ende Januar eröffnen können.« Er vollführte ein paar Drehungen, bei denen er mal hier- und mal dorthin zeigte und sein langer dunkelgrauer Filzmantel wie ein Umhang umherschwang. »Da drüben wird der Verkaufstresen aufgebaut, davor stellen wir kleine Bistro-Tische, Stühle und Bänke. *Bellas süße Sünden* platzieren wir in Displays daneben, und dort am Eingang werden Sie, meine liebe Frau Fuchs, die Kunden begrüßen.«

Bella war irritiert. »Ich soll an der Tür stehen und den Leuten die Hand schütteln? Dafür haben Sie mich nicht engagiert.«

»Natürlich nur zu Beginn der Eröffnung. Glauben Sie mir, die Leute werden darauf fliegen, Ihnen persönlich gegenüberstehen zu dürfen. Mit Ihrer strahlenden Erscheinung werden Sie alle begeistern! Später wird Sie dann ein lebensechter Pappaufsteller ersetzen.« Er nahm Bellas behandschuhten Finger, beugte sich vor und deutete einen Handkuss an. Dabei rutschte eine graue Haarsträhne aus seiner akkurat gelegten Frisur. Er beförderte sie schnell wieder an ihren Platz und wies dann in den Raum. »Kommen Sie, setzen wir uns einen kurzen Moment an einen der fertigen Tische.«

Er bot Bella einen Stuhl an und nahm ihr gegenüber Platz. Theo setzte sich auf eine Bank daneben. Riegel räusperte sich. »Wie Sie wissen, hat Frau Sonnenschein mit ihrem *Fräulein Gewürzzauber* einen außerordentlich guten Ruf, sowohl hier im Rosenviertel als auch im Rest der Stadt.«

Bella hob interessiert eine Augenbraue. »Das ist mir bekannt. Allerdings sprechen die Reichweite meines MyTube-Channels und mein Äußeres für sich. Deshalb haben Sie ja auch *mich* für Ihre Werbekampagne und den Laden ausgewählt, nicht wahr? Worauf wollen Sie also hinaus, Herr Riegel?«

Der Unternehmer stützte die Ellbogen auf die Tischplatte, verschränkte die gebräunten Finger vor seinem Gesicht und bedachte Bella mit einem vielsagenden Blick. »Wie Sie sich vorstellen können, habe ich viel Geld in diesen alten Kasten investiert, und dasselbe habe ich bei Ihnen vor. Ich hoffe, Sie haben sich gut auf den Wettbewerb vorbereitet? Ihr Konzept für die drei Tage steht?«

Etwas zögerlich nickte Bella, fing sich aber direkt wieder. »Ja, das habe ich.«

»Das habe ich erwartet.« Mit weicher Kaffee-Plauderstimme fügte er hinzu: »Lassen Sie sich eins gesagt sein: Ein Roland Riegel verliert nicht. Nie! Also sehen Sie zu, dass Sie gewinnen. Wie Sie das anstellen, ist mir egal. Ich habe nämlich keine Lust, mein Geld an so eine Back-Pomeranze zu verschwenden!« Die Schärfe hinter seinen Worten durchschnitt den Raum. Doch Herr Riegel schmunzelte.

»Mit ein bisschen Glück misslingen Frau Sonnenschein ihre Pralinen sowieso«, warf Theo schnell ein.

»Glück, Herr … Wie war noch gleich Ihr Name? Glück hat damit nichts zu tun. Ich nehme mein Glück selbst in die Hand, um keine unnötigen Überraschungen zu erleben.« Herr Riegel wandte sich wieder zu Bella und zog seine Mundwinkel zu einer Grimasse, die offensichtlich ein Grinsen sein sollte. »Bleibt mir nur, Ihnen und mir alles Gute zu wünschen. Wir sehen uns dann im *Casablanca*.«

Er stand auf, ging mit langen Schritten zum Ausgang und ließ Bella und Theo zurück.

»Theo, erzähl mir etwas Gutes! Sofort!«, presste Bella hervor. »Wie hat sie reagiert?«

»So, wie du es erwartet hast«, bestätigte Theo. »Sie kocht innerlich. Aber musst du dich denn wirklich an ihren Typen ranschmeißen?«

»Außergewöhnliche Zeiten erfordern außergewöhnliche Maßnahmen«, erklärte Bella. »Das muss ich dir doch nicht erklären. Oder warum schleimst du dich bei Lenas Pummelchen ein?«

Theo grinste genervt. »Ein Spion muss sich in jede Rolle bestmöglich einfinden.«

»Du machst das schon.« Bella seufzte. »Aber jetzt brauche ich erst mal einen Karamell-Cappuccino.«

»Den bekommst du, Bella-Schatz!« Theo stand auf und reichte ihr gentlemanlike die Hand, um ihr aufzuhelfen. »Und dann muss ich los. Ich muss noch eine Überraschung für dich vorbereiten.«

»Du weißt, wie man eine Frau verwöhnt! Was ist es denn?« Sie machte einen verlockenden Augenaufschlag.

»Das verrate ich dir morgen.« Um seine Mundwinkel deutete sich ein vorfreudiges Lächeln an. Er konnte es kaum erwarten, Bella zu Hause abzusetzen. Wenn sein Plan glückte, würde er ihr nicht nur beim Backwettbewerb helfen, sondern sein Ansehen bei Riegel auch um ein Vielfaches steigern.

Um die Mittagszeit des nächsten Tags war Theo in Roland Riegels Vorzimmer getreten. Die spitznasige Sekretärin, auf deren Namensschild B. Ieder zu lesen war, hatte ihn neugierig beäugt. »Haben Sie einen Termin? Ohne Termin kann ich Sie nämlich nicht zu Herrn Riegel lassen. Er ist sehr beschäftigt!« Ihre Stimme war genauso spitz wie ihre Nase.

Theo ließ sich nicht beeindrucken. »Bitte kündigen Sie Herrn Riegel Bella Fuchs' Assistenten an. Sagen Sie ihm, dass ich ihm ein Angebot unterbreiten möchte, das ihn brennend interessieren wird.« Mit einem Gewinnerlächeln klopfte er auf die Aktentasche unter seinem Arm.

»Na, wenn Sie meinen«, piepste die Sekretärin hochnäsig, tat aber, worum Theo sie gebeten hatte. Sie war sichtlich überrascht, als Riegel ihn hereinbat.

Theo betrat ein weiträumiges quadratisches Zimmer, auf dessen Kopfseite Riegel in einem hohen ledernen Ohrensessel hinter seinem Schreibtisch thronte. Kurz glaubte er, Ebenezer Scrooge vor sich zu haben. Eine unangenehme Kälte ging von dem Fabrikanten aus.

»Tür zu, Frau Ieder!«, bellte er.

Theo schrak zusammen, wartete, bis die Tür hinter der Sekretärin ins Schloss gefallen war, und durchquerte dann den Raum.

»Bitte? Sie haben ein Angebot für mich?«

Theo nickte. »Ich habe etwas, was Sie sehr interessieren wird, Herr Riegel.« Er klappte die Aktentasche auf, zog eine braune Lederkladde heraus und legte sie vor den Fabrikanten auf den Schreibtisch.

Riegel verzog angewidert den Mund. »Was soll ich mit diesem ranzigen Ding?«

»Das, Herr Riegel, ist die Rezeptsammlung aller Süßwaren, die es je im *Fräulein Gewürzzauber* gegeben hat.«

»Ach …« Hellhörig geworden, setzte der Fabrikant sich auf und öffnete den Ordner. »Der Backperlenassistent ist ja tatsächlich zu etwas zu gebrauchen«, murmelte er. Er erhob sich, umrundete den Schreibtisch und sagte dann laut: »Wie heißen Sie noch?«

»Theo Tannert.«

»Sie gefallen mir, Herr Tannert! Ein Mann mit Tatkraft und Ehrgeiz.«

»Ohne das Rezeptbuch ist Frau Sonnenschein während des Wettbewerbs geschwächt. Ein Vorteil also für Bella. Und Sie, Herr Riegel, haben die Möglichkeit, die Rezepte für Ihre Produktion zu nutzen und sie noch zu verbessern.«

»Sagen wir, ich wäre interessiert an dieser hübschen kleinen Familienchronik. Welchen Handel schlagen Sie mir vor, Herr Tannert?«

»Sie kopieren sich die Rezepte. Was Sie dann damit machen, ist Ihre Sache. Ich brauche die Mappe nur zurück, um sie nach dem Wettbewerb unbemerkt zurücklegen zu können. Im Gegenzug stocken Sie Bellas Honorar um, sagen wir, das Doppelte auf und nehmen sie für mindestens zwei Jahre fest unter Vertrag.«

Riegel zog scharf die Luft ein. »Das ist viel verlangt für ein paar Rezepte, Jungchen.«

»Herr Riegel, wir wissen doch beide, von welch unschätzbarem Wert diese Rezeptsammlung ist. Geben Sie sich einen Ruck.« Theos Herz wummerte. Er merkte, wie seine Hände feucht wurden und ihm der Schweiß auf die Stirn trat, und hoffte, dass sein Gegenüber es nicht bemerkte.

»Sie sind ein harter Verhandlungspartner, Herr Tannert. Aber ich bin einverstanden.« Roland Riegel drückte einen Knopf der Gegensprechanlage, und wenig später stakste seine Sekretärin ins Büro. »Frau Ieder, kopieren Sie das bitte!«

»Den ganzen Ordner?«, entrüstete sie sich.

»Wenn ich sage, ›den ganzen Ordner‹, dann heißt es auch ›den ganzen Ordner‹!«, blaffte er. »Und nicht erst morgen!«

»Natürlich, Herr Riegel. Ich beeile mich.« Flink wie

eine Maus, die Angst hatte, von der Katze mit einem Happs gefressen zu werden, schlüpfte sie aus der Tür.

Theo fiel ein Felsbrocken von den Schultern, als er wenig später wieder im Auto saß. Auf dem Beifahrersitz stand die dunkle Aktentasche. Niemand hätte vermutet, welcher Schatz sich darin verbarg. Wenn Bella an Heiligabend den Backwettbewerb gewonnen hatte, würde er ihr von seinem Treffen mit Riegel erzählen und ihr endlich die tiefen Gefühle offenbaren, die er seit Jahren für sie hegte. Vorher aber würde er einige Rezepte für sie heraussuchen, die sie während des Wettbewerbs backen konnte. Er würde behaupten, dass sie von seiner oder irgendeiner Oma aus dem Netz stammten. Bella würde mit Sicherheit begeistert sein.

☆

Auch zu Rosina und Tjure wollen wir noch einmal zurückschauen. Sie hatten von der Absperrung neben dem provisorischen Make-up-Studio aus zugesehen, wie Lena für die Fernsehaufnahme zurechtgemacht wurde. Es war eindeutig gewesen, dass sie sich nicht wohl in ihrer Haut fühlte, und als sie auf die Bühne gehen musste, hatten sie ihr noch »Alles Gute!« zugerufen.

Sobald Lena sich abgewandt hatte, nestelte Rosina an ihrem Filzmantel. »Hoffentlich geht alles gut!«

Tjure sah sie an. »Was unkst du herum? Du hast sie doch gut auf den Abend vorbereitet. Ich glaube schon, dass ihr deine Übungen helfen werden.«

»Das hoffe ich auch.« Rosina nickte. Dann senkte sie die Stimme, damit die umstehenden Leute nicht mitbekamen, was sie als Nächstes sagte: »Ich habe ihr allerdings die Himmelsformation verschwiegen, die heute Nacht die Geschicke hier auf der Erde bestimmt!« Sie ignorierte Tjures skeptischen Blick. »Heute Nacht stehen Jupiter und Saturn in einer Linie mit unserem Planeten! Die *Große Konjunktion* steht für große Veränderung! Das wussten schon die alten Babylonier. Sie verehrten Jupiter und sprachen Saturn alles Schlechte zu. Sie sind die Manifestation des Guten und des Bösen! Hoffentlich ist dieses Ereignis ein gutes Omen.«

Tjure nahm Rosina schmunzelnd in den Arm. »Es wird schon gutgehen. Lena ist ein Sonnenkind.«

Max wiederum hatte nach Ende der Livesendung vergeblich versucht, auf die Bühne zu Lena vorzudringen. Immer wieder hatten ihm Mitarbeiter des Senders oder Zuschauer den Weg versperrt. Dabei hatte er sie doch einfach nur in den Arm nehmen und trösten wollen. Sie so niedergeschlagen dort stehen zu sehen brach ihm das Herz. Warum nur war sie so unsicher, so panisch gewesen? So kannte er sie nicht. Lena wusste doch eigentlich immer, was sie wollte, und hatte unter Stress die besten Ideen. Einer von vielen Gründen, weshalb er sie liebte.

Als er es endlich geschafft hatte, die Stufen zur Bühne zu erklimmen, kam Bella mit einem freudigen Strahlen im Gesicht auf ihn zugestöckelt. »Hallo, Maxi! Wie schön, dich zu sehen! Ich bin ja so überwältigt von der Jury-Entscheidung. Ich fühle mich so geehrt, gleich neun Punkte erhalten zu haben!«

»Ja, freut mich für dich!« Er versuchte, an ihr vorbei zu

Lena zu sehen. Doch Bella schlängelte ihren Körper immer genau da hin, wo er einen Blick auf seine Freundin hätte erhaschen können. Ein penetranter Kaugummigeruch stieg ihm in die Nase.

»Lass uns einen Punsch zusammen trinken und auf meinen Teilsieg anstoßen! Du darfst mich auch gern fotografieren oder ein Interview mit mir führen!« Sie klimperte heftig mit ihren langen Wimpern.

»Es tut mir leid, das geht leider nicht. Ich muss …« Er versuchte, Bella zur Seite zu schieben, und sah gerade noch, wie Lena in Windeseile die Bühne verließ.

»Ach, das ist aber wirklich schade!« Bella machte einen Schmollmund. »Frau Spitzbub wäre sicher begeistert. Dann verschieben wir es auf morgen? Wir trinken einen Karamell-Cappuccino zusammen, und ich erzähle dir alles von mir, was du wissen willst!« Sie lächelte ihn zuckersüß an.

Max aber hatte weder Lust noch Zeit für so ein albernes Geplänkel. Was war nur los mit Lena? Er musste so schnell wie möglich hinterher. »Lena! LENA!«, rief er, aber sie beschleunigte ihre Schritte und war kurz darauf im Gedränge verschwunden.

Wortlos ließ Max Bella stehen, stolperte die Stufen hinab und zwängte sich, so schnell er konnte, durch die Menschenmenge.

»He, mein Junge, was ist denn los?« Nikolaus Himmelreich fasste Max sanft am Arm und sah ihn besorgt an.

»Lena – sie ist auf und davon! Ich weiß nicht, was mit ihr los ist – ich muss hinterher!«, antwortete er seinem Großvater knapp. Im Weitereilen, aber ohne eine Antwort abzuwarten, rief er noch: »Habt ihr am Sonntag

Zeit für mich? Ich würde gerne nachmittags vorbeikommen! Ich rufe euch noch mal an!«

Schon rannte er weiter in Richtung Ausgang. Von Weitem sah er die rosa Rüschenschürze durch die Glastüren des Eingangsportals in die Winternacht verschwinden. Er beeilte sich hinterherzukommen, doch als er die Stufen des *Casablanca* erreicht hatte, konnte er durch den dichten Schnee nur noch zusehen, wie Lena in ein Taxi stieg.

Wahrscheinlich fährt sie nach Hause. Hoffentlich.

Als er sich umdrehte, um an der Garderobe ihre Mäntel zu holen, winkte Rosina ihm zu. »Komm rein, Max! Du holst dir noch sonst was!«

Im nächsten Moment legte Tjure ihm eine Hand auf die Schulter und sah ihn seltsam streng von der Seite an. »Wir müssen reden«, brummte er in seinen Bart, und Max rutschte das Herz in die Hose. Er fühlte sich wie ein kleiner Schuljunge, der eine Standpauke zu erwarten hatte.

Rosina besorgte ihnen drei Becher Punsch, und sie schoben Max auf die gemütlichen Lederpolster einer Sitzgelegenheit in der Wartelounge. Hier war es deutlich ruhiger als im Foyer und im Kinosaal. Nur leise drangen weihnachtliche Klänge aus den Lautsprechern, und gedimmtes Licht verbreitete eine Wohlfühlatmosphäre.

»Max, wir sind maximal irritiert«, eröffnete Rosina sodann dem ebenso irritierten Max. »Daher möchten wir nun deine Sicht der Dinge hören.«

»Welche Dinge meint ihr? Was ist denn los? Lena verhält sich in letzter Zeit auch so merkwürdig …« Verzweiflung und Panik beschleunigten Max' Herzschlag.

Als Rosina und Tjure sich dann auch noch vielsagend ansahen, brach es aus Max heraus: »Wenn ihr es wisst, dann sagt es mir! Lena läuft ständig weg und macht komische Sachen! Warum tut sie das? Und warum habe ich das Gefühl, dass ich an allem schuld bin?«

»Weil es offenbar eine Verkettung unglücklicher Umstände gab.« Seufzend erzählte Rosina, was Lena in den letzten Tagen so aus der Bahn geworfen hatte.

Max schüttelte immer wieder den Kopf, lachte erbost auf oder raufte sich die Haare. Rosina und Tjure ließen ihm Zeit, sich zu sammeln und zu erzählen: von den Fotoshootings, die für ihn eher anstrengend als angenehm gewesen waren, den langen Tagen und Abenden in der Redaktion, von der Herausforderung, einen Text über eine Person schreiben zu müssen, die er für eine absolute Lachnummer hielt, der ungeachtet seiner persönlichen Meinung aber eine Hommage an eine Backgöttin sein sollte. »Ich wollte Lena nicht wehtun! Im Gegenteil!«, beteuerte er.

Als Max seiner Tante und Tjure schließlich von seinem Vorhaben erzählte, machten beide große Augen.

☆

Es war bereits halb zwölf, als Lena an diesem Samstagmorgen endlich von Panik geschüttelt in die Küche rannte. »Ich … hab … verschlafen … das Lädchen … muss mich … beeilen!«, stammelte sie und schmierte sich hektisch ein Brot.

Rosina blickte sie ungerührt an. »Setz dich zu uns, Lenchen.«

Als Lena nicht hörte, stand Rosina auf, nahm ihr das Buttermesser aus der Hand und führte sie zum Küchentisch, wo eine dampfende Tasse Kakao auf sie wartete. Erst jetzt nahm Lena den zusätzlichen Gast an ihrem Tisch wahr. »Tante Thessa, was …?«

»Tjure, Kathi und Max kümmern sich um den Verkauf. Du kannst dich auf sie verlassen«, lächelte diese und nahm Lenas Hand beruhigend in ihre. Ihr langes grau meliertes Haar trug sie wie so oft kunstvoll hochgesteckt, und ihre wachen Augen glitzerten ein bisschen so, wie Max' Augen es immer taten, wenn er glücklich war.

»Ach, da fällt mir ein, die Himbeer-Lavendel-Pralinen sind aus. Hast du noch einen Vorrat in der Kühlung?« Rosina sah sie fragend an.

Lena schüttelte irritiert den Kopf.

Rosina nippte lächelnd an ihrem Gewürztee. »Dann musst du wohl dringend welche nachproduzieren. Die Nachfrage nach der Livesendung ist riesig.«

Die Livesendung.

Eine Niederlage auf ganzer Linie.

Beruflich und privat.

Lena verschränkte ihre Arme auf der Tischplatte und vergrub ihren Kopf darin. »Auf einer Skala von null bis minus zehn: Wie peinlich war ich?«

»Du sahst einfach hinreißend aus in deinem Kleid und mit der hübschen Frisur!«, schwärmte Theresa.

»Ja! Mit Abstand die schönste Frau des Abends!«, pflichtete Rosina ihr bei.

»Das sagt ihr nur, um mich aufzuheitern.«

»Nein, das tun wir nicht«, widersprach Rosina. »Na

ja, vielleicht ein bisschen«, schränkte sie ein. »Aber die Leute lieben dich, Lenchen! Dass du am Ende etwas … derangiert warst, hat niemandem etwas ausgemacht. Alle haben mit dir mitgefiebert. Du liegst zwar drei Punkte zurück, aber die kannst du heute und am Montag locker wieder aufholen!«

Lena hob den Kopf und schaute Rosina und Theresa mit müden Augen an. »Es geht ja nicht nur um das Wettbacken … Bella hat mir ins Gesicht gesagt, dass sie fest entschlossen ist, sich meinen Freund zu angeln. Und Max geht auch noch darauf ein!«

»Das tut er nicht.«

Lena überging Rosinas Widerspruch. Stattdessen sprang sie auf und lief in der Küche hin und her. »WO WAR ER DENN AM DIENSTAGABEND?«, brüllte sie. »ER BRINGT DIE BACKPERLE NACH HAUSE UND MACHT SONST WAS MIT IHR!«

»Das hat er nicht«, stellte Rosina fest.

»STÄNDIG KOMMT ER SPÄT VON DER ARBEIT. BESTIMMT TRIFFT ER SICH MIT IHR!«

»Das tut er nicht«, erklärte auch Theresa.

»GESTERN NACH DER SENDUNG HAT ER VOR MEINEN AUGEN MIT IHR GEFLIRTET! IST DAS ZU FASSEN?« Wutschnaubend blieb Lena stehen und starrte Rosina an.

»Das hat er nicht«, antwortete diese ruhig, aber bestimmt. Sie sah Lena fest in die Augen und tippte mit den Fingerspitzen auf die Stuhllehne neben sich.

»Warum bist du dir da so sicher?«

»Weil er es mir gesagt hat.«

Lena setzte sich. »Du hast mit ihm darüber geredet?«

Rosina nickte und begann zu erzählen, ließ aber Max' Vorhaben wohlweislich aus.

Nachdem sie geendet hatte, wollte Lena nur noch zu Max. Sie stellte sich schnell unter die Dusche, zog sich an und versuchte, etwas halbwegs Ansehnliches aus ihren Haaren zu zaubern. Dann flog sie regelrecht die Treppen zum *Fräulein Gewürzzauber* hinunter.

Als sie die schwere Holztür öffnete, kam sie aus dem Staunen nicht raus: Im Verkaufsraum drängten sich die Leute wie am Bahnsteig beim Einfahren des Zuges! Nicht nur die drei Tische am Fenster waren voll besetzt, auch daneben standen Leute mit dampfenden Tassen. Schweißgebadet nahm Tjure hinter der Kasse das Geld der Kunden entgegen. Die Warteschlange reichte bis hinaus auf den Gehweg, doch niemand murrte, alle warteten geduldig, bis sie an der Reihe waren. Zum Glück hatte der Wettergott ein Einsehen und hatte die Wolken beiseitegeschoben. Die Sonne strahlte über einen blauen Himmel und ließ den Schnee auf dem Gehweg wie kleine Diamanten glitzern.

Kathi ersetzte derweil Tjures noch immer verletzte zweite Hand und verpackte die Einkäufe in Tüten, bei Bedarf auch in Geschenkpapier mit roten Schleifen.

Endlich entdeckte Lena Max. Er stand bei einem der großen Regale und machte gerade einem Pärchen die Zimtstangen nach dem Rezept seiner Großmutter Theresa schmackhaft. Sie stellte sich hinter ihn und räusperte sich: »Entschuldigung?«

Überrascht drehte er sich um, und ein breites Lächeln zeichnete sich zwischen seinen Grübchen ab. »Ja, bitte?«

»Ich bin am Sonntag bei der Tante meines Freundes eingeladen. Es sollte ihr zwar Freude genug sein, dass ich sie mit meiner Anwesenheit beehre, aber ich würde ihr auch gern eine Kleinigkeit mitbringen«, behauptete Lena. Sie gab sich große Mühe, wie Max bei ihrem ersten Gespräch zu klingen.

»So.« Max ging einen Schritt auf sie zu, legte seine Hände an ihre Hüften und zog sie an sich. Offenbar konnte auch er sich auch noch genau an jenen Tag erinnern, denn wie sie damals ihn forderte er nun Lena auf: »Erzählen Sie mir ein bisschen von der Tante Ihres Freundes. Ich bin mir sicher, dass wir dann eine Kleinigkeit für sie finden werden.« Im nächsten Moment verschloss er ihr verschmitztes Lächeln sanft mit seinen Lippen.

Lena schlang ihre Arme um seinen Hals und erwiderte den Kuss. Als sie sich von ihm löste, drückte er sie noch einmal fest an sich. »Weißt du eigentlich, wie gern ich dich damals schon geküsst hätte?«, murmelte Max in ihre Schulter, und Lena genoss diesen bezaubernden Augenblick.

☆

Bevor sie sich für den zweiten Teil des Backwettbewerbs vorbereiten musste, wollte Lena noch ein wenig Kraft bei Kerzenschein, Tee und mit Elvis Tagebuch tanken. Das *Fräulein Gewürzzauber* wusste sie in guten Händen. Daher konnte sie sich beruhigt in die weichen Sofakissen sinken lassen. Ruprecht kuschelte sich zu ihr und ließ sich zwischen den Pinselöhrchen kraulen. Mit der anderen Hand blätterte Lena zum nächsten Eintrag. Ein Glanzbild mit einem traditionellen Nikolaus samt Mitra und Bischofsstab erwartete sie.

Die sonst so eleganten Buchstaben wirkten heute krakelig und dahingeschmiert. Hier und da entdeckte sie auch Stellen verlaufener Tinte. Elvi hatte beim Schreiben geweint. Schnell beeilte Lena sich, die Sätze zu entziffern.

1. 12. 1910

Der Abschied von der Familie Shine hatte eine Endgültigkeit, die erneut tiefe Wunden in mein Herz gerissen hat.

Als ich das Schiff betrat, machte mein Verstand mir schmerzlich bewusst, dass dies nun das Ende ist. Ein letztes Winken an der Reling. Die über die Maßen liebgewonnenen Menschen werden immer kleiner und sehen nach einer Weile wie die Püppchen einer Modelleisenbahn aus. Man versucht, solange es geht, sie im Blick zu behalten. Doch irgendwann verschwinden sie als dunkle Punkte in den Wellen des weiten Meeres.

Es ist das Ende einer Reise voller Hoffnung. Der ganz großen Hoffnung auf einen Neuanfang mit dem Mann, den ich liebe. Der Hoffnung, dass meine große Liebe nicht im Meer ertrunken ist und ich Wilhelm doch noch in die Arme schließen kann.

Er wird nie wiederkehren. Das weiß ich jetzt. Es tut so unendlich weh. Nie wieder wird er mir einen Strauß Kräuter schenken und mich dabei frech anschauen, während seine Sommersprossen mit ihm um die Wette grinsen. Nie wieder wird er mich damit necken, dass ich lieber Backutensilien als Weiberkram in meinen Koffer packe. Wenn ich an sein Lachen denke, muss ich selbst immer lächeln, auch wenn ich noch so traurig bin. Es war so offen, ehrlich und ansteckend. So möchte ich ihn in Erinnerung behalten – mit seinen Augen, so blau und tief wie der Ozean, in denen ich mit Haut und Haar versinken konnte.

Auf das Schiff zu gehen bedeutet für mich auch das Ende der engen Freundschaft zu den Shines. Bei ihnen habe ich gelernt, dass Freundlichkeit, Hilfsbereitschaft und Herzensgüte das Grundrezept der Torte sind, die sich Leben nennt.

Gilda schenkte mir zum Abschied unter Tränen dieses Glanzbild, weil sie weiß, dass in Deutschland Nikolaustag sein wird, wenn ich dort ankomme. Gilda, ich hoffe, du wächst zu einer klugen, hübschen und modernen jungen Frau heran, die ihr Leben ganz allein in die Hand nimmt und immer selbstbewusst ihre eigenen Entscheidungen treffen darf und wird.

Warum ich nicht auf der Stelle zusammenbreche und mich die nächsten fünf Tage in meiner Kabine einschließe? Ich bin wahrlich nur einen Schmetterlingsflügelschlag entfernt von Tränensturzbächen und Wahnsinn. Aber es gibt nun jemanden, für den ich die Verantwortung trage. Meinen kleinen Sohn Wilhelm. Für dich werde ich stark sein.

Die letzten Worte verschwammen vor Lenas Augen. Tief ergriffen schniefte sie noch ein paarmal in ein Taschentuch, bis sie beschloss, mit der Vorbereitung für den heutigen Wettbewerbstag zu beginnen. Noch einmal wollte sie sich nicht so ins Bockshorn jagen lassen.

Sie ging runter in ihre Backküche, stellte den großen Flechtkorb auf den Arbeitstisch und legte die Zutaten, die sie für die Bonbonherstellung benötigen würde, hinein. Tjure hatte ihr eigens dafür gestern noch eine Tüte voller Zirbelzapfen und -nadeln aus dem nahe gelegenen Wäldchen besorgt.

Um die Übersicht über ihre Arbeitsschritte zusammenzustellen, hätte Lena zu gern die *Zuckergusschroniken* mit Elvis Rezepten und ihren eigenen Notizen zurate gezogen. Doch die waren nach wie vor verschwunden. Also setzte sie sich mit Block und Stift an den Küchentisch. Dort holte sie das Medaillon hervor, klappte es auf und sah ihrem Ebenbild ins Gesicht. »Elvi, sag mir bitte: Wie würdest du es machen?«

Sie klappte den Anhänger wieder zu, atmete noch einmal kurz durch und schrieb dann drauflos. Als sie fertig war, legte sie den Block zufrieden in ihren Korb und ging in den Laden, um sich von den anderen zu verabschieden.

Als sie den Verkaufsraum betrat, klingelte das Telefon hinter dem Verkaufstresen. Da alle anderen beschäftigt waren, nahm Lena ab. »Das *Fräulein Gewürzzauber*. Guten Tag!«

Es war Jonathan Diamond. »Hallo, Lena«, begann er vorsichtig. »Ich wollte mal hören, wie es dir heute geht? Es tut mir so leid, dass –«

»Lass mal gut sein, Jojo«, unterbrach Lena ihn. »Es war gestern einfach nicht mein Tag.« *Hoffentlich folgt heute kein noch schlechterer!*, schoss ihr unvermittelt durch den Kopf. Obgleich sie durch das Medaillon wieder ein wenig Mut gefasst hatte, war ihr auf einmal flau im Magen. Würde das, was sie sich für heute überlegt hatte, der Jury genügen, um ihr mehr Punkte zu geben als der Backperle?

»Deine Pralinen waren wirklich ein Genuss!«, holte Jonathan sie aus ihren Gedanken. »Zuerst wussten wir ja gar nicht, welche zu wem gehören. Sie hätten ja alle von dir sein können!« Jonathan räusperte sich, bevor er weitersprach: »Im Nachhinein denke ich die ganze Zeit genau darüber nach …«

»Sie ist eben auch gut in ihrem Job«, sagte Lena, um ihm das schlechte Gewissen zu nehmen.

»Nein, du verstehst mich nicht!«, widersprach Jonathan. »Ich bin mir sicher, genau diese Pralinen schon bei dir probiert zu haben! Weißt du noch, als wir im November über die Beleuchtung im Foyer gesprochen haben? Da hattest du eine neue Kreation dabei: Birnen-Pistazien-Trüffel … Und die Traube-Maronen-Pralinen hast du Bille zu ihrem Geburtstag mitgebracht.«

Lena horchte auf. »So etwas hat sie gestern gemacht?« Jonathan hatte recht. Beides waren eindeutig ihre Kreationen. In ihrer Panik hatte sie gestern gar nicht mitbekommen, was Bella für die Jury zubereitet hatte. »Bist du dir wirklich sicher, dass sie genau diese Pralinen … Ja, natürlich bist du sicher. Du hast sie ja probiert!«, beantwortete sie sich ihre Frage selbst.

»Und gesehen«, bekräftigte Jonathan. »Selbst der Pistazienmantel und das kleine in Sternform ausgestanzte Weinblatt waren gleich … Und komm mir jetzt bitte nicht mit Zufällen!«

In Lenas Kopf überschlugen sich die Gedanken. Bella kannte offenbar ihre Rezepte! Aber wie war sie an das Buch … Theo!

Lena atmete einmal tief durch. »Jojo, ich muss Schluss machen. Hier läuft gerade ein ganz schräger Film ab! Wir sehen uns später im *Casablanca!*« Sie griff nach Kathis Arm und rief im selben Atemzug: »Tjure! Kassierst du bitte weiter? Kathi, du kommst bitte mit!«

Während Max und Tjure sich weiter um die Belange der Kunden kümmerten, folgte Kathi Lena in die Backküche. Sie war sichtlich überrascht.

Lena kam sofort zur Sache. »Bella hat gestern Pralinen nach meinen Rezepten hergestellt.« Sie sah Kathi mit verschränkten Armen an. »Ich frage mich, wie sie an das Buch gekommen ist.«

»Sie hat *was?* Das wäre ja unglaublich! Ich weiß doch auch nicht, wie …« Da fiel bei Kathi der Groschen. »Moment, du willst doch nicht etwa behaupten, dass Theo das Buch genommen hat, um es Bella zu geben!«

Lena seufzte und ließ die Arme sinken. »Gar nichts behaupte ich. Aber überleg mal: Vielleicht hat er es ja in einem unbeobachteten Moment genommen.« Unbedacht setzte sie noch hinzu: »Diesem Schnösel würde ich alles zutrauen …«

Kathi stemmte die Hände in die Hüften. »Nein! Erstens ist er kein *Schnösel!* Zweitens tut er so was nicht! Und außerdem: Woher sollte er wissen, wo das Buch versteckt ist und wo der Schlüssel liegt?«

Lena hob nur kurz die Augenbrauen und schaute Kathi vielsagend an.

»Also, das muss ich mir nicht gefallen lassen! Du beschuldigst mich, ihm geholfen zu haben? Weißt du, was: Sieh zu, wie du hier allein klarkommst!« Wutentbrannt schnappte sich Kathi ihren Mantel und rannte so stürmisch aus dem Laden, dass selbst die Glöckchen wütend klingelten.

Lena schloss die Augen. *Atmen, ganz ruhig atmen … Die Dunkelheit fürchte ich nicht, denn der Dunkelheit folgt das Licht … atmen …*

Als sie die Augen wieder öffnete, lehnte Max im Türrahmen und schaute sie fragend an.

Lena erzählte ihm in knappen Sätzen von Jonathans Anruf und ihrem Verdacht. Sie setzte sich auf den Holztisch. »Ich habe wahrscheinlich überreagiert. Aber ich war einfach so traurig und wütend. Offenbar hat Bella jetzt mein Rezeptbuch. Das Herz des *Fräulein Gewürzzauber!* Was ist denn der Laden ohne diese Rezepte? Was bin ich ohne sie?«

Max setzte sich neben sie und nahm sie in den Arm. »Lena, wie kann ein Buch das Herz von etwas sein? Du bist diejenige, die diesem Laden Leben einhaucht. *Dein* Herz schlägt mit so viel Liebe und Hingabe für das, was du tust – für all die himmlischen Leckereien, deren Geschmack einen dahinschmelzen lässt. Die Rezepte dafür trägst du alle in dir. Du brauchst dafür kein Buch mit laminierten Seiten. Sie kommen aus deinem tiefsten Inneren.«

Mit von Tränen erstickter Stimme konnte Lena nur noch »Danke!« flüstern und lehnte ihren Kopf an seine Schulter. Die Stille der Backküche war angenehm und beruhigend, während vom Verkaufsraum ein leises, geschäftiges Summen zu ihnen drang.

»Ich habe ein Bonbonrezept im Buch markiert«, fiel Lena plötzlich ein. »Sicher wird Bella das auch auswählen. Falls sie weiß, was Zirbeln sind.« Lena musste kichern.

Max atmete auf. »Schön, dass du wieder lachen kannst!«

»Oma Greta hätte Bella sicherlich als *impertinente Person* beschimpft. Ich sehe sie eher als neurotisch selbstverliebt. Sie macht sich die Welt, wie es ihr gefällt. Heute Abend allerdings wird diese Welt untergehen!«

Max grinste. »Dann sollten wir wohl keine Zeit verlieren, Sherlock!«

»Richtig, Watson. Lassen Sie uns die nötigen Vorbereitungen treffen.«

☆

Lenas vager Plan, herauszufinden, ob Bella ihr Buch tatsächlich hatte, bestand darin, sie in ein Gespräch zu verwickeln und dabei darauf zu achten, ob sie sich mit dem, was sie sagte oder tat, verraten würde. Doch zuvor musste sie sich umziehen. Für den heutigen Abend hatte Lena sich für einen Zweiteiler entschieden: einen dunkelgrünen Rock, der an den Seiten leicht ausgestellt war, und ein grünes, mit Goldfäden durchwirktes Oberteil mit Stehkragen. Dazu trug sie ihre schwarzen Stiefel mit den hohen Absätzen. Sie wollte Bella eine Ansage machen, sich aber nicht vollkommen auf deren Niveau herablassen.

Isabelle war von dem Outfit so entzückt, dass sie unentwegt *»Très chic! Très chic!«* vor sich hin flötete. Passend zum Oberteil befestigte sie goldene Glöckchen und ein paar winzige goldene Christbaumkugeln in Lenas Hochsteckfrisur und vollendete ihr Werk mit dem Goldglitzerspray.

»Hier kommen sie, unsere Kontrahentinnen: Lena Sonnenschein, Besitzerin des *Fräulein Gewürzzauber*, und Mirabell Fuchs, das Gesicht des MyTube-Kanals *Bellas Backperlen*!«, riefen Jonathan und seine Co-Moderatorin Mia Kunstwort kurze Zeit später wie bei einem Boxkampf in ihre Mikrofone.

Großer Applaus und Jubel schallten aus dem Saal und von den Balkonen. Anders als gestern genoss Lena die Aufmerksamkeit heute und ließ die Atmosphäre auf sich wirken. Doch schon drängte sich Bella an ihr vorbei auf die Bühne und posierte winkend vor ihrer Küche. An ihren Körper schmiegte sich heute ein hautenges Etwas mit mit weißem Kunstfell besetzten Säumen. Dazu trug sie hochhackige rosa Glitzerpumps.

Dir wird dein falsches Lachen noch vergehen, dachte Lena und begab sich in ihre Backküche. Im Unterschied zum Tag zuvor gab es heute auch eine große steinerne Arbeitsfläche mit drei Metallrahmen, daneben eine Wärmefläche, auf der eine engmaschige Silikonmatte lag. Auch ein großer Metallhaken war an einer der Säulen befestigt, und eine Bonbonpresse stand bereit. Lena war beeindruckt. Sie hatte Eugenie Spitzbubs Knowhow offenbar unterschätzt.

Die Moderatorin in lustigem Weihnachtspulli warf ihnen einen wohlwollenden Blick zu. »Nun haben die Damen drei Stunden Zeit, um der Jury drei leckere weihnachtliche Bonbonvarianten zur Verkostung zu präsentieren. Bist du schon so gespannt wie ich, Jonathan, ob es Lena heute gelingt, Bella Punkte abspenstig zu machen?«

»Das bin ich, Mia!« Jonathan grinste breit. »Ich freue mich auf einen spannenden Abend mit vielen Gästen und Darbietungen. Lassen wir die Zuschauer nicht länger warten. Der zweite Teil der Backchallenge startet – jetzt!«

Als der Gong ertönte, ging Lena sofort an die Arbeit. Sie wusste, dass Max da war. Schon das gab ihr die Kraft, die sie heute brauchte, um das Ruder noch einmal herumzureißen. Zu wissen, dass außer ihm so viele andere gekommen waren, um mit ihr mitzufiebern und sie moralisch zu unterstützen, erfüllte sie zudem mit Wärme.

Wie immer begann Lena damit, die Aromen für ihre Bonbons herzustellen. Dazu kochte sie Himbeeren und Cranberrys ein und verwandelte sie mit reichlich Zucker zu einem vollmundig aromatischen Sirup. Als sie sah, dass Bella gerade Zirbelzapfen und -nadeln in einen Topf mit Wasser füllte und den Timer der Backofenuhr auf fünfzehn Minuten stellte, musste sie schmunzeln. Bella hatte tatsächlich ihr Buch und nutzte ihre Rezepte! Allerdings würde sie heute daran scheitern, denn Lena hatte lediglich die Basisangaben notiert, die sie grundsätzlich mit weiteren Geschmackskomponenten kombinierte. Die genauen Zeitangaben kannte außerdem nur das echte *Fräulein Gewürzzauber.*

Lena roch an der Tüte mit ihren Waldzutaten. Sie hatte noch Thymian und Eibischwurzel dazugelegt, und die Duftwolke, die sie plötzlich wild und ungestüm, gleichzeitig aber beruhigend und erdend umgab, ließ ihr Gewürznäschen kribbeln.

Lena beeilte sich, den blubbernden Sud nach vier Minuten abzuseihen und ihn mit Zucker noch einmal aufkochen und zu einem Sirup einkochen zu lassen. Nur so wurden die Bonbons nicht bitter.

Für die dritte Geschmacksnote nahm Lena Tjures herb-würzigen Waldhonig und als süßen Ausgleich Anis. Beim Erhitzen verströmte die goldene Flüssigkeit einen so anregenden Duft, dass die Zuschauer neugierig die Köpfe reckten.

Bevor sie den großen Topf für die Bonbongrundmasse aus Wasser, Zucker und Glukosesirup auf die Herdplatte stellte, schaute Lena zu der großen Digitalanzeige, die eigens für die Backchallenge über der Bühne installiert worden war. Es war tatsächlich schon mehr als eine Stunde vergangen.

Die Arbeitsschritte, die für das Mischen der Grundmasse mit den Aromen und Farben sowie für das Abkühlen nötig waren, würden eine weitere Dreiviertelstunde in Anspruch nehmen. Doch sie lag gut in der Zeit. Zwischendurch hatte sie sogar die Gelegenheit, den Interviews und dem Gesang der *Rosenkinder* zu lauschen.

Plötzlich drang aus der Backküche neben ihr ein lautes Fluchen, dicht gefolgt von einer Rauchwolke und einem unangenehm beißenden Gestank. Offenbar war Bella die Grundmasse angebrannt.

Lena grinste unwillkürlich, versuchte aber, das Missgeschick ihrer Konkurrentin auszublenden und sich stattdessen auf ihre eigene Arbeit zu konzentrieren. Sie war gerade richtig im Fluss. Die zähe Zuckermasse über den Haken zu ziehen war noch ein Kraftakt, aber kurze Zeit später war es endlich so weit, und sie konnte sich der schönsten Arbeit widmen: die Bonbonmasse durch die Stanzwalze zu drehen.

Lena hatte sich für eine längliche, eine kugelige und eine Kegelform entschieden und drehte nun wie wild an der Kurbel, während sie dabei zusah, wie die Masse langsam unter der Walze hervorkam. Jedes Bonbon wickelte sie in ein transparentes Papierchen, dann stellte sie einen Mini-Tannenbaum auf, an dem bereits eine Lichterkette befestigt war. Die weißen stabförmigen Bonbons machte sie mit kleinen Klammern wie Kerzen an den Ästen fest. Die Kegel und Kugeln hängte sie als Schmuck daran. Als besonderen Hingucker verband sie Bonbons aller drei Geschmacksrichtungen zu einem Stern, den sie an der Baumspitze befestigte.

Als der Gong ertönte, war Lena zutiefst erleichtert. Glücklich und zufrieden stellte sie ihr Bäumchen mit den eingewickelten Bonbons auf den Tisch, an dem die Jury gleich Platz nehmen würde. Bella hatte es irgendwie doch noch geschafft, genug Bonbons herzustellen, und legte einen Adventskranz mit einem hübschen Muster aus bunten kissenförmigen und kugeligen Drops auf die Tischplatte.

Auf dem Weg zurück an ihren Arbeitsplatz schlenderte Lena an Bellas Küche vorbei und warf einen unauffälligen Blick auf ihre Arbeitsplatte. Tatsächlich lag dort ein Zettel mit einem Rezept, und Lena erkannte die Schrift und die Umrisse des alten Papierstücks sofort, denn es war eine Kopie einer ihrer Rezeptbuchseiten. Das war der Beweis! Am liebsten hätte sie Bella sofort angeschrien und vor laufender Kamera bloßgestellt.

Jetzt ist nicht der richtige Zeitpunkt, versuchte Lena sich zu beruhigen. Zudem hatte Bella ihren Blick bemerkt und ließ den Zettel schnell in ihrer Tasche verschwinden.

Im selben Moment nahm die Jury Platz und begann mit der Verkostung. Lena versuchte, an ihren Gesichtern abzulesen, wie es ihnen schmeckte. Als Eugenie Spitzbub eins von Bellas Zirbelbonbons lutschte, verzog sie so sehr das Gesicht, dass Lena ein Grinsen kaum zurückhalten konnte.

Am Ende hieß es: Zehn Punkte für Lena und sieben für Bella.

»Damit haben wir Gleichstand, verehrte Zuschauerinnen, verehrte Zuschauer«, jubelte die Moderatorin. »Bleiben Sie uns treu, und verfolgen Sie übermorgen, an Heiligabend, die Entscheidung – live hier, auf Ihrem Lieblingssender!«

Lena war überglücklich. Gleichzeitig kamen ihr Elvis Worte *»Freundlichkeit, Hilfsbereitschaft und Herzensgüte sind das Grundrezept der Torte, die sich Leben nennt«* wieder in den Sinn. Wie schade, dass es Menschen gab, die dieses Grundrezept nicht kannten! Vielleicht sollte sie Bella für den letzten Teil der Challenge eine Kopie davon in die Tasche schmuggeln …

23. DEZEMBER

Der Wind heulte durch die Rosenstraße und bedeckte die Fensterscheiben mit einem dichten Vorhang aus Schneeflocken. Bei Lena aber begann der vierte Advent mit einem geselligen und ausschweifenden Frühstück. Die vier Kerzen des Adventskranzes brannten, und Lena saß glücklich zwischen den Menschen, die sie liebte. Tjure war ihr schon immer ein zweiter Großvater gewesen, und Rosina …

Lena lächelte. Als Max' Tante völlig unverhofft am fünften Dezember ins *Fräulein Gewürzzauber* hineingeschneit war, hätte sie nie gedacht, dass diese Frau nur gut zwei Wochen später zu einem so wichtigen Teil ihres Lebens geworden sein könnte. Sie nahm den letzten Schluck ihres süß duftenden Kakaos und dachte voller Glückseligkeit an die vielen Menschen, die sie gestern Abend in den Arm genommen und beglückwünscht hatten. Es schien, als hätte ihr die halbe Stadt die Hand geschüttelt. Aber der Wichtigste all dieser Menschen hatte sie zum Schluss nach Hause gefahren, sich mit ihr in die Kissen gekuschelt und lächelte sie gerade aus seinem Dreitagebart an: ihr Zimtstern-Adventsmann. Seine Smaragdaugen blitzten kurz auf und ließen wohlige Wärme in ihr aufsteigen.

Lena ging zur Küchenzeile, schüttete sich Kakao nach und ging mit der dampfenden Tasse zum Fenster. Der Wind bog immer noch kräftig an den Baumwipfeln, aber mittlerweile schneite es weniger, und der Blick zu den hohen Eichen und Tannen im Park war frei. Plötzlich nahm Lena eine Bewegung unter sich wahr. Auf dem Gehweg stand ein junger Mann und schaute erst an den Häusern entlang, dann direkt zu ihr nach oben. Als ihm bewusst wurde, dass sie zu ihm nach unten sah, zog er sich schnell die Mütze ins Gesicht und stapfte durch den Schnee davon.

Komischer Kauz, dachte Lena, zuckte mit den Schultern und ging zurück zum Esstisch.

»Warum darf ich denn nicht mit?«, schmollte Lena, als Max sich am frühen Nachmittag zu seinen Großeltern verabschiedete.

Er nahm sie in den Arm, gab ihr einen Kuss und lächelte verschmitzt. »Weil ich mit den beiden über eine kleine Weihnachtsüberraschung für dich reden muss. Würdest du mitkommen, wäre es keine mehr.«

»Du hast eine Weihnachtsüberraschung für mich?« Lena freute sich so, dass sie ihm fast verzieh, dass er sie nicht zu Theresa und Nikolaus mitnehmen wollte.

Max ignorierte ihre Frage, hatte aber einen Vorschlag: »Weißt du, was? Warum kommst du nicht einfach nach? Vielleicht um halb vier? Heute Abend laufen wir gemeinsam unter dem hoffentlich sternklaren Nachthimmel zurück.«

Lena nickte begeistert. Das hörte sich sehr romantisch und nach einer guten Idee an. Sie freute sich aufrichtig, Max' Großeltern zu sehen. Theresa machte den besten Weihnachtspunsch aller Zeiten, und ihre Zimtstangen waren einfach legendär. Außerdem hatte es mittlerweile aufgehört zu schneien. Das Blau des Himmels brach durch die Wolkendecke und mit ihm erste Strahlen der Wintersonne, die den Schnee glitzern ließen. Perfektes Wetter für einen Winterspaziergang.

Die Minuten verstrichen quälend langsam. Bald wurde Lenas Bauchkribbeln so unerträglich, dass sie sich ablenken musste.

Rosina schmunzelte: »Willst du uns vielleicht noch etwas aus Elviras Tagebuch vorlesen? Ich würde gern hören, ob sie in Deutschland wieder Fuß fassen konnte.«

»Ja, gern!« Lena holte das Tagebuch in die Küche, goss eine Kanne Ingwertee auf, dann blätterte sie auf die richtige Seite und begann zu lesen.

14. 12. 1910

Nun bin ich wieder daheim und wurde mit deutlich weniger Gefühlskälte empfangen, als ich es erwartet hatte. Anscheinend haben sie mich doch auf ihre Art vermisst.

Meine Eltern waren überaus gerührt, ihren Enkelsohn kennenzulernen. Ein neues Arrangement mit Hans-Peter brachten sie bisher nicht zur Sprache, wofür ich ihnen dankbar bin. Vermutlich schieben sie es aber nur auf.

Dafür ließ Mutter mich wieder im Fräulein Gewürzzauber *mitarbeiten. Sie sah mir mit ungewöhnlich großem Interesse zu, wie ich die fremdartigen Zuckerbäckereien fertigte, die ich in den letzten Monaten entwickelt habe. Sie munterte mich sogar geradezu dazu auf, ihr meine Ideen für neue Kreationen vorzuführen. Welche Veränderungen doch die Zeit und ein wenig Abstand hervorbringen können!*

Wenn es einen Backhimmel gibt, dann bin ich jetzt in einem gelandet. Die Kunden stehen Schlange bis hinaus auf die Straße vor dem Fräulein Gewürzzauber*! Sie wollen alle meine Zimtbagels und Cranberry-Waffeln probieren. Sie sind so exotisch und so anders, sagen sie. Auch in der Zeitung wurde schon darüber berichtet, dass es bei uns ganz besondere Süßwaren mit Aromen aus dem fernen Land gibt, nach dem alle streben. Alle wollen wissen, wie Amerika schmeckt. Und wenn noch jemand skeptisch ist, sage ich immer:* Es ist die Kunst, die süßeste Leckerei auch zu erkennen, wenn sie vor einem liegt! *Wenn es jemand nicht vermag, ist ihm auch nicht mehr zu helfen.*

Es ist ein so befreiendes Gefühl, mit den Zutaten experimentieren zu dürfen. Ganz ohne Heimlichkeiten. Und die strahlenden Augen der Kunden sind meine Belohnung.

»Es ist so schön, zu hören, dass sich für Elvi alles zum Guten gewendet hat«, freute sich Rosina.

»Ja, nach all dem, was sie durchmachen musste, hat sie dieses Glück mehr als verdient«, stimmte Tjure zu.

»Oh, seht mal, hier ist ein Zeitungsartikel über das

Fräulein Gewürzzauber!« Lena zeigte auf die nächste Seite. »*Die Welt der außergewöhnlichen Süßwaren*«, las sie vor.

Neben dem Artikel zeigte ein Foto die Fassade des *Fräulein Gewürzzauber*. Genau wie heute baumelte das Messingschild mit der Aufschrift *Fräulein Gewürzzauber seit 1884* über dem Eingang zur Zuckerbäckerei, und genau wie heute luden die lachenden, pausbackigen Putten über den Fenstern jeden ein einzutreten. Auf einem zweiten Foto erkannte Lena Elvi in ihrer Rüschenschürze; in der Hand hielt sie ein Tablett mit wunderhübsch dressierten sternförmigen Waffeln. Mit einem Mal verspürte Lena großen Stolz, das Erbe dieser selbstbewussten Frau fortführen zu dürfen. Einer Frau, die in einer Zeit, als die Geschlechter noch stark in ihren Rollen gefangen waren, alles dafür tat, um aus diesem Korsett der gesellschaftlichen Konventionen auszubrechen.

Als es endlich Zeit war, sich auf den Weg zu den Himmelreichs zu machen, schlüpfte Lena voller Vorfreude erst in eine glitzernde Wollstrumpfhose und ihr grünes Etuikleid, verpackte sich dann in ihre dickste Winterkleidung und verabschiedete sich fröhlich von Rosina.

Die Sonne schien nun von einem wolkenlosen Himmel und verwandelte alles um sie herum zu einer funkelnden Märchenwelt. Auf ihrem Spaziergang dachte Lena an die Aufgabe, die Oma Greta ihr im letzten Jahr am Heiligen Abend im Adventskalender gestellt hatte. Sie erinnerte sich daran, als wäre es gestern gewesen. Sie sollte die vierundzwanzig Laternen der Rosenstraße zählen und dann rechts abbiegen. Vergnügt tat sie das auch heute, allerdings wusste sie nun, wohin der Weg sie führte.

Der Schnee knarzte unter ihren Schritten, während sie wie damals *Schneeflöckchen, Weißröckchen* summte. Pünktlich um halb vier stand sie vor dem Anwesen der Himmelreichs. Die beiden Steinlöwen auf den Säulen neben dem gusseisernen Tor schauten sie neugierig unter ihren Schneemützen an. Lena blieb einen Moment stehen. Von Weitem erinnerte das alte Bauwerk an eine Mischung aus prunkvollem Sechzigerjahre-Schick und viktorianischem Lebkuchenhaus. Als sie den verschneiten Weg zum Haus entlangschlenderte, öffnete sich die Haustür.

»Komm rein, komm rein!«, winkte Theresa und nahm ihr in der schmuckreichen Eingangshalle Mantel, Schal und Mütze ab. Ihr dunkelrotes Tüllkleid raschelte beim Gehen, und die Hochsteckfrisur, die sie aus ihrem langen grau melierten Haar gezaubert hatte, passte perfekt zu dem mit feinen Blattmustern verzierten Stehkragen.

»Tante Thessa, Onkel Nikolaus! Es ist so schön, euch zu sehen!« Lena schlüpfte in die gemütlichen Pantinen, die wie immer am Eingang bereitstanden, und umarmte Theresa und Nikolaus zur Begrüßung.

Theresa lächelte. »Geht schon ins Wohnzimmer! Ich hole noch ein bisschen Punsch.«

»Na, dann …« Nikolaus zwinkerte Lena über seine randlose Brille zu und wies auf die Wohnzimmertür. Wie seine Frau hatte er sich schick gemacht, denn er trug eine feine dunkelgraue Tweedhose und darüber einen sandfarbenen Kaschmirpullover, aus dessen Kragen ein dunkelrotes Tuch mit Blattmuster ragte, das zu Theresas Kleid passte. Seine Haltung und die sportliche Figur ähnelten der seines Enkels sehr, nur von grauen Strähnen war bei Max zum Glück noch keine Spur zu sehen.

Ein Feuer knisterte im Kamin, dessen Sims eine Tannengirlande mit roten Schleifen schmückte. Und davor stand er: Max, ihr Zimtstern-Adventsmann. Lena fielen sofort seine roten Ohren auf, die sicher von der Kälte herrührten. Oder gab es einen anderen Grund? Doch bevor sie ihn darauf ansprechen konnte, kam er auf sie zu und gab ihr einen zärtlichen Kuss. Prompt wurden ihre Knie weich. Dabei hatte sie doch noch keinen Schluck von Theresas Punsch getrunken.

»Setzt euch, Kinder!«, bot Nikolaus an, und sie nahmen auf der gemütlichen Couch vor dem Kamin Platz. Der Hausherr setzte sich in seinen Ohrensessel, nahm seine Pfeife zur Hand und paffte genüsslich. Theresa verteilte die Becher auf dem Wohnzimmertisch und stellte ihnen eine Schale ihrer leckeren Zimtstangen dazu. Lena wusste gar nicht, welchen Duft sie gerade mehr genoss. Der Pfeifenduft entfachte zusammen mit den würzig-süßen Aromen des Punsches, der aus Rotwein, Cranberrys, Orangen, Nelken, Kurkuma und Kardamom bestand, und dem herben Zimtduft der Keksstangen in ihr ein Genussfeuerwerk.

Auf einmal wusste sie genau, was sie morgen beim Finale des Backwettbewerbs backen wollte! »Onkel Nikolaus, gibst du mir nachher eine Probe deines Pfeifentabaks mit?«, fragte sie aufgeregt. Ihre Ohren glühten nun mindestens genauso wie die von Max.

Nikolaus sah sie irritiert an, nickte aber.

»Es ist für morgen, für den Wettbewerb.«

»Ach so.« Er lächelte gutmütig. »Ich dachte schon, du würdest jetzt unter die Pfeifenraucher gehen.«

»Nein, nein!« Lachend nahm Lena einen Schluck Punsch.

»Lena …« Theresa räusperte sich und reichte ihr ein flaches Kistchen, so groß wie ein kleines Notizbuch. Es hatte einen gewölbten Deckel und war rundum mit filigran weiß-blau gemustertem Stoff bezogen. »Das hier möchte ich dir schenken.«

Lena nahm es überrascht entgegen. »Oh, wie hübsch! Aber es ist doch noch gar nicht Weihnachten!«, protestierte sie und wollte es Theresa schon zurückreichen, doch die winkte lächelnd ab. »Es ist ein Glücksbringer für morgen.«

Neugierig öffnete Lena das Kistchen. Beim Anblick seines Inhalts war sie sprachlos. Es war ein Amulett an einem feinen Goldkettchen. Einen großen, ovalen hellgrün schimmernden Edelstein umrahmten unzählige kleine weiße Steine.

Lena war völlig überwältigt. »Das … Das … kann ich nicht annehmen!«, stammelte sie.

»Doch, das kannst du«, antwortete Theresa. Sie nahm behutsam die Kette auf und legte sie Lena um den Hals. »Sie ist ein Familienerbstück und gehörte meiner Großmutter. Jetzt soll sie dir gehören und dir alles Glück der Erde bringen!«

Das Kaminfeuer verschwamm vor Lenas Augen. Schnell wischte sie sich die Träne aus dem Augenwinkel und umarmte Theresa.

Neugierig lugte Max über ihre Schulter und ließ sich ihr Geschenk zeigen. »Das ist eine wirklich schöne Weihnachtsüberraschung!«, wisperte sie.

24. DEZEMBER

Dem gestrigen Nachmittag bei den Himmelreichs voller Herzwärme und Gemütlichkeit war am Abend ein romantischer Heimspaziergang gefolgt. Lena und Max waren durch den frisch gefallenen Schnee gelaufen, und über ihnen hatten die Sterne wie kleine Diamanten am tiefblauen Nachthimmel gefunkelt.

So wachte Lena am Morgen völlig entspannt auf. Als sie gut gelaunt Max ein Küsschen auf die Nase gab, brummte er wohlig und schlief weiter. Sie ließ ihn, krabbelte aus dem Bett, schlüpfte in ihren Morgenmantel und taperte in die Küche. Vor dem Fenster hielt sie kurz inne. Draußen herrschte noch tintenschwarze Dunkelheit. Nur ein paar weiße Flöckchen waren zu sehen, die im Lichtkegel der Straßenlaternen tanzten.

Sie zündete die Kerzen in der Küche und die Lichterketten im Wohnzimmer an und machte sich daran, Brötchen aufzubacken und eine große Kanne Kakao zu kochen.

Ruprecht steckte schnuppernd das Näschen aus seinem Kobel.

»Guten Morgen, Puschelchen! Lust auf ein leckeres Frühstück?« Lena schüttete eine Mischung aus Sonnenblumenkernen, Hasel- und Walnüssen in seine Schale und stellte sie auf die Fensterbank. Es dauerte nicht lange, da hüpfte das Eichhorn aus seinem Bau und landete genau neben der Schale. Lena sah ihm einen Moment lächelnd beim Knabbern zu und deckte dann den Tisch. Die Uhr an der Wand zeigte erst kurz vor sieben. Sie hatte also noch ein wenig Zeit, bis sie ins *Fräulein Gewürzzauber* musste. Wegen der Backchallenge würde sie den Laden heute schon um neun Uhr öffnen, dafür allerdings auch um halb zwölf bereits schließen, damit sie pünktlich um zwölf zu *Haare und Make-up* im Filmtheater war. Um ein Uhr sollte dann die letzte Livesendung des Backwettbewerbs starten.

Von Kathi hatte sie bisher nichts gehört und nichts gesehen. Daher rechnete Lena damit, dass sie heute auch nicht zur Arbeit erscheinen würde. Sie seufzte. Sie hatte Kathi durch ihre Fragen nicht kränken wollen. Wenn Kathi nachher auch nicht ins *Casablanca* kam, würde sie sie anrufen und um ein Gespräch bitten. Zuerst aber musste sie einen Weg finden, um zu beweisen, dass die Backperle ein falsches Spiel spielte. Sie musste an ihre Tasche kommen, um nachzusehen, ob weitere Kopien ihrer Rezepte oder vielleicht sogar das Buch selbst darin waren.

Das *Pling!* der Küchenuhr riss sie aus ihren Gedanken.

»Rieche ich da frisch gebackene Brötchen?« Schnuppernd kam Rosina in die Küche. Vom Brötchenduft angelockt, saßen kurze Zeit später auch Max und Tjure bei den Damen am Esstisch.

Um kurz nach acht verabschiedete sich Max, da er schon vor dem Eintreffen der ersten Gäste im *Casablanca* sein musste, um für das *Tageblatt* alles im Bild festzuhalten.

»Weißt du schon, was du anziehst?«, fragte Rosina Lena neugierig. »Theresas Kette soll ja richtig zur Geltung kommen.«

Lena überlegte nicht lange. »Ich denke, ich habe genau das richtige Outfit für heute. Es ist klassisch und ausgefallen zugleich, ein absoluter Hingucker. Max wird Augen machen!« Schon war sie im Schlafzimmer verschwunden.

Ein paar Minuten später betrat eine über beide spitzen Gummiohren grinsende Weihnachtselfe die Küche. Eine halblange pastellrosa Perücke und ein gekringelter grüner Zipfelhut zierten ihren Kopf. Sie trug eine taillierte hellgrüne Mischung aus Jacke und Minikleid, unter dem die Rüschen eines pinkfarbenen Tutus hervorlugten. Die pink-weiße Kringelstrumpfhose von letztem Jahr hatte Lena aussortieren müssen, da sie ein Loch am rechten Knie hatte, doch sie hatte in der Kostümkiste noch ein Paar pink-grün geringelter Strümpfe gefunden, die nun in den zierlichen grünen Galoschen steckten. Schon als sie letztes Jahr die große Weihnachtsfeier im *Casablanca* veranstaltet hatten, hatte sie sich in diese pink-grüne Kringelei verliebt und sie den ganzen Abend getragen.

»Wie wunderbar, Lena!« Tjure und Rosina klatschten vor Begeisterung in die Hände. Theresas Kette glitzerte an Lenas Dekolleté. Ihren zweiten Glücksbringer, Elvis Medaillon, hingegen hatte sie sorgsam in einer kleinen Jackentasche verstaut.

Lachend vollführte Lena für ihr Publikum weihnachtselfenhafte Posen, dann griff sie zum Telefon.

Nach kurzem Warten erklang die tiefe, herzliche Stimme von Nikolaus Himmelreich. »Lena? Musst du nicht gleich los?«

»Hallo, Onkel Nikolaus! Ja, ich bin auch schon auf dem Sprung, aber ich habe eine große Bitte an dich …«, sagte sie. »Du kannst es dir vielleicht schon denken?«

Nach kurzem Überlegen lachte er auf. »Muss ich wirklich?«

»Oh ja, bitte! Wie letztes Jahr! Denk an die leuchtenden Kinderaugen!«

»Schon gut, schon gut! Überredet. Ich werde Theresa bitten, die Kostüme herauszusuchen.«

Das Filmtheater summte wie ein Bienenstock. An der Garderobe standen die Leute Schlange, und Kinosaal 1 füllte sich zusehends. Überall, wo Lena entlanglief, wandten die Leute die Köpfe nach ihr und sahen ihr hinterher. Man sah ja nicht alle Tage eine Weihnachtselfe. Während Lena nach Max Ausschau hielt, konnte sie nicht aufhören zu lächeln. Zwar konnte sie ihn nirgends entdecken, doch die Nervosität der vorherigen Wettbewerbstage war verschwunden. Lena war sich sicher, dass die Magie der Weihnacht und dieses besonderen Ortes ihr heute helfen würden.

Als sie das provisorische Make-up-Studio betrat, war Isabelle entzückt. »Oh, *mon Dieu!* Du 'ast es wieder götan!«, kicherte sie. Sie überlegte kurz und entschied dann: »Die 'aar sind perfekt gestylt, fehlt nur noch die Rouge auf die Wang'!« Sie vollführte einige gekonnte

Bewegungen mit dem Pinsel, auf den sie zuvor pinkfarbenes Puder getupft hatte. *»Et voilà!«*

Eine Weihnachtselfe mit rosa Wangen strahlte Lena aus dem Spiegel an. Jetzt war sie bereit, sich Mirabell Fuchs zu stellen. Bis …

»Aus welchem Weihnachtsfilm bist du denn gehüpft, Lena-Schätzchen?« Bella kicherte gekünstelt, während sie auf ihren High Heels heranstolzierte. Lena stockte der Atem. Ihre Konkurrentin trug ein atemberaubendes dunkelrotes Minikleid mit schmalen Spagettiträgern, das ihren Körper eng umschmiegte. Ihr langes blondes Haar fiel in sanften Wellen über ihre nackten Schultern und endete in engelsgleichen Locken. Sie nahm umständlich vor dem Schminkspiegel Platz, denn ihr paillettenbesetztes Etwas ließ ihr nicht viel Bewegungsfreiheit.

In Lena explodierten Panik und Wut gleichzeitig. Sie drehte sich zur Seite und schenkte ihr das elfengleichste Lächeln, das sie zustande brachte. Dabei fiel ihr Blick auf die ausgebeulte Kunstledertasche mit goldenen Applikationen an den Nähten und flauschigen rosa Bommeln am Reißverschluss, die Bella neben sich abgestellt hatte. Befanden sich darin ihre *Zuckergusschroniken?* Kurz war Lena versucht, die Tasche an sich zu reißen und sie zu durchwühlen. Stattdessen verabschiedete sie sich eilig. Besser, sie tat und sagte jetzt nichts, was ihr später leidtun würde.

Hinter einem der Marktstände blieb sie stehen und nahm sich Zeit für Rosinas Atemübungen. Nach einer Weile beruhigte sich ihr wummerndes Herz wieder.

Als sie aufsah, entdeckte sie eine andere Person, die hinter den Marktständen kauerte.

»Kathi?« Lena erkannte ihre Mitarbeiterin kaum wieder. Das sonst immer sorgfältig zum Zopf frisierte Haar hing ungekämmt herunter, Strähnen klebten an ihren verheulten Wangen. Sie schniefte laut und zog Lena an sich. »Lena, so ein Glück, dass du da bist! Bitte entschuldige, dass ich heute Morgen nicht bei der Arbeit war!«

»Es ist schon gut, mir tut es leid, dass ich dich so gekränkt habe. Das war nicht meine Absicht … Aber was ist denn los?«

»Ich bin schuld! Meinetwegen hast du am ersten Tag verloren!«, schluchzte Kathi verzweifelt. »Es tut mir so leid, Lena!« Lena schob Kathi zu zwei Klappstühlen neben der Bühne, und sie setzen sich.

»Was kannst du denn dafür?«, fragte Lena vorsichtig, »Hast du Theo von dem Buch erzählt?«

»Ja!« Kathi ließ sich wieder gegen Lenas Schulter sinken. »Ich dachte doch, er wäre der eine. So charmant, wie er immer war. Der, dem ich alles erzählen könnte … so, wie du Max alles erzählst …« Sie richtete sich auf. »Aber ich habe ihm *nicht* geholfen! Das musst du mir glauben! Ich hätte ihm doch nie das Buch gegeben! Schon gar nicht für diese aufgedonnerte Kuh! Er muss es sich geholt haben, als ich nicht dabei war. Vielleicht habe ich da gerade meinen Mantel geholt oder … Ach, es ist jetzt ja auch egal! Ich war so dumm! Und so blind! Und der arme Matthi …«

»Was ist mit Matthi?« Lena horchte überrascht auf.

»Dem kann ich jetzt auch nicht mehr unter die Augen treten. Ich weiß doch, dass er mich mag. Warum musste ich erst so eine große Dummheit begehen, um zu erkennen, was für ein toller Typ er ist?«

»Manchmal passiert einem so etwas«, versuchte Lena, sie zu trösten. »Matthi wird das aber verstehen. Er hat dich wirklich sehr gern. Sonst hätte er dir ja auch nicht die …« Ups, fast hätte sie zu viel gesagt.

»Die was? Was hat Matthi?«

Lena seufzte. »Heimlich die kleinen Päckchen gebracht.«

»Du machst Witze! Oh, das darf doch nicht wahr sein!« Kathi schlug sich die Hände vors Gesicht. »Ich bin so eine dumme, blauäugige Ziege! Dass ich diesem Schnösel geglaubt habe, die Geschenke seien von ihm!«

»Ach, ist er das, ein *Schnösel?*« Lena schmunzelte.

»Ja, das ist er. Du hattest ja recht.« Jetzt schniefte und lachte Kathi, und Lena lachte mit.

»So was kann passieren.« Sie strich Kathi beruhigend über den Rücken. »Wie bist du eigentlich darauf gekommen, dass Theo das Buch hat?«

»Heute Morgen – ich habe bei ihm übernachtet … auf der Couch! Er war schon auf. Da habe ich es zusammen mit einigen Kopien der Seiten in seiner Tasche gesehen! Erst wusste ich nicht, was ich tun sollte. Ich war so durcheinander! Er meinte, er müsste noch etwas erledigen. Ich bin ihm gefolgt. Er hat sich mit Bella getroffen und hat ihr die Kopien gegeben. Die hat sie in ihrem Shopper mit den rosa Flauschbommeln verstaut.«

Lena wurde ganz flau im Magen. *Ich wusste es!* Lena ballte die Fäuste. »Die Tasche stand neben ihr auf dem Fußboden, als sie geschminkt wurde!«, murmelte sie.

»Eine Tüte mit Zutaten hat er ihr auch gegeben.«

»Aber wo ist das Buch jetzt? Theo muss es ja immer noch haben«, überlegte Lena.

»Das ist alles so furchtbar!« Kathi legte erschrocken die Hand vor den Mund. »Dann backt sie gleich wieder ein Rezept von dir und gewinnt damit womöglich noch!«

»Kathi, beruhige dich! Gestern ist es ihr ja auch nicht gelungen. Die Rezepte im Buch enthalten keine Zeitangaben und meist nur die Basiszutaten. Die gute Bella muss schon sehr talentiert und kreativ sein, um mir das Wasser reichen zu können.«

Plötzlich stand Matthi neben ihnen. Zur Feier des Tages hatte er sich in Schale geworfen und seine Outdoor-Kluft gegen ein wirklich festliches Outfit getauscht. Seine Sturmlocken wurden von einem Haarband in einem Zopf gebändigt. Ein weißer Rollkragen lugte aus dem V-Ausschnitt eines groben Strickpullovers in elegantem Dunkelblau, dazu trug er dunkelblaue Jeans mit hellen Nähten. Feine Schnürschuhe aus hellbraunem Leder glänzten an seinen Füßen. Matthi ließ sich offensichtlich nicht unterkriegen. »Hoho!« Er hielt ihnen grinsend zwei Becher Punsch hin. »Darf ich euch was anbieten?«

Kathi versteckte sich halb hinter Lena und raunte ihr verzweifelt zu: »Jetzt nicht, ich seh doch schrecklich aus!« Aber Lena hörte gar nicht darauf und winkte ab.

»So ein Quatsch!« Sie stand auf und zog Kathi mit auf die Füße. Dann schob sie sie an Matthi vorbei in Richtung Make-up-Studio. »Isabelle hat gerade nichts zu tun und kümmert sich bestimmt gern darum, dir zu einem neuen Look zu verhelfen.« Über die Schulter rief sie: »Komm mit, Matthi! Du kannst Kathi gleich einen Punsch geben. Sie hat ihn bitter nötig!«

Nach kurzer Rücksprache mit Isabelle ließ Lena Kathi in deren Obhut, darauf bedacht, Bella für den Moment keinerlei Beachtung zu schenken. Matthi versorgte Kathi mit Punsch und Maronen, was sie sichtlich genoss.

Der Blick auf die große Digitaluhr über der Bühne sagte Lena, dass noch ein wenig Zeit blieb, um sich im Saal umzuschauen. Als Erstes schlenderte sie über den kleinen Markt vor der Bühne. Es war ein einziger Dufthimmel für ihr Gewürznäschen. Die Düfte von Orangen, Tannen, Nelken, Kardamom, Zimt, gebrannten Mandeln, gegrillten Maronen und süßer Zuckerwatte vereinten sich zu einem köstlich-göttlichen Weihnachtscocktail der Aromen.

Ganz berauscht blieb sie vor dem Stand ihres *Fräulein Gewürzzauber* stehen. Jonathan hatte ihr versprochen, jemanden aufzutreiben, der die Plätzchen und den Punsch für sie verkaufte. Dass sie nun Bille mit rosa Wangen und einem breiten Lächeln hinter der Verkaufstheke vorfand, überraschte sie. Ihre Freundin war wie immer grell, heute aber ungewohnt figurbetont gekleidet und trug wie die anderen Verkäufer ein ovales Namensschild mit einem Ilexzweig als Brosche.

Sie umarmten einander zur Begrüßung, und Lena brauchte erst gar nicht zu fragen, denn Bille plapperte gleich aufgeregt los: »Stell dir vor: Jojo hat mich zum Essen eingeladen! Wir waren bei diesem Inder – *Maharaja* –, weißt du noch? Dort hatten du und Matthi euer Blind Date!«

»Oh, erinnere mich nicht daran!« Lena verdrehte lachend die Augen. »Zum Glück ist das schon mehr als ein Jahr her!«

Bille winkte fröhlich ab. »Wir haben uns ausgesprochen. Er hat mir bewusst gemacht, dass es durchaus helfen kann, wenn man mit dem Partner über das redet, was einen bewegt, über seine Wünsche und Bedürfnisse.« Plötzlich grinste sie ganz verlegen. »Sieh mal hier ...« Sie hielt Lena die linke Hand hin. Am Ringfinger steckte ein schmaler Plastikring mit einem kleinen bunten Schmetterling, dessen Kopf ein roter Glitzerstein war.

»Ist es das, was ich denke?«, fragte Lena erstaunt.

Bille nickte stürmisch und kicherte. »Aus dem Kaugummiautomaten im Foyer ... Jojo hat ihn aufgeschlossen. Ich durfte mir einen Ring aussuchen, und dann hat er mir einen Antrag gemacht!«

»Oh Bille, das freut mich so! Herzlichen Glückwunsch!« Lena schloss ihre Freundin stürmisch in die Arme. Ihr fiel ein ganzes Gebirge vom Herzen. Wie schön, dass die beiden sich ausgesprochen hatten!

Bille strahlte sie glücklich an. »Ich erzähle dir nachher gern jede Einzelheit, aber ich glaube, gerade warten einige Leute auf ihren Punsch. Heute ist so viel los wie am Freitag und Samstag zusammen.« Schon war sie wieder hinter den Stand gehuscht.

Lena schlenderte vergnügt weiter und besah im Vorbeigehen die anderen Marktstände. Es gab wundervoll handgeschnitzte Holzarbeiten wie kleine Stiftetuis, Baumanhänger oder Puzzles. Die *Rosenkinder* verkauften selbst gebastelten Weihnachtsschmuck, und der Blumenladen *Flora* bot wunderschön dekorierte und ausgefallene Kränze an – mit kleinen Spielzeugfigürchen und Autos, mit Bonbons und Zuckerstangen gespickt sowie einige, die aussahen wie verschneite Winterlandschaften. Besonders gefielen ihr die Kränze mit Postkarten und Wahrzeichen von Städten wie Paris oder New York.

Sofort musste sie an Elvi denken. Sie freute sich schon darauf, heute Abend den nächsten Eintrag zu lesen. Gleichzeitig überkam sie eine tiefe Traurigkeit bei dem Gedanken, die letzten beschriebenen Seiten zu lesen.

»Endlich finden wir dich, du kleine Weihnachtselfe!«

Huch! Als sich rechts und links zwei Arme unterhakten, konnte Lena sich gar nicht wehren. Im nächsten Augenblick sah Emma sie von links und Milla sie von rechts grinsend an. Lena musste ebenfalls schmunzeln. Von den Ohren der einen baumelten kleine grüne und von den Ohren der anderen kleine rote Christbaumkugeln. Die hatte Lena ihnen letztes Jahr als kleinen Gag geschenkt, und sie freute sich, dass ihre Freundinnen sie aufgehoben hatten. Am meisten genoss sie aber, dass die beiden gekommen waren, um ihr Beistand zu leisten. Jetzt konnte nichts mehr schiefgehen.

»Muss ich Max noch einnorden oder mir die Backperle mit dem Nudelholz vorknöpfen?«, fragte Emma streng. Lena hatte sie und Milla über das Telefon auf dem Laufenden gehalten; von den letzten beiden Tagen hatte sie jedoch noch nichts erzählt.

»Heb dir das für später auf«, zwinkerte Lena. »Vielleicht ist das gar nicht mehr nötig, wenn ich mit ihr fertig bin.«

»Oho! Das sind aber harte Worte für eine Puderzucker-Weihnachtselfe!« Ihre Freundinnen lachten.

»Da fällt mir ein: Ihr könntet Bille am *Fräulein-Gewürzzauber*-Stand ein wenig unter die Arme greifen. Die Arme muss den Andrang ganz allein bewältigen.«

»Machen wir! Jawoll, Frau Vorsteherin-Weihnachtselfe!«, salutierten Emma und Milla. Sie wünschten Lena noch viel Glück für ihren Auftritt, gaben ihr rechts und links ein Küsschen auf die Wangen und waren auch schon im Gedränge verschwunden.

Lena sah sich kurz nach allen Seiten um und entdeckte Charlotte und Daniel. »Hallo, ihr zwei! Was für eine Überraschung!«, rief sie erfreut.

»Das konnten wir uns doch nicht entgehen lassen! Wer weiß, was der Tag heute noch bringt!« Daniel zwinkerte Lena verschwörerisch zu, und Charlotte knuffte ihr in die Seite. Das war schräg.

»Jedenfalls haben wir einen kleinen Glücksbringer für dich. Hier!« Charlotte reichte Lena ein zylinderförmiges Päckchen, vielleicht so groß wie eine Blumenvase, dessen Inhalt aber leicht und weich zu sein schien. Neugierig packte Lena es aus. Zum Vorschein kam ein flauschig-weiches schneeweißes Plüschalpaka. Mit seinem dunklen Lidstrich sah es zauberhaft und glamourös zugleich aus und erinnerte Lena direkt an Rose. »Oh, vielen Dank!« Sie umarmte die beiden stürmisch.

»HO-HO-HO!«, ertönte hinter ihnen eine tiefe melodische Stimme. Als sie sich umdrehten, standen der Weihnachtsmann und seine Weihnachtsfrau vor ihnen.

»Da ist ja meine Weihnachtselfe!«, lachte Nikolaus Himmelreich, und der falsche Weihnachtsmannbauch unter dem roten Mantel bebte.

Seine Frau fiel in sein Lachen ein. Ihr mit weißem Kunstfell besetztes Kostüm passte perfekt zu seinem – und zur nostalgischen Charles-Dickens-Kulisse. Ihr Haar trug sie wie so oft hochgesteckt, und ein hübscher Ilexzweig mit roten Beeren steckte dekorativ darin.

»Tjure hat den roten Ohrensessel aus dem *Fräulein Ge-*

würzzauber hergebracht, damit der Weihnachtsmann die vielen Kinder in Empfang nehmen kann.« Lena deutete auf einen frei geräumten Bereich neben dem Make-up-Studio, wo der Sessel inmitten einer Kunstschneedecke auf einem kleinen Podest bereitstand. Der rote Vorhang mit den Goldsternen dahinter war der perfekte Rahmen. Ein schmaler roter Läufer führte von dem Podest weg und endete in etwa drei Metern Entfernung an zwei goldfarbenen Absperrständern.

Nikolaus lachte. »Ich sehe, du hast an alles gedacht.«

Plötzlich tauchte Max zwischen den Leuten auf, zückte seine Kamera, die an einem breiten Gurt um seinen Hals hing, und rief gegen den Lärm der Leute: »Das schreit nach einem Familienfoto!«

Der Weihnachtsmann nahm seine Weihnachtsfrau in den einen und die Weihnachtselfe in den anderen Arm, und alle drei strahlten über ihre rosa Wangen. »Dann komm, meine Weihnachtsfrau!«, sagte Nikolaus, nachdem Max fertig war. »Hast du schon mein goldenes Buch bereitgelegt? Damit ich den braven Kindern Geschenke und den unartigen gute Ratschläge mit auf den Weg geben kann?«, fragte er mit gespieltem Ernst.

Theresa nickte und hakte sich bei ihrem Mann unter. Sie sprachen Lena noch Mut zu und machten sich dann auf zum Nordpol neben der Bühne, wo schon einige Kinder gespannt mit ihren Eltern an der Absperrung warteten. Charlotte und Daniel verabschiedeten sich ebenfalls und suchten sich zwei freie Plätze im Publikumsraum.

Max hängte seine Kamera auf den Rücken und zog die Lena-Weihnachtselfe an sich. Sein Zimt-Honig-Duft kam ihr noch verführerischer vor als sonst, und sie spürte, wie ihre Wangen von Himbeerrosa zu dunklem Kirschrot anliefen. »Du siehst zum Anbeißen aus!«, hauchte er ihr in ihr spitzes Ohr.

»Na, na! Beherrsch dich noch ein bisschen! Schließlich bin ich eine Elfe vom Weihnachtsmann!« Sie schaute ihn ernst an, dann grinste sie: »Aber wenn du brav bist, backe ich vielleicht nachher Zimtsterne mit dir.«

Er nickte schmunzelnd, zog sie noch dichter an sich und küsste sie zärtlich. Seine weichen Lippen schmeckten nach Glühwein und dem Verlangen, allein mit ihr zu sein.

»Frau Sonnenschein!« Jemand räusperte sich hinter ihnen. »Ähm, Frau Sonnenschein!«

Widerwillig trennte sich Lena von Max und drehte sich zu Gerda Schutter um, die mit ihrem Headset und dem schwarzen Schlabberpulli wie ein dunkler Fleck in einem bunten Durcheinander wirkte. »Bitte begeben Sie sich jetzt auf die Bühne, die Sendung startet in fünfzehn Minuten!« Schon war sie in der Menge der Leute verschwunden.

Max schloss Lena noch einmal in die Arme, bevor er sie gehen ließ. »Du schaffst das! Lass dich von Bella nicht ärgern. Sie ist es nicht wert!«

Lena nickte, gab ihm einen letzten zarten Kuss und ging auf die Treppe an der linken Seite der Bühne zu. Als sie an dem provisorischen Make-up-Studio vorbeikam, hörte sie zwei Personen so hitzig diskutieren, dass sie stehen blieb und vorsichtig um die Trennwand lugte. Zwischen dem schweren Vorhang und der Rückseite des Studios standen sich Bella und Roland Riegel gegenüber.

»Schätzchen, es ist mir egal, wie du es anstellst, aber

ein Roland Riegel verliert nicht! Nie! Verstanden?«, blaffte er Bella an, die erschrocken einen Schritt zurückwich.

»Herr Riegel, das ist doch aber –«

»Nicht korrekt? Hinterlistig? Intrigant?« Sein Mund verzog sich zu einem diabolischen Grinsen. »Kindchen, wem, meinst du denn, verdanke ich meine Macht und meinen Reichtum? Sicher nicht meiner Nettigkeit!«

»Das ist einfach nicht mein Stil, und ich werde –«

»Schätzchen, du wirst tun, was ich dir auftrage!«, unterbrach er sie harsch. »Darf ich dich daran erinnern, dass du einen Vertrag unterschrieben hast? Dein Sieg hier ist Teil des Deals.« Er trat noch näher an Bella heran, und Lena konnte einen Funken Angst in ihren Augen aufglimmen sehen. »Wenn nicht, rupf ich dein Glitzersternchen vom Backhimmel und zertrete es genüsslich unter meinen Schuhsohlen! Und jetzt«, der Fabrikant trat zur Seite und deutete mit einer ausladenden Armbewegung zur Bühne, »mach deinen Patron glücklich. Du darfst gehen!«

Lena sah, wie sich Bellas Brust unter ihrem hautengen Kleid heftig hob und senkte. Mit hocherhobenem Kinn, gestrafften Schultern, die Hände zu Fäusten geballt, marschierte sie zur Treppe. Dabei stach sie die Absätze ihrer Glitzerpumps energisch in den weichen Teppichboden. Lena glitt in den Schatten hinter der Trennwand, um nicht von Bella oder Herrn Riegel gesehen zu werden. Als sie erneut um die Ecke blickte, war der Fabrikant verschwunden. Bella hatte bereits die Stufen erklommen und begrüßte die jubelnde Menge im Saal winkend und mit einem strahlenden Zuckergusslächeln.

Irritiert überlegte Lena, was sie eben gehört hatte. Was hatte Roland Riegel Bella aufgetragen zu tun, um zu gewinnen? Dass Bella offenbar in einer Zwickmühle steckte, weil sie mit seinen Methoden nicht einverstanden war, wunderte sie. Schließlich schreckte ihre Konkurrentin auch nicht davor zurück, eine Beziehung zu zerstören oder Informationen zu stehlen, die ihr einen Vorteil verschafften. Besser, sie war nun doppelt auf der Hut.

Lena atmete noch einmal tief ein und aus. Dann beeilte sie sich, auch auf die Bühne zu kommen, wo bereits der Korb mit ihren Zutaten auf der Arbeitsfläche ihrer Backküche wartete. In der rechten Tasche ihres Elfenkleides fühlte sie den kleinen Lederbeutel, in den Nikolaus Himmelreich eine Handvoll seines duftenden Pfeifentabaks gefüllt hatte, und in der linken Elvis Medaillon. Ein Lächeln huschte über Lenas Gesicht. Jetzt konnte der Wettkampf beginnen.

Während sie auf das Startzeichen wartete, ließ sie ihren Blick über das Publikum schweifen. So viele Menschen hatte das *Casablanca* schon lange nicht mehr an einem einzigen Abend gesehen. Als die Fotografen sich in Position stellten, stöckelte Bella herbei. Erst blieb sie neben Lena stehen, dann aber schob sie sich so vor sie, dass die Kameras der Fotografen hauptsächlich sie vor der Linse hatten. Sie winkte Max, der wieder im Auftrag des *Tageblatts* unterwegs war, stürmisch. Gleichzeitig raunte sie Lena zu: »Ein Sahneschnittchen, nicht wahr? Mit ein bisschen Punsch, einigen Schmeicheleien für sein Ego und beim Anblick meines Körpers wird er Wachs in meinen Händen. Nach meinem Sieg ist er fällig. Du wirst sehen! Hoffentlich geht dir nichts daneben, Lena-Schatz! Wäre doch schade um dein … *Kostüm!*« Spitz kichernd tänzelte sie in ihre Küche und ließ eine völlig perplexe Weihnachtselfe zurück.

Beruhige dich, Lena! Konzentriere dich auf deine Aufgabe!, versuchte Lena, sich zu fokussieren. Hatte sie eben noch einen Funken Mitleid mit Bella verspürt, war dieser soeben verpufft. Jetzt würde sie dieser *Schlang'*, wie Isabelle sie so treffend bezeichnet hatte, erst recht zeigen, wo der Rührlöffel hing!

»Meine Damen und Herren, liebe Kinder! Herzlich willkommen zurück im Filmtheater *Casablanca!*«, eröffnete Mia Kunstwort und erntete tosenden Applaus. »Es ist so weit! Endlich ist Heiligabend, das finale Backen! Es steht unter einem hochexplosiven Motto: *Zimt und Zunder!* Ist das nicht fantastisch, Jonathan?«

»Mia, wie recht du hast! Ich bin schon gespannt, welche außergewöhnlichen Kreationen wir nachher probieren dürfen! Schau nur, wie viele Zuschauer wir hier im Saal und mit Sicherheit auch vor den Bildschirmen zu Hause begrüßen dürfen!« Nach einer kurzen Pause, in der er das Publikum applaudieren ließ, sprach er weiter: »Dann wollen wir nun niemanden mehr auf die Folter spannen, Mia, und unsere beiden Kontrahentinnen willkommen heißen.«

»Lena Sonnenschein, von der Zuckerbäckerei *Fräulein Gewürzzauber*, und Mirabell Fuchs, die Frau hinter dem MyTube-Kanal *Bellas Backperlen!*«

Die Kameras schwenkten erst auf Lena, dann auf Bella, die hinter in ihren Küchen Stellung bezogen hatten. Lena wurde flau im Magen, aber sie versuchte, so cool wie möglich zu wirken, und winkte lächelnd in die eckigen Glasaugen.

»Die beiden Damen wissen, was sie zu tun haben. Und euch allen wünschen wir einen ganz besonders aromatischen Heiligabend! Denn die Backchallenge startet … jetzt!«

Mia und Jonathan zeigten mit ausgestreckten Zeigefingern auf die Digitalanzeige über Lenas und Bellas Köpfen. Es erklang der dunkle Gong des Kinos, und die Zeit lief.

Lena ging in Gedanken noch einmal ihren Arbeitsablauf durch. Als Erstes musste sie den Grundteig für ihre Zimtsterne anrühren, damit er mindestens zwei Stunden kühl lagern konnte. Sie beförderte eine große Rührschüssel aus einem der Unterschränke auf die Arbeitsfläche, schlug mehrere Eiweiß halb steif und siebte dann Puderzucker hinzu. Als die Masse steif war, hob sie gemahlene Mandeln, Nelken-, Kardamom- und Muskatpulver unter. Das wichtigste Gewürz kam zum Schluss: Zimt – und zwar jede Menge.

Schließlich wickelte Lena den Teig in Frischhaltefolie und öffnete den Kühlschrank, um ihn mit den allerbesten Wünschen, er möge sich gut ausruhen, hineinzulegen. Aber was war das? Das Innere des Kühlschranks war ja warm!

Lenas Herz begann zu rasen. Panisch sah sie sich um und entdeckte Frau Schutter neben der Bühne. Die reagierte sofort auf ihr Winken und kam ihr zu Hilfe. Ein kurzer Blick hinter das Gerät brachte die ernüchternde Klarheit, dass das Einstecken des Steckers erst in etwa acht Stunden die gewünschten Wintertemperaturen bringen würde. Lena brauchte einen Moment, um sich wieder zu sammeln. Doch Frau Schutter handelte prompt und beförderte Lenas Teigrolle kurzerhand in Bellas Kühlschrank, was diese mit einem missbilligenden Blick quittierte. War dieser Zwischenfall etwa kein Zufall, sondern Sabotage und auf Bellas Mist gewachsen? Lenas Gedanken überschlugen sich. Doch ein Blick nach links genügte, um ihr zu zeigen, dass auch bei Bella nicht alles glattlief. Natürlich buk auch Bella Zimtsterne, allerdings schien sie bereits jetzt ins Schwitzen gekommen zu sein. Jedenfalls rührte sie immer noch an ihrem Teig herum. Offenbar war er zu klebrig. Hektisch schüttete sie noch eine Tüte gemahlene Mandeln hinterher.

Lena fasste in die linke Jackentasche und strich über das Blättermuster des Medaillons. Es war, als flösse neue Energie durch ihre Fingerspitzen in ihren Körper. Wieder ruhiger, kochte sie erst Cranberrys mit Zucker und einem Schuss Rotwein auf, danach in einem zweiten Topf Orangen mit Zucker und einem Schuss Likör. Beides würde sie später für die Cremehaube brauchen.

Währenddessen hatte Bella scheinbar nichts weiter zu tun, denn sie hatte Zeit, Mia Kunstworts Fragen zu beantworten. »Meine Zimtsterne sind absolute Meisterwerke! Der Geschmack ist einfach zum Niederknien! Das Rezept habe ich von meiner Großmutter«, behauptete sie. »Natürlich habe ich es noch etwas verfeinert.« Mit einem zuckersüßen Lächeln klimperte sie in die Kamera.

Das war doch wirklich der Gipfel der Sahnehaube! Fehlte nur noch, dass sie der Welt das Familienrezeptbuch der Sonnenscheins präsentierte und es für ihr eigenes ausgab!

Zum Glück leitete Mia Kunstwort bereits zu einer Darbietung der *Rosenkinder* über, eine coole *Rudolf*-Version, die Lenas Puls beruhigte. Sie rollte den Zimtsternteig im Takt der Musik dick aus und wippte mit jedem Plätzchen, das sie ausstach, mit.

Wenig später beförderte sie zwei Backbleche voller Sterne in den Ofen. Bei einhundert Grad würden die Plätzchen nun für eine gute Viertelstunde in Ruhe vor sich hin trocknen, und Lena hatte genug Zeit, die Cremes für die Verzierung vorzubereiten.

Kurz bevor sie die fertigen Zimtsterne aus dem Ofen holen wollte, kam der Clou! Sie nahm das Lederbeutelchen aus ihrer Tasche und gab eine winzige Prise des Inhalts in eine Tonschale. Schon jetzt verbreitete der Pfeifentabak einen verheißungsvollen Duft. Als Lena ihn entzündete, glomm er blutrot auf, und mit dem Rauch sog sie das warme Gefühl, nach Hause zu kommen, in ihr Gewürznäschen. Sie stellte die Schale mit dem rauchenden Inhalt vorsichtig in den Ofen unter die Bleche.

Plötzlich hörte sie leises Fluchen aus Bellas Richtung und musste sich ein Lachen verkneifen. Sie hatte wahrscheinlich den Ofen viel zu heiß eingestellt, was Zimtsterne gar nicht mochten. Mit etwas mehr Ahnung wäre ihr dieser Fehler nicht passiert.

Lena warf einen kurzen Blick zu ihrer Konkurrentin. Die hatte offensichtlich noch genügend Teig übrig, um ein neues Blech zuzubereiten und es dieses Mal besser zu machen. Der Zunder, den Bella nutzte, war Amaretto, den sie in den Eischnee-Anstrich tröpfelte.

Nur noch zehn Minuten. Schon stellte Gerda Schutter vier hellgrüne Minitortenplatten mit gewellten Rändern auf Lenas Arbeitsfläche; Bella bekam kurz darauf vier rosafarbene Minitortenplatten. Darauf sollten sie ihre Backwerke der Jury präsentieren.

Mit wenigen Handgriffen zauberte Lena ihren Zimtsternen orange Cremehauben mit roten Cremetupfen. Sie schloss die Augen und roch an einem der Kekse. Sehr gut! Er vereinte die ganze Weihnacht aus dem Wohnzimmer der Himmelreichs in sich.

Sobald der Gong das Ende der Backchallenge verkündet hatte, sammelte Frau Schutter die Minitortenplatten wieder ein und verteilte sie auf der Jury-Tafel. Gespannt beobachtete Lena, wie die Juroren die Zimtsterne verkosteten.

Dann endlich verkündete Jonathan das Ergebnis: »Die heutige Wertung fällt, wie folgt, aus: Die Zimtsterne auf den rosa Tortenplatten waren zwar saftig, der Geschmack nach Zimt allerdings eher schwach, und der Zunder in der Glasur überlagerte alles. Diesen Keksen fehlte das besondere Etwas. Daher leider nur fünf Punkte.« Das Publikum applaudierte verhalten, und der Juror fuhr fort: »Liebes Publikum, hättet ihr doch auch die Zimtsterne auf den hellgrünen Tortenplatten probieren dürfen! Vielen Dank der Bäckerin, die das Motto *Zimt und Zunder* verstanden hat umzusetzen! Das war eine regelrechte Aromen-Explosion! Volle zehn Punkte!«

Tosender Applaus erfüllte den Raum und bereitete Jonathan Mühe, dagegen anzureden: »Mia, sag uns bitte, wer die Zuckerbäckerin mit den hellgrünen Tortenplatten ist!«

»Das mache ich sehr gern, Jonathan! Die Zuckerbäckerin mit den hellgrünen Tortenplatten ist Lena Sonnenschein. Sie gewinnt gegen Mirabell Fuchs die *Puderzauber*-Backchallenge mit sechsundzwanzig zu einundzwanzig Punkten und damit auch das Preisgeld in Höhe von zehntausend Euro!« Mia Kunstworts letzte Worte gingen im Jubel der Menschen unter.

Lena drehte sich glücklich im goldenen Konfettiregen, der wie von Zauberhand von der Decke fiel. Emma, Milla, Kathi, Matthi, Rosina und Tjure, selbst der Weihnachtsmann mit seiner Weihnachtsfrau stürmten auf die Bühne, um sie zu beglückwünschen. Weitere Besucher drängten nach.

Als Rosina sie fest an sich drückte, erhaschte Lena über ihre Schulter einen Blick auf Theo, der Bella tröstend in den Arm nehmen wollte. Sie aber schubste ihn weg und lächelte künstlich in die Kamera. Pikiert schulterte sie ihre Stofftasche mit den Flauschbommeln. Leider verdeckte jemand Lenas Sichtachse, sodass Bella dahinter verschwand.

Lena reckte sich und musste mit einer Hand das Licht der grellen Scheinwerfer abschirmen, um besser sehen zu können. Doch statt Bella entdeckte sie nun am anderen Ende der Bühne jemand anderen, der auf sie zukam. Sie musste sich das Konfetti aus den Augen wischen, um zu begreifen, was sie sah: Da stand noch ein Weihnachtself – mit grünem Jackett über der pluderigen grünen Hose. Seine sportlich schlanken Beine steckten in grünweiß geringelten Strumpfhosen, und auf dem Kopf zwischen den spitzen Ohren thronte eine Kringelmütze, wie Lena sie trug.

Der Elf winkte ihr zu. Lena versuchte, nicht wegzuschauen, damit er nicht verschwand. Dann passierten mehrere Dinge gleichzeitig, die Lena kaum wahrnahm:

Emma sah, wie sich Bella einen Deko-Mistelzweig von der Außenwand ihrer Backküche abriss und zielstrebig auf den Weihnachtself zueilte, und fackelte nicht lange.

Kathi hatte von der anderen Seite der Bühne dasselbe gesehen und rannte nun ebenfalls auf den Elf zu. Sie umrundete die Kameras und schob Gratulanten beiseite, um bei ihm zu sein, bevor das Unglück mit knallrot geschminkten Lippen auf ihn traf. Kathi erreichte Bella den Bruchteil einer Sekunde vor Emma und bekam den Shopper am Bommel zu packen. Emma stieß einen Kampfschrei aus und rammte Bella in die Seite. Alle drei purzelten übereinander. Bellas Tasche glitt von ihrer Schulter, und ihr Inhalt ergoss sich über die Holzdielen der Bühne. Lippenstifte, Mini-Haarbürsten, Schminkspiegel, Nagelfeilen, Zettel mit Kopien von Rezepten und mittendrin: Lenas *Zuckergusschroniken!*

Der Weihnachtself riss erschrocken die Augen hinter seiner schwarzen Hornbrille auf. Dann bückte er sich nach dem Buch und nahm es an sich.

Inzwischen hatten sich Emma und Kathi wieder aufgerappelt, zogen Bella auf die Beine und hielten sie, eine links und eine rechts, im Klammergriff.

»Das war Lena! Sie hat mir das Buch in die Tasche gesteckt!«, giftete Bella.

Auf einmal stand Theo vor ihr. »Nein, das hat sie nicht. Ich habe dir das Buch hineingesteckt.« Theo ließ die Schultern hängen und wies auf Kathi.

»Du hast was?« Offensichtlich hatte Bella ein Geständnis dieser Art nicht erwartet.

»Die ganze Zeit habe ich so getan, als sei ich in diesen Bauerntrampel verliebt! Nur um an Infos zu kommen, wie du Lena die Tour vermasseln kannst. Als ich wusste, was ich brauchte, habe ich das Buch an mich genommen und die Rezepte für dich kopiert.«

»Aber ich dachte, die hättest du von deiner Oma?«, wisperte Bella.

»Pffft! Meine Oma konnte zwar die weltbesten Eintöpfe kochen, aber im Backen war sie keine helle Kerze auf der Torte.« Er grinste schief.

Bella war sichtlich schockiert. »Wie konntest du das tun?«

»Weil es die einzige Möglichkeit war, wie du Lena das Wasser reichen konntest. Du weißt, dass ich alles für dich tun würde. Das habe ich schon immer getan! Bitte verzeih mir, Bella!« Er machte einen Schritt auf sie zu, doch sie wich zurück. »Ich wollte das Buch nach dem Wettbewerb wieder ins *Fräulein Gewürzzauber* schmuggeln und mit dem Bauerntrampel Schluss machen. Das schwöre ich!«

»Weißt du eigentlich, in was für Schwierigkeiten du mich damit gebracht hast?«, zischte Bella unbarmherzig. »Geh mir aus den Augen!«

»Bella, aber –«

»GEH. MIR. AUS. DEN. AUGEN!«

Gerda Schutter eilte auf die Bühne und winkte Emma und Kathi, Bella von der Bühne zu bringen. Im Vorbeigehen raunte Kathi Theo zu: »Das ist für den Bauerntrampel!« Die Ohrfeige, die darauf folgte, war filmreif.

»Ich denke, das gehört dir.« Der Weihnachtself hielt der Weihnachtselfe das in Leder gebundene Buch hin, doch sie schloss stattdessen ihn in ihre Arme. Der Trubel, die vielen Menschen, Scheinwerfer und Kameras verschwanden, um sie herum waren jetzt nur noch Wärme und Geborgenheit. »Danke!«, flüsterte sie ihm in sein spitzes Ohr.

»Aber wofür denn? Du bist doch hier die Siegerin … Herzlichen Glückwunsch, mein Gewürznäschen!«

»Für deine Worte. Sie haben mir Mut und Kraft gegeben. *Ich* bin das Herz des *Fräulein Gewürzzauber*, das weiß ich jetzt. Die Rezepte sind in *mir* drin und nirgendwo anders.« Sie löste sich von ihm und grinste ihn an. »Steht dir übrigens, das Kostüm! Du überraschst mich immer wieder, du verrückter Weihnachtself!« Als er sie küsste, sog sie seinen Honig-Zimt-Duft so intensiv ein, dass ihr der Kopf schwirrte und ihr das Herz bis zum Hals schlug.

»Das Kostüm trage ich nur heute und nur für dich.«

Lena lachte. »Dir ist schon bewusst, dass dich Hunderte Menschen im Saal sehen können?«

»Das ist es mir wert, wenn ich dich damit überraschen konnte.«

»Das hast du!«

»Frau Sonnenschein, die Zuschauer warten auf die Siegerehrung! Kommen Sie, kommen Sie!« Mia Kunstwort zog sie sanft von Max weg auf den vorderen Teil der Bühne. Sie überreichte Lena einen kleinen Pokal, einen goldenen Zimtstern auf einem schmalen Holzpodest, auf dessen Sockel auf einem Bronzeschild Lenas Name und das Jahr graviert waren. Bewegt nahm Lena ihn entgegen und hielt ihn in die Höhe.

Der Reihe nach gratulierten ihr dann die Jurymitglieder. Eugenie Spitzbub drückte sie überschwänglich an sich, sodass der lila Traum aus Tüll, der sie umgab, fröhlich raschelte. »Meine Liebe, ich möchte Sie so herzlich beglückwünschen! Sie haben es wirklich verdient, diesen Pokal in Händen zu halten. Aber den leckersten Zimtstern haben Sie sich ja ohnehin schon geangelt!« Sie zwinkerte Lena zu und drehte sich kurz zu ihrem Weihnachtself um. Dann riss sie die Arme in die Höhe und winkte Isabelle zu sich. »Aber das ist ja noch nicht alles!«, flötete sie und wies auf den riesigen Scheck in der Hand der Visagistin. Darauf zu sehen waren das Logo des Backmagazins und das von RORI-Schokoriegel. In der Mitte prangte in großen schwarzen Ziffern eine Zehntausend.

Mit zitternden Händen nahm ihn Lena entgegen. Sie war schlichtweg überwältigt.

»Ich weiß gar nicht, wo Herr Riegel ist. Er sollte doch auch gratulieren …« Frau Spitzbub sah sich suchend um. Als sie ihn nicht entdecken konnte, drehte sie sich wieder lächelnd zu Lena: »Dies ist Ihr Preisgeld!«

Mia Kunstwort hielt Lena ein Mikrofon ins Gesicht: »Wissen Sie schon, was Sie damit machen?«

Ja, das wusste Lena. »Dieses Geld möchte ich *Rosenkinder e. V.* zukommen lassen, einem Verein, der sich rührend um Waisen und sozial benachteiligte Kinder kümmert und derzeit dringend nach neuen Sponsoren sucht!«

»Das ist ja wundervoll!«, rief Mia und verabschiedete sich, untermalt vom weihnachtlichen Jingle der Liveshow, von den Zuschauern.

»Himmlisch, himmlisch!«, flötete Eugenie. »Und noch etwas möchte ich Ihnen ganz offiziell mitteilen: Die Fotostrecke der kommenden Ausgabe des *Puderzauber* wird ausschließlich von Ihnen und Ihrem *Fräulein Gewürzzauber* handeln. *Bellas Backperlen* haben wir gestrichen. Wir werden stattdessen über Ihren Sieg und Ihren zauberhaften Laden berichten. Max hat ja bereits für Fotomaterial gesorgt.«

Lena strahlte über beide spitzen Ohren. »Vielen Dank!«

Als sie wenig später mit dem Riesenscheck unter dem Arm und einer Vielzahl freudig strahlender Menschen im Schlepptau die Bühne verließ, zog jemand Lena am Ärmel, eine schlanke Frau, vielleicht zehn Jahre älter als sie, mit spitzer Nase und einem unsicheren Lächeln.

»Mein Name ist Bina Ieder. Ich bin die Sekretärin – ich *war* die Sekretärin von Herrn Riegel.«

Der Schokoladenfabrikant! An den hatte Lena gar nicht mehr gedacht. Wo war er nur hin? Seit dem Gespräch mit Bella hatte sie ihn nicht mehr gesehen.

»Das hier wollte ich Ihnen geben.« Frau Ieder überreichte Lena einen ansehnlichen Stapel DIN-A4-Kopien, auf denen sie sofort die Rezeptseiten aus den *Zuckergusschroniken* erkannte. »Ich sollte das Buch für Herrn Riegel kopieren, damit wollte er in seinem neuen Laden Ihre Rezepte nachbacken. Das war der Gipfel der Unverschämtheiten und krummen Machenschaften, die sich der feine Herr in den letzten Jahren geleistet hat. Es hat mich zu dem Entschluss gebracht, fristlos zu kündigen. Er hat mich lang genug schlecht behandelt, und ich hätte es nicht mit meinem Gewissen vereinbaren können, wenn eine so kreative und wunderbare Person wie Sie auch unter ihm hätte leiden müssen! Sie können sich sicher sein, die neue Zuckerbäckerei ist Geschichte, noch bevor sie eröffnet hat. Um Herrn Riegel wird sich nun die Justiz kümmern. Nicht nur wegen der Rezepte.«

Lena überkam eine gigantische Welle der Erleichterung. Sie nahm Bina Ieder in den Arm und bedankte sich von Herzen.

☆

Das Weihnachtsessen sollte wie immer bei Theresa und Nikolaus Himmelreich stattfinden. Auch Rosina und Tjure waren eingeladen, wollten aber noch einen Zwischenstopp in der Rosenstraße einlegen und nachkommen.

»Ich mache uns jetzt erst mal einen großen Becher Punsch, und dann stoßen wir auf deinen glorreichen Sieg an, Lena!«, beschloss Theresa Himmelreich, als sie alle im Wohnzimmer vor dem Kamin saßen, und verschwand in der Tür zur Küche.

»Danke, Tante Thessa!«, rief Lena ihr nach und ließ sich in die Arme ihres Weihnachtselfs sinken. Nikolaus hatte seinen Weihnachtsmann-Mantel an die Garderobe gehängt, nahm nun in seinem Ohrensessel Platz und zündete sich sein Pfeifchen an. Im Kamin flackerte ein gemütliches Feuer. Da klingelte die Türglocke in die weihnachtliche Stille des Wohnzimmers.

»Das sind sicher Rosina und Tjure. Ich gehe schon.« Lena marschierte in ihren gekringelten Galoschen zur Haustür. Doch als sie sie öffnete, erkannte Lena in der aufziehenden Dämmerung nicht wie erwartet zwei, sondern drei Personen. Ein junger Mann Mitte zwanzig, der ihr bekannt vorkam, lächelte sie freundlich an. Es wollte ihr aber nicht einfallen, woher. Alle drei standen wie Eisstatuen auf dem untersten Treppenabsatz, ließen sich von den dicken weißen Flocken Mützen aufsetzen und wussten anscheinend nicht so recht, was sie sagen sollten. Darum sagte Lena fröhlich: »Hallo! Kommt doch rein, kommt rein! Raus aus der Kälte, rein in die warme Stube!«

Sie nickten dankbar und klopften sich im Flur den Schnee von den Köpfen und Schultern. Als sie die Jacken und Mäntel abgelegt hatten und im Türrahmen zum Wohnzimmer standen, legte Tjure dem Jungen eine Hand auf die Schulter und verkündete feierlich: »Darf ich euch meinen Sohn vorstellen? Das ist Kilian!«

Lena blieb vor Erstaunen der Mund offen stehen. Aber natürlich! Der junge Mann hatte sie am Tag des Adventskaffees bei den *Rosenkindern* in Empfang genommen!

»Da haben wir gleich noch etwas zum Anstoßen«, freute sich Theresa. Rasch holten sie einen weiteren Stuhl aus dem Esszimmer herbei, damit auch Kilian vor dem knisternden Feuer sitzen konnte. Sogleich erzählten sie ausführlich, wie Tjure zu seinem unverhofften Nachwuchs gekommen war.

»Dann warst du es, der an dem Adventssonntag unten auf dem Gehsteig im Schneesturm stand?«, fiel es Lena ein.

Kilian nickte amüsiert. »In diesem Städtchen bleibt nichts unentdeckt, egal, wie sehr man sich bemüht!«

»Da musst du dich schon als Weihnachtsmann oder

Weihnachtselfe verkleiden!«, lachte Lena. Sie betrachtete Vater und Sohn, die nebeneinandersaßen, und entdeckte immer mehr Ähnlichkeiten. Dieselbe Art zu lachen, dieselbe Art, sich die eine lange Strähne, die aus dem Germanenzopf gerutscht war, wieder hinters Ohr zu streichen, oder die breiten Schultern, mit denen sie die Last der Welt stemmen konnten.

Plötzlich räusperte sich Max. Er war aufgestanden und zog die verdutzte Lena ebenfalls von der Couch. »Mein Gewürznäschen … Lena …« Er atmete tief durch. »In meinem Leben hat sich bisher immer alles um das richtige Motiv im richtigen Blickwinkel und im richtigen Licht gedreht. Dabei war mir besonders wichtig, das *Dazwischen* festzuhalten. Zu zeigen, was die Menschen ausmacht, wer sie wirklich sind. Ihr wahres Wesen – etwa, dass sie in Wahrheit eine Weihnachtselfe sind – zeigen die Menschen ja nur sehr selten. Und plötzlich kommt jemand in mein Leben, der mir mit Zimtsternen und dem süßesten Gewürznäschen der Welt den Kopf verdreht! Über den Blickwinkel brauche ich mir bei dir keine Gedanken zu machen, denn ich liebe jede deiner Seiten. Du bist herzlich, kreativ, dazu noch hübsch und einfühlsam, manchmal auch ein kleines bisschen verrückt – wer geht schon auf Alpaka-Wanderungen und hat ein Eichhörnchen als Mitbewohner?! Trotzdem bist du für mich einfach perfekt! Viel Licht hast du auch noch nie gebraucht, denn du strahlst selbst so hell wie alle Sterne am Nachthimmel zusammen!«

Lena musste schlucken. Mit einer so wundervollen Liebeserklärung hatte sie nicht gerechnet. Sie zitterte, und ihr Herz schlug immer schneller.

Max nahm ihre Hände und strich ihr sanft mit den Daumen über die Handrücken. »Lena, im letzten Jahr habe ich jeden Tag mehr gespürt, wie wichtig du mir bist. Ich liebe dich jeden Tag ein bisschen mehr. Und daher …« Er griff in die Tasche seines Weihnachtselfen-Jacketts und zog ein kleines Kistchen mit gewölbtem Deckel hervor. Dessen weißer Stoffbezug mit blauem Schnörkelmuster kam Lena bekannt vor. Ihr klopfte das Herz nun so sehr gegen die Brust, dass sie fast ohnmächtig geworden wäre. Sie musste sich an irgendetwas festhalten und bekam zum Glück den Kaminsims zu packen.

Max kniete vor ihr nieder. Als er das Kistchen öffnete, stockte ihr der Atem. Es war der Ring zu der wunderschönen Halskette, die Theresa ihr gestern geschenkt hatte und die sie gerade jetzt trug. Im Schein des Kaminfeuers funkelten kleine weiße Edelsteine um einen großen ovalen, hellgrünen Stein. Der Ring selbst war fein und schmal und aus Gold gearbeitet.

Dunkelgrüne Augen, in denen kleine Diamanten glitzerten, schauten sie voller Ernsthaftigkeit an. Um Max' Mundwinkel spielte allerdings das Schmunzeln, das seine Grübchen hervorlockte und das Lena jedes Mal weiche Knie bescherte. Sie ahnte, was er gleich sagen würde, und kämpfte mit Freudentränen. Alle Bedenken, die sie in den letzten Wochen gehabt hatte, waren mit einem Mal verpufft und unendlicher Liebe und Zuneigung gewichen.

»Lena Sonnenschein, lässt du mich die Honig-Zimt-Füllung für deine Praline sein?« Er grinste sie an. Als er ihren verdutzten Geschichtsausdruck sah, setzte er gleich hinterher: »Willst du meine Frau werden?«

Ich kann es kaum glauben, er hat mich gefragt! Ich werde heiraten!, jubelte Lena innerlich und fragte sich gleich danach: *Warum bin ich auf die Idee mit der Honig-Zimt-Füllung noch nicht gekommen? Das muss ich unbedingt ausprobieren! Vielleicht dekoriere ich die Praline mit einem winzigen Stückchen Wabe …*

»Lena? *Lena!*« Max sah sie fragend an.

»Ja? Ich meine: Ja! Natürlich, du verrückter Weihnachtself! Ja, ich will deine Frau werden!«

Mit strahlendem Lächeln zog Max Lena an sich und küsste sie so voller Leidenschaft, dass ihre Wangen auch ohne Elfenschminke himbeerrosa glühten. Und als Max Lena endlich den Ring an den Finger steckte, flogen Konfetti und Luftschlangen durch den Raum.

Als hätte da schon jemand etwas geahnt, dachte Lena schmunzelnd.

☆

Nach dem Festmahl saßen alle immer noch fröhlich plaudernd um den großen Esstisch.

»Lena, wir haben dir noch etwas mitgebracht.« Rosina griff in ihre Umhängetasche, die an der Stuhllehne baumelte, und zog das kleine, in lila Leinen gebundene Büchlein von Ururoma Elvi hervor.

Lena seufzte leise. Genau das brauchte sie nach der Aufregung des Tages. »Lieben Dank! Ich verziehe mich kurz an den Kamin.« Sie nahm das Buch an sich und machte es sich damit in Nikolaus' Ohrensessel gemütlich.

Ach, Elvi! Ach, Greta! Hättet ihr diese Fülle an glücklichen

Momenten, die ich heute erleben durfte, doch mit mir teilen können!, dachte Lena, als sie in den vergilbten Seiten zum nächsten Eintrag blätterte.

24. 12. 1910

Seit ich dieses Buch schreibe, hoffe ich, dass es jemand einmal findet und liest. Vielleicht sogar jemand aus der Familie Sonnenschein? Dann hoffe ich, dass die vielen Rezepte Inspiration für neue Backträume sind, die den Kunden des Fräulein Gewürzzauber *auch in der Zukunft ein Lächeln ins Gesicht zaubern werden. Daher werde ich es nun in den Koffer legen, in dem ich auch alles andere aufbewahre, was mir von meinem geliebten Wilhelm geblieben ist.*

Heute ist wieder ein Heiligabend, an dem ich voller Wehmut an meinen Liebsten denke. Es bricht mir beinah das Herz, die freudestrahlenden Augen des kleinen Wilhelm zu sehen und zu wissen, dass er seinen Vater nie kennenlernen wird. Zu wissen, dass mich seine beschützenden Arme nie wieder umarmen werden. Aber nun genug mit dem rührseligen Geschwafel! Man sollte nie den Geschmack einer Tonkabohne verachten – sie kommt unscheinbar daher, macht das Aroma aber erst richtig rund!

Schließlich sind wir Sonnenscheins, nicht wahr? Wir bewegen etwas und blicken nach vorn!

Da fällt mir ein, dass ich noch aufschreiben wollte, was während meiner Schwangerschaft zwischen meiner Trauer um Wilhelm und der Vorfreude auf das neue Leben, das in mir heranwuchs, geschah:

Die Treffen mit Minna Plunder und Alice Hopeful waren eine Offenbarung. Ich bin überzeugt davon, dass es richtig ist, für die Rechte der Frauen auf der ganzen Welt zu kämpfen, auch wenn dieser Kampf zuweilen für die eigene Person unangenehm werden kann. Beinahe wäre ich mit dem Gesetz in Konflikt geraten, weil ich Alice Hopeful half, einem großen Verleger, der auf männliche Autoren setzt, einen Denkzettel zu verpassen. Ganz unverhofft wurden wir bei der Demonstration vor seinem Verlagshaus nicht festgenommen; vielmehr hatte der Verleger ein Einsehen und zeigte sich kooperativ! Offensichtlich war er von Alice' Texten so beeindruckt, dass er ihr einen Vertrag anbot.

Im Schrankkoffer findet sich in der dritten Schublade unter einem doppelten Boden ein Buch. Es ist die Erstauflage des ersten Kriminalromans der Autorin Alice Hopeful. Ein Meilenstein der Frauenbewegung.

Wer auch immer dieses Buch nun gefunden hat und liest: Ich hoffe, ich kann Dir damit eine kleine Freude bereiten. Ich wünsche Dir eine frohe Weihnacht und ein gesegnetes neues Jahr!

EPILOG

Am Vormittag des Heiligen Abends hatte Kilian einmal tief durchgeatmet, Kinosaal 1 betreten und war den Gang hinunter auf den nostalgischen Weihnachtsmarkt zugeschritten. Auf dem roten Teppich unter seinen Füßen war er wie auf Wattewolken gelaufen. Die Filmcrew, die Verkäufer hinter den Marktständen und einige Gäste waren bereits da gewesen, und an der Bühne hatte ein hünenhafter Mann gelehnt und dem Treiben zugeschaut. Sein langes, von grauen Strähnen durchzogenes Haar trug er zu einem Zopf gebunden, und seine rechte Hand steckte in einem Gips.

Er hieß Tjure Großherz. Kilian hatte ihn bereits vor ein paar Tagen bei den Proben kennengelernt und gesellte sich auch nun zu ihm. Er hätte sonst nicht gewusst, wohin mit seiner Aufregung. Der Heiligabend würde der letzte große Tag für die Rosenkinder werden, und er hoffte, dass auch heute bei den Auftritten alles klappen würde.

Um sich abzulenken, begrüßte er den Mann. »Hallo, Herr Großherz! Die Kinder treten gleich noch einmal auf. Wir haben noch ein paar Weihnachtspop-Nummern einstudiert. Von Show zu Show legen sie noch eine Schippe drauf. Diese Kinder sind wirklich großartig!«

Tjure Großherz nickte. Er wirkte beeindruckt.

Kilian plapperte einfach weiter: »Wie geht's dem Arm?«

Der Hüne zuckte mit den Schultern, als hätte er den Gips jetzt erst bemerkt. »Wird mich schon nicht umbringen. Ist einfach dumm gelaufen … Ein Überfall.«

»Überfall?« Kilian wurde heiß. Er wusste nicht, warum, aber plötzlich ploppten die Bilder einer großen dunklen Gestalt auf dem verschneiten Gehweg vor seinem inneren Auge auf. Eine böse Ahnung kroch in ihm hoch. »Was ist denn passiert?«, fragte er vorsichtig.

»Ich wollte mein Auto freischaufeln, ging gerade um mein Auto, da greift mich dieser Kerl an und reißt mir den Besen aus der Hand. Er hat mich mit dem Stiel am Kopf getroffen, und als ich zu Boden ging, habe ich mir das hier zugezogen. Ich kann mich nicht richtig erinnern, was dann passierte. Hatte wohl eine Gehirnerschütterung.«

Kilian schluckte. Sollte er dem Mann sagen, dass er dieser *Kerl* gewesen war? Es war doch ein Unfall gewesen! Eine Verkettung unglücklicher Umstände! Er gab sich einen Ruck. »Das … Das war wahrscheinlich ich. Der … Kerl.«

Tjure Großherz fuhr herum und blitzte ihn ungläubig an.

Kilian hielt den Kopf gesenkt. Er schämte sich und wäre am liebsten im Boden versunken. Gleichzeitig war er auf der Hut. Falls der Hüne wütend wurde und er das Weite suchen musste, wollte er vorbereitet sein.

»Du?« Mehr brachte der Mann aus lauter Verblüffung aber nicht hervor. Doch dieses eine kleine Wort reichte, um Kilian Angst einzujagen. Es klang wie eine Todesdrohung aus der rauen Kehle eines Piratenkapitäns.

»Hören Sie zu, Herr Großherz, es … Es tut mir wirklich, wirklich schrecklich leid, was passiert ist. Ich war zu Fuß auf dem Weg zur Arbeit. Plötzlich habe ich nur eine dunkle Gestalt mit einem langen Stock gesehen und mich verteidigt. Ich dachte, Sie wollten *mich* angreifen!«

Tjure Großherz nickte. »Du heißt Kilian? Und deine Mutter heißt Klara Schönmut, richtig?«

»Ja, beides richtig«, antwortete er – unsicher, ob der Mann ihn nun mit diesen Informationen den Behörden melden wollte. Aber woher kannte er den Namen seiner Mutter?

»Nenn mich Tjure«, sagte der Mann zu Kilians grenzenloser Überraschung plötzlich. »Wie geht es ihr?«

»Sie ist leider schon vor fünfzehn Jahren gestorben. Das hier habe ich immer bei mir.« Er griff in seine Hosentasche, holte ein Urlaubsfoto hervor, auf dem zwei strahlende Gesichter vor der Kulisse eines türkisfarbenen Ozeans an einem weißen Strand zu sehen waren, und reichte es Tjure. »Das sind meine Eltern.«

Unter Tjures Bart breitete sich ein glückliches Lächeln aus.

✩

Lena schlug die Augen auf.

Es war der erste Weihnachtstag.

Draußen lag die Dunkelheit noch wie eine dicke Wolldecke über der Stadt, und sie brauchte einen Moment, um sich zu orientieren. Hatte sie das alles nur geträumt?

Der Besuch von Max' Weltenbummler-Tante Rosina, die Konkurrenz zu Mirabell Fuchs, die Backchallenge, Daniels und Charlottes Verlobung im *Fräulein Gewürzzauber*, Kathis Theo-Katastrophe, ihr eigenes wildes Gefühls-Auf-und-Ab, das sich wie eine Rutschpartie auf Schokoglasur angefühlt hatte. Dann hatte sie nicht nur den Wettbewerb gewonnen, sondern auch über die Intrigen ihrer Gegnerin gesiegt, Max hatte sich als Weihnachtself verkleidet, ihr einen Heiratsantrag gemacht, und zu guter Letzt hatte ihr Elvi mit ihrem Tagebuch ein zauberhaftes Weihnachtsgeschenk gemacht. Jetzt hatte sie einen Verlobten, Rosina einen neuen Lebensgefährten und Tjure einen Sohn.

War das alles zu fassen? So ganz konnte Lena es immer noch nicht glauben. Sie fühlte mit ihrer rechten Hand nach ihrem linken Ringfinger und spürte die zackigen Erhebungen der kleinen Steine unter ihren Fingerkuppen. Ein Lächeln huschte über ihr Gesicht. Der Ring war noch da.

Von Weitem hörte sie den Wasserkessel pfeifen und tastete nach Max, doch sein Kissen war leer. Also schaltete sie ihre Nachttischlampe ein und blinzelte, bis sich ihre Augen an das Licht gewöhnt hatten. In bester Weihnachtslaune schlüpfte sie in ihren Morgenmantel und folgte den Tupfen grün-weiß-pink gekringelter Kleidungsstücke, die vom Bett durch die Schlafzimmertür bis in den Flur führten. Sie fühlte die Hitze in sich aufsteigen, als sie an die Nacht dachte, die auf das Weihnachtsessen bei den Himmelreichs gefolgt war. Nur gut, dass Rosina bei Tjure übernachtet hatte.

Als sie barfuß in die Küche taperte, begann ihr Herz in

wildem Takt zu schlagen, denn da stand ihr Zimtstern-Adventsmann. In Boxershorts und einem Schlabber-T-Shirt und mit strubbeligem Haar. Er goss sich gerade einen Kaffee ein, als Lena von hinten die Arme um ihn schlang.

»Guten Morgen, mein Gewürznäschen! Ich habe Wasser aufgesetzt. Möchtest du einen Ingwertee mit Honig?«

»Sehr gern, aber erst möchte ich das hier.« Sie drehte ihn zu sich um, stellte sich auf die Zehenspitzen, sodass sie auf Augenhöhe waren, und küsste ihn zärtlich. Max stellte seine Tasse ab, bedeckte Lenas Wangen mit seinen warmen Händen und erwiderte den Kuss mit großem Verlangen. Er schmeckte nach einer betörenden Mischung aus Kaffee, Milch, Zimt und Honig.

»Guten Morgen!«, flötete plötzlich jemand hinter ihnen. »Lena, ich habe hier etwas für dich!«

In der Küche standen Rosina, Tjure und Kilian. Lena hatte gar nicht den Schlüssel in der Tür gehört, freute sich aber, dass sie da waren. Rosina schwenkte einen großen weißen Umschlag, Tjure schwenkte eine Tüte Aufbackbrötchen in der gesunden Hand, und Kilian trug ein Glas Waldhonig. »Gäste mit Brötchen sind mir die liebsten!«, lachte Lena. »Dann können wir ja jetzt Frühstück machen!«

Als wenig später der Tisch gedeckt war, die Brötchen aus einem Körbchen dufteten und alle bei Adventskranzkerzenschein vor ihren dampfenden Tassen saßen, nahm Lena den dicken weißen Umschlag von Rosina entgegen.

»Das hat Jerry heute Nacht an Tjure gemailt. So einen

neumodischen Schnickschnack wie einen Computer habe ich ja nicht«, plapperte Rosina munter.

»Welcher Jerry?«

»Mein Bekannter bei der *New York Times*. Er hat Wilhelm gefunden – zumindest glaubt er das«, sagte sie, als handle es sich dabei um keine große Sache, und biss herzhaft in ihr Brötchen.

»Er hat *was?*« Überrascht stellte Lena die Teetasse wieder auf den Tisch. Aufgeregt riss sie die Lasche des Umschlags auf und nahm die Papierseiten heraus.

Zum Vorschein kamen Zeitungsberichte von 1910 bis in die 1930er-Jahre. Sie entdeckte die Vermisstenanzeige, die Elvi aufgegeben hatte. Das Porträt prangte mittig auf der Seite, eingebettet in einen langen Text. Außerdem gab es Zeitungsberichte über einen Bäcker namens William Blake, mit dessen Namen Lena zunächst nichts anfangen konnte. Erst als der Name unter einem Gruppenfoto, das eindeutig ihren Ururgroßvater Wilhelm zeigte, seiner Person zugeordnet wurde, stutzte sie. Hatte er einen anderen Namen angenommen? War er etwa untergetaucht? Aber warum?

Ihr Finger wanderte zum Titel des Artikels: *Blake eröffnet Backhimmel. NEW YORK, SUNDAY, DECEMBER 6, 1911,* stand in Großbuchstaben darunter. Es folgten mehrere Artikel über die Eröffnung weiterer Bäckereifilialen. Mr. Blake, der ein Zwilling von Wilhelm hätte sein können, hatte sich offenbar innerhalb weniger Jahre ein Imperium aufgebaut. Etwas aber machte Lena stutzig, denn in einem der Artikel hieß es: *Der Zuckerbäcker mit geheimnisvoller Vergangenheit gibt der* Times *einen Einblick in seine Backstube, in der die unglaublichsten Kreationen entste-*

hen ... Und weiter unten: *Er kannte weder seine Herkunft, noch wusste er seinen Namen, nachdem ihn Fischer aus dem Wasser gezogen hatten ...*

Auf dem vorletzten Blatt wurden Lenas Vermutungen dann bestätigt. Ein Eintrag des Einwohnerregisters der Stadt New York bezeugte, dass ein Mr. John Doe am vierundzwanzigsten Dezember 1909 eingereist war. Die Herkunft war unbekannt, ebenso sein Geburtsdatum. Im Folgenden wurde sein Name in »William Blake« geändert. Das gab Lena die Gewissheit, dass Wilhelm nicht untergetaucht war, sondern nach dem Schiffsunglück unter Amnesie gelitten haben musste und sein Gedächtnis nie wiedererlangt hatte.

Zuletzt fand Lena eine Heiratsurkunde, auf der vermerkt war, dass sich eine Anna Blanchley und William Blake am 20. Juli 1912 das Jawort gegeben hatten. Aus der Ehe waren zwei Kinder hervorgegangen: Tristan und Benjamin.

»Wenn William Blake Elvis Wilhelm war, bedeutet das, dass es in deinem Sonnenscheinstammbaum noch einen Zweig gibt, den du noch nicht kennst!«, warf Rosina ein.

Lena nickte. Sie wollte nun alles daransetzen, noch lebende Nachfahren ihres Großvaters zu finden. Und wenn sie schon dabei war – vielleicht gab es ja auch noch Nachkommen der Familie Shine ...

Plötzlich überwältigten Lena ihre Gefühle, und ihre Augen füllten sich mit Tränen. »Es tut mir so leid für Elvi, dass sie ihr Leben nicht mit dem Mann verbringen durfte, den sie so sehr liebte.« Lena lächelte Max an, und eine Träne rann ihre Wange hinab.

Max nahm ihre Hand in seine und strich mit der anderen über ihre feuchte Wange. »Auch wenn sie nicht zusammen waren, sind sie der Grund, warum du heute hier bei mir bist, mein Gewürznäschen«, flüsterte er und verschloss ihre Lippen mit einem liebevollen Zimtkuss.

REZEPTE

OMA ELVIS SCHNEEKUGELN

Mandarinen-Karamell-Pralinen

Zutaten für etwa 63 Pralinen:

63 Hohlkörper aus weißer Schokolade (eine Lage)

Für die Füllung:

250 g weiße Kuvertüre
50 ml Sahne
200 g Mandarinenpüree
3 EL Zucker
½ TL Zimt
kleine weiche Karamellwürfel (Fudge)

Für die Dekoration:

100 g weiße Kuvertüre
500 g Puderzucker

Die Zubereitung:

Die Kuvertüre über einem heißen Wasserbad schmelzen, Sahne, Mandarinenpüree, Zucker und Zimt hinzugeben und etwas andicken lassen.

Die Ganache in einen Spritzbeutel füllen und die Hohlkörper etwa bis zur Hälfte damit füllen. Dann einen Karamellwürfel hineindrücken und den Hohlkörper auffüllen.

Mit etwas Kuvertüre das Loch verschließen und die Pralinen kühlstellen.

Als Dekoration die Pralinen mit weißer Kuvertüre bepinseln und in Puderzucker wälzen.

Lenas Nusskranz

Für den Teig:

300 g Mehl
2 TL Backpulver
125 g Butter oder Margarine
2 Eier (Größe M)
100 g Zucker
1 EL Milch
1 Päckchen Vanillezucker oder 1 Schote
5 Tropfen Butter-Vanille-Aroma

Für die Füllung:

200 g geriebene Haselnüsse
1 Eiklar
100 g Zucker
8 Tropfen Bittermandelöl
4–5 EL Wasser

Zum Bestreichen:
1 TL Milch
1 Eigelb

Die Zubereitung:
Das Mehl in einer Rührschüssel mit dem Backpulver vermischen. Zucker, Milch, Butter, Vanillezucker und das Aroma hinzufügen und zu einem glatten Teig verkneten. Auf einer bemehlten Unterlage zu einem Rechteck ausrollen.

Die Zutaten für die Füllung in einer Schüssel verrühren und etwa 1 cm dick auf den Teig streichen.

Wichtig! Etwa 1 cm Rand frei lassen.

Dann den Teig zu einer Wurst rollen und sie zu einem Ring zusammenfügen. Milch und Eigelb verquirlen und die obere Hälfte des Rings damit bestreichen. Zum Schluss den Ring im Zickzackmuster einschneiden.

Im vorgeheizten Ofen auf mittlerer Schiene bei 180 Grad Ober-/Unterhitze oder 160 Grad Heißluft etwa 45 Minuten backen.

Und dann – den betörenden Duft nach Weihnachten und den himmlischen Geschmack genießen!

Oma Elvis Rebellen-Kekse

Für den Plätzchenteig:
200 g Mehl
100 g Haselnüsse, gemahlen

½ TL Backpulver
180 g Butter (Zimmertemperatur)
1 Ei Größe M
200 g brauner Zucker
1 TL Cayenne-Pfeffer
½ TL Chili-Flocken, fein gemahlen
½ TL Fleur de Sel, fein gemahlen
Zimt, Kardamom und Tonkabohne
100 g Kuvertüre (Zartbitter), fein gehackt
1 EL Kakaopulver
10 ml Orangenlikör (oder Orangensirup)

Die Zubereitung:
Den Ofen bei Ober- und Unterhitze auf 180 Grad vorheizen.

Über einem heißen Wasserbad die Kuvertüre schmelzen, die Butter hinzugeben und verrühren.

Mehl mit Backpulver, Nüssen, Kakao, Zucker und Gewürzen vermengen und anschließend das Ei, die geschmolzene Schokolade und den Orangenlikör unterrühren.

Kleine Häufchen auf einem Backblech verteilen und je nach Größe etwa 8 Minuten backen.

Kleine Vorwarnung: Die verführerischste Schoko-Umarmung der Gewürzzauber-Welt!

DANKESCHÖN

Mein Dankeschön möchte ich an erster Stelle direkt an Dich, liebe Leserin und lieber Leser, richten – für die vielen lieben Worte und Rezensionen zu meiner ersten Geschichte rund um das *Fräulein Gewürzzauber*.

Wenn Dir diese Art Adventskalender-Büchlein gefallen, kannst Du Dich auch im nächsten Herbst wieder auf eine neue romantische und zuckersüße Liebesgeschichte aus der Welt des *Fräulein Gewürzzauber* freuen!

Meiner Lektorin Stefanie Heinen kann ich nicht genug danken für ihre Hingabe und liebevolle Unterstützung im Werden dieser Liebesgeschichte und für ihre Gabe, zugleich zu erden und zu beflügeln.

Herzlichen Dank sende ich auch an Birgit Schwarz für ihre wundervolle Arbeit in der Grafik.

Natürlich haben meine Herzmenschen ein ganz besonderes Dankeschön verdient. Durch euch fühle ich mich so behütet und geliebt, dass diese Geschichten aus meinem Herzen fließen können.

Für die alljährliche Unterstützung möchte ich mich auch bei meiner weltbesten Büchereileiterin Annette Hagen bedanken, die weiß, wie man eine Lesung zu einem weihnachtlichen Hochgenuss macht!

Nun noch ein kleiner Hinweis in eigener Sache: Seit der Online-Handel die regionalen Buchläden mehr und mehr überrollt, ist es mir ein Anliegen, meine Buchhandlung *um die Ecke* zu unterstützen. Daher würde es mich sehr freuen, wenn Du dieses Büchlein mit einem lieben Gruß von mir bei Deinem regionalen Buchhändler erwirbst.

Ein entzückender Roman in 24 Kapiteln, romantisch wie ein zu Papier gebrachter Weihnachtfilm

Stephanie Marzian
FRÄULEIN GEWÜRZZAUBER UND DAS WUNDER DER LIEBE
Roman in 24 Kapiteln

272 Seiten
ISBN 978-3-7857-2825-3

Lena ist eine echte Frohnatur. Mit ihrem zahmen Eichhörnchen Ruprecht wohnt sie in dem alten Stadthaus, in dem sich seit Generationen auch die Zuckerbäckerei ihrer Familie, das »Fräulein Gewürzzauber«, befindet. Nach dem Tod ihrer Oma hat Lena das Café übernommen und zu ihrer eigenen süßen Welt gemacht. Einzig in der Liebe hatte sie bisher kein Glück. Doch am ersten Dezember findet Lena unverhofft eine Postkarte in der Handschrift ihrer Großmutter in ihrem Briefkasten. Sie ist das erste »Türchen« eines Adventskalenders, den Oma Greta ihr für den Fall hinterlassen hat, dass sie noch nicht ihre große Liebe gefunden hat. Wird ihr Kalender Lena den richtigen Weg weisen?

Lübbe

Zimtgebäck, Schnee und ein rätselhafter Mord auf Crannock Hall

Christian Humberg
MORD KENNT KEINE FEIERTAGE
Ein Weihnachtskrimi

288 Seiten
ISBN 978-3-7857-2860-4

Eigentlich ist Chief Inspector Timothy Smart schon auf dem Weg zu Frau und Festtagsbraten, als sein Freund Robin Chandler ihn bittet, nach Crannock Hall zu kommen. Auf diesem vor Cornwalls Küste gelegenen Landsitz haben sich einige der Reichsten und Schönsten des Landes eingefunden – eingeladen vom mysteriösen Lord Bainbridge persönlich. Chandler befürchtet, dass ein Unheil bevorstehe – mörderischer Art! Smart gibt dem Drängen nach. Mit ihm kommt ein Sturm, der die Insel von der Außenwelt abschneidet. Und nicht nur das: Bald ist Lord Bainbridge mausetot. Der Täter muss sich unter den Anwesenden auf Crannock Hall befinden – und kann jederzeit wieder zuschlagen!

Lübbe